凌 河 著

走出
一个宪法误区

《司马心说》再续集

上海文艺出版社

凌河先生雅正

九萬里終猶垂翼

五千言外不費心

乙巳冬月 趙冷月

走出一个宪法误区
（代序）

"我们的权力是谁给的？是人民群众给的，是占人口百分之九十以上的工人阶级和贫下中农给的"，这个道理，讲了几十年，向无争论，也无疑义，我们的万千官员，对这个定则也耳熟能详，甚至众口一词。但为什么，仍然会发生权力的腐败，仍然会出现将人民"给"的权力变为一己私权的蜕变异化？

因为不少官员以为，既然人民将权力"给"了我，那么就应由我来代行全权，于是"作主论"就出来了，当官不为民作主，还不如回家卖红薯呢！于是也有一些官员是好的，他在行使"全权"时，"主动"欢迎人民群众监督和批评，这种"民主作风"，被称为"宽广胸怀"，其实也只是一种并不可靠的"伟大谦虚"。

毛病出在哪里？出在人民"给予"权力的时候，是否"给"了"全权"？事实上，"我们的权力"，全部是人民"给"的；但人民并没有"给予"我们全部权力。

现在人们喜欢重弹"契约论"的老调。恰恰是在这一点上，走进了一个深深的误区——据说人们在"自然状态"中，互相争斗，没有秩序，最终一损俱损。于是订立契约，转让权利，组成国家，所以说，权力来自人民，这是不错的，但问题在于，人民让渡权利给国家（政府）的时候，究竟是否转让了"全权"呢？

其实所谓契约论，是建立在一种假说的前提之上的，便是这种假说，其精髓也不在于人民对于权力的"转让"，而在于人民在订立契约组成国家时，仅仅让渡了一部分权利，而并没有转让"全权"。这就是作为现代契约论核心的"保留权利"理论。这个宪法学的真髓告诉我们，人民在转让权利组成权力时，保留（不转让）了数项最重要的权利，这就是生命、自由、财产、平等和批评政府的权利。"保留权利"，是真正的"天赋人权"，也是美国宪法第1修正案和第 14 修正案第一款等规定的国会"永远不得立法剥夺的权力",是人民永不让渡的权力。这就是说,"契约"状态下,人民只让渡了一部分权利组成国家,最重要的权力仍然"保留"在自己手中而丝毫没有转让——我们说"责任政府",是指权力来自人民,说"有限权力",更是说人民并未转让全部权力。

"保留权利"中,生命权是基础,生命至高无上,不可剥夺,一直发展到"一个人的生命与一万个人的生命同样宝贵"的存在主义理论;自由权的基石是契约自由,人民不但在契约中有表达真实意思的契约自治的自由(因此政府在原则上不能干预私人经济生活),而且在社会生活中有"免除恐惧"的自由;财产权说的是私有财产神圣不可侵犯,政府除非出于真正的公共利益不得侵犯更不得剥夺人民的财产;平等权不但是指"一人一票,一人只有一票,每人都有一票"的政治权利,更是指在市场契约中的当事人平等。至于批评政府的权力,这就是监督权,直至"废止契约"的权力。这个权力,不是政府以"民主作风"赋予人民的,而是人民始终保留在手中的宪法权利。

宪法学上确有一个命题,叫做"绝对的权力产生绝对的腐败",于是人们就呼吁"分权",把注意力集中在各项公权力之间的互相分立上,例如国家结构形式上的中央集权和州权的分立,例如中央政权组织形式上的三权分立。这其实还是从权力系统内部来寻找制约的杠杆。这是完全不够,甚至往往无效的。"保留权利"理论指出的是公权与"私权"的分立,是说真正制约公权力不让它腐败的是"外在的权力",这就是仍然掌握在人民手中的"保留权利"。"保留权利"的存在、不可剥夺的正常运行,是"转让权力"不异化、不腐化的真正的最终杠杆和可靠保证。因此我们说,权力不是"绝对"的,不只是指权力内部要分解,更是指权力以外要有有效的制约,"这条线路,就是民主"。

从这个意义上说,我们要全面理解"契约论",尤其要把握它的精髓。只有走出人民"给"了("转让"或"委托"了)"全权"这个误区,政府才不会腐败,权力才不会异化。

谁也不要以为,人民"给"了你权力之后,他手里就"空空如也",一切听凭"作主"了——这可不是个理论问题而是一个现实问题啊!

(2010.5)

目 录

走出一个宪法误区（代序）/001

囚官狱中写小说？/001
"官话"问题/003
不能忘却的"听不懂"/005
想起了利加乔夫"搞特殊"/007
且从"小事"读惊雷/009
另一种"八卦"/011
还是要讲一条准绳/013
不要患得患失/015
"玩心"不能太重/017
"牛顿树"的"东移"？/019
并不奇怪的"奇文"/021
年关将临读叶案/023
如此"劝廉"/025
从曹刘墓之争说到乾坤柱改名/028
王志走了怎么办？/030
千万不要搞错/032
蔡志强"打牌"/034
"八小时"的内与外/036
合久必分寻常事/038
一惊一忧说"裸政"/040

不是一条"花边新闻"/042

重提一下"沈崇事件"/044

未庄式"焦虑"/046

贺赵高墓的"被发现"/048

风云莫测话"歉意"/050

"酒肉账"为什么锐减/052

又是硝烟弥漫处/054

什么样的"重要会议"？/056

又闻"局长"一声吼/058

西门庆"转身"/060

"读书问题"/062

"假热点"与"被热点"/064

我们业已厌倦……/066

秦桧的"贡献"？/068

又见关公战秦琼/070

不是笑话/072

孙悟空是哪里"人"？/074

"莲舫"之忧/076

"风水"也要"申遗"？/078

再解剖一只"麻雀"/080

穿凿附会说"成熟"/082

再版的"波将金村"/084

阮大铖的"除籍"和西门庆的"荣归"/086

不仅是杨院长的悲剧/088

老舍的"不改"/090

假如……/092

钱学森的追问与华君武的道歉/094

又闻"让领导先走"/096

不要轻言"封杀"/098

纪委"招"来修车店？/100

听一听金一南讲的"故事"/102

汪精卫的"墨宝"与胡兰成的"密札"/104

方便面也有"珍藏版"？/106

今日又呼"花木兰"？/108

观世音也有"故里"？/110

且说汤唯之"复出"/112

《阿Q正传》不能"删"……/114

"探监"还是"探班"/117

"百年"之戒/119

"越"了什么"雷池"/121

杨威进了北体大……/123

以平常心看"鲁奖"/125

论关公像的废与立/127

从"明星当教授"说到"教授当明星"/129

另一种"雅贿"/131

官网与官习/133

囚车也"方阵"/135

为"曹禺牌"一辩/137

"文明"的疑问/139

要学会"踱方步"/141

并不奇怪的"一人招聘"/143

"千万元"算出了什么/145

也忆山村"讲文件"/147

"我们不理睬他"/149

并不无聊的"争论"/152

"佳话"之疑/154

辩证一点看"大家"/156

从陈垣的"弯路"说起/158

并无必要的"推测"/160

也算"酷评"？/162

怎样的"沉寂"？/164

想起少奇同志的一顿饭/166

从"讲土话"说到"坐灰板凳"/168

如果……/170

"哪个周立波"？/172

也听张悟本一言/174

"樱花"之争/176

贺"济公井"的又"被发现"/178

"狗尾续貂"寻常事/180

"批量生产"的诸葛亮/182

第二种"勇气"/184

欣闻老子也要"出国"/186

谁是"杜荃"/188

不要"忘记"萧汝霖/190

两条"县长新闻"/192

从"死魂灵"说起/194

《最后的晚餐》吃点啥？/196

沉重的"不知"/198

"酷似领导"什么样/200

"酷似领导"及其他/202

为之一辩/204

不要忘记"周总理改稿"/206

再说"官话"问题/208

又一座"故居"的"开放"/210

不要走向另一个极端/212

"条幅新闻"的尴尬/214

又闻"八卦"追李娜/216

"反角"为什么行俏？/218

"醉"了没有？/221

写在新闻的"边上"/223

李娜那个"副处级"/225

想起小平同志的两个字/227

关于《水浒》的两条热闻/229

骆家辉上任/231

从"吴哈哈"说起/233

"市长赤脚"的两面观/235

一分为二也说"骂"/237

从"鬼子进村"到"土匪抢亲"/239

闻蔡京墓"即将修复"/241

为"醉城"一辩/243

"费厄泼赖"要两面讲/245

只有天知道/247

如果她们真是"小偷"/249

再论"读书问题"/251

"标签思维"/253

翁帆读博/255

我们为什么这样轻信/257

"鲁研"的新"亮点"/259

"县太爷"的"穿越"/261

什么样的"自发"？/263

看深一层说"互殴"/265

也算"公共事件"？/267

从"最小炫富女"说开去/269

"角色"不能错位/271

"爱国"的附会/273

给刘翔留点隐私/275

再说不要走向另一个极端/277

"假贺幛"和"真问题"/280

从"淑女班"到"太太学院"/282

"分析好,大有益"/284

"站起来"的秦桧/286

"从娃娃抓起"?/288

岂止一点"消费主义"/290

"甜妹"的复出/292

"极端"上的跳舞/294

也闻"当街一声吼"/296

也要允许说错话/298

"夹着尾巴做官"/300

学会在众目睽睽下工作与生活/302

也从郭嘉说起/304

谁发来的"贺信"?/306

把"面子"看淡一点/308

既不要棒杀也不要捧杀/310

当温总理的大名被印错/312

"一笔惊心"/314

小平同志为什么"怕"/316

"第一谎言"的破灭/318

也不必"走过一步"/320

岂能为谣言"辩护"/322

黄穗这个"副处级"/324

孙俪何须识"麟儿"/326

大衣哥为什么hold不住/328

"美女"才是"新闻"?/330

也从"五粮液机场"说开去/332

文坛又闻"TMD"/334

"钻山豹"也有"旧居"？/336

从《阿丕书记》想起阿丕书记/338

想一想"耿飚之问"/341

从"老子"到"干隆"/343

往复振荡说"白卷"/345

也要成为一种品格/347

马步芳真成了"圣人"/349

当"女娲"也有了"遗骨"/351

从"标题党"到"酷评家"/353

"习惯了，改也难"？/355

"样子"问题/357

从"张治中公馆"想到"梁启超故居"/359

不妨也给点掌声/361

从《轩辕剑》想到《大鸿米店》/363

也说几句"校长玩牌"/365

怎样的"招幌"/367

独辟的"蹊径"？/369

大卫身上的"马赛克"/371

"老生常谈"还是"警钟长鸣"/373

"心路的剖析"与"文化的再现"/375

意味深长说"细节"/377

也说"最好的回答"/379

欢迎刘翔平静回家/381

过度的"消费"/383

奇怪的"人性论"/385

又闻"故里"成"烂尾"/387

"奶奶"的用场/389

真理岂能"走过一步"/391

"侧滑"与"拉扯"/393

"娱乐"岂能"至死"/395

又是这张"美女牌"?/397

也谈苏步青的"不谈"/399

怎样的"公共事件"?/401

从"虐童照"的疯传说到另一种"暴虐"/403

"莫言热"中一点忧/405

怎么又是"老一套"/407

小平同志为什么"喜欢"/409

又闻市长"卖苹果"/411

反腐岂能"戏剧化"/413

"鲁研"又有"新发现"?/415

看深一层读"官闻"/417

莫言家的萝卜和降生时的"祥云"/419

小平同志还有一"怕"/421

还是要学好"两论"/423

小小"细节"切莫等闲看/425

还是要"整顿文风"/427

"反面文章正面做"?/429

一条新闻的后面/431

"日陪8浴"的背后/433

"记者"问题/435

魏忠贤为何入不了"名人堂"/437

还是要讲"摸着石头过河"/439

切勿只刮"一阵风"/441

囚官狱中写小说？

林子之大，可谓什么鸟都有——那个被"一支烟"牵了出来，而后又被查出受贿百万元的周久耕周局长，近日已被一审判处徒刑11年。然而周久耕"不上诉"，什么原因呢？因为"正在写一部小说"，而且已经完成了35 000字。大概是心无旁骛，没有闲工夫上诉的原因吧。据说现在羁押的周久耕的囚房里，条件不行，"没有用来写作的办公桌"，周为此"抱怨不已"，似乎有一点"无车弹铗怨冯驩"的意思……

这是又一个贪官要在囚牢里写书了——近年以来，贪官进了监牢之后，忽然当起了"作家"的事，几乎有点成"风"。"五毒书记"张二江，"在狱中著书立说"，已经写了4本"文学评论书籍"；而某央企的前掌门人曲德臣，入狱之后，不是也写出了《人生核算》一书么？洋洋数十万言，厚厚的一大本呵！现在周久耕也"进去"了，进去以后也要加入"狱中作家"的行列，这并非什么"石破天惊"的事儿。

囚官狱中写小说，这本也不是什么坏事。一来他们即使被剥夺了政治权利，但不少民事权利还在，写作甚至出版，也无不可；二来"写小说"，恐怕也属一种"劳动"。这种"劳动"多少也会有利于他的"改造"。更重要的是，像张二江、周久耕这样的贪官，在"外头"之时，不但戎马倥偬，"日理万机"，而且花天酒地、夜夜笙歌，哪里静得下来"想一想"？现在好了，"万事皆空"什么也没有了，正好闭门思过、扪心自问，总结一点人生的教训来。如果"总结"得对，写出来，对于"外面"的人，说不定还会有点教益呢。所以对于周久耕的"潜心写小说"，不要现在去棒喝他。让他写，看看写出一点什么来，再来评论他。

然而话又说回来，对于囚官的"狱中写小说"，恐怕也不能抱有太大希望。其实贪官的"搞创作"，何止是在"进去"之后？他们中有的人，在"外面"就已经舞文弄墨、附庸风雅了。例如那位已经落马的某县委书记李凤臣，曾经被称为"诗人书记"，写出的"诗"无可计数，出版的诗集几可等身。但他的诗，除了一个"俗"之外，更有一个"假"字，"权系民心聚，姓公不姓私，身为民之仆，必当明斯理"，就是李凤臣的"名作"，他就是在写这首诗的"书桌"上，收取了卖官的巨贿。"佳节将至事纷然，冒雪驱车访饥寒"，这又是"诗人书记"的"好诗"，然而年年"佳节"，李凤臣都要广纳"孝敬"、借节聚敛，可见贪官的诗，真、善、美三条里头，至少"真"是荡然无存的。

也许有识之士也会说，那是在"外边"，进去了，就会不一样。这也有道理。因为"进去"了，画皮业已剥掉，也不必"两面人"了，所以以泪洗面、夜夜无眠之时，囚官写出来的"小说"，倒会有一点可信的真实。然而对周久耕们的"小说"，笔者却仍然不抱太大希望。据说周的长篇巨制，仍然是"反腐小说"，也即仍是写"官场"。现在的"官场小说"，大多是有模式的，无非是描绘仕途的凶险、同僚的党争以及官场的恶斗，充斥着"厚黑"二字。周久耕能跳出这个"模式"么？如果能，他的"生活"又从哪里来？所以依笔者看来，一个贪官的"反腐文学"，也不过是在汗牛充栋的"官场小说"中，再加入一部而已。终于是斗不过"生活"，离不开"原型"的。

关于周久耕的"小说"，报刊网络之上，这几天已经炒得沸扬。甚至有热心网友，给他拟好了小说的书名，叫做《一根香烟引发的大案》，建议他从"切身的经历"写写落网的经过，当然作为前房地局长，还可曝一曝行业的黑幕……不知道周久耕周局长，能否从谏如流，能否择善而从，能够写出来一部什么样的"小说"……

（2009.10）

"官话"问题

整饬吏治，从"说话"而始，这算得很有"针对性"了——近日江苏省的睢宁县，召开"改革动员大会"，拿干部的"官话"开刀。于是报刊网络，一片叫好，痛斥官员的"套话"、"废话"，号召干部们都来学讲"人话"。

这当然是一大"改革"。然而我们的干部，是不是生下来就不会说"人话"？他们的"官话"，又是谁"教会"的呢——于是想起我的一位官员朋友来，此公当初素以"能言"著称，话语生动，民谣丰富，"人话"朗朗，老百姓不但"听得懂"，而且开怀大笑。然而这位官员，提拔起来，"入仕"那一天，"组织上"找他谈话，严肃指出的竟是"管好自己的嘴巴"，要"学会讲应该讲的话"。从此之后，此官"说话"，唯上是从、唯求"得体"、决不"出格"，竟博得"成熟起来了"的赞语。为了这个"成熟"，明明可以脱口而出的，也要人先写好讲稿。有一次没有讲稿，竟然拿了几张白纸站到台上，让人看了以为是照本宣读，于是有了"成熟"的"公认"。

我们的干部，从娘胎里出来，是会说"人话"的，然而一"提拔起来"，进入官场，"说话"往往就成了问题。官场有它的文化，更有它的规矩，话怎么说，路怎样走，都是件大事情。说话不同凡响，就是"出格"；演讲脱口而出，就是"轻率"；说句老百姓拍手的话，疑似"党性不强"；而如果一句"套话"、"废话"也不会说，那更是"不成熟"、"靠不住"的表现了。久而久之，原来会说"人话"的，功能退化了，原来不会讲"官话"的，也"成熟"了。说话问题成了官场之间、"上面"考察"下面"的重要项目，成了左右之间、"同僚"们互相遵守的"规则"和"共识"。难怪连薄熙来这样的高官，于欢迎大会上说了一句"来的都是哥们"，竟吓出官员们一身冷汗；至于郑州那个规划局长，一言"你代表党还是代表人民"，虽全国舆论一片批评，却不知官场之间，有没有反认为他"靠得住"的？

当然一个"说话"，于官场成了大"问题"，并非从今而始，我们的老祖宗早已有悠悠文化堪作楷模——比如南朝的阮修，求官于太尉王夷甫。太尉出题，"老庄与圣教同异"？阮修从容而对："将无同"。这样的模棱两可，这样的云遮雾罩，当然是参透了"说话"的禅机，透显出那么一份"成熟"，从而够了做官的格儿。于是"太尉善其言"，当场拍板"辟之为掾"。后来的官场，将《世说新语》的这个经典拿给子孙看，以阮修的"三字掾"来楷模官场里待人、接物、起公文、拟批示的"规矩"，算得很有道理。如若当时阮修一剖此心，直言褒贬起儒道之优劣来，哪怕是说了一句"人话"，我看太尉府上，是绝没有他一碗饭吃的。因此沿袭至今，代价惨重叫做"付了学费"，节节败退唤作"屡北屡战"，坐失良机美曰"欲擒故纵"，扯皮叫做把关，拖拉叫做慎重，推诿叫做协调，停滞叫做稳定，下滑叫做换气，连送命都叫做"辩证法的胜利"。多少原来会说"人话"的官员，因为参透了"官话"，凭着"三字对"而升官辟掾，靠着"有分寸"而出类拔萃，圆圆熟熟地在那里跟老百姓玩着"将无同"的迷藏？谁说这"话"是无用的"废话"呢？

因为有王夷甫这类的太尉，才会有"将无同"的青云直上，更因为有官场里"成熟"的"规矩"，才会有"官话"的今日盛行，可见"说话问题"，仅仅拿官员"开刀"，恐怕是失之肤浅而又无济于"话"的了。

(2009.10)

不能忘却的"听不懂"

这是一个"听不懂"——上世纪七十年代,埃德加·斯诺采访我们的领袖。领袖一言"和尚打伞,无发(法)无天",斯诺怎么也听不懂,翻不出来,以至于后来斯诺公布的英文文本,这句话竟翻成了"一个僧人打着破伞走向远方"……

这又是一个"听不懂"——也是上世纪七十年代,理查德·尼克松的女儿和女婿造访我们的领袖。当时的尼克松总统,正陷于水门事件的灭顶之灾,然而我们的领袖却笑对两位年青人,"不就是两盘录音带吗?有什么了不起的"。尼克松的女婿戴维·艾森豪威尔却怎么也"听不懂",再三强调此事大矣,美国人不肯放过,还要起诉总统……

这两个美国人,不是耳朵不好,也不仅是对于中国式的表达不习惯,而是因为在于他们那儿,纵有千般的"弊端",但是"无法无天",没有法制,那是不可理喻的,而滥用权力,"整"反对党,这类的践踏民主,也是十分严重、十分"了不起"的事儿。所以对于"民主与法制"的这两句话,斯诺和戴维都"听不懂",怎么也翻不出来、理解不了。

美国的月亮,也不特别圆;美国也有很多自己的毛病,但是它的民主与法制(哪怕我们将它称作"形式上而不是事实上的")比较成熟,比较稳固——这就是我们的领袖,早在上世纪五十年代就说过的,例如斯大林那样的事,美国不可能发生,因为有制度——不要忘记,这仍是迄今为止,我们关于民主与法制问题的最深刻的论述,只是到了七十年代,到了这个"史无前例"的特殊时期,却变成了"和尚打伞",变成了没有什么"了不起",以至于连两个美国人也"听不懂"了。

其实平心而论，我们的领袖并不是一贯主张"和尚打伞"。且不说共和国第一部宪法，就是他放下悠悠万事，亲自主持起草的，就是1965年讨论"23条"时，因为一线的中央领导，劝其不必亲往，所以他竟手持一本《宪法》和一本《党章》，怒言："一个叫我不要开会，一个叫我不要讲话，我是一个公民，一个党员，我有发言权"，可见并不是"和尚打伞"，并没有忘却《宪法》——只可惜到了一年后的1966年，同在一个中南海，近在一墙之隔，刘少奇主席以一本《宪法》面对造反派而要主张"共和国公民"和"人民选出来的国家主席"的基本人权时，已经是"无法无天"，连这本《宪法》也真是"有什么了不起"了。

我们不要苛责前人，更不要脱离具体的历史条件和当时特定的民族认知局限来评价事非。然而斯诺和戴维的两次"听不懂"，我们却仍然不要轻忘，我们可以谅解以往，也应当正确地对待"普世价值"，却不要再说别人听也"听不懂"的话……

(2009.10)

想起了利加乔夫"搞特殊"

我的一位当官朋友，前几年"封"到某地级市当了一个市长。这本来是好事，未料做了半年父母官，却大叫"吓煞了"，要"跑"。什么原因呢？因为隔三差五有人送钱，拿吧，累积成巨，"要杀头"。那不拿吗？"也不行。你不拿，官场之上，就成了'异类'，就坏了别人的'规矩'。这样一来你一步都走不开，更不要说令出行随，推进什么工作了"……这市长，不久终于"跑"了，跑到省里头一个清水衙门，当了个"一把手"。

不受贿，竟要被视作"异类"，不收钱，原来还坏了官场的"规矩"？从这似乎"听不懂"的一席叹息，于是想到了关于利加乔夫的一件"轶事"——利加乔夫曾官居前苏共中央政治局委员和中央书记，这个人在历史的臧否，这里可以不去管他，但利加乔夫回忆录中，有关他"搞特殊"的一段往事，却令人"耳目一新"——利加乔夫初任苏共中央组织部长，第二天就给他配了高档的豪华车。利加乔夫提出，可否改一辆低些档次的轿车，代步即可。未料当时的克里姆林宫办公厅主任，竟为此当众斥责利加乔夫，说他这是"搞特殊"，破坏了风气……

通常我们一说"搞特殊"，便以为那是指奢侈出格、超人享受，没有料到，节俭也是"搞特殊"！但仔细一想，也对，如果利加乔夫不坐豪华车，那么别人怎么办？这岂非"搞特殊"；更严重的是，如果利加乔夫不按"级别"配车，那官场的规则，岂非大乱，官场的"风气"，岂不要被"破坏"？这样看来，我的那位市长朋友，他因为不受贿而成"异类"、成为"坏了规矩"的不赦罪人，也是顺章成理了……

其实这样的因为"搞特殊"，而"破坏了风气"的官员，我们这里也不是没有。曾任长治市委书记的吕日周,不就是因为公开批评了副书记,从而成了"特殊"的"异类"么?不就因为支持开展舆论监督,多次在《长治日报》点名批评官场的不正与不作为,而大大地"破坏"了长治的"风气"么?"搞特殊"的人,终究难有好下场,吕日周这个"出头椽子",最终不是因为木秀于林,所以不能见容于众,只好黯然离开么?而尽管全国的舆论力挺吕日周,但他"履闲"时在"官场"的得票,只能是"倒数第四";吕日周主政时的《长治日报》,因为力行舆论监督而曾"一报难求",但从他离任的第二天,《长治日报》立即改弦,再也不搞什么"批评报道"——从此"特殊"复归为"正常",从此"风气"又得到"匡正"……

可见我们的官员,的确是不能"搞特殊"的,你反潮流,自以为清廉而特立独行,"大家"怎么办?也可见我们的官场,"风气"是十分重要的。"风气"所成,岂但是"潜规则"?你"坏"了"规矩",轻则"不成熟"、"不懂事"、"不按规则出牌",重则寸步难行,甚至"逐出官场"。在这种"风气"的强制之下,一个人要清者自清、洁身自好,那是非常困难的,更何论"有一点反潮流的勇气"?难道那么多官员,只有随波逐流,只有近墨者黑,甚至只有同流合污……

清明吏治,须从改"规矩"正"风气"始,这句话说来容易行之难。但唯其艰难卓绝,才须要我们艰苦奋斗呵!

(2009.10)

且从"小事"读惊雷

国庆长假,暇来翻书。读的多是回忆录,又竟多与建国有关。掩卷之时,只感到历史的细节,多么震撼,而岁月的往昔,又听得到多少今日的惊雷——

例如读夏衍的日记,记述了毛泽东开国之初的一段话——那是大典过后没几日,毛泽东召集各大区负责人"务虚",追忆历史,展望未来,当小平同志等从进军西南谈到长征之时,毛泽东意味深长地说道,长征是宣言书,长征是播种机的话,我说过,但千万不要忘了迫使红军长征这个惨痛的教训!为什么呢?因为"现在我们要开始建设了,忘记了这个教训,'前面乌龟爬泥路,后面乌龟照样爬',那就会犯更大的错误……"

毛泽东的"不忘教训",说在什么时候?那是万众欢呼共产党执政之时,那是一片欢腾庆贺共和国开国之初。共产党人的耳畔,还充满着天安门广场的"万岁"声,开国一代的眼前,花团锦簇,那样的前程似锦。人们当然要重温建党的开天辟地,庆祝解放战争的摧枯拉朽,尤其是强调长征的无与伦比,然而那时的毛泽东,说的却是不要忘记惨痛的教训,不要忘记长征是怎么"被迫"的,不要忘记例如"六届四中全会以后的'左'"对今后"开始建设"会造成的"大伤元气",总之,不要被胜利冲昏头脑,这是一种何等的清醒,又是一席多么深沉的"不幸而言中"——"不忘惨痛教训",支撑着共产党人胜利地走过开国之初的难忘岁月,而忘记了这个惨痛教训,又使我们付出了多少代价。

防止"左"和右的"大伤元气",不但是讲清醒,更是讲科学。而科学的决策,并不是从天上掉下来的,从总体上来说,科学来自于民主,民主又保证着科学。真理不就是在庶人相议这个"天下有道"当中才能"越辩越明"么?——于是又读到一则开国之初的"毛泽东轶事"——1949年9月30日,政协全体会议选举中央人民政府首任主席,投票结果,竟发现毛泽东少了一票!工作人员建议那一票可以作为废票,让毛泽东"全票当选",当然也有人要"查"的,毛泽东却淡淡一笑:代表们有权选毛泽东,也有权不选毛泽东,缺一票就缺一票,没有关系。毛泽东仍然当选为中央人民政府主席,只是"缺了一票"。

我读到这则"轶事",却觉得这绝不是一则"花边",而是一个可以发人深省的重要历史情节——这不是一个领袖的"伟大谦虚",而是对于政协权力、代表权利,说到底,是对于民主的尊重和服从。但在这个"缺了一票"面前,要真正做到"没有关系",是并不容易的,那是要有民主和宪政的自觉,才能坦然接受。如果真的很"容易",那恐怕就不会有庐山会议上的一言获罪和这前后的种种遗憾乃至浩劫了……然而开国的毛泽东,是那样的坦荡,那样的"没有关系",难怪五年之后,他丢下悠悠万事,静心住到杭州,亲自主持起草了新中国第一部宪法,并发表了关于民主制度问题的那一段振聋发聩的言语——因为一国之民主,寄托于一人的"伟大",终究不甚可靠呵。

国庆读书,读来读去,读出了两则"小故事"——然而据我看来,这岂但不"小",而且更非"故事",对于今天的我们,有着多么深沉的启示……

(2009.10)

另一种"八卦"

"翁帆怀孕",这是近日报间网上一大"八卦"。其言凿凿,说是"杨振宁证实",虚与委蛇,又没有时间、出处。然而因为是"八卦",而且颇有"刺激性",这短短200字的"独家",竟成了网络一大热点。闻之喜出望外者有之,听来匪夷所思的更有之。总之点击率之高,跟帖者之众,足令始作俑者抚掌而笑,稳坐了"钓鱼台"。

这当然是一条无中生有的假"新闻",但这条假新闻所显示的"八卦"的"创新",却令人一愕。

据说我们已经进入了一个"八卦"的时代。"八卦"的盛行,当然是从演艺界开始。大凡女明星,就要曝她的红杏出墙、暧昧隐情,大凡腕儿,就要挖他的一夜之情、床笫之私。明星的旧婚新欢、插足畸恋,乃至"可疑的二十分钟"云云,都成了不胫而走的大新闻。演艺界的"八卦",自然是明星与媒体的"联手",网络报媒,要借此吸引眼球,叫卖促销,否则卖不出去。而在演艺一方呢?也有他的"需求",新人登场,要以"八卦"而"闪亮";过气明星,要借"八卦"而免公众淡忘;新片上市,主角就要闹绯闻;哪怕出一本书,如果没有一点动静,恐怕也难以动销。所以艺人的"八卦",长盛不衰,所以明星的绯隐,推陈出新。

但是这一两年来的"八卦",竟从歌星明星"出新"到了科学殿堂,"八卦"的主角,竟蔓延及专家学者。两年之前,物理学家霍金来华,不是有小报记者,追着他的轮椅不舍,非要问一个"你有几段感情"么?至于什么是"黑洞",《简史》又怎样论说"时间",竟一概不在"拷问"之列。今年时节,又来风传科学泰斗茅以升的"一生之隐",全不知中国有多少大桥,出自这位大师之手。现在又来传杨振宁的"八卦",拿翁帆的肚皮做文章,企图激起大众的巷议街谈,引起人们"无限的想象",就更是"八卦"的"创新"了——谁还知道1957年的物理学诺奖是怎么回事?谁还谈起"宇称不守恒"竟为何物呢?

其实近期以来,"八卦"的"创新",又何止从生性烂漫的明星向严谨持重的大家的"转移";便是官场,也成了"八卦"的富矿。其中尤为甚者,是挖贪吏的绯闻,传囚官的"八卦"。"五毒书记"张二江事发,便来说他的"102个情妇";女贪蒋艳萍入狱,便来挖她的"色诱狱警"。至于近日重庆公安局副局长文强的落网,报章之间,网络之上,满目"玩弄全部到渝的女明星",满眼"最美警花做了文强的'二奶'"。文强是怎样肆无忌惮,当上重庆黑社会的保护伞,他的犯罪事实又是什么?我们的读者,您看到过一眼么,你从媒体上了解了哪怕冰山一角么?难怪有网友叹息,严肃的反贪斗争,竟消解成了一段情色闹剧!

是的,娱乐时代本身并无大错,但如果把一切"严肃"的事儿,都变成了"八卦"的喧闹,而且扩散"拓展",遍及俗雅各域,覆盖大千世界,那就不只是令人叹息了……

(2009.11)

还是要讲一条准绳

近来读报上网，读到数条新闻，叹息良久，不免也要说几句话。

一是最近轰动一时的大案，某地囚犯越狱，并杀狱警。这当然令人义愤，于是人还没抓到，当地"有关部门"就出来说话，罪犯一定要判死刑！

这就令人叹息。我不知道这个"有关部门"是谁？如果是党政领导，那么审案也好，判刑也罢，那是司法部门的事，你有什么权力先声夺人？如果是检察部门，那么你也只有起诉求刑之权，一锤定音还在法院，你怎么知道"一定"会判何刑？如果是法院当局，那就更令人疑惑了——越狱者还未"落网"，检方尚未起诉，法院连庭还没开，"判"的结果怎么就出来了呢？

二是某地吸毒团伙，刚刚案发，也是"有关部门"便出来说话，说是一定要"依法从严惩处"。这也令人愕然——你怎么知道，这个"团伙"及其成员，铁定没有"依法"从轻处罚，即在法定刑的范围内"从轻"发落的情节？甚至怎么知道，他们没有"依法"减轻处罚，即在法定刑以下量刑的可能？难道"依法"只有"从严"，而没有"从轻"的规定？更不要说现在尚处案发，律师还未介入，连"被告"都称不上，这个阶段，还有一个"疑罪从无"的"推定"原则呢！这可是宪法和刑法的原则呵。

当然不仅是"有关部门"的"说话"，还有某地交管部门正式通过媒体"曝光"106名醉驾者，以"满足公众知情权"，以"通过道德谴责使醉驾者受到震撼"。其实这是一种典型的"法外处罚"。按照我国法律法规，交管部门对于醉驾者的处罚，仅限于拘留、罚款、暂扣或吊销驾照，并没有"公开曝光"甚至"贬损人格"的权力，所以这种"力度"既超越了法律的授权，也侵犯了被"曝光者"应有的人格尊严。至于有些地方至今还在将"人犯""拉出去示众"，或大绑游街，或插牌"公判"，就更不是一种"创新"了。

"依法治国"是我们党执政的基本方略，这个方略已经讲了多年，但不少"有关部门"还是听不进去。现在的形势发展，其实已经到了不"依法"不能"治"的时候。多元化、多样化的社会需要有一条底线，这条底线就是"法"，舍此不能和谐。我们的"有关部门"处在开放的态势下，要平衡多方利益，要接受多元监督，更必须有一条准绳，这条准绳，就是宪法和法律。说话、行事都必须依法依规，这样才经得起舆论和时间的检验。我们现在不少"有关部门"，为什么每"说"必错，为什么"两面不讨好"，变成舆论的目标和焦点，其中一大原因，就在于脑子里没有一根弦，说话办事没有依照法律这条准绳。

其实对于"依法治国"，我们的"有关部门"也是耳熟能详，为什么却每每出错？一是心血来潮，忘乎于法。例如越狱杀警，当然民愤鼎沸，于是一怒之下，就忘记了法律的规矩。二是习惯使然，不依法办事，或者超越法律的底线，多年来习惯了，到了多元开放的时代，要么仍然低估公众的法制观念，要么以习惯了的那一套取悦于众，迎合舆论，例如动辄"曝光"违法者，例如动不动"拉出去示众"，人们从这里头，难道看不到"无法无天"时代的深深烙印？

（2009.11）

不要患得患失

当前，我们干部队伍中，有些同志里头，有着一种"不适应"的倾向，这就是过于患得患失。

我们并不是提倡李逵式的鲁莽，我们的确主张遇事要思考缜密，兼顾周到。但这绝不是瞻前顾后，患得患失。现在有的同志，一事当前，岂但是"三思"而已，利害得失，他要想十遍百遍！患得患失的结果，是畏首畏尾，越想越怕。一百遍想下来，这也不能干，那也没有条件上，等到再醒过来，花儿谢了，孩子都会说话了，机遇早已失去，"最大的错误"也就铸成了。患得患失的犹豫、迟疑和无所作为，对我们的事业，对关键时期上海的发展改革，影响很大。

比如说，在"转方式、调结构"问题上，有的同志患得患失十分严重。我们说，事实已经很清楚，不转变发展方式，上海就没有出路，同时，转方式也好，调结构也罢，都是要作出牺牲的，叫做有得有失，没有局部的舍弃，就没有全局的主动，这就需要"壮士断腕"。可是有些同志既想得到长远的好处，又怕失去眼前的一点"现钞"，例如土地的储备问题，是调结构的基础之举，不腾笼，何以引凤？但是有的同志一听要"换鸟"，就舍不得那一点GDP、那一点税收。患得患失的结果，是优质企业失去了栖息之地，连立足的地方也没有。又如招商引资，本来是从增量上调结构的大事，招商必须要符合产业导向。可是也有些同志，面对"两高一低"企业的那一点产值，却舍不得说"不"，生怕"影响了速度"，结果"盘子"是做"大"了，但结构丝毫未变，反而雪上加霜，积重难返。

又比如说，应对频发的公共事件和公众的关注焦点，有的同志既不敢"面对面"地直面关切,更何论在"第一时间"发出声音?甚至事情来了,不发言,不讲话,不接受媒体采访,用一个"躲"字来拖。什么原因呢?患得患失,无非是一个"怕"字。怕说错话,怕被炒热,怕成为舆论的焦点,甚至怕成为"人肉搜索"的对象。其实公众事件乍一发生,整个社会都热盼听到党和政府的声音,你不说话,怕,造成信息真空,一时之间,流言四起,不胫而走,作为我们的领导干部,如果消极躲避,这已经铸下了失责的大错。说,总比不说好,总比躲避主动。如果说错话,完全可以逐步澄清、坦荡校正,公众也能够理解和体谅,老百姓没有把你当圣人,我们也不要把自己当圣人。至于被炒热,甚至被批评挨骂,那也要坦然对之,只要自身正,只要出于公心,完全可以用"是非审之于己,毁誉听之于人"来自处。

患得患失,说到底,是没有好的心态,没有把得失利害看透,没有把个人的地位呀、名声呀、利益呀这些东西置之度外。也就是说,患得患失,就是为自己考虑过多,说穿了,是患一己之得,患个人之失。我们有些同志,也知道党的宗旨,也讲理想信念,就是不动真格,碰到一件事情,尤其是碰到党的利益和个人得失这样一种"两难选择",就患得患失了。个人的政绩、领导的看法、社会上的口碑,乃至一己的仕途等等,就一齐涌上心头。要说"足将行而趑趄,口将言而嗫嚅",外在的束缚不是决定性的,说到底,在于自己内心的那个"心魔",这就是个人的得失,自己的利害。"心魔"缠绕,怎能不患得患失呢。所以说,要丢弃患得患失的种种计较,要把"怕"字换成一个"敢"字,把"拖"字换成一个"快"字,归根结底,还是要讲宗旨意识。我们的革命前辈,为人民抛洒疆场,为革命栖身虎穴,献出的是生命,抛去的是头颅,无数人连名字都没有留下,如果他们当初也患得患失,哪里来"当今中国一切发展进步的基础"?只要这样想一想,我们就该为患得患失而感到脸红,为畏首畏尾而感到自责。

(2009.11)

"玩心"不能太重

我们的少数干部之中,有一股不正之风,应当引起警觉。这股风,就是"玩乐之风"。有些干部"玩心"太重。本来,共产党人的宗旨,要求我们为人民"鞠躬尽瘁",他们却把为人民殚精竭虑放在脑后,"忘情于山水",热衷于游玩;本来,发展任务繁重,社会矛盾凸显,工作千头万绪,"白加黑"、"五加二"还忙不过来,他们却可以统统放在一边,不仅是八小时以外,甚至八小时以内,也心猿意马,心不在焉,"聚焦"在玩乐之上。"玩心"太重的干部,虽然还只在"少数",但这种"消极腐败"对整个队伍风气的侵蚀,却一点也不能低估。

"玩心"太重,首先是到哪里去"玩"。有的同志,沉湎于名山大川,八方云游,乐此不疲,甚至还要走出国门,五洲浪迹,不是公务,不是正事,而是"考察"名胜,例如15天出访,仅仅"洽谈"了4个小时,其余皆为"潇洒走一回"的事,不是已见报端么?更有甚者,还有出入于高档娱乐场所,热衷于歌厅舞榭。这就更离谱了,这些"场所",是我们的干部、我们的公务员,可以"出入"的吗?

"玩心"太重,还有跟谁一起去"玩"。也有少数干部,身边是有一群"玩伴"的。他们要么成群而"玩",要么三二结伴,往往从"玩伴",发展为"小兄弟",从一起"玩",发展到"咬耳朵"、"出主意",乃至干预政事。已经披露出来的某些领导干部,他们的为人谋私利以及从中收受,其对象不就是由这样的"小兄弟"牵线搭桥,不就是在娱乐场所、酒肉席上"欣然相识"的么?有些"玩伴",居然还把陪领导"玩",当成自己的"身价",进而变为欺人诈骗的"资本",这种严重的教训,难道不应当记取?

"玩心"太重，当然还有一个由谁来"埋单"的问题。少数干部的四处玩乐，一是公款支付，一笔报销。游历名山，叫做"公务"，漂洋过海，更是"考察"，甚至还有将娱乐场所的"费用"，开成"会务费"的。还有一种，他也"不用公款"，而是身边老是带一个"皮夹子"，或是私企的老板，或是有事相求的商人，由他们"埋单"，让他们"处理"。这是一种变相的贿赂，是一种十分危险的交易。"吃了人家的嘴软"，这样一来，把柄抓在别人手里，到时还不乖乖地跟着人家的指挥棒转？这从小处讲，是将自己置于危险的境地，从大处讲，则是人民的公共权力被一点一点地侵蚀私吞。

我们并不是说干部不能"玩"一下。然而"玩"要有度，不能放纵。我们的干部，都肩负着人民群众的莫大期盼，都承担着改革发展、化解矛盾的莫大责任。心思要聚焦在工作上，精力要集中在进取上，时间要花在为民办事上。有的同志老是说太忙，忙，是为人民服务的规律。工作都忙不过来，还有什么心思放在玩乐上？所以说，"玩心"重不重，其实可以看出一个干部的宗旨意识来。

干部也是人，也有"八小时之外"的休憩。但"玩"什么，却有一个情趣问题。孔繁森爱好拍照，工作之余，拍遍了雪域高原；任长霞喜爱唱豫剧，八小时之外，还是一个不错的"名票"，就是焦裕禄，还拉得一把好二胡呢。更多的领导干部，喜好读书，酷爱音乐，兴致所至，泼墨写意，等等。他们也玩，玩得很充实，很高雅，很有情趣，体现了一个共产党人的素质和教养，对他们的工作，也起了很好的调节作用。所以说，"玩"什么，不是一件区区小事，往小处看，是一个共产党人的形象问题，朝大处说，真还有个理想信念的世界观、价值观问题呢！这一点，也需向我们少数老是喜欢"玩低俗"的同志，敲一记警钟！

(2009.11)

"牛顿树"的"东移"？
——也算读报有感

据说"万有引力"的发现，是因为牛顿坐在一棵树下读书，又据说树上突然掉下了一个苹果，不幸砸中了牛顿的脑袋，于是这颗天才的大脑，才发现了地球引力的微妙——这个故事，传说了几百年，至今说来，似乎已不新鲜……

然而近日读报，却读到一条新闻，说是那棵掉下苹果导致牛顿发现"万有引力"的"牛顿树"，在英伦本来已经濒临死亡，但是最近的时候，其中的一根枝丫，却被中国人拿来，"隆重"地移植到了某大学的校园。

于是一则"牛顿树落户中国"的喜讯，便引起了舆论的欢呼，于是也有智者仁人，断言这哪是一根枝丫，这是天才的"牛顿精神东渐"的象征，似乎广袤中华大地，便要有千万个牛顿在成长了……

这当然是一件好事，足以使我们得到安慰、感到振奋的——然而一棵"牛顿树"，果真能在咱们这里"生根发芽"以至"开花结果"么？

就在登载"牛顿树来华"的同一份新闻纸上，我却读到了另两条也是关于大学的消息，不料竟令人对于"牛顿树"的命运，产生了深深的怀疑——

一是说中国的大学，官之多已如牛毛，光副部级以上的官员等等，已逾百人；一个"部督导办"，专职督学9 312人，兼职督学两万八千余人，其中享受厅、处级官位的占七成以上。就以前段评出的第五届国家高等学校"教学百师"来说，百名获奖者中，担任党委书记、校长、院长、系主任等行政官职的，竟占到九分天下……

这个数字，当然不是什么"网上风传"，而是出自于曾以百篇《燕山夜话》而名动天下的《北京晚报》，不由你不相信——于是我便想起，那么多的

"官",他们将如何"管理"一个"牛顿"?例如牛顿对于一个"万有引力"的"发现",要不要事先打报告、层层请示,然后立项、拨款,方可开始"研究"?又例如这衮衮诸官,对于牛顿的不安分,会不会一次又一次地"开会研究",然后再决定他的何去何从?再例如,一旦"苹果"砸中了牛顿,一旦牛顿发现了"万有引力",他的成果以及他的论文,要不要请书记排序、校长领衔,然后才能以"第九作者"的身份在"核心刊物"上发表……总之,我是怀疑的,至少对于这位"树下"的"牛顿",能否在咱们的校园里脱颖而出"茁壮成长",表示深深的疑虑。

还有一条,是说如果在20多年前,你问一个北大学子的抱负,他会回答"我将为祖国强大而奋斗";在10年以前,他会回答"我将成为中国的微软,一定会超越比尔·盖茨"。而在今天,他只能回答你"尽早拥有自己的'蜗居',这样父母来京时就不会太囧"……

这当然是转载了网上的一个帖子,但谁能说它不是大学现实的一个反映呢——是的,当我们的学子终日为房子操心之时,当大一的学生就开始为就业奔忙之时,有几个"牛顿"能静心地在树下读书而正好被这个上帝种下的"苹果"砸中呢?所以对于"牛顿树"的"东移",我也只有叹息。

其实与"牛顿树"的"东移"一起,那张新闻纸上,还有一条我们的孔子学院开到了美国的消息。这当然更是一则喜讯。但与对于"牛顿树"的"东移"一样,对于孔子学院的"西输",我同样也是颇有怀疑的——洋人的脑子里,塞满了西方民主那一套,孔老夫子两千多年前的政治思想,能够真正地在彼岸"开花结果"么——真如象征着发明和创新的"牛顿树"要在咱们这里轻易地"东移"一样?

(2009.12)

并不奇怪的"奇文"

大千世界，据说无奇不有。但是看穿了，却也平淡无奇。

比如说近年以来，"浩劫"中的风云人物，三十年不鸣，现在出来"说话"的不少。当年"五大学生领袖"的佼佼者，现在出来"重温"昔日的"风采"，"第一张马列主义大字报"的领衔者，近期出来"以正视听"，还有什么"白卷英雄"、"反潮流的小人物"等等，纷纷登场报刊网络，为自己"正名"，把历史的"真相"翻过来告诉那时尚未出生的一代人。

这并没有什么"奇怪"。说他"翻案"也好，"卷土重来"也罢，无非是为一己翻盘，无非是几十年来"不服帖"，要为自己争一个"清白"而已。算他是"人之常情"吧，也不必少见多怪的。

然而近日以来，看到一篇"出口转内销"的网文，却不是为自己说话，而是大有一点纵论历史，指点江山的味道，这就有点"奇"了——一位在"风云十年"中位居上海"市革委会常委"的"历史学家"，借庐山会议50周年之际，出来评点当年之匡庐风云，竟断言"彭德怀问题很大，对庐山悲剧负有重要责任"。什么"重要责任"呢？说彭老总写信的时间与场合均属"不当"，他的"脾气"和"性格"乃至"文化"更是"不足"，因此"促成了一场历史悲剧"；至于在庐山直言的其他人，比如张闻天等等，则更是"捣乱"——"庐山这件事"的"责任"，本来《关于建国以来党的若干历史问题的决议》已经讲得非常清楚，但是按照这位"历史学家"的纵论，"责任"却还是要归于"彭、黄、张、周"，这是一种什么样的"历史眼光"呢？其实这种"历史眼光"一点也不新鲜，"历史学家"不是拿彭老总来比附"朱可夫"，以及大谈什么对于"外国势力"的"警惕"么，这种"里通外国"的影射，更是红卫兵将彭老总批斗至死的"重磅炮弹"了。现在又拿出来，不过是老调重弹而已。

有识之士已经注意到这位因为"积极参加'四人帮'余党组织的武装叛乱罪"而曾获刑 14 年的"历史学家"的泛起，也注意到了上述这篇"奇文"的出炉——然而依我的看法，说是"奇文"，也不甚奇，不过是借纵论庐山，来排解心中 30 年的"块垒"，无非是以一篇"奇文"，来表达对于当年"待我不薄"的"人家"的孤忠罢了。

当然说"奇文"不奇，"顺理成章"，更在于另外两条。一是事过三十余年，似乎时过境迁，我们的下一代，已经难知了"当年事"。关于法学博士不知道遇罗克，"小辫子记者"未闻张志新这样的事，不是屡见报端么？所以那时的风云人物，现在出来放言，似乎竟可以蛊惑不少善良的人们——上述那篇"奇文"出炉之后，网络之上，跟帖留言，不是竟还有不少"××后"跟着责骂彭老总么？二是三十年的改革向纵深拓展，利益调整深刻，社会矛盾凸显，这本来合乎规律的事儿，也可能被利用来做倒退文章。已经有明眼人指出，否定改革开放的下一步会是什么，我们应当警觉任何一副"多米诺骨牌"啊……

正因为"奇文"并不奇怪，所以更值得警惕——最近的时候，听说一件"奇事"，一名当年的"老造反"，至今"完整"地保存着安亭事件卧轨那天"发面包"的名单，为什么"保存"了四十年呢？据说是"日后要派用场"！你说这事"奇怪"吗，但笔者却觉得一点也不奇怪！

（2009.12）

年关将临读叶案

从今日起,到过年的那一天,只有一个月的时间了。年关将临,关于"年关就是廉关"的规劝,又将年复一年地重现。这句话,我们的公众,讲过不知多少遍,只差将嘴皮磨破,而我们的不少官员,耳朵里老茧都要听出来了——可是效果如何呢?

关于"年关"的警钟,不料这几天又雷鸣了一次——韶关市公安局的叶局长叶树养,被查出受贿1 800多万之巨,还有1 600万元的巨额财产"来源不明"。但这位叶局长的受贿,可不是"一手办事,一手收钱"那样的"直白",恰恰相反,他替人"办事",当时决不收受一文钱的。那么几千万元的贿金,是怎么收入囊中的呢?都是过年过节的"礼金"。逢年过节之时,叶家门前车水马龙,送礼送钱门庭若市,大多是他给"办"过"事"的单位,大多是请他"帮"过"忙"的干部,据叶树养自己交代,"一个年节,要收一二百万元",叶局长当权19年,年年过年坐收百万,所以才有了几千万的"家当"。

过年过节,送礼包钱,本来是中国百姓的一种"人之常情",没料到这民间的"礼尚往来",却成了官场的一个"规矩"。你要巴结上司,平时不好出手,一到过年过节,便"孝敬"得顺理成章;你要有所请求,平日难以启齿,到了年关脚下,便"一点心意"表得那样自然。久而久之,这种"人情",变成为一大"规则",成为一个下属"懂规矩"、"明事理"的表现——人家都送,你不上门、不出血、不"孝敬",不是要视同异类,甚至逐出"圈子"么?难怪大家都送。这情景,可以听叶树养的交代——"每天谁来过,我都记不得了,来人把'红包'一放就走了。有的塞在枕头下,也有的放到花盆里……"所以一个年节,才会有"一二百万",所以19年下来,竟"积攒"了好几千万!

因为"年礼"成风,因为"大家都送",所以有的贪官腐吏,竟将"年关"当成了"财门大开"的时机,当成了受贿发财的"节点"。一个"年"过下来,日进十万金有之,票子点不过来也有之。当然借"年"发财的经验,还被他推而广之,于是生造出林林总总的"节"来——关于领导嫁女,要摆百桌盛宴,"礼金"用蛇皮袋还装不下的事儿,关于镇长老父大寿,要开280桌的流水席,6名"工作人员"收钱收到手酸的实例,不是早已见了报端么?至于某上司住一礼拜医院,笑纳"慰金"十万,某官员虎子过生日,一年之内,过了四次,收受礼金数十万等等,也早已不是什么罕见的新闻了……

至于叶树养这位局长大人,他的借年纳金,当然已是更为极致,已经说过他为人"办事",从不当时收钱,但总留下一句"过年再说"的"暗示"。按照广东省检察院反贪局对叶案的分析,叫做"利用权钱交易节奏的放缓、空间的转换和时间的延长,改变权钱交易的表象,混淆问题性质,把收受贿赂的踪迹掩盖起来,是他违法行为的重要特征"——原来如此!不知道具有此种"重要特征"的受贿犯罪,在生活中是否仅此一例?不知道以为借年节纳财就可以"掩盖踪迹"的,在官场之中,是否只有叶树养一人?

年关将届,今年的"年",叶树养是要在监牢"过"了——年关将届,读一读叶案的"重要特征",不知道能否成为振聋发聩的一记警钟,从而有助于将今年的"年关",真正变为"廉关"?

(2010.1)

如此"劝廉"
——也算读报有感

因为腐败屡禁不绝,所以大家都来"劝廉"。有向百官广发短信,提醒不要贪贿的,也有印刷了"廉政日历",放在每个官员的"老板桌"上,让他们"低头不见抬头见"的,当然更有办"夫人学习班",指望她们可以教当权的夫君不忘清廉的……

对于这种种的"劝廉",虽然舆论之间,多认为"无用功",但毕竟聊胜于无,总比不"劝"好,所以也只好一笑了之。然而最近读报,读到另一种"劝廉",却令人只得哑然——

例如公款吃喝几成风气,官员的一张嘴,"十八个红头文件"也管不住。于是便另辟蹊径,来为吃喝者的身体着想。说是没有节制的胡吃海喝,"对干部的身体几乎是一种摧残",并且"据了解,有五分之三以上的公务员,患有慢性肠炎、脂肪肝和酒精肝",这些多是喝酒喝出来的!所以循循善诱,请他们为自己爱惜,所以体贴入微,"请领导保重身体"……

这当然是没有办法了的"穷技"。公款吃喝,败坏了党风政风,侵吞了属于人民的公帑,这样的话,对于胡吃海喝者来说,已经是毫无作用了,要他们为国家、为人民而"收口",恐怕是不可能的,所以只好"降格以求",求他们反爱于己,当心自己的"龙体",当心自己的肠胃和肝。这样的"劝廉",当然颇有了一点以人为本的味道,但这种"人性论",对于反对公款吃喝,恐怕是收效甚微。君不闻一位堪称酒仙的官员的豪言——"俺人是国家的,当然肠胃也属于国家"!君不闻因为喝酒喝死了的官员,已经有好几个"因公殉职",被追认为"烈士"了?他们勇敢为酒捐躯,哪里还会来"当心"自己的肠炎和脂肪肝?

　　这类的"劝廉",还算是劝得平平,近日又看到一篇"劝文",更为别出心裁——因为贪官周围,大多有一帮"小兄弟",为他的挥霍埋单,为他们受贿搭桥。有的地方,"小兄弟"现象已经触目惊心,成为党风政风的一大祸害。于是便有"劝廉"之士,出来进言领导,不要搞"小圈子"和"小兄弟"。什么理由呢?因为"小兄弟"最不可靠,你今天在台上掌权,"小兄弟"是狐群狗党,你明天一旦事发,反戈一击的首先是"小兄弟"。因为生怕不信,所以还举出确凿一例,说某案中,也有那么一位"小兄弟",结果一进去就"竹筒倒豆子",交代了个干干净净。可见"小兄弟"靠不住,所以千万不要相信"小兄弟"……

　　这样的"劝廉",就有点奇怪了。我们反对"小圈子",要求领导干部不要搞"小兄弟",难道是因为"小兄弟不可靠",是因为他们还不够"江湖",还不够"义气"?这样的"劝廉",至多是要贪官墨吏"选好、选准"小兄弟,至多是要"小兄弟"们去学那个至死不开口的杨彦明罢了,对于廓清官风,对于立党为公,有什么意义呢?

　　近年读报,还每每读到为官员"算账"的。一是说官员如果平安在位,十年、二十年下来,累计可有多少合法收入,一旦"进去"了,就只好吃难以下咽的"牢饭",多么地划不来;二是说一个干部,如果廉洁仕途,多少年以后,一般可官至某级,但如果东窗事发,那么"几十年的打拼都付了东流",可见腐败是笔"蚀本的买卖"。甚至还有请出医学专家,说是贪腐之官,因为紧张、害怕,甚至心惊肉跳,往往会带来心脏、血压、神经等等诸类疾病,以此规劝官员"爱惜身体"。当然还有言之凿凿,计算出历史上、现实中的贪官"都不长寿",这就更是苦心之"劝"了。

　　其实这一笔"买卖账",贪官们绝不是这样算的。你跟他算"收入",他从来信奉"马无夜草不肥"的哲学,欲壑之难填,他还会安于"十年、二十年"的"合法收入"?你跟他讲仕途求安,他说他当官入仕,本来就是为了以权攫财,一个两袖清风的官,有什么当头?至于健康账、寿命财,他早已"把生死置之度外",有什么"后果",可以抵制钱财的"巨大冲动"?你知道什么叫"人为财死"么?

当然"廉"还是要"劝"的,问题在于怎么劝法。以一个"私"字来权衡,以一种"买卖"来劝廉,终究无济于事。廉之倡成,除了制度而外,恐怕还是要讲理想信念和宗旨,没有这一条,光靠几句"人性论"、一把小算盘,看来不行。

(2010.1)

从曹刘墓之争说到乾坤柱改名

"曹操墓"的发现，当然是一大新闻。网络之上，调侃如潮，手机短信里头呢？"曹操答记者问"，也是林林总总。"这是2009年的最后一次娱乐"，甚至有网友这样断言高陵的出土。

然而对于安阳来说，这却不是"一次娱乐"——据说已经估算，曹墓的出土"最低效益也在4.2个亿"，这还是在"宏观经济低迷"、"游客人数下降"情况下的"保守估算"，于是随着曹墓的出土和修建，已经要开始"征地、修路、通电、通水"，以迎接"越来越多的参观人群"，于是安阳的四乡，已经在摩拳擦掌，准备生产"足够的土产"。

这是应当恭喜安阳的。无论如何，这是一个大利好。不但我们要祝贺它，甚至有网友说，连刘备、孙权、司马懿"都要祝贺它"……

的确，随着曹墓的喧嚣，至少三国时代与曹操"差不多"的头面人物，都将不能寂寞了。于是从四川的彭山，便传出了刘备墓的"发现"。其实于四川而言，刘备墓究在何处，多年以来，一直争得面红耳赤。先是说在成都，尽管"史志模糊缺失"，但从未松过口。后来郭沫若到了奉节，说了一句"也可能在奉节"，于是"奉节说"便年年坚持。接着又出来一个彭山，已经在修"刘墓"。四川三地，夺刘大战，近邻反目，互不相让，什么道理呢？连彭山的农民都知道——"搞个旅游沾点光嘛"，这是记者访问时，彭山一个大字不识的村民的回答，算得是"说破英雄"。所以刘备墓要争，所以"曹操墓"也要争——安阳曹墓出土之后，亳州不是也在跃跃欲试？

多少年来一直说，历史是个随意打扮的小姑娘，现在看去，其实不尽然，历史更是一件可以"沾光"的小商品。因为"在商言商"，所以必须要争。李白的故里,江油、安陆要争;诸葛躬耕之地,襄樊、南阳要争;曹雪芹的祖籍,辽阳、铁岭要争;老子的家乡,卢邑、涡阳要争。这还是真有其人的老祖宗,其实便是传说之中的缥缈人物,不是也争得一塌糊涂么——"七仙女下凡地"呀,"愚公移山之地"呀,以至"炎帝飞天之处",孙悟空石破天惊的那块石头以及女娲的故里,也成了商家必争之地。争到后来,"正面人物"被抢夺得差不多了,便是名誉不怎么样的,也成了争的对象,一个井底之蛙的夜郎,一个祸水红颜的妲己,乃至那几个祸国殃民的"大帅",其归属之地,故里之处,都已是硝烟弥漫——说到底,多是为了"搞点旅游沾点光",多是为了争取那"4.2个亿",并没有什么看不懂的。

最近的张家界,趁着《阿凡达》的热门,把它的"乾坤柱"改成了"哈利路亚山"。舆论之间,一片骂声,斥其"崇洋媚外",说它"拜倒洋人膝下"。其实这帽子是大了一点。什么原因呢?因为卡梅隆在北京首映式的时候,说过一句哈利路亚山的原型来自于黄山,所以黄山的官网,便扯出了大幅标语,要"坐实"这件大事。然而张家界却"不认同",更不买账,便出来争此山的归属,而且"更显高调和激进",阿凡达主题游综合事务办公室业已成立,张家界"阿凡达之旅"精品线路也已推出……由此看来,"乾坤柱"的改名,并非"媚外",而是"内战",并非讨洋人之好,而是针对自己人——已有网友说穿,这其实是又一场"内讧",又一次"归属之争"。读者诸君,不知以为然否?

(2010.2)

王志走了怎么办？

王志到丽江挂职，当副市长，初始之时，舆论之间，是有诸多不屑的。但一年下来，实践检验真理，王志交出答卷，却是可以令流言疑语尘埃落定的——据网上宣布，这一年结账，王志们招商，竟招来了"近百个亿"！

我不知道这个数字是否准确，是否有将丽江一年的招商额统统记在王志账上之嫌，但有一点是肯定，王志这张脸，这点因为出镜率极高而众所周知的"面子"，是为"近百个亿"的"近悦远来"起到了主力的作用的——据说有多少富商大贾，巨至风力发电的大富豪，小到酒吧的小老板，莫不是"冲着这张脸"而去。

这是应当祝贺王志，也是应当恭喜丽江的，至少可以使原本的"无谓争论"，变得没有意义。但欣喜之时，也有一点疑虑，那便是王志走了怎么办？

招商引资是件大事。在招商者方面，自有产业导向对不对，市场容量大不大，配套资本够不够等等问题，而在投资者那一边，更有严格的市场前景考察、投入产出考量、基础设施考验，以及政策法规环境、人才基层条件等等的考虑。总之，这是要按经济规律这个"铁律"办事的。几个亿投下去，如果只凭一张"名人"的脸，只冲着一个如雷贯耳的名字，这样的"投资"毕竟令人担忧。连丽江招商局自己也说，地处远离发达地区的边远之地，"丽江地形条件复杂，基础建设成本太高，投资人担心风险，基础建设项目招商不利又影响到旅游和文化招商"，然而一见王志这张"脸"，"投资人"就不"担心"了？这就多少有点费解……

域内的招商投资，在其早期，确实经历过"面子"阶段。一是找熟人，三亲六眷，裙带连襟，幼时发小，转弯抹角；二是傍名人，名角粉丝，名家崇拜，名人介绍，名声吸引。但是"面子招商"，只曾风行于改革开放之初，信息通达之前，到了后来呢？发现大多不行——你给名人"面子"，市场却不认什么"面子"。因为"面子"敌不过"底子"，也管不住市场那个"铁律"。到了发现"人情投资"失败，甚至出现了"关起门来打狗"的怪事之时，再来找熟人解救，请名人说句话，又有什么用呢？所以，现在的招商也好、投资也好，早已不看"面子"，而要进行严格的论证和严肃的谈判了——谁还冲着一张面孔"一掷亿金"呢？

话又说出来，王志毕竟招到了"商"，这一年丽江的招商，比上一年翻了一番。这当然要再次祝贺之。然而舆论之间，也已有这样的担心：王志挂职，即将期满，已近"挂印封金"时辰，一旦王志走了，没有了这张"面孔"，丽江的招商怎么办？冲着王志而来的那"近百个亿"的投资，如果出了问题，王志还"罩"得住么？初始阶段那种"面子招商"引出和累积的各类毛病，如果于"王志后"的丽江重演，那又怎么办？这恐怕不是杞人忧天，也不是无端的过虑吧……

再说一遍，王志招商，那是应当祝贺的；然而"王志招商"，却不足为训，更不要成为"模式"和"典范"。

(2010.2)

千万不要搞错

"躬耕之争"再起硝烟,关于诸葛亮的"归属"之战,襄樊南阳两地,虽然已"口水"多年,但是最近的时候,却走上了"各自开发"的轨道,双双祭出了新招。

就在上月的13日,襄樊一地,举行了隆重的大典,纪念"诸葛亮出山1 800年",说是如此"机遇",若不抓住,则"愧对历史、愧对时代、愧对市民、愧对后人",大有一点"非我莫属"的气概。而南阳方面,也不买账,急切切宣布,将耗时十年,投资9亿,恢复卧龙岗的"历史文化风貌"……

关于襄樊的"出山"纪念,舆论之间,当然非议不少,然而对于南阳的巨资"打造诸葛茅庐",更是质疑蜂起——"臣本布衣"的诸葛亮,名下的房产,应当只有几间茅屋,如若不然,哪里来刘皇叔的"三顾茅庐"佳话千年?现在要花9个亿来"打造",隆中之对的茅屋,岂非要变成百间广厦,而卧龙岗原来的平静之地,岂非要变成大兴土木的工地?这还有什么"恢复历史"可言?

其实类似这样的巨资"打造",远不是南阳一家,也绝非只是拿"诸葛茅庐"来开刀——就拿"9亿元"这个手笔来说,与老子八竿子打不着的南方边陲,不是也将"投资9亿元",打造一个"老子文化园"吗?而以"陋室"而著称的刘禹锡故居,不是也要"投资数千万",将"已显陈旧的陋室整体扩容改造",打造成全新的"陋室园"么?

善良的人们,于是疑问四起,说是如此奢侈的花费,清静无为的老子,怎么消受得了?这不是大大违背了老子的哲学和他的"道"么?至于刘禹锡《陋室铭》,已经明明白白说穿了"斯是陋室,惟吾德馨",如果"扩容"成了"万亩之园",还能称之为"陋室",还有什么味道呢?

这当然是书生之见了。打造"诸葛茅庐"也好，扩容刘氏陋室也罢，自然还有那个毫无根据的"老子园"，其醉翁之意，其项庄之剑，当然不在于"恢复"什么"历史"，皆在于"开发旅游"和这背后的"效益"也。既然如此，就要按照"现代人的消费习惯"来"拉动内需"了——一间陋室，如果没有楼台庭院，没有歌厅舞榭，"谁还要看"？所以不但要大兴土木，而且还要拉出一条"长1.5公里的仿古街"，否则，谁会流连忘返，谁又会把钱掏出来？同样的道理，如果卧龙岗上，仍然只有诸葛酣睡的几间茅屋和一片农田，这样的"历史文化风貌"，又如何让今天之芸芸众生，近悦远来，趋之若鹜？靠几句"隆中对"的空谈，毕竟缺乏"吸引力"与"刺激性"呀！至于那个"老子园"，当然不是要还老庄的"寡欲"，那本来就是一个"集旅游、观光、文化、武术、养生、休闲、会议为一体"的"综合开发项目"呵，本来就是一个"旅游有限公司"之手笔，只不过"开发商、政府、银行这些利益相关者，都要争取共赢"罢了，千万不要搞错！

是的，千万不要搞错，千万不要把这将历史当商品，借古人以发财的种种"打造"，错当成"文化"的"无知"——看穿了这一条，善良的人们就不必为之动肝火了……

(2010.2)

蔡志强"打牌"

曾任普陀区区长的蔡志强受贿案,已经开过了庭,孰罪孰罚,那是有待于法院一槌的。但蔡案中的一个情节,却是发人深省,那便是检方起诉并得到蔡承认的受贿284万巨款中,竟有30万属于牌桌上"赢"来的"打牌活动费"。

蔡志强好打牌,据说有点小名气,叫做乐此不疲,似乎是一种"嗜好"。然而这种"个人爱好",拆穿了看,"爱好"的却不是牌。你看,某公司大产证要分割为小产证,于是在蔡区长的牌桌上"分10次送了10万元";某企业要承建项目,于是来打牌,"分3次送了6万元";某企业要开发地块,于是也上牌桌,"分3次送了5万元"……蔡志强这个"区长",恃权而为他人谋利,然后再从牌桌中"赢"回来,这几乎成了一种"模式"。

过去我们总是说,有些官员酷爱打牌,方城一起,通夜不眠,是种不良的"个人嗜好",于是引古据今,苦口婆心,规劝他们注意"八小时外"的娱乐活动,要高雅,要有度。现在一看,不对了,蔡志强们酷爱的,哪里是区区一张麻将牌,哪里是54张扑克?他真正"酷爱"的,原来是一叠叠的人民币。这哪里是什么"娱乐活动",原是一种货真价实的交易!蔡志强的"打牌活动费",一直收到了境外,某老板为了收购烂尾楼,于是在蔡区长到达澳大利亚的当晚,在那里的"娱乐场所",为他买了5万澳元的筹码。可是蔡并未"下海",却把这5万筹码全部兑成了现金,落入了自己的口袋。你看,这是"嗜好"打牌的"个人爱好",还是"爱好"钞票的真正"嗜好"?

牌桌之成了贿场,区区几张麻将牌变成了行贿纳贿的载体或是工具,并非一个蔡志强而始。"工作麻将",借打牌而"打通关节",早年是一些企业为了搞定客户而不得不为之的一种办法,借"输钱"而送钱,已经成了公开的秘密。后来发展到"官商同桌",为了结交官员,而借牌打点,为了攀权寻租,而几万几十万地"输"给他,到了蔡志强们的时节,官员为人谋利,收钱有所"不便",所以便来打牌,赢来输去,这是一种;或官员的赌资,干脆由商家先给一大笔打底,这又是一种。打牌成了官商勾连,共同吞食公权力的一种方式,这也是始料不及的。

蔡志强打牌,还有一个"亮点",那便是蔡案之中,有一个殷坤能。这个"办公室主任"十分"能干",有人要托蔡区长办事,往往通过他,办完了事,又由他来"拉场子"、纠集牌局,"陪区长打牌",保证蔡志强每上牌桌,决不空手而归。蔡志强打牌受的贿,每一次都由殷坤能"安排",而殷本人,按照"行规",也都比照蔡的一半收受了贿赂。殷坤能堪称蔡志强的"身边人",他的"能干",以及他鞍前马后"干"的是什么,足以再次敲响我们警惕"小圈子"、"小兄弟"的警钟。

蔡志强受贿数百万,为什么要有一大块从牌桌上来?也许蔡们认为,这比平常的受贿要保险,万一东窗事发,还可以推说是"赢"来的,不过是"赌资"么!但这番检方对蔡志强的起诉,完全不理睬这一套谎言,统统算作了贿额。这对于那些在形形色色的牌桌上纳贿而至今心存侥幸的官员们,又是一记严厉的警告,一次振聋发聩的普法教育!

(2010.2)

"八小时"的内与外

"八小时内,受人尊敬,八小时外,醉生梦死",一位高级法院院长对于某些官员的描画,又一次激起舆论之间、网络之上对于官员生活作风的热议,于是一片忠告,规劝官员管住自己的"八小时外",于是众口一词,呼吁领导机关"盯住"干部的"八小时外"。

现在有些官员,"八小时外"确实很成问题。天天杯觞,终日沉醉于酒席饭桌有之,夜夜笙歌,乐此不疲于歌厅舞榭的也有之。所以"八小时外",成了人们"盯住"的焦点。为了这个"八小时外",有些"领导机关",也是动足了脑筋的,有天天下班之后,以短信群发,告诫官员清静寡欲的,也有派纪委到娱乐场所的停车场上抄车牌的,总之妙计迭出,然而收效甚微。

这个收效甚微,就在于没有看出官员"八小时外"的问题,其实出在"八小时内",所以总是只能治标,不及其本。比如有些官员"八小时外"的"醉生梦死",都是有一个规律的,那便是从不"自费",一概有人"埋单"。他们的"醉""梦"挥霍,都是有一只"皮夹子"的。这些"皮夹子",或为当前生意、发包贷款、承揽签字,于是急求近功,以"安排"官员"潇洒"来打通关节,或为长远利益,结交权势、官商合一,于是疏通"感情",以声色犬马来长线投资。他们的心智十分清楚,看中的就是"八小时内"的权,他们的钱一分也不会落个虚空,只是一种变相的权钱交易。就拿蔡志强这个贪吏来说,你看,他当区长时,陪他"打牌"的老板络绎不绝,场场牌桌要输给他万金几万金。但是他调了个"闲职",不当区长了,半年多之内,居然没一个陪他"打牌"。什么道理呢?因为他没权了,再也不能给你发包免税批贷款了,于是"八小时外",只好形影相吊。这个"细节",其实一点也不"细",多么形象地说明了"八小时"内外的关系。

一点也无疑义,官员"八小时外"的"醉生梦死",根子在于他们"八小时内"的权力滥用。只要存在着一些官员"八小时内"、行权之时的一手遮天、一言乾坤,就一定要有"八小时外"的"醉生梦死"。这就叫做"没有制约的权力必然产生腐败"。只要"搞定"一人,就可以万事皆通,只要疏通一官,就可以一路绿灯,这种"八小时内"的体制弊病存在一天,某些官员的"八小时外"就必定出"问题"。

在一些发达国家,官员"八小时外"的"问题"比较少。什么原因呢?固然有官员不得去某些场所的严厉规定,固然有新闻舆论的处处监督,但其中一条基本的原因,则是那里的官员权柄分散,制约很大,谁也不能一锤定音,谁也难以一手遮天,"八小时内"的权力很"小",你"搞定"他也没用,所以很少有人给他"安排"、给他"埋单"的。西方的月亮并不那么圆,但他们在长期的政治发展中从权力制衡这个根子上防范官员腐败,却值得我们思考。

我们看问题,要看得深一些,还是要从根子上观察原因。比如官员的"多如牛毛",前段有"29个副秘书长"的奇谈,近几日又出来一个县政府办公室配了28个秘书的新闻,如果我们只是从官员的多少来呼吁缩编裁员定职数,而看不到那是体制改革的问题,机构臃肿是政府"权力过于集中",管了过多"不该管、管不好"的事儿的必然弊病,那我们永远只能在"惊呼"和"怒斥"中往复回荡。"八小时外"的"问题"也一样,如若我们只是"盯住"官员的"下班以后",而忘记了他们的权力运行状态,"八小时内"的弊病不除,"八小时外"的"醉生梦死"又何以根除?

这一条思想方法或曰认识论,岂止是说一个"八小时"的内与外?

(2010.3)

合久必分寻常事

"天下大势，分久必合，合久必分"。《三国演义》开卷的这第一句话，说得很有道理，很有辩证法。唯物论有几条法则，说大千世界是物质的，物质世界是运动的，运动着的万物又充满矛盾，什么事物都是无限可分的。静止是相对的，而运动才是绝对的，统一是暂时的，"对立"才是永远的。所以说，"天下大势，合久必分"，没有永恒的"兄弟"。

想到这层道理，并不是又读《三国》有感，而是因为这几天的上海，有一对"兄弟"反目。周立波与关栋天的"阋墙"，忽然成了媒体之上的一件大事、一宗"特大新闻"。整版连篇，叫做夺目惊人，大字标题，叫做重磅炸弹，更有评家蜂起，说什么的都有，也有内幕消息，说来说去，就是那几句话。

在一个娱乐的时代，两位名角的"反目"，当然是要成为新闻的。于是人们第一反应，是会按照"市场经济"的"通则"推测之——比如说，兄弟为什么分手，大概是因为孔方兄的缘故吧。分利不均啦，利益失衡啦，等等。所以不少评家，叹息的是当初周关二人，没签一个契约，没请一个律师，没把"丑话"说在前头，因此单凭一句"兄弟"，究竟不可靠……

但依笔者所见，这样的分析，恐怕层次简单了点，也恐怕把周立波的"泡饭鲍鱼论"理解得过俗了一点。除了铜钿银子而外，周关的反目恐怕还有一个"迅速做大"过程中的规律必然性。

比如说，原先的一些"军规"，不上电视啦，坚守上海话啦，因为需求迅速扩大、八方纷纷来邀，所以不但上了电视，而且一夜之间，南北几个荧屏同时开播，还能"坚守上海话"么？又比如"要耐得住寂寞"，但是场场爆满、盛况空前，怎能不从六百人的场子搬到一千三百人的剧院？再比如初期的"清口",大概是应归于"兄弟"间的"策划于密室",但是大"红"以后,就不对了,上门"包装"、热情"打造"的公司,定将踏破门槛,这样的"做大",再要他求教于"大哥",甚至言听计从,甚至恪守"军规",就很难做到了……

哲学上有一个名称叫做"异化",异化的常态是"对象化"。演艺界也往往是这样,孜孜以求要蹿红,红了之后,就被这个"做大"了的"市场"反过来控制,不知不觉走上了另一条道路。至于当年起始一道打拼的"师徒"、"同门"乃至"兄弟"、"姐妹","红"了之后,分手还算好的,阋墙反目,形同陌路,甚至势如水火,也是屡见不鲜。这里头,不全是分利不均,不全是利益关系,更有理念的相悖不合,更有"做大"以后的规律来主导"分合"。

因此"合久必分",本是寻常之事,何况一"做大"就"异化",就更有其哲学上的一点规律性,往往没有什么是非曲直,我们完全不必为之大呼小叫,痛心疾首,甚至完全不必又去"狗仔"一番——至于也有一种推测,认为周关反目又是一种人为"炒作",似乎双方或一方又要从中获取什么"新闻利益",笔者看倒不必"小人之心"——不就是一个规律性的"合久必分"么,天下哪有不散的宴席呢?

(2010.3)

一惊一忧说"裸政"

天府之国有个巴中市,巴中市有个白庙乡。这个名不见经传的小乡,这几天来,忽然闻达于世,声震天下。什么原因呢?因为白庙乡政府在网上"晒账本",公示政府收支,从1.5元的信纸,到招待上级的烟酒,无不公开。网络之上,一片赞扬,称之为"第一个全裸乡政府",欢呼"'三公消费'的堡垒竟被一个小小乡政府攻下"……

关于"全裸乡政府"的评论,已可谓风起云涌,各种高论,也已充斥网上,自己不必再来重复。但笔者读此新闻,竟也读出另外几条断想,不妨求教于读者诸公。

——"全裸乡政府"的"晒账本",最夺目惊心的是什么?是占总支出65%的酒肉账。这酒肉账,当然是所谓"招待费"。在今年一月的支出中,招待各路"上级",就吃掉了5 425元,其中招待"财务预算公开民主议事会观摩来客",竟也要摆三桌!真不知这批"来客",胡吃海喝之际,是否准备将这笔"财务"也来"公开"。

所以人们叹息,说白庙乡政府一个月的总开支,最大之用竟不是改善民生和发展经济,三分之二是酒肉账。其实白庙的这本账,并不是特例个案。过去说"上面千条线,下面一个眼",看来变了"上面千张嘴,下面一桌酒"。"上面"下来,检查工作要吃,现场调研要吃,没有事也要来"转转",也要乡镇招待。吃掉了乡镇"65%"的财政不说,还要基层干部天天陪吃陪喝,他们"三分之二"泡在招待里,哪还有时间和精力"改善民生、发展经济"?

白庙乡把酒肉账也晒到了网上,把吃喝风再曝光了一次,恐怕也会让一些"上级"收敛一点。这也算"无心插柳",乡政府晒账,结果"晒"出了各路诸侯的"秋风"。你看，白庙一晒账本，至少有两个"招待费数额较大"的"检查团"赶紧"退回了物资"。听听这两个"团"的名头，一个叫做"区委年终检查组"，另一个名曰"区委特困户口慰问组"，真是叫人哭笑不得！

——"全裸乡政府"的"晒账本"，最令人遗憾的是什么？是白庙乡的老百姓，居然"大多数不知道"！白庙乡的账本，是在网上"晒"的，然而这个1.1万人口的乡，只有50户有电脑，镇上也只有一家网吧，难怪记者到当地一问，乡民竟不知此事。所以乡政府的"全裸"，尽管网上炒得沸沸扬扬，但"灯下"却是"黑"的。

公开于网络，让天下尽知，当然不是坏事，但真正要监督乡政府收支的，首先还应当是白庙乡的万人乡民。白庙乡晒账本，不进村、不上墙，不开乡民大会，却只是往网上一贴，虽则收到了天下扬名的奇效，真正的"利益攸关者"却一无所知。难怪有识之士要怀疑这只是一种"秀"、一种"狡黠"、一种"行为艺术"了……好在白庙乡的书记这几天表示，将在未来的乡人代会上，再来决定是否向乡民"公示账目"。我们但愿到时候的"决定"，能够合乎常理。

——"全裸乡政府"的"晒账目"，最令人担忧的是什么？是成为后无来者的"绝响"。网上对于白庙此举，90%以上是支持，但也有担心"损害政府形象"的。这样一种"担心"，据我所知，在不少政府中，更是普遍。其实政府收支的公开，国家近一年前已有明文条例，只是大家不动而已。现在白庙乡开了一个好头，但如果它的"全裸"成了一个孤本，甚至成为一个"传说"，那就真的是一种悲哀而不是一个喜讯了……

（2010.3）

不是一条"花边新闻"

王益之受贿案,于报章网络,激起了公众对一位女星的莫大兴趣。于是,有识之士便出来惊呼王益案的"被娱乐化",又出来规劝舆论,不要对男女私情"那么感兴趣"。

这是有道理的。贪贿之案,结果炒成了桃色绯闻,不是没有先例。例如天门市案的原书记受贿案,就曾被翻炒成所谓"张二江与他的102个情妇"的花边新闻。又例如湖南的女贪蒋艳萍落网,当时舆论关心的竟不是她的贪赃事实,而是蒋的一个"乱"字。大凡一个贪官事发,就浓墨他的"情妇";只要有墨吏落马,就多要炒他的私生活,几乎成了一个通例。所以这次王益案发,出来规劝一下,提醒人们不要把注意力聚焦在一两个的明星身上,也有道理。

但这一次的王益案,公众那么关注那位女星,却也有它的道理——那笔200万元的买房款,是王益叫商人李涛给女星的。李涛和王益是什么关系?他为什么对王益如此附从,以至于一掷200万元?李涛是王益案中的主要行贿人,向王益"打点"了数百万元巨款,而王益利用权力,为这个不法商人谋取了大量利益。可见王益的"叫"李涛打出200万元,是权力的一种运行,决非什么"私交"而已,而李涛为王益"办事",看中的正是王副行长的权势,也不是一点"哥们义气"罢了。这样看起来,这200万元买房款,就涉及到了公权力,就不只是有识之士说的"男女私情",这涉嫌刑法上说的"收受"的"其他利益"。所以公众这次如此"激动",所以舆论之间,要揪住这"200万元"不放……

现在的中国,反腐肃贪形成一个通例,那便是贪官污吏身边,大多有所谓"情妇"。其实这个"通例",天下皆然,外国也是如此。总统的绯闻,部长之"乱",也是不绝于耳。但在他们那里,"情妇"也好,"小蜜"也罢,往往与权无关,就是说,"彩旗"可以飘飘,但是不能染指官员的权力。比如克林顿与莱温斯基,美国人只是认为他"不诚实","不地道",却从未说他们有"权色交易"。一般说来,老外对官员的"私生活"还能容忍,这里除了文化习惯不同之外,根本的原因,在于官员即便"红杏出墙",但很少有"权色相通",为婚外人以权谋私的。所以人们把它当成茶余饭后,而不列入反腐倡廉的范围。

但我们的贪官往往不是如此。他们以权谋色于先,为色行权于后,不仅婚外有乱,而且乱中用权,利用手中的公权力,为"情妇"们"办事",形成典型的"权色交易"。从给项目、批资金、下贷款,到安插三亲六眷,以至鸡犬升天,因色行权,权色相融,很少有几个只是"感情出轨"的。可以这样说,中国的贪官不仅少有不带"色"的,而且更少有不以权力为"色"谋私的。这是一大特色,一条规律,也是国人对贪官的"情妇门"格外愤怒、格外"感兴趣"的一条基本原因。

可以这样说,当"关系"涉及到权力的时候,就不是什么"私生活",而是公权的被侵吞、被蚕食;就不是一条"花边新闻",而是一个"可以聚焦"的重大题材——我们固然不能"娱乐化"反腐斗争,却不能在这个口号下轻轻放过足堪让我们认识反腐倡廉的"中国特色"的经典案例!

(2010.4)

重提一下"沈崇事件"

这些年来,一部中国现代史的研究,思想越来越解放,方法越来越辩证。一个陈独秀,我们知道了他不只是"改也难"的"错误路线头子",更是"五四运动的总司令";一个胡适之,也不是一派"胡说",终于如哲人预言,"在21世纪给他平反"……

现代史尤其是革命史上的是非辨析乃至一些定论的"翻案",有的是必要的,是实事求是的,但也有近乎荒唐的。比如数年之前,有万里长征一步也没有走过的"学者",宣称那一年跋涉中,"根本没有吃树皮草根那样的事",于是引起了两万五千里一步步走过来的谢觉哉谢老夫人王定国的拍案而起。又比如这些天中,竟也有人说隆化战役中董存瑞炸碉堡的那一刻,全然没有喊出过"为了新中国,冲啊"那样的豪言壮语,结果也引出了幸亏还活着的英雄当年身边战友的怒斥。

这类的"翻案"之争,比较典型的,是关于"沈崇事件"的辩论。"沈崇事件",今天的青年人不清楚,但半个世纪前的老人们都耳熟能详——1946年12月24日晚,美军士兵在北平强奸北大女生沈崇,从而在全国爆发了抗议美军暴行的运动。但就是因为现在的青年"不清楚",于是便有"有识之士",发演讲、做报告,说"沈崇事件"纯属"莫须有罪名",又说沈崇是什么人派出的"倒钩"。

其实这两条"考据",并不是新的发现。一是"莫须有",那本是1947年6月美军海军陆战队司令范特格里甫释放施暴士兵皮尔逊的口实,而在这以前的1月22日,美军军事法庭就已判决皮尔逊强奸罪成立,并于之后处劳役15年。二是"派遣说",这本是当年蒋特"情报网"的谣言,欲借此事攻击延安,连一般的特务机关都不敢这样离奇。半个世纪前的两大流言,现在拿出来"解密",有什么"新意"呢?拿这样的"翻案"来哗众,果真能取宠么?

关于"沈崇事件"以及一些历史事实的蜚短流长,引起了部分有识之士的警觉,他们提醒善良的人们警惕"项庄舞剑"。这当然很有道理。然而我的看法,除了也有"意在沛公"之外,更多的流言蜚语,还在于思想方法上的片面,所谓以一个极端走到另一个极端——

比如关于"白求恩遗言"的两种说法,先前曾说白求恩得了败血症,延安通过杜月笙搞到一批盘尼西林,但白已处极度危险,似乎用了也没效果。征求白大夫意见,白却说"生命也是可以奉献的",于是省下宝贵药品。人们从这"遗言"中,似可听到一个伟大的人格。到了这几年呢?不对了,说白的"遗言"是法语,其实说的是"生命也是重要的"。于是又说他临终还有"强烈的求生欲望",并不像你们吹得那样"英雄"……事实如何呢?白求恩的死,是在1939年,而盘尼西林作为药物,到1941年才研发成功,1943年才批量生产。白大夫病危时,延安到哪里去搞到"一批盘尼西林",围绕着这个盘尼西林的任何一种"遗言",又是哪里来的呢——可见"高大全"有伪,而过度的"人性论",又有几分"真实"呢?不过是从一个极端跳到了另一个极端而已。

因为一部历史,确有不够"真实"的地方,所以就来一概否定、一棍子打死,甚至连根本的是非都不讲了。某些"翻案"文章做到这里,剩下的只是"极端"的形而上学,一点辩证法也没有了——写到这里的时候,忽然想起现代史上的另一个名人陈纳德,过去骂得一无是处,现在又成了一个完人。而最近看到一份史料、一则史记,既肯定陈纳德在反法西斯战争中给予中国人民的帮助,又披露了抗战胜利后,飞虎队卖力帮助国民党军队打内战,仅一个太原战役,就因为陈纳德的"倾力支援",至少多牺牲了几万战士……足见一个陈纳德,过去贬入九地不对,但后来又捧上九天,似乎也不必呀!

总之要讲辩证法,总之要实事求是,尽可能避免方法上的误区。至于真有"意在沛公"的,那当然就不只是一点方法论之谬了……

(2010.4)

未庄式"焦虑"
——从朱元璋"被入籍"说起

这大概是一条又令国人拍案而起的新闻——近日之间,韩国MBC电视台公然宣称朱元璋"很可能是韩国人"——咱们的洪武一帝,堂堂大明王朝的"英主",竟然"被入了韩国籍",此种荒唐,岂不要令中国人同仇敌忾?

其实此番朱元璋的"被",还是客气的,因为还有一个"或"字,不是那么言之凿凿。而在这之前,韩国人之抢咱们的人,却是那样的斩钉截铁,那样"毫无疑问"。一个炎帝,他说是韩国人,一台浑天仪,他说是大韩的"国宝",一个西施,他说是他的美女,一个李时珍,更说是高丽的名医,便是一个两米二八的姚明,虽说是鲜活的今人,却也说是"韩国籍"……

对于韩国人的"争抢",咱们的人,嗤之以鼻,俺们的舆论,万炮齐发。而中国的有识之士呢?也众说纷纭,争论不息。然而争来争去,争到后来,却争出一个颇能安心的结论,说他这是一个"文化焦虑",因为祖先没有什么东西,所以便来"抢",所以反映了一种"文化的不自信"……于是咱们的人,因为有着煌煌五千年的祖传,所以反而得意而归。

但不久之前看到的一条消息,却是说五千年的中国人,似乎也有"文化焦虑",似乎也有那么一点"不自信"——耶稣这个人,总是外国人吧,然而咱们一位研究《山海经》的专家,"经过多年考证",竟一举考出"耶稣是个中国人"!说耶稣此公,不是别人,正是中国上古五帝之一的颛顼!一个道道地地的中国人!原来五千年的咱们,也有几分"焦虑",也在"争抢"别人的人,在这一点上,又恐怕不能嘲笑韩国人了。

其实韩国人的"争抢",也有一点情有可原——因为他不"抢"自己人,不

"打内战",只是去"抢"外国人。而咱们的"争抢"却不同,那是一种货真价实的"兄弟阋墙",一种狼烟四起的内斗。诸葛耕躬之地,要争抢,黄帝飞升之处,要争斗,女娲补天之址,要争吵,一个李白故居,要争夺。几乎没有哪一个名人,其籍贯、其出生地、其上学处,是没有"争议"的。为了争名人之归属,买下版面的有,买断学者的有,组团游说的有,还有赴京告状,要"上面"给一个说法的。争来争去,连一个孤陋寡闻的"夜郎",一个声名狼藉的西门庆,其何从何出,都争得面红耳赤。这样的内讧,比起韩国人的"外战"来,恐怕是更有咱们的特色,咱们的"国民性"了。

国人的"争抢",说得浅一点,据说是为了一个"利"字,借古迹而推新游,假名人而激消费。但依我所见,恐怕深处的原因,恰恰还是在于那个"文化的不自信",以及"文化焦虑"——在俺们中国,姓赵与否的问题,是个性命攸关的大问题,祖上如何,先前是否阔,那是关乎一张脸面、九分荣耀,这一点,未庄的故事已经讲得十分清楚、那么隽永。祖宗有文化,固然可以借来赚钱,但更要紧的是拿来长脸。于是"焦虑"不堪,于是要找回"自信",于是穷县要与人争抢,富市也要出来内战,以免落一个"富而不文"的话柄,以便证明自己的确姓"赵"……

这样说起来,一点"文化焦虑",一种"文化的不自信",还不能拿来单单嘲笑韩国邻居的呢——莫非偌大亚细亚,竟似同一个"未庄"?

(2010.4)

贺赵高墓的"被发现"

网曰新近几日，秦相赵高的墓地，在河南汝州被发现。这大概是继曹操墓被发现之后，中原地盘上又一个特大喜讯吧！

这是需要恭喜汝州的——赵高墓如若真的出土，对汝州的发展，无疑是一个助推。你看曹操墓的发现，八字还没一撇，不是已经赶紧规划征地、修路、架水电，不是已经算出了每年"至少4.2亿"的旅游收入了吗？所以按照当今的通例，为了这个赵高墓，汝州也要赶快"抓住机遇"才行，而赵高墓四乡的百姓，也要"紧张行动起来"才行。

当然也有人疑虑，说那个出土的曹操，总还是个黑白相间的"争议人物"，既有"篡国"的奸行，又有"统一"的伟业，既有暴戾的一面，也有东临碣石的千古诗篇。可是这个赵高，除了"指鹿为马"，千夫所指之外，就是一个铁板钉钉的奸相，一个臭名昭著的太监恶宦，连煌煌《史记》，都不屑于为之费墨，他的墓，有什么看头，有什么号召力，有什么可以借以"开发"的呢？

其实不然。当今天下，借古人而推行旅游，当然先是抢名人。"好人"抢光了之后，无奈之下，便也来做反角文章。比如平原之上的"大帅府"、"督军院"，那是实在没有办法，便来拿军阀老儿做招徕；又比如一块周佛海的题碑，也精心包装起来，让莘莘学子"参观"，这也是没有办法，只好让汉奸来唱戏。至于民国史上，特务头子强包名优的香巢，不是也"完好无损地保护起来"，让南来北往的游客，一睹"当年的暧昧"么？所以只要是名人，并不管他黑白臧否，一概可以借以招引，可以"近悦远来"。曹操可以年入"4.2亿"，赵高为什么不能？

被发现的赵高墓，据说坐落在一个赵落村。当地的乡民，又据说历来以赵高为耻，为此还与别处的人们打过架。现在赵高墓一旦被出土，一旦要扬名天下，他们怎么办？其实这也无妨，按照时下的流行，自会有学问大家，有闲之士，出来为之翻案的。冯道不是"正名"了吗？秦桧不是成了远见卓识的"大政治家"吗？一个赵高，为什么不能成为卧薪尝胆的"复国英雄"！

其实赵高墓被发现，并不是第一次。3年前，在河北平原的海兴，据称也发现过赵高墓。按照今天的"惯例"，这个太监的魂归何处，是否也会燃起战火，引发纷争？一个"指鹿为马处"，是否又会硝烟弥漫、争得一塌糊涂？这是可以拭目以待的。

赵高墓的被发现，尚只是"网曰"，汝州的官方怎么说，汝州的企业怎么动，当然更可以洗耳恭听……

（2010.4）

风云莫测话"歉意"

4月8日的天气预报说次日上海多云,最高气温19℃。但是到了4月9日,雨却下个没完,而且冷风凛冽,不少市民因此"吃药",穿得较少,所以冻得不轻。上海气象局承认预报差了7℃,属于"失误了",并有一点表示歉意的意思。

气象局道歉,这在近日不是孤独一例。自去年秋季以来,我国西南地区严重干旱。负有气象预测责任的气象局,却始终没有预报,致使数省没有预防措施。中国气象局面对记者,坦承"水平有限",对持续这么久的干旱,未能作出准确预测,也有一点道歉的意思。

其实气象部门的"失误"和他们的"水平有限",公众是可以谅解的。天有不测风云,人类的科技水平,从总体上说,总赶不上自然的变化。在运动着的物质世界面前,人类的认识"水平",谁不"有限"呢?谁没有"失误"呢?

关键在于对"失误"的态度,对"水平有限"的认识——这两次"失误"之后,公众对气象部门"道歉"的宽容,首先来自于对于"这是一种进步"的普遍肯定,就说明了这一点。

气象部门的"失误",其实是家常便饭,但过去的"失误"之后,往往紧跟着强词。某地预报旭日当空,结果来了个倾盆大雨。媒体一加指摘,预报者竟坚持"从气象科学的角度说,一点没错",还要拿出"科学数据",来对公众进行"普及"。他不但不承认"失误",而且指责公众"水平有限",差一点要批评老天爷"违反科学"、胡乱"出牌"……

这还算好的。10多年前,某地屡屡发生预报"失误",一位政协委员在报纸上发表一篇评论,婉转批评气象站的"水平有限"。结果那气象站的负责人竟然冲到报社指责"导向错误"。更有甚者，从那天起，连续几日，该气象站竟不再向报纸提供气象预报，以此"制裁"，以示"惩罚"，以儆"效尤"……

现在当然好了。气象局报错天气，不再"坚持"，更不搞"制裁"，而是坦承失误，致以歉意。这是一大进步，也使气象部门在公众面前的形象大大亲和，气象站也不再天天把自己"放在火上烤"。气象局的歉意，折射出我们社会的成熟，也给我们的诸多政府部门提供了一个堪以举一反三、争取主动的案例。因此这件事的意义，似乎并不限于一个天气预报，一个气象部门。

当然，"歉意"也不能成为"轻轻放下"的捷径。我们的气象部门，"失误"要尽可能少一点，"水平"也要尽可能提高得快一点——失误之后的歉意，人们可以接受，但歉意之后的行动，才是人们更关注的焦点……

这个道理，说的岂止一个"气象局道歉"？

（2010.4）

"酒肉账"为什么锐减

名不见经传的白庙乡,忽然闻达于世,是因为乡政府的"晒账本"。关于这件事,笔者写过一篇"解放论坛",题目叫做《一惊一忧话"裸政"》。惊什么呢?原来白庙乡一"晒账本",无意中"晒"出了乡政府的公务招待费,竟占了总支出的65%。仅今年一月,招待各路吃客,就吃掉了5 425元……

但这已成旧闻。最新的新闻是什么呢?说是上个月的"招待费",竟只有596元!"酒肉账"锐减,其因在于"晒账本"也。白庙乡一公布"招待费",上面的领导"不好意思"来吃了,左右的同僚也"不敢"上席了。账本一公开,事隔一月,招待费竟减去九成,困扰多年的一个老大难问题,竟"无意"中被解决了,这真是"无心插柳柳成荫"吧!

"革命的小酒天天醉,喝坏了党风吃坏了胃",公款吃喝,屡禁不绝,越反越烈。所谓"几十个红头文件管不住一张嘴",实在是描绘了一大困窘。

当然也曾作出"规定",规定只能四菜一汤。然而很快就"下有对策",四菜成了鲍鱼、海参、雪蛤和野生甲鱼,一汤则变了鱼翅。在某些地方,四菜一汤之奢靡,竟远远超过了原来的"满汉全席"。

其实这种"对策",并非自今日始。早在晚清,朝廷就要求百官共度时艰,也"规定"过宴席不许超过多少道菜。于是不少官员,便想出"只上一道菜"的办法来敷衍以对。我们老一辈的革命家李一氓同志,在他的《征途食事》里,就记载过这样一件事:他在陈叔通副委员长的家中,见到过一只"绝大瓷盘",直径50厘米,圆周150厘米,就是当年清朝官员用来盛那"一道菜"的。陈叔通老先生曾做过晚清翰林,所以收藏了这种菜盘,也见证了"下有对策"的悠久与"×菜一汤"的无效。

"规定"无效之后,还有动大刑的。就说半年之前,浙江省的岱山县,就判了公款吃喝的医院院长傅平洪11年徒刑。其中44万元是公款吃喝的"酒肉账",全额认定为贪污罪。但这并非因吃喝而获刑的首例,早在10年前,天津市某区劳动局长原晋津,就因公款吃喝,挥霍54万元,以贪污罪被判死刑,缓期二年执行。原晋津案判决的当时,笔者写过一篇《天下公吃者戒》,以为可以"以儆效尤"。然而"天下"的"公吃"者,"戒"了没有呢?一点也没戒,全然不把这个判例放在眼里,仍然胡吃海喝。半年前的傅平洪吃喝案,据说也并没能"振聋发聩",不过当了笑料而已。

现在白庙乡一"晒账本",却歪打正着,把"酒肉账"锐减了九成,几乎有一点要煞住公款吃喝风的势头。这说明了什么?说明了民主是个好东西,公开更是个好办法。到白庙乡去吃,并非把嘴一抹就可以万事了的。那里的"酒肉账",吃了多少,谁去吃了,那是要公开,要"晒"的,要上网的。这样的酒,还有谁去喝?你看白庙乡"晒账本"的当月,不就有两个"检查组"赶紧退回了"礼品"么?同样的道理,白庙乡的酒,再也没人敢去喝了,这可不是一块"唐僧肉",不是一盏省油的灯呵——白庙乡既没有下规定"四菜一汤"的"文件",也没有开杀戒、动大刑,只是"公开"二字,就几乎解决了"多年困扰"的难题,可见他们"无意"间,竟为我们找到了一条"出路"——"这条出路,就是民主。人人起来监督政府",才不敢胡吃海喝。这条路子,恐怕比"红头文件"更可靠,比判几个刑案更有威慑……

"酒肉账"的锐减,白庙乡的"无意"之效,深深启示我们的,当然不只是"管住一张嘴"的事儿。

(2010.4)

又是硝烟弥漫处

近期以来,古墓的"发现"络绎不绝,帝王将相"蜗居"千年之处,不断地重见天日。一代枭雄曹操的墓刚刚"出土",又传来了指鹿为马的赵高之墓终于"落实"的消息……

然而更有"可读性"的,还在于近几天的一条喜讯,说是在江西的崇仁,一举发现了一座宋代古墓,墓主竟是世外高人黄裳!黄裳是什么人?此公可不是无名之辈,《射雕英雄传》中有一部《九阴真经》,据金庸的"伪托",这"武林绝学"的作者,就是这个黄裳!于是"发现者喜形于色,传说者奔走相告……"

但是也有担忧者——担忧按照时下的惯例,这黄裳墓的所在,会不会又燃起战火,引发一场硝烟弥漫的纷争。在《射雕》里头,东邪西毒南帝北丐中神通,为了夺取这部《九阴真经》,不是在华山之顶打了七天七夜吗?后来的武林,不是为了争这部"绝学",把个江湖弄得一片血雨腥风么?现在黄裳的归处,崇仁一地,凭什么说在贵县?难道不会有第二、第三个"发现者",出来宣布他们那儿才是《九阴》的真传?

这担忧当然不是空穴来风。现在的"真墓"也好,故里也罢,哪一个不是刀光剑影?从炎帝故里争到老子故乡,从曹雪芹出生地争到诸葛亮躬耕处,就是一冢刘备之墓,不也是邻地相争,反目成仇?

最近的"争夺",大概还要数赵云故里的战火纷飞了。都说"常山赵子龙",但这位"百万军人取大将首级"的五虎上将,故里究竟何在?千年的悬案,不料近来形成内斗——自河北的临城,以"赵云故里传说"申遗成功,邻近的正定拍案而起。正定的"官媒",义正词严,发表"社论",怒斥临城"堵门骂阵、欺人太甚",触犯了"不可逾越的底线",如果任该种"欺人之谈"横行,"那么一代人将愧对祖先、无颜当代、祸及后人"云云。两地之争夺,当然早已非"口水仗",因为系争两县,作为"赵云故里",均无"核心文化设施"可以证明,于是怕难抱佛脚,"超常规"赶造"古迹",临城快马加鞭,要在三年内建起赵云故居、故里牌坊、碑亭、塑像、家庙、洗马池以及陵园,正定则将在今日破土动工"赵云故里",并高调举办赵子龙的"公祭大典"……一场兄弟阋墙的近邻之争,为了一个古人,已经势如水火。

现在的争夺古人,其"经济唱戏、文化补漏",那一点古心,其实观者都可以理解。所以如刘备、赵子龙,确有其人的,要争,而如所谓"嫦娥奔月地"、"女娲补天处",那样虚无缥缈的传说,也要争;李白、孔明,如是正面人物,要争,争到后来,就连赵高、秦桧乃至西门大官人那样的反角,也要争个一塌糊涂,这就真是有点不靠谱了。

争来争去的结局,最出人意外的还是关于"李白故里"的最新战况。这几年来,四川的江油、湖北的安陆、甘肃的天水,争一个李白,炒得沸反盈天,谁都不肯相让,谁都不愿松口。然而就在近期,吉尔吉斯斯坦的驻华参赞朱萨耶夫·古邦访问安陆,一言"李白故里就是我们的托克马克市",着实令人失色,这不是"黄雀在后"吗?于是无奈之下,便有出来打圆场的,说按出生地,当是托克马克,但幼年生活最长,应是四川江油,工作时间最长,应数湖北安陆,而按中国人的算法,祖籍之地又应当是甘肃天水,所以别争啦,资源共享,大家有份,好不好呢?

看来也只有这样了……

(2010.4)

什么样的"重要会议"?

4月的26日、27日,本不是双休日,然而一个叫做舒城的县城,从中小学直到幼儿园共万名学生,都收到了放假的通知。什么原因呢?原来县里要开一个"重要会议",为了避免"堵塞交通",所以令一万学子,不要去上课……这又是一条要"教育让路"的新闻,在这几天的网上,几乎要沸反盈天。

这是一个什么样的"重要会议"呢?以致要一万学生停课!网友之间,说是"重要",全国两会算得重要吧,举世瞩目,万众翘望,但也没听过偌大北京,为了"避免堵塞交通",而下停课令的呀!一个县城开个会,就要上万学子不上课,这是一个什么样的"重要会议"?

也有网友列数近事,说汶川抗震"重要"吧?然而余震未已,满目疮痍,汶川百废未兴,首先恢复的是"帐篷小学",从一片废墟上,第一声传出的是朗朗书声。至于玉树地震,那更是情景惨烈,但我们的胡主席,一到震区就来到学校,在黑板上首先写下的是"新校园,会有的"……比起抗大震来,舒城县的会议更"重要",以致要令"教育让路"?

网友的反诘,真是拳拳此心,然而类似要"教育让路"、令学子停课这样的"新闻",近年以来,早已不绝于耳,岂止区区一个舒城?新厂开工,要千百学子停课去当仪仗队,在七月烈日下列队敬礼;外商莅临,要中小学生停课去当"人海",喊破嗓门也要雀跃"热烈欢迎",这样的事情,人们早已耳熟能详。其实"教育"要"让路"的,不仅是学子,就是园丁们,也不能幸免。某地令女教师浓妆艳抹,出去为"重要接待活动"当礼仪小姐,这一条奇闻,前些时不也已在网上激起过莫大波澜么?

科教兴国也好,"教育是先导性、战略性、基础性的事业"也罢,这些话语，都是写进了全党的决议，也载入了神圣法律的，然而舒城县却不听，非要教"教育让路"，令学生停课。这样看起来，就不只是一个"忽视教育"的事儿了——说到底，这其实是一种权力的滥用。你看一万学子的学业，他们"停课"与否，全在"县里"一张嘴，令行禁止，一个命令下去，"改变一切"，权力真是大得很。管你党的决定，管你教育法规，到了我这里，统统不算数，说是"教育让路"，其实是"法律让路"。已经有网友提出了"天高皇帝远"这样的问题。这是有道理的。在某些地方，权力不受任何牵制，一"县"权在手，就把令来行，说是"政令畅通"，实为权力滥用。例如这样的情况，绝不是舒城一县才有，也决不仅限于一万学生停课让路这样的"政令"。这样看起来，这个"重要会议"的"重要性"，其认识价值就要深刻得多，这个"样本"，确实值得我们重视。

还是回到舒城来，这究竟是一个什么样的"重要会议"呢？说不定要决定什么依法行政的大事，也说不定正要研究"科教兴县"的百年大计呢……那就谢天谢地了。

（2010.5）

又闻"局长"一声吼

又闻"局长"一声吼,说的是几天之前的一个下午,兰州市城关区旅游局长张德礼,因为一起小小的交通事故,与一位路人发生冲突。张局长二话不说,上去就是一声吼:"你知道我是谁吗?我是局长"……

说是"又闻",因为"我是局长"之吼,人们并不陌生——一年多之前,深圳那位两斤白酒下肚,于是非礼女孩的林嘉祥林局长,对着对方的家长,便是一言既出:我是局长!和你们市长一样大!而也是一年多之前,某地那个冲进女子美容院要人"服务"的镇纪委书记雷某,面对"不从"的女老板,不也是一声大吼:我是书记!敢不给面子!

"局长"也好,"书记"也罢,确是应当"一声大吼"的,决不能忘记自己的"身份"——但这种"身份",应当"亮"在哪里呢?比如说,"急难险重"的第一线,天要"塌下来"的时候,当领导的,应当大吼一声"我是局长",冲在头里,抢在前头,让群众看到的,是自己的背影。又比如说,与群众利益发生冲突时,鱼和熊掌不能兼得之时,当领导的,应当退避三舍,让群众先行,让别人先走。张局长的那声大吼,在网上流传之后,有的网民便想起了前年5月14日的北川县城,解放军的担架队,因为抢救一名女孩而快速向前,路上行人纷纷避让,而在退到路边让出大道的人群中,就默默地站着我们的温总理!我们的"局长"、"书记"们,都要学会给老百姓让让路,这才叫做不忘记"我是局长",我是人民的公仆。

但是也有网友叹息,这样的境界,对于张局长、林局长和雷书记们来说,要求是太高了。我们不指望他们身先士卒,不指望他们为民让路,只希望他们平等待人,不要动辄怒吼"我是局长"就行了。但这其实也是一种高要求。因为在这些"局长"的内心深处，人民岂但不是什么"社会主人"，根本就是他的"治下"——广东有个五华县，那里的县长邓伯锦，不是公然地群发短信，说老百姓是政府的"子民"么？所以他们颐指气使，飞扬跋扈，甚至鱼肉"子民"；所以老百姓一跪下，他们要么含笑受拜，要么根本不出"衙门"来见；所以一不顺心，就要大吼一声"我是局长"，以为三山五岳也要吓退，芸芸众生更要"肃静"、"回避"——这一声大吼，并不是什么突如其来，而是"吼"为心声，是内心深意识的暴发。

这位张局长，因为大吼之后，拳脚相向，所以被民警要求去派出所接受调查。张局长"第一反应"是什么呢？"你们是哪个派出所的？把你的名字说出来，我给你们局长打电话！"而这样的问话，公众之间，也并不陌生，相反耳熟能详——这样的问题，前些时候，不是有的"×长"，在"两会"上已经问过了么？而我们的生活中，关于"你是什么单位的"以及"给你们局长打电话"这样的"官问"，不是俯拾皆是、随处可以听到么？

写到这儿的时候，又传来张局长已因此事被免职的消息，又说他不承认有此一吼。不知读者诸君，相信不相信这种"矢口否认"以及那种同僚间的"自查"？至少我是不相信的——否则，凭什么摘掉人家的乌纱帽？

（2010.5）

西门庆"转身"

为了一个名人故里,九州早已烽烟四起,但毕竟还有一点"文化"可以做挡箭牌。争夺轩辕、帝尧,争的是祖先;争抢李白、曹寅,争的是文圣;争吵西施、昭君,争的是美女。一部三国,从曹操、孔明,争到刘备、赵云,那争的还是英雄。所以说,争一争,倒也罢了。

但是这几天的新闻,却说两省三地,硝烟弥漫,刀光剑影,争起了"西门庆故里"。阳谷县宣布建设"水浒传·金瓶梅文化旅游区";临清县则宣称打造"西门庆旅游项目",重修那个"王婆茶馆";至于黄山市,更是声称投资数千万元开发"西门庆故里"……

名人之争,古人之战,最初抢的是圣雄达人。然而争到后来,好人抢光了,便来抢"坏人"。不管是历史上的汉奸,还是古籍里的恶棍,只要有一点名气,就要抢到手里。"反角"也是"角",哪管他千秋骂名?于是秦桧的出生地,燃起烽烟;赵高的墓地,引起纷争;北洋的"大帅府",辟出了专线游;一块周佛海的题碑,也让莘莘学子结队而谒。现在又来抢西门庆——难怪网上众友,要拍案而起,说是一大恶霸,也值得如此争抢,真是没有了是非!又说要扬一地之名,赚游客之钱,也不能如此"见利忘义"啊——总之,一个"反角",决不应当去"逐臭"。

但事情恐怕并没有这样简单。已经有一种声音响起,那便是说,西门庆并非"反角",他是"反封建"的人物,几乎是一个堂堂正正的"正面人物"。

且不说这位西门大官人,只是一个虚构的小说人物,就是《水浒传》和《金瓶梅》中的西门庆行状,也不需要重新钩沉索隐,争者抢夺西门庆的初衷,也正是看中那一点暧昧。问题在于,西门庆之成为"性解放"的旗帜,这样一种网友所说的"华丽转身",并非突兀,也并没有什么石破天惊。近些年来,例如"换妻"那样的行为,不是得到了有"学者"的力挺么?对于现行婚姻法律制度的讽嘲,不是早已在学界"响起"么?所以说,西门庆的"华丽转身",他的摇身一变而成为"正面人物",其实与我们的某种社会生态有关,我们从西门庆"翻案"之中,难道看不出更深刻的"现实依据"么?

当然形成这种"社会生态","先驱"并不仅在学界,更在于某些官场。君不闻"90%的贪官都有权色交易"?从接二连三的"日记门",人们看到的是,无墨不贪之外,无贪不色,正在成为一条铁的规律。如果说系争三地的争抢西门庆,是一种"价值误导"的话,那么这种"误导",这种对"社会生态"的破坏以及对社会风气的毒化,并非自抢夺西门庆而始——一个西门庆,在我们的某些社会生活中,其实早已"转身"。

争抢西门庆,已经引起舆论哗然;而西门庆的成为"正面人物",应当引起的哗然,恐怕会更为强烈。只是但愿我们的公众,对于西门庆的"华丽转身",对于这种"转身"背后的深层原因的思考,不要仅仅停留在一片"哗然"之中。

(2010.5)

"读书问题"

"读书问题"，是指相当一部分干部"不读书"，从而酿成了"问题"。这本是一大痼疾、一个老"问题"，为什么又要提出来呢？因为《人民论坛》杂志不久前做了一个关于党政干部阅读状况的调查，在"每周读书时间"的问卷中，33.4%的受访干部答曰0—3小时，27.6%的为3—6小时。

这个结果颇有意思，因为都说中国人的阅读时间在世界上算少的，但已经有调查表明，国人每周阅读时间平均为8.1小时，而六成以上的干部，读书时间不到6小时，竟在国民平均水平之下。这是不是说，他们的"读的书"比老百姓还少？至少有一点可以肯定，那便是在个别干部里头，还有每周读书时间为"0"，连翻都没去翻一下的！

干部的"读书问题"，已是尽人皆知，"治理"的对策也已经不少。有刚性规定"每月读书时间不得少于×小时"的，有把干部"关起来"，让他们"集中时间、集中精力读书"的；有提倡建设"书香机关"，并把它列入"考学"硬指标的，当然还有省市委书记，或给全省干部发出公开信，或亲自给全市官员"开书单"的，苦口婆心劝学，循循善诱引导，无非是要干部多读几本书。

关于干部读书重要性的论述，已经汗牛充栋，解决"读书问题"的举措，也可谓苦心孤诣，但是干部的"读书"，仍然是个大大的"问题"，这不能不使我们有所思索。

干部不读书，据说是因为"忙"，在多次关于干部阅读的调查中，这个"忙"字，无一次不居于榜首。至于"忙"什么，舆论之间，也有人归结于"玩乐享受"和"应酬太多"的。这也不无道理，确有一些干部，声色犬马、夜夜笙歌，而"没有时间"掩卷，也确有一些干部，杯觥夜宴不算，三餐都要"围着圆桌转",哪里还有精力和兴趣来读一点书呢?

但这种"忙"法,恐怕还只是一部分官员,而多数干部的"忙",确是在"忙工作"。"忙,是革命工作的一般规律",但可惜的是,我们相当多的干部,"忙"是被忙在会议上、忙在接待上、忙在"陪同"里。曾有某地一位负责干部告诉我,"这一周7天",他开会14个,接待6批,陪同上级4次。这种"千手观音",并不是个别,只要我们去看一看各级干部的"日程安排",就可以知道他的身陷"文山会海",就是长着三头六臂也应付不过来,谁还有"时间"和"精力"来读哪怕"半部《论语》"、哪怕一章《资本论》?其实这种"忙",说到底,也是一种应酬,一种官场上的"明规则"而已。所以说,要干部"挤"出一点时间来读书,不如先把他们从"三陪"的境地中解脱出来,给他们一点学习的自由和读书的时间。而从根本上说,如果小平同志指出的"权力过分集中,责任又不分明"的体制问题,以及"管了很多不该管、又管不好的事"的职能毛病不改革,那么,干部"忙"得书也没法读的"问题",恐怕很难从根子上解决。

当然也有一些干部是"读书"的,他们的"读书时间",或许还超过国民的平均时间。然而他们也有"读书问题",这问题便在于他们读一点什么书?有一位书界人士,曾在一位官员的书架上抄下一张书单,说是颇为"震撼"。都是些什么书呢?从《官经》到《厚黑学》,从《曾国藩用人识人术》到《历代君臣权谋大观》,从《古代帝王驭人术》到《官场文化与潜规则》,当然还有《八字与官运》、《办公室风水学》乃至《官运桃花》等等。一些官员中,像胡长清酷爱《素女心经》,马向东研读《赌术精选》,胡建学喜好《麻衣法相》,这样的下三滥,当然是个别。然而近年来,有的官员把"官场权谋"一类的书,当成自己的枕边秘籍,把专制政治下的治人之术和官场黑幕,当成"领导艺术"来"学以致用",在某些地方,几乎成为一种风气、一种时髦。这样的"读书",恐怕比不读更成"问题",更值得我们警觉。

看来,干部的"读书"之所以成为"问题",恐怕"问题"并不在表面,并不能简单到一个"读书时间"之上。这个"问题"反映出来的深层原因,应引起重视,也只有触及了"不读书"的背后,才能使干部的"读书",逐渐地不成"问题"。

(2010.5)

"假热点"与"被热点"

"非诚勿扰"的走红,已是一个"热点"——你说它全是假的也好,论其"导向错误"也罢,其收视率的超群夺冠,不但令始作俑者乐不可支,更教例如闫凤姣那样的"新星",脱颖而出。

说起这个闫凤姣,"假货"也好,"托儿"也好,总之已经成了"热点"。先是秀她的玉腿,后又来个"恋槽不嫁",但是还不够,似乎还欠"火"候,还要烧一把才能真正酿成"热点"。于是这几天之间,便有了什么"照"的风波——先是其"照"上网,接着"大方"地承认,"那就是我",还配以一本"强人所迫"的故事。于是这个闫凤姣,便真正地大"红"起来,终于炒成了一个大大的"热点"。

当然已经有网友"揭发",说那"照"根本就是假的,既非一天所摄,神态之怡然,也绝非什么"所迫"。这就有待"辨析"了。但有一点可以肯定,还不够"火"的闫凤姣,凭着这几张"照片","进一步"成了红极一时的荧屏明星和网上热门。至于这种蹿红,近几年也不是没有成功之例,璩美凤一"照"惊世,不是迅速地开起了万人演唱会么?钟欣桐一"照"流传,不是居然名声大振、片约不断么?所以闫凤姣的这一"招",真假尚且不论,但收到的奇效,却是明摆着的。

这几天的大热门,还有一个张柏芝,因为再度产子,而成为网上的"最大新闻",早已超越了备受争议的《三国》和强档继出的《手机》。这个张柏芝,也是因为一"照"受挫,而息影离场,一直没有什么响动,这就颇令我们的"娱记"们深感寂寞。现在好了,张柏芝又生了个儿子,虽然和演艺一事毫无干系,虽然不过是别人家里的一点私事,但毕竟有了"新闻",有了"响动",于是狗仔队蜂拥而至，一哄而上，于是娱乐版连篇累牍，重磅标题，成了近日之间，特大的"热点"——如果说闫凤娇的"照"，有着自我炒作的很大嫌疑，那么张柏芝的"产子"，则是真正的"被热点"了。

八卦的风行，首先当然是演艺界的乐事。新星出世，没有什么人知道，于是要"八卦"，绯闻糗事，才能夺人耳目；暂息一段的明星，要重新"复出"，也要炒"热点"，满城风雨，才能不让大家遗忘。至于早已"过气"的"前辈"，因为一剧之后，再也拿不出新招，于是"戏不够、八卦凑"，只好另辟蹊径，要么闹出点飞短流长，要么来"回忆"当年的红杏出墙。总之别看我们的演艺界，愁眉苦脸地抱怨娱记们的"追、逼"和狗仔队的长枪短炮，但如果没有两厢情愿的"珠联璧合"，"出名"还真不容易呢。

至于一些媒体包括网络，那更是唯恐天下不乱，生怕平淡无事呢——对于他们来说，如果闫凤娇没有"照"，假若张柏芝一点"响动"也没有，那他们的版面，岂不是要开天窗，他们的大幅标题，又拿什么来"振聋发聩"？所以屁大的事，要炒成热点；所以人家的私事，要炒成"公共事件"；所以假"新闻"要当成真事件来炒，即便连影踪也没有的事，照样可以捕风捉影，炒成个其言凿凿。例如有好心人写文章，说《张柏芝产子，只要祝福就够了》，意为不要去炒作，但这就太善良，书生气也太足，不炒，报纸谁来买，网上谁来点击？不炒，岂不要喝西北风？

八卦可以看看，奇闻也不妨一笑，只是我们的读者网友，对于风来风往，心里要有个谱才好——不是说"止于智者"吗？

(2010.5)

我们业已厌倦……

神州之大，古墓出土成风，中原大地，近日又传喜讯——前日之间，三国名将曹休之墓，宣告在洛阳邙山发现，号称"曹魏时期确切年代最早、级别最高的墓葬"……

这当然又是一大捷报，应当祝贺洛阳方面的。然而我却担心，按照时下的通例，会不会有人质疑，会不会马上有人宣布他那里也"发现"了曹休之墓。总之，曹休之墓，会不会再起烽烟，几省数地，会不会又来争曹休，其实也是未可知的。

这并不是一种杞忧。就拿三国人物来说，电视之上，新《三国》热播之时，荧屏之下，"争抢"早已硝烟弥漫。诸葛亮的躬耕之地、周公瑾的吐血之地，那已早早吵得一塌糊涂，便是近时，天府之国，数地拿刘备之墓，近邻之地，谁也不服帖曹操墓的归属，河北两县，为了一个赵云故里，几乎要演全武行，便是一对"二乔"，近日也引出了大干戈，五省之地，烽火燃起，一场"波及范围最广、参与方最多、触动利益最纷繁复杂、场面最为波澜壮阔"的名人争夺战，其壮观不亚于当年曹丞相挥师83万的南下征伐……

名人故里的争夺战，已经毫不新鲜。争夺名人，先是拿炎黄祖先、民族英雄、骁将名相、文化泰斗，争到后来，就来争民族败类、耻辱柱上的人物，从赵高到秦桧，无不要争。争夺名人，先是争典籍人物、确有其人，争到后来，就来争"传说"中的人物、小说中的角色，什么"女娲补天地"，什么"嫦娥飞天石"，一个"牛郎织女"的神话，六个省在争，一段"梁祝"的虚构，引出十几个地方摩拳擦掌。便是这个"二乔"，因为有一句"遥想当年，小乔初嫁了"，所以似乎真有这两个人，但说当年曹操的"挥师83万"，是为了拿一二美女，那便是话本的"传说"了。至少有一点可以肯定，且不说西门庆的"负面"，便是这人物，本身就是《水浒》和《金瓶梅》的虚构，他有什么"故里"，也值得来"争"？

但凡历史上有一个"名人"，就要来争抢，但凡有一处墓儿出土，就要烽火连天，我们对于这种"争夺战"，实在已经厌烦，而公众对此的千夫所指，也实在已经疲惫。关于"名人争夺战"的分析、批评和规劝，媒体网络，已经口干舌燥，再也没了多大的新意，所以近日之内，有关"争"某地，说他的争，是争责任而非争利益，舆论之间，却也懒得去理睬他，也没有什么人有兴趣去批驳他的强词……我们真的厌倦了。

正当我们厌倦之时，却传来了近邻的一条消息，说韩国的电视台，"公然"宣称"朱元璋是韩国籍"。这还了得！咱们的洪武帝，怎么成了你的人？更不能容忍的是，韩国人抢俺们的名人，已经不是第一回！一个李时珍，他说是他的名医，张衡一台浑天仪，他也说是他的发明……于是我们的专家学者，就要研讨韩国人的这种"现象"，分析来分析去，确定这是一种"文化的不自信"，是种"国民性"，于是"自信"的我们，就有了一种得胜回朝的好感觉。

韩国人也许"不自信"，然而依我观察，韩国人的"争名人"都是与外国人"抢"，从来不搞自己人，从来不打"内战"。而反观咱们的"争夺战"，或五省七地，或十几个城市大打出手，从来属于祸起萧墙，属于兄弟阋墙，属于货真价实的"内讧"。这就奇怪了，这就是我们的"文化自信"，这就是我们的"国民性"？

当然，正当我们厌倦之时，正当我们的公众，已经为连天的烽火"烦透了"之时，也有"黄雀在后"的——当我们四川的江油、湖北的安陵、甘肃的天水，为了一个李白争得不可开交时，近期吉尔吉斯斯坦方面，却宣称"李白故里就是我们的托克尔克市"，那就是唐代中亚的碎叶城呀——可见我们已为"内战"厌倦之时，人家可没有"厌倦"啊！

（2010.5）

秦桧的"贡献"?

现在的翻案文章,因为汗牛充栋,所以也已乏人喝彩。比如秦桧,先是说他"远见卓识,具有军人所不具备的政治家素质",接着又说他"心有全局",几乎要抬到"民族团结"开创者的高度。但是说来说去那么几条,自己也觉得不新鲜了。

然而近日之时,却有学者出来另辟蹊径。倒不是否认秦桧的"卖国",而是惊问我们今天广泛使用的仿宋体,你道是谁发明的?那就是秦桧搞出来的呀!如果没有秦版的仿宋体,我们今天输入电脑的汉码,还不知在哪里呢!所以秦桧的贡献,功莫大矣,所以不要揪住人家一点"卖国"的小辫子不放,"要往大里看"呀!

这就是说,他也不翻秦桧的气节之案,但认为这只是"小节"而已,比起他的仿宋体来,不过是过眼烟云、小事一桩,而后者,才是"彪炳史册"的呵……

读了这样的高论,却不禁想起另一个"秦桧"来——上世纪前半叶的德国,有一个著名的科学家叫做斯塔克,当年的电场光谱效应就是以他命名,还在多普勒效应的研究中做出了十分重大的贡献,因此获得1919年的诺贝尔物理奖。然而这个"伟大的斯塔克",为什么德国的史书,却不屑提他呢?因为斯塔克宣誓为纳粹政权"尽忠",而且在希特勒政权中出将入相。所以德国人普遍认为他"大节不行",谁也不愿提到他,偶尔讲到斯塔克,也无非是"揪住"他的那一根"小辫子"不放,一直把他钉在历史的耻辱柱上。

这也许就是德国人的"大节观"?你"电场光谱"也好,"多普勒"也罢,一旦做了希特勒的"牛马走",就不能"彪炳史册",就只能"遗臭万年"。从这一点上说，我们的秦桧，好在不在德国，否则岂不成了又一个"斯塔克"？

其实还有一个赵孟頫。过去总是说他"大节有亏"，但是字，还是写得好的——当然也有人说，赵孟頫的书法，透着一股媚骨，可见字如其人。但毕竟无人敢用一笔好字，来"彪炳史册"，来掩盖他变节的"大处"。然而近年以来，赵孟頫本已湮灭的旧墓，却竖起了偌大的新碑，那碑上并非什么"书法家"的头衔，却是赫然"元魏国公"！这就是令人诧异，这个"元"字，多少年来，恰是赵孟頫的耻辱所在。这个宋代的皇族，到了外族入侵，一屈膝跪了下去，做了"元"的翰林学士和刑部主事，也算是饥不择食。这降"元"取宠一节，大概赵孟頫自己也不好意思，所以留下的墓碑，也只是"赵孟頫之墓"五字，却不敢堂皇地自冠以"元"。现在好了，终于"元魏国公"——这就不是说他的字好，而是说他的"大节"也"好"啦……

翻案的文章，仍然是可以做的，"历史的局限"尤其是"陈旧的观念"更需要打破，秦桧也好，赵孟頫也好，他们的"贡献"也不要一笔抹煞。然而斯塔克在德国的下场，我们却不要忘记……

(2010.6)

又见关公战秦琼

张园这个地方，曾名列沪上三大名园之冠，近年以来，仍然名声不减，游人如织。

张园是什么时候成为"颇有名声"的名园的？张叔和又是何时购得此园？近日有北京网友南下赴游，拿到一本"精美小册子"，赫然介绍说是"清末明初"！

这就十分令人惊诧了——清之"末"、明之"初"，中间相差几百年，怎么会是一个时辰？如果是"清末明初"，那么结束"清末"的孙大总统，开创"明初"的洪武一帝，岂不要撞在了一起？这岂不是"孙中山幸会朱元璋"，又一出"关公战秦琼"？

小小一个张园，薄薄一本"小册子"，闹出个"清末明初"的笑话，当然只是疏忽而已，然而这种新版的"关公战秦琼"，在我们的生活中、荧屏上，却是满目皆是，并不需要俯拾的——

清代巡抚的府上，悬挂着今人毛泽东的《卜算子·咏梅》，民初强寇的嘴里，动辄"人不犯我、我不犯人"的名言；大玉儿健在，贵为太后之时，满朝文武，已经敬呼她死后才有的谥封"孝庄"，而北宋的女词人李清照，却嫁给了清代光绪王朝的御医张士让……类似种种的"关公战秦琼"，我们早已耳熟能详。

问题在于这种"耳熟能详"，竟如此地耽误了咱们的后代，最近几年，高考作文之中，莘莘学子笔下的关公秦琼，不仅令人捧腹，更发人深思——鲁迅在"四人帮"攻击他的时候，拿起手里的笔反抗，最后英勇牺牲；岳飞精忠报国，征战无数，以至于匈奴闻风丧胆；战国时曹操，在赵文姬帮助下登上政治舞台；宋江拜把兄弟张飞劫法场相救，一起亡命天涯……这样的关公秦琼，恐怕就不只是一点"雷人"了。

荧屏的戏说，当属胡编乱造，银幕的乱相，不过也是笑料一堆而已，然而最近之时，看到一本学术著作，其引经据典之严肃，其诲人不倦之庄重，却不是一个"戏说"可以概括的——这本名为《司马迁的西方现代经济思想》的专著，一举考证出今天的西方经济学，其源盖出于咱们的"太史公"，例如自由主义经济思想，例如货币如何转化为资本，例如政府何以调控宏观经济，乃至天赋人权的西方理念，俺们的司马迁，在千年之前，早已发现，早有周密论证并且不幸而言中了……这本煌煌专著，出自于教授博导之手，当然可以大长国人志气，又可以令人小吃一惊的。

又见关公战秦琼，可以一见今人历史知识乃至历史观的混乱，只是当年点戏的韩复榘，为什么至今其魂不散，而"我本唐朝一名将，不知为何打汉朝"的唱词，又为什么这样绕梁不绝？

(2010.6)

不是笑话

十年之前，曾经有这样的笑话，有的领导干部，因为不知 IT 为何物，所以将"网民"一类，混同于海边的渔民，又将"伊妹儿"一物，错当了谁家的大小姐。

也是十年之前，某地一位领导，亲赴农学院做报告，说是"袁隆平研究出杂交米，得了 500 万大奖，你们如果搞出纳米，我也奖 500 万"，原来这位"一诺万金"的领导，不知纳米实为十亿分之一米尺度的空间，以为是可以充饥填肚的稻米。因为不知"纳米不是米"，所以闹出了笑话。

十年过去了，据说现在的情况有了"很大的改观"，学习型组织已经满目皆是，官员的"读书问题"也正在不成"问题"。关于"渔民"和"纳米"的笑话，似乎已经一去不返，然而新的"笑话"，却仍然使人笑不出来——

中国现代史上，一位"难得"的大文学家和大诗人聂绀弩先生，出生于湖北的京山，京山为了纪念这位大师，便将县城一条大街命名为"绀弩大道"。然而京山的一位年轻县领导，并非初来乍到，竟不知道这个"甘弓"是什么意思——是一个人，还是一件武器，"怎么起了这样的怪地名"？

这位父母官，全然不知道本地出了一位人杰，更不知道聂绀弩自 1903 年出生于京山的城关镇十字街，一直在此生活了 18 年，直到 1921 年才"走出去"。这当然属于"无知"了，也可以算作一个"笑话"。

但还有并不"无知"，却是满腹经纶，满肚子掌故的——曾有友人，出游某地，乃神话中"女娲补天"之传说地也，当然更是时下硝烟弥漫争抢"补天之处"的系争地方之一。也是一位领导同志，口若悬河，其言凿凿，说是当年，支撑老天的四根柱子如何倾倒，俺们的女娲又如何炼出五色土在此处补天，不但告诉来客，女娲补天时掉在河里的两块七彩石，现在已经找到，便是冶炼红铜（即五色土）的那1 500口坩埚，也可以带你们去看一看……

这位官员，比起那个"不知聂绀弩"的县领导来，当然算是"知识型干部"了，只是这样的"有知"，与另一类"无知"，又有多少"实质性"的距离呢？

写到这里的时候，便想起这几年的"干部读书"来。官员的读书，当然有好读书、读好书、读得好的，但也有读《素女心经》以及《厚黑大全》的，自然更有时至今日，只知道《三国演义》而不晓得有陈寿《三国志》的，更有按照领袖要求，确实把《红楼梦》"读五遍"，不过看的却是连环画的。这笑话也罢了，近时听说一"笑话"，却教人"五味俱全"——咱们一位官员访俄，瞻仰托尔斯泰故居，诚恳地对俄方陪同官员曰：托翁的作品，对我年轻时的影响很大。俄方官员大喜，便问您读过列夫·托尔斯泰什么著作？答曰：《卓娅和舒拉的故事》！

亲爱的读者，你还笑得出来吗？

(2010.6)

孙悟空是哪里"人"？

争抢"历史名人"之战，早已烽烟四起，媒体网络之间，指斥的文章，也早已口干舌燥，无人再有新鲜之感。

然而近日之间，忽又抢起孙悟空的"故里"来，这个神话里的美猴王，竟也要落实为何方"人氏"，就不免令人有了一点新的诧异——争抢名人，先是抢帝王将相、文圣诗宗，抢到后来，"正面人物"抢光了，就来抢"反角"，指鹿为马的赵高，投降派的秦桧，直到贿选"猪仔议会"的曹锟，无不拖在篮里——但那都是确有其人，是一方"人氏"，抢一抢出生地、争一下故里，那也无妨。

现在又来抢孙悟空。几十万年的历史上，有孙悟空这个"人"吗？然而近日之间，一个叫做娄烦的县，却宣布他是孙大圣的故里。娄烦其言凿凿，说唐宋时已是皇家的"御马监"，史书上还有"楼（娄）烦骏马甲天下"的句子呢，而孙悟空在《西游记》里头，不是当过"弼马温"、养过"御马"吗，所以"正相吻合"，所以娄烦就是孙大圣的"故里"！你说它是牵强附会也好，论其太不着调也好，总之，一个"花果山孙大圣故里风景区"，已经在娄烦"决定着手建设"。

其实类同孙悟空是哪里"人"这样的"落实"，并不只娄烦一地。"补天"的女娲，是个神话"人物"吧，可是争抢女娲故里的硝烟，却已弥漫不散，都说当年，支撑老天的四根柱子如何倾倒，俺们的女娲又如何炼出五色之土在"此处"补天，都说女娲补天时掉在河里的两块七彩石，现在已经在"本地"找到，便是冶炼红铜（也即五色土）的那些坩埚，也就在本县，可以带你们去瞧……

除了争抢神话"人物"之外，当然还有抢小说人物的。小说本是形象思维的产物，人物自然是艺术的虚构，但是不管，也要群起而抢之。最热闹的，莫过于最近的抢西门庆。且不说西门大官人的正反臧否，便是这个人物，哪有其"人"，何来"故里"？但是两省三地，抢得不亦乐乎——其实说来也怪，这系争之地，都是真正的"名人故里"，阳谷出过孙膑，战国时期的大军事家；临清出过张自忠，二战中盟国捐躯的最高将领；而黄山的徽州，更是出了个毕昇，活字印刷惠于千秋。然而都不"争"，偏偏去抢一个"查无此人"的西门庆，难怪网友拍案，要论一论他的"价值观"了……

孙悟空是哪里"人"，居然激起了我们的人一腔的真诚和无限的激情，以及煞有介事的考证，又为一个本来虚无缥缈的"人物"，打响了又一场争夺战，对于这里头的荒诞和微妙，我们当然不能书生气太足。

(2010.6)

"莲舫"之忧

莲舫这个名字,这几天成了热门,什么道理呢?因为日本政局动荡,鸠山由纪夫下台,菅直人组阁。"有中国血统"的女议员莲舫,入新内阁而任大臣。这本是一件好事,几乎值得庆幸一番,为什么要"忧"呢?

一忧"美女大臣"重来。说是"重来",因为在我们的报纸、网络之上,"美女部长",已经屡见不鲜。季莫申科当然长得不错,于是"美女总理"扑面而来,季莫的发型以至她又穿了一件新的什么裙子,成了咱们媒体的热点,至于季莫的政见如何,她在乌俄关系之上,又有什么微妙的转变,有几张报纸告诉了读者呢?从哥伦比亚的"美女防长",到萨科齐内阁的"四大美女",每有巾帼入内阁,便说她如何"美女",每有女性从政,便说她怎样"美貌",谁也不谈她的政治主张,谁也不问她的执政经历,几乎成了咱们媒体的一大"娱乐化"。此番莲舫亮相,又是"女主播出身",会不会又来一次"美女"狂炒呢?其实也未可知。

更忧"俺们的人"再现。莲舫之父,乃中国台湾之人,按照中国的规矩,她应姓"谢",所以说她是个"华裔",倒也不错。这就好了,似乎日本政府里头,"首次"有了"俺们的人"!关于这类的"认亲",咱们的媒体,当然也是轻车熟路——某国总理上台,便说他有多少分之一的"中国血统",某邦总督新任,便查出他的外祖一系原来有"中国人",便是奥巴马的当选,关于他的弟媳妇是"俺们河南人"的喜讯,不是不胫而走吗?

赵小兰当了美国劳工部长,朱棣文当了美国能源部长,咱们都欢呼过,以为"俺们的事好办多了",结果如何呢?人家入籍之时,宣过一誓;入阁之时,又宣过一誓。作为一个美国公民,作为一名美国部长,他(她)要忠于的是联邦宪法和美国利益,可不是什么咱们强调的"根"呵,这一点,莲舫作为日本大臣,也不会有半点含糊——便是真正的中国人,进了别人的机构,那也是要"搞五湖四海",而不能办"俺们的事"的——我们的沙祖康大使,做了联合国的副秘书长,当初咱们的媒体,不也是欢呼雀跃么?然而沙大使却说,他现在是"沙副秘书长",必须忠实于联合国的宪章和人类共同利益,他已不是中国的"沙大使",这一点务请国人理解……

但愿"莲舫之忧",只是杞人之忧,但愿这次莲舫入阁,不要再"雾重来"。

(2010.6)

"风水"也要"申遗"？

国人之"申遗"，热情万分高涨，形势一片大好。神州之大，"非遗"资源已多达87万项；中国之富，用在这上头的钱已巨至18个亿。这倒也罢了，最令近日舆论一片哗然的，是据官方称，"风水"要不要"申遗"，也正在研究论证之中。

尽管网友诸君非议不少，但我却认为，"风水"一物，倒是完全应当"申遗"的——因为在于今日之中国，"风水"岂止是一大"文化遗产"，而且具有强大的生命力，正显示出蓬蓬勃勃的一派朝气。如果说，科技大学开设"风水课"，还只是寒酸文人的一点"科普"之心，如果说遍及域内的"风水先生"，还只是万业欣荣中的一个朝阳产业，那么官场对于"风水"的提倡和引领，却已经几成风气的导向——君不见法院的门口，因为风水先生的指点，而悬起了避邪之剑；君不闻县委书记的耳边，因为有高人一言，居然搬来一架偌大战斗机，横亘在通衢大道？便是贫困山区，因为急于脱贫，而集资百万造的"风水桥"，虽则造于绝路，从来无人通行，却也了却了当地政府的一份"为民之心"……所以中国的"风水"，这一份"遗产"的发扬光大，已近风靡，已达极致，申一下"遗"，有什么不可？

其实中国的祖传可以拿出"申遗"的，决不止区区一个"风水"——例如中国的麻将，虽不知是否已在"87万项"之内，但如拿出来"申遗"，恐怕是必胜无疑的。麻将无疑已成为世界上人口最众的"体育运动"。说有的城市，飞机盘临上空，已不用导航，只要听到下面一片"哗啦"声，径直下降即可。那是一种笑话，但这城市的"雀圣争霸大赛"早已热火朝天，却是屡见于报端的——数千平方大厅，百桌麻将沸反，此盛此热，当然决不止一地。最有深意的，还要数屡有学者，称麻将一物，岂止是"国粹"、是老祖宗之"遗"而已，还堪称"现代民主"的典范，一曰机遇均等，二曰公平原则，三曰"完全的民主原则"，四曰公开透明，似乎我们的国人，可以通过方城之垒，"向着公平、公正、民主、自由的方向前进"了。这样，历史悠久又与时俱进的好东西，如果不"申"，岂不可惜？

当然老祖宗的"遗"，可以"申"一下的，还有一类死而复生的好东西。例如小脚。中国女人的放足，"三寸金莲"的湮灭，本已有半个多世纪，鲁迅先生笔下，"缠着小脚，跑起路来一摇一摆的女人"，距今也已有了80年的历史。小脚的泛起，当然首现于中国的银幕，因为要博洋大人的"抚掌大笑"，为了要拿高鼻子的"大奖"，所以将中国女人的"三寸金莲"，以及男人的长辫子，长镜特写，浓墨重彩，奉给洋人看，所以以一双双紧缠的小脚、一对对摇曳的"金莲"为中心的"获奖大片"，便不惜梳妆打扮，送上门去。但"金莲"的复活，并不能全怪老谋子一类。因为可以引来洋人的"爱好"，又可以满足某些国人的"嗜癖"，已经有有见识的企业家出来"开发市场"：大头的皮鞋不做了，专营"三寸金莲"。据说从建厂生产至今，"年销量保持在数千双以上"，其价格之昂贵，其市场之畅达，已经形成一个"小脚女人的特殊消费群体"，引人想入非非……至于学界文人，开研讨会、发表论文，说"小脚也是文化"的，就更不在话下了……

"申遗"是样好事情，我们也乐此不疲。只是老祖宗的"遗产"，我们要认真想一想，既不要"遗漏"了、可惜了，也不要"拖到篮里就是菜"……

(2010.6)

再解剖一只"麻雀"

神木这个地方的再度扬名,是因为出了个"法官"张继峰。身为"法院监察室主任"的张法官,"理直气壮"地起诉到法院,索要入股煤矿的红利1 100万,居然还得到了一审法院的"支持"。

这三天的消息,是说二审已经驳回张法官的诉请,改正了一审的判决,这无疑与强大的"舆论哗然"有关。但事情并没有尘埃落定,据说张法官仍然不服,而舆论之间、网络之上,也仍是一片惊诧——为什么一个法官索要千万红利,竟是如此"理直气壮"?而一审法院给予"支持",又是这样"顺理成章"?

这是因为一个"法官"坐收千万红利,并非咄咄怪事,这是因为官员的经商、入股、当老板,早已不是一个孤例——从多年之前的"县委书记入股庄园",到煤炭产地的县长局长当煤矿的股东、老板,"金顶官员"的出现,决不只是神木一地,也早非张法官一人。某地一名"局长老板",坐拥18家公司,身为建设局长的此公,开的公司涉及房地产开发、工程监理、典当、担保等多个行业,无一不在自己"令行禁止"的领域之内。因为天下之大,"莫非如此",所以张法官"理直气壮",所以一审法院"见怪不怪"——"局长"为什么不能当"老板"?

关于这个问题,山西有个蒲县,蒲县的煤炭局长郝鹏俊,就是一只"麻雀",解剖一下郝局长这只"麻雀",很有助于回答这个奇怪的命题——郝局长不但在北京三环之内,拥有35套房子,便是此次以逃税罪等事发,交出的罚款便达2.686亿,而蒲县全县一年的税收,只有1.8亿!郝局长为何"富可敌县",因为煤炭局长郝鹏俊,同时又是生产优质主焦煤的蒲县最大煤矿成南岭煤矿的老板！

郝局长当了郝老板，成南岭煤矿由他这个煤炭局长亲自选地、买地；矿用设备和采改设计由煤炭局"公账支付"；襄汾溃坝后全县煤矿按命令全部停产之时，成南岭煤矿"一枝独秀"，继续开足马力，而且借机越界开采；便是别人限量供应的炸药和雷管，郝局长的矿，因为可以轻易拿到"公安机关主要领导"的批条，所以动辄"炸药43吨"，动辄"雷管10万枚"。至于成南岭矿的逃税，已经多次被查实，"但也一直平安无事"……

够了，不需要再列举过多，解剖郝局长这只"麻雀"，对于官员经商，对于法官入股，对于局长当老板，其大弊恶病，已经可以昭然。难怪有的省份矿难不断，有的地方恶性事件屡禁不绝，权威部门只好叹息，"这与当地官员普遍入股煤矿有着深刻联系"，"局长"成了"煤老板"，"老板"又掌握着权力，官商的合一，本身就是最大的保护伞，还需要什么其他？

官商必须分离，官商不容"合一"，本是现代政治的一条通则。且不说中国封建社会的官僚政治中，已有法定的规避和"防火墙"，至于西方的近现代，也是更严格限制了官员经商、办公司、做股东。你要从政么，一登龙门，便要金盆洗手、封刀不干。党政干部不得经商，更是中央三令五申的一条严规，"不得从事或参与营利性活动"，《公务员法》有明令，《法官法》也说一个"不"字。所以你要走仕途，就不要想发财，鱼与熊掌不可兼得，便成了一条现代政治的秩序；公务诸员，一旦进入清水衙门，就不能再当"金顶官员"，就不能当"老板"、做"股东"，这就叫官商分离，不可两全，更不能两合。

这当然是世界民主政治的通例，属于"人类共同的文明"；这当然是我们党和国家的严规，属于中国特色社会主义政治的核心规矩之一。问题在于，为什么时至今日，"富可敌县"的局长兼老板会"并不罕见"，为什么就在最近，一个法官还"理直气壮"地索要"千万红利"，这倒是我们解剖"麻雀"更需要引出的警觉。

(2010.6)

穿凿附会说"成熟"

一个副处级干部的"平级调动",为什么竟引起网上的沸反盈天?因为"成熟"二字,这一条官场的"明规则",又一次深深触动了万千网民的神经。

临湘市的副市长姜宗福,一个小小的从七品,竟然是个很不"成熟"的"炮手"。这个姜副市长,不知道安分守己,常常在网上"发声音"——尤其是那则"房地产商'绑架政府',当心经济绑票"的帖子,竟然一不小心抖落了官商间的"奥秘"。于是网民之间,称其为"官场上的凤辣子"、"个性官员"云云。于是官场之上,关于姜宗福"不成熟"、"不稳重"的评价,便导致了这位副市长,只好调去做某个学院的"院长助理",从此远离官场,从此告别政界——可见"成熟"一节,对于官场的极端重要性,几乎要成为"讲政治"的同义词。

其实"成熟"一节,在于官场,早已是千古定律,中庸、委婉、平稳,以至三缄其口等等,都是中国历代官员的"内修"。可是到了当代,这两个字的含义,却已经超越了"共产党员的修养",而赋予了崭新的涵义——近日翻书,看到半世纪前,"大跃进"里的两件"小事",不由得对于"成熟"二字,有了一点感慨——

一是说 1958 年的 7 月,广东省连县星子乡将 60 多亩即将成熟的禾穗,集中到了一亩田里,加上重复过秤,竟放了一颗亩产 60 436 斤的"大卫星"。当时的中南局第一书记陶铸,一眼就看出那是一场假戏,然而"三缄其口",只对秘书说了一句,"我有生之年就这么一次"。陶铸在党内,素以口无遮拦、心直口快著称,"这一次"却"什么也没说",所以有的同志就说,陶铸同志"成熟了",像个"第一书记"了……

当然陶铸终究没有"成熟",时隔三年,他又做了那个向知识分子脱帽敬礼的广州会议的东道主,至于"文革"时期,又重犯"心直口快"的"毛病","口无遮拦"地"放炮"保刘邓,终于成了"中国最大的保皇派",直到把命送掉,那就更说明了"成熟"二字,在于中国的现代,已经远不再是一个官员的"道行"和"修为"了。

还有一件事情,也是那个年代,那就是关于钱学森那篇著名的《粮食亩产会有多少》的文章。说它著名,当然并不只在于一个科学家"论证"了中国水稻的亩产,可以是"两千多斤的20多倍",而在于这篇短文对于领袖的鼓舞和振奋,更在于这篇文章影响之大,以至于半世纪后的今天,在钱老西去之时,还有人"牵头皮",说他应当为之"道歉"……

我在这里,倒是要为钱老说句公道话的——不错,他是以学界泰斗之身,搬出"太阳光能"的"原理",支持了大跃进的梦呓,也因此有人欢呼,我们的科学家"成熟"了,"会讲话"了。然而钱学森究竟"成熟"了没有呢——他终究没有成熟。文章发表后仅仅几个月,1958年的10月27日,钱学森竟然当面对着领袖说,其一,那只是计算了一下,至于如何达到这个数字,我也不知道;其二,现在发现那个计算方法是有错误的……原来,钱学森作为一个科学家,到底"成熟"不起来!当然更有意思的,是领袖闻之而曰,"你(文章)的看法是对的!"这就是说,收也收不回了,更正也更正不了了,一锤已经定音,"圣旨"岂容更改,刚刚说你成熟了一点,怎又来了知识分子的老毛病?

我不知道钱学森得到领袖斩钉截铁的"肯定"之后,是否会真的"成熟"一些,但陶铸的下场,至少说明"成熟"之难。当然我更不知道,姜宗福这次"平调",会不会让天下的"姜副市长"们,从此变得"成熟"起来,乖巧一些?

(2010.6)

再版的"波将金村"

这真是一条奇闻——在云南省的宜良县,从县城到城外公路两侧山上,所有的坟墓都刷上一层绿色的油漆,一眼远望,"青山"一片葱绿,满山植被,郁郁葱葱,原来都是油漆造的"景"。乡民说,"上面"通知,山上坟墓要么刷绿,要么用绿布蒙住坟墓,"否则就炸掉"……

这样的"绿漆刷坟",说奇,也不甚奇,因为这一种把戏,说起来,也不是宜良的首创,论远一点,还是"舶来"的呢——早在1787年,沙俄女皇叶卡捷琳娜,这个几乎要与彼得大帝齐名的"圣主",欲沿第聂伯河巡视,她的宠臣波将金将军为了邀功,把沿途贫困肮脏的村子,用大片墙壁打扮成鳞次栉比的房舍轮廓,看去一片繁华乡村。于是女皇"非常满意",波将金"更加受宠"。

两百多年来,"波将金村"写入史册,载入英、俄大字典,成为弄虚作假的典型代名词,只未料"波将金村"一版再版,而且舶来中国,愈演愈烈,久盛不衰,又何止宜良刷坟一例?

甘肃省的永靖县,是国家重点扶持的贫困县,一些乡村贫困面达70%,但是永靖的公路两边,竖起9处两公里长的整洁高墙,墙后则是大片土坯墙和破院落,这墙,美其名曰"文化墙",真不知这是一种什么样的"文化"?河南的焦作市,在全国创卫审验期间,关闭市区所有中小饭店、报刊亭、理发店,一些路边饭店一夜之间"转行",甚至还有面馆变成了"拉丁舞培训中心"的,老百姓说,这种"饭吃不了、澡洗不了、店开不了"的"文明",又是哪一家的"卫生"呢?至于千里荒山,也是用漆刷绿,让"领导"凌空俯瞰,"满目青山",至于大片棚户,用围墙围起,让"视察"的人们,真以为"实现了小康",这样的例子,就更是不罕见了。有一条消息说,遇到大学评估,有的院校就组织学生在校园里装模作样地"看书"、"讨论",背后还有步话机遥控,提前告知摆样的学生,评估团"正在接近你处,马上进入状态"!看上去,这"波将金村"的真传,是要一代代传下去了。

"波将金村"的再版,毛病出在哪里?其实两百年前的弄虚作假,根子也不在这个波将金身上,而恰恰在于叶卡捷琳娜女皇,波将金的"村",是弄给谁看的?是让女皇瞧的。波将金为什么要弄虚作假,还不是博女皇一笑,令之"非常满意"?所以"波将金村"的此伏彼起,反映的都是我们干部考核中的一个大问题——有人说宜良的"绿漆刷坟"是"形象工程",那么这"形象",是给上级看的,并非向老百姓"展示";也有人说那是"政绩工程",那么这"政绩",是上面"非常满意"才行,才能像波将金那样"更加得宠",而不是让老百姓满意才"过关"。大贪王怀忠,也是个造假大王,他的一句名言,算是说破了"波将金村"的天机——"关键不是让老百姓看到政绩,而要让领导看到政绩"!由此看来,只要"上面"龙颜大悦、"非常满意","下面"就可以"更加得宠"、仕途得意的"波将金模式"不改变,只要"人民满意不满意"还没有成为考核官员的第一杠杆,那么"波将金村"的一版再版,将很难从根本上得到终结。

(2010.7)

阮大铖的"除籍"和西门庆的"荣归"

争抢古人之战，早已烽烟四起。先是争英雄豪杰，开疆英主、赫赫将帅，文圣诗宗、道德大家，无不抢个不亦乐乎。到了后来呢？"正面人物"抢得差不多了，便来抢"反角"。指鹿为马的赵高，卖国投降的秦桧，直至北洋军阀的大帅，叫做"抢到篮里就是菜"，竟也抢得战火纷飞。

抢"反角"之战，这段时间以来，最声势浩大的，是两省三地的抢西门庆——且不说这个西门大官人，只是《水浒》和《金瓶梅》里头，一介虚拟的小说人物，便是这个人的行状，却也是公认的"淫棍"——西门庆有什么可以抢的？难怪舆论之间，要拍案而起，难怪网络之上，口水之唾，几乎要"水淹七军"。

其实网友诸公的怒火万丈，倒是有一点书生气太足——争抢西门庆的算计，不正是看中了他的一个"淫"字，不正是看好他的"反角"？王婆拉皮条的所在，不是已经要"重新修缮"，西门庆与潘金莲的密室，不是要"恢复原状"——这里头的万千暧昧，不正是吸引千万"游客"的绝妙"卖点"，不正是"拉动消费"的最佳杠杆？所以有人说，争抢西门庆的三地，本是货真价实的"名人故里"，阳谷有孙膑，临清有张自忠，而徽州更有毕昇。为什么放着不去"抢"，偏要抢一个子虚乌有的西门庆？然而孙张毕昇，到了今日，又有什么人要看，像打仗印书那样的武功文事，又哪里比得上一段西门庆的"艳史"，来得更脍炙人口，更有吸引力呢？所以都说西门庆是俺的人，所以一个虚构的西门庆，到处争着要他"荣归故里"。

说到西门庆的"荣归"，忽然看到一则时文，又说起明朝的另一个"反角"阮大铖。这个阮大铖，原是一个东林党人，却做了魏忠贤的干儿子，后又入仕南明小朝廷，反过来迫害东林党与复社的文化人，南京陷落后，终于跪在了清军的膝下。这样一个反复无常、毫无气节的奸佞之"角"，《明史》说他是安徽怀宁人，但是怀宁说什么也不要。民国四年，怀宁掀起"拒阮"运动，修改县志，宣布阮大铖绝非怀宁人，"而是邻县桐城人"！桐城当然也不干，说我们诗书之邦、"桐城派"之雅，怎么会出如此小人，也把他推出去——这也是一场"名人之争"，一场百年之前的硝烟弥漫，争得却不是"反角"的"荣归"，反倒是你也不要，我也拒收。一个阮大铖，生生被"除籍"，成了一个"无籍"之人……

这与今天的争抢"反角"，争其"荣归"，当然是截然相反之事了。所以现在看来，我们的前人，至少在一百年之前，思想是那样的"不解放"，观念是如此地"陈旧"，眼界是多么的"狭窄"。如果放在今日，阮大铖为何要"除籍"，为什么不能"争"过来——他的"故居"，为什么不能修起"尚书府"，他的祖屋，为什么不能叫做"都御史宅"，他早年的读书处，更为什么不能辟作"进士第"？凭着阮大铖的"名气"，凭着一个"反角"在明清史上的"地位"，把这个名人推出去，"除籍"，不让他"荣归故里"，不是十二分地可惜吗？赵高可以发掘，秦桧可以"辩证"，西门庆可以"荣归"，阮大铖为什么不能？

从阮大铖的"除籍"到西门庆的"荣归"，果真是世事轮回，而且是"否定之否定"的"螺旋形的上升"？读者诸君，未知作何感慨……

（2010.7）

不仅是杨院长的悲剧

这又是近日网上一大"公案"——因为预约的模特临时未到，身为艺术家的中山文理学院院长杨林川，宽衣解带客串了一回人体模特，于是网上轩然大波，责问"是色情还是艺术"有之，教育杨院长"一校之尊，怎能如此荒唐"更有之，总之拍砖四起，其势汹汹，而到了纸质媒体呢？则强调"花容失色"，如何能不来"围观"……

其实在于中国，因为当了一回"裸模"而成为悲剧的主角，并不是罕见鲜有之事。几千年的封建不说，便是九十六年之前，刘海粟办美专，首开人体写生课之后，岂但是拍砖四起，汹汹围攻，连军阀孙传芳，都要派大兵来封杀。"裸模"风波，直到新中国成立，仍未平息，闹到60年代，更是到了要有劳毛主席亲作两次批示方才稍稍尘埃落定的地步。然而"男女老少裸体模特，是绘画和雕塑必须的基本功，不要不行"的"最高指示"，并没有"一句顶一万句"。时至今日，改革开放已有30年的历程，仍然传来某美院学生因传阅人体素描而被治安拘留，某人体模特回乡硬是被生生撵出了村那样的新闻……这样看起来，杨院长因为一"脱"而成悲剧人物，就不是他一个人的悲剧了。

说不仅是杨院长的悲剧，还在于也是这几天，看到这样一条新闻，说是某地一小学开设"财商培训班"，在测试如何赚钱这个"大问题"时，8岁的学子，竟填出了"当小姐"的答案……于是网络追问，这些孩子，是怎么知道这个"现实"的，也有网友痛心，说是社会风气太坏，已经到了见怪不怪的地步……

问题就出在这里，8岁学子的答案与杨院长的被围剿，其实是一个问题的两方面——一方面欲之横流，成了8岁学童都知道的"现实"，一个人所皆知、

"见怪不怪"的公开秘密；另一方面，一位校长为艺术献了一回"身"，却引来了口水喷淹、口诛笔伐，似乎人人有了"洁癖"，个个都成了卫道士——这才是真正的"悲剧"，一种鲁迅先生早就针砭过而至今仍然没有疗愈的"国民性"，一个曾有过几千年封建史的社会特有的怪状。

十分有意思的是，对于杨院长当"裸模"的怒斥，在于网上，是归在"娱乐"一栏里的，而8岁学童"当小姐"的答卷，则放在"教育"一类。不管是愉悦人生的"娱乐"，还是陶冶人心的"教育"，这两件并非风马牛的事放在一起的反差，多少值得我们的社会学家、心理学家以及文化学者来比对分析一番。

（2010.7）

老舍的"不改"

老舍先生的《茶馆》,北京人艺的绝活,我是看了四五遍的——文化那样深层,历史如此深刻,语言多么深沉,每一回都激起我对京派文化的喝彩。

然而,现在才知道,我们差一点看不到这样的《茶馆》,《茶馆》差一点要脱胎换骨——那是当年,周总理看了《茶馆》,"有完全不同的建议"。他对焦菊隐和于是之说,不赞成老舍写的那三幕。为什么呢?"不典型"。什么是典型呢?就是党史——周总理提出,1921年第一幕,1927年第二幕,抗战第三幕……然而老舍听说之后笑了笑,"我不改"——因为如果"改"了,就不是《茶馆》,而是话剧舞台上的《东方红》了……

老舍"不改",所以北京人艺才有了隽永的《茶馆》,所以我们才能看到原汁原味的"三幕"。

我赞叹老舍的"不改"——如果当年的老舍,听到了总理"完全不同的"意见,于是就颤抖,就"改",就"脱胎换骨";如果那时的老舍,一听到总理的"个人意见",于是就"落实指示不过夜",就违心推倒一切重来,我们今天,就没有了隽永的《茶馆》,而只是多了一个应时的"典型"。所以老舍的"不改",有一点知识分子的风范,有一点大剧作家的操守。

然而《茶馆》的得以保全,光凭一点"风范"和"操守",在那个年代,是远远不够的。《茶馆》的能够"隽永",更令我赞叹的,是周总理的宽容、宽松和宽厚——如果总理把他的"个人意见",当作一言九鼎,甚至责成主管部门"坚决落实",像我们生活中司空见惯的那样;如果总理闻知老舍"不改",便提高到对党和组织的"抗命"的"态度"高度,不依不饶,不罢不休,像我们常常看到听到的那样;如果陆定一、周扬主持的"主管部门",一听到总理"完全不同"的意见，便立即当做令箭，层层干预，"绝不走样"，像我们耳熟能详的那样，那么就不会有今天的《茶馆》，更不会有老舍轻松的"笑笑"了……然而总理没有。他是不同意老舍的写法，但他确实将他的看法作为"我个人的意见"——所以周总理不让焦于二位"传达"，而是"将来有条件我自己和老舍说"，更所以老舍既然"不改"，他"也没有再找老舍"，没有再说一句话……

《茶馆》的轶事很多，但我听来，总觉得这个老舍"不改"的故事，最深沉、最有意味，也最有现实针对性，直到今天，我们重温周总理的"个人意见"和老舍的"不改"，似乎还可以听到知识分子的"笑笑"之声，似乎更可以加深对"双百"方针的理解。

当然后来的老舍，终于跳进了太平湖，说明只靠总理一人的宽容，还是不够的——但这又是另一番话题了。

（2010.8）

假如……

有客自俄罗斯归,不免要说列夫·托尔斯泰——不是说他的《战争与和平》,却是说他的墓——托翁已逝百年矣,然而图拉庄园的托尔斯泰墓,却仍是一个"不大不小的土堆",既无栏杆,又无墓碑与墓志铭。在这块长方形的泥土堆上,春夏长满青青草,寒冬覆盖皑皑雪。多少年来,后人来到这简单、朴实的墓地,平静地与大师交谈,并为这纯朴的自然风貌而感叹不已……

于是想到了一个问题,假如托尔斯泰墓在中国,我们会如何待之?我们也许会为他建起豪华的纪念堂,我们也许会圈出广袤的墓园,我们也许会竖起高矗的墓碑,我们也许更会因托翁究竟生于何地、死于何方而争得硝烟四起——这一切都不是妄测推断,在咱们这儿,一个以"陋室"著称的刘禹锡故居,不是要"投资数千万",将"已显陈旧狭小的陋室整体拓宽改造成万亩之园",还要拉出一条"长1.5公里的仿古街",从此再也不会有"陋室"的"简单"和"朴实"么?在咱们这儿,一个"诸葛茅庐",不是也要"投资9亿",将隆中之对的茅屋,"改造"成广厦百间,把原本简单、朴实的卧龙岗,一变为大兴土木的喧嚣工地,叫一个"臣本布衣"的诸葛先人,从此再也没有"平静"可言……至于圈地建园坐收高价门票的"经济效益",至于争抢名人大家的热闹非凡,就更是咱们的不二通例了——这样看来,托翁之墓,可惜只在俄国。假如在于中国,哪会只是一抔"不大的土堆",哪会只是这样的"简单"和"朴实",以至于"平静"中还有一点寂寞?

但是依我的所见,托翁之墓,还好并不在咱们这儿——如果是在俺处,一个文人,有什么"效益"可以"拉动",又有什么"旅游"可以"开发"——君不见咱们这里,一代报界宗师张季鸾墓,已经"一片破败",连个墓碑,都不知何之,只能听闻一侧养猪场的嚎叫?君不闻一代丹青宗师齐白石的墓地,几乎成了周边小饭馆解决"内急"的所在?"不过写了几部小说"的托尔斯泰,他的墓地会不会也有张齐之墓的遭遇呢?这就只有天知道了——至少托翁之墓还能保持上百年的"平静",或许这就是他的一点幸运。

  托尔斯泰的墓,假如在中国,究竟会怎样呢?要么奢华盛极,要么"一片破败"?总之是个问题——但愿这真是一个"伪命题"!

(2010.8)

钱学森的追问与华君武的道歉

中国的大师不多,所以大师的遗产格外珍贵。而大师仙逝,留下的遗产究竟是什么,却往往出人意料。

比如钱学森,都知道他是伟大的爱国主义者,所以驾鹤之后,一般的预测,都以为人们对他的纪念,要么是当年冲破封锁,远渡回国;要么是"两弹一星",保国之功。然而谁也不曾料到,钱学森西去之后,留给人们最大的震撼,却是那著名的"钱学森追问"。

钱学森的追问,翻来覆去只是一句话,那便是温总理六次看望病榻上的钱老,他都是同样的追问——为什么现在我们的学校总是培养不出杰出的人才?就在钱老去世前两个月,温总理最后一次去看望他,"我认为这是他头脑最清楚的一次,他还在讲这一点"……

面对一国的总理,钱学森的六次追问,直指中国的教育制度,更直指中国的人才环境,击中了我们"现在"的一个要害、一大软肋,所以锋芒毕露,所以振聋发聩,所以惊起了一个民族的再思考、深思索。在这个最大的问题上,钱老的"头脑"那样"清楚",对于国家的忧患甚至超过当年领军"搞一点原子弹、氢弹"——这是真正的爱国主义,是最深沉的第二种忠诚。

又比如华君武,都说他具有杰出的批判精神。漫画80年,创作近万幅,讽刺过老蒋的独裁,针砭过后来的官僚。然而华老撒手西去,人们最感怀的,竟然不是他一生的"匕首和投枪",而是他晚年"不断的道歉"。

例如1980年,为浦熙修这位"女将"举行迟来的追悼会,华君武没有送花篮,也没有写挽联,而是给治丧方写了一封公开信,专门为23年前讽刺浦熙修的那张《犹抱琵琶半遮颜》作出深深的道歉。又例如北京为他举办盛大的漫画展,华君武在序言中,坦荡写到,我画了不少错误的漫画,伤害了不少同志,并特别为胡风、丁玲、艾青、萧乾等人落难时自己曾"落井下石"而公开道歉。"每开一次画展,就要道歉一次",成为华君武晚年的规律。

华君武的"道歉"也是一种批判,而且是更深刻的批判。这是一位终身讽刺别人的漫画大家,对自己的解剖,对自己的"批判"。这种批判,比之华老八十年间万幅漫画的针砭时弊来,更为深沉,更为痛苦,也更为不易——有几个"大家",在盖棺将临时,面对"一世英名",而愿意说一说自己的"走麦城"呢?有几个"泰斗",在说起当年的"落井下石"时,能够既不闪烁其词,又不文过饰非呢?"批判"自己,确实是最难的,而如果没有一种自我解剖的精神,怎么能说是"战斗的和批判的"呢?从这个意义上说,华君武晚年的"道歉精神",比之他的万张漫画来,也许更加入木三分,更加触及灵魂的深层,所以人们在怀念华老的时候,说得最多的,竟不是他的《永不走路,永不犯错》和《杜甫写检讨》,而是他晚年的"反复道歉"——因为这,才是一位漫画大师真正的"批判精神"。

钱学森的"追问"和华君武的"道歉",放在一起,并不是风马牛。对于我们的大师,真正留给我们的"遗产"究竟是什么,千万不要搞错……

(2010.8)

又闻"让领导先走"

这又是一个奇迹——7月31日,鸡西市恒鑫源煤矿发生透水事故,时井下共困26人,其中24名工人全部遇险,而矿长和井长2人却成功升井……

"奇迹"传开,网上沸反盈天,一种猜测是"领导根本没有下井",而另一种却说,领导确是"下井"了,但一遇险情,又让"领导先走"了。

这件奇事的底细,只有当事人知道了,但类似险情一来,"让领导先走"的惯例,在我们的生活中却是屡见不鲜,所以比较合乎"情理"——远的不说,就以不久前的某地来说,一个小学举行抗震演习,千余学子,挤在两条窄窄的楼梯人仰马翻,而另外的两条通道,却空无几人。原来这是"领导通道",让"领导先走"的,只见十数"领导",谈笑风生地走过这"领导通道"……

说起让"领导先走",人们当然并不陌生,也决不会忘记16年前的克拉玛依大火——那是在一个礼堂发生的一场大火,也是"奇迹",也是"奇事",30余名教师无一生还,数十名小学生葬身火海,而同在火场的几十位"领导",却安然无一罹难。什么原因呢?因为大火乍起,麦克风里立即响起"大家不要乱,让领导先走"的告示,于是坐在前排离起火点最近也应当是最危险的"领导"们,一个个"从后排的学生中挤出仅有一个大门",就这么扬长而去,丢下了救护学生的教师和几百名小学生……

克拉玛依大火中那"让领导先走"的告示,给人们的刺痛太烈印象也太深,以至于今天的我们,听到抗震逃生中的"领导通道"已经见怪不怪,以至于我们耳闻今天鸡西矿难工人全部遇难而唯独"领导"安然升井的"奇迹",会不觉得有什么奇怪,更可叹息的是,"让领导先走"这样的惯例多了,以至于善良的人们,不再相信有"让群众先行"的"奇迹"——汶川大地震的当天,

5月12日14时28分,当地下传来强烈震动,北川县礼堂剧烈摇晃的那一刻,坐在主席台上的县长经大忠,当即喊出了"干部留下,让学生先撤"的一声吼,300名中小学生涌出仅有的两扇门,而在场的百名干部,没一个挪动脚步……这样一件事,当时笔者是写过一篇评论的,题目叫做《振聋发聩一声吼》,表扬了经大忠这位"领导"。然而始料未及的是,却有人出来反驳,说是不可能有这样的事,哪有"领导"不"先走",而"让学生先撤"的?当然接着便有跟帖,说持此论者的"心理"有问题,怎么这么暗?现在看来,毛病恐怕并不是出在不信者的"心理"上,而深沉的原因,还在于这种怎么也"不信"的"信任危机"是如何变得这样根深蒂固的?

这才是最值得反思的啊!

(2010.8)

不要轻言"封杀"

郭德纲的"倒行",引起舆论一片痛斥,尤其是新闻媒体,这回摒弃前嫌而同仇敌忾。这是不难理解的,也是他的咎由自取。

但是在于中国,事物的发展也好,舆情的演化也好,往往会出乎人们的初料,甚至让真理"走过一步"。这几天的"讨郭"声中,传来几个"高音",却令人莫若以明——一是"封杀",说某些电视台要"封掉"郭德纲和德云社;二是"停演",已经有人疾呼,不能再让郭德纲上台;三是"下架",说是有的音像店,把与郭德纲有关的作品"撤了下来"……

这就似乎"走过一步"了。郭德纲的别墅,如果真的占绿,可以由城管来处罚;郭的徒弟打人,应当由公安来行拘;郭德纲骂记者,舆论可以反驳,当事人也可以自诉;至于他的"三俗"与否,更是一个文艺批评的问题。所以不要动不动就想到"封杀",不要动不动就回到我们过去习惯了的那一套思维方式和行为方式上去。这种"习惯思维"的后果,因为"过了",所以反犹不及。我看网络之上、网民之间,本来对于郭德纲的"不义"是千夫所指的,但是"封杀"说一出,反而大家都担心"又来了",舆论似乎又有点分化。这种风来风去的往覆震荡,说明公众对于"真理走过一步",尤其是对于"老一套"的担忧和反感,不是没有道理的。

郭德纲骂娘是不对的,应当批评,尤其是用恶毒的语言骂记者,作为新闻界中人,笔者同样不能容忍。然而他为什么会用那个特定的词汇来侮辱记者?却也值得有一点思考——我们的某些同行,尤其是某些"娱记",他们与"明星"的关系,是珠联璧合,还是你中有我,是"衣食父母",还是"周瑜黄盖"?近年以来舞台上的俗流滚滚,与版面上、荧屏间的热炒狂捧,难道真没有关系？这里也有一个"异化"的事儿——你把他炒热了、搞大了，他就忘乎所以，过河拆桥，终于还要用"恶毒的语言"来侮骂你。这里头的因果关系，似也值得我们反思。

还有一个郭案中的"封口费"说。关于这一条，我是不信的，认为郭德纲们在"喷人"。但也有人"宁可信其有"。什么道理呢？恐怕也不能单单指摘信者的"轻信"——郭案中应当没有什么"封口费"，但生活中却不是没有。已经披露出来的事实，既有向记者分发红包以"封口"的，也有主动要求对方"付费"以封自己的"口"的。行风中确实存在的某些瑕疵，已经损害了新闻界的形象和公信度，在这次事件当中，居然还有不少人私下听信郭德纲的"血口"，就是一个例证。

再说一遍，郭德纲们占绿不对、打人不对，骂人也不对，如果属于"三俗"，那更不对。但我们既要坚持公论，又要有理有度，这是对郭德纲行止的最有说服力的批评，同时也是考验我们的公众舆论，每遇其事，是否成熟，是否文明。

这个道理，恐怕不止于区区一个"郭德纲事件"。

（2010.8）

纪委"招"来修车店?

"纪委招来修车店",当然是咄咄怪事。然而在今日的沭阳县,却是十分平常,一点也不奇怪。

近年以来,沭阳正掀起一场招商引资的"全民战争",没有与招商引资无关的人,没有与招商引资无关的单位,成为嘹亮的口号。全民招商之下,且不说一个乡的 240 名乡村教师,被分配了 5 万元的招商任务,便是公安局、检察院和法院,也不能置身度外,与此"无关"。结果呢?战果硕硕、战绩可观,城管局招来了一家酒店,药监局招来了一家药品公司,公安局签下了一份"意向协议",连党的纪律检查委员会,都引进了一家修汽车的 4S 店……

发展经济,尤其是要"超常规发展",招商引资当然还是要的。沭阳地处苏北,是个穷地方,至今还是江苏省的"财政转移支付县",所以招商引资,心急火燎,也是可以理解。然而全民招商的结果,必然是饥不择食,捡到篮里就是菜。且不说"全民"招来的"商",都是些什么东西,哪有"产业结构"可言,便是已经"来"了的企业,不少也是空有其"协议",或是"半拉子工程"。在沭阳,"落地"的客商,几年没有开工的有之,造了一半的厂房在寒风中形影相吊也有之,据说因此而"闲置"的土地,已经超过千亩。

当然更大的问题,还不在这里,甚至也不在于"全民"的招商,而在于"百官"的"下海"。已有网友诘问,如果教育局长天天招商,那么谁来考虑教书育人;如果民政局长日日谈生意,那么谁来救助困难人群?但事情的严重性,似乎还不在"百官招商"影响了公共服务,更在于"官招"很容易演化为"官商",很可能扭曲公共权力的性质。

在沭阳,电视台招来的是一家饭店,这也罢了,无非是利用荧屏,多给它几个镜头了吧,但是城管局招来的是酒店,他将如何管理这家酒店的占路毁绿,药监局招来的是药品公司,如果该药厂一旦违规,药监局管还是不管?纪委引进了4S店,检察院被鼓励"利用人脉和关系"广泛投入招商,这些"强力部门"引进了自己的关系之后,保护还是不保护,"罩"还是不"罩"?这些企业开张之时,纪委和检察院要不要去送花篮、挂贺幅,甚至给他挂"保护单位"发"丹书铁券";它们一旦有事,"权力"如何自处、何以对待?不是已经有了这样的案例吗——某地环保局因为三次到一个企业查污,结果引进该厂商的"部门"一"报告",当地领导立即将去查的6名环保官员全部停职,罪名是"影响投资环境"!这就叫"保护伞",这就是"红顶商人",这就有点"官商合一"的意思了。

  商还是要招的,沭阳的"全民战争"乃至"百官招商",也不是只此一家,所以也不必过多地去指责它。然而例如"纪委招来修车店"这样的典型事例,其中蕴含的变味,尤其是公权力的错位等等,却值得我们由表及里,举一反三,深深地思索——市场经济发展到今天,我们恐怕是到了要把经济工作中的一些问题提高到政治学的范围内来思考的时候了。

(2010.8)

听一听金一南讲的"故事"

一部《苦难辉煌》,激起我们多少深沉的思考,然而金一南将军最近讲述的一个故事,却同样可以激起我们心中的波澜——

金一南路过巴黎之时,专门去了一趟拉雪兹神父公墓,这使得使馆人员颇感意外——"今天的中国人,来巴黎看罗浮宫的蒙娜丽莎,到'老佛爷'买路易威登的手包,谁还去那个地方?"因为没人去,所以连使馆的司机对去公墓的路都不甚了了啦……

拉雪□神父公墓那么重要吗?"谁还去那个地方",那么值得惊奇么——是的,因为这个公墓,不仅是世界上最著名的墓地,也不仅因为它安葬着莫里哀、巴尔扎克、王尔德和丹东,更为重要的是,它有着那么一段"巴黎公社社员墙"!1871年5月28日,经过浴血战斗,巴黎公社最后的147名社员就在这里被枪杀,"公社万岁"的最后口号曾响彻公墓,鲜血曾染红后来同样葬下了《国际歌》作者欧仁·鲍狄埃的这方墓地……

可以这样说,拉雪兹神父公墓,对于我们,确实很"重要"——我们天天讲的"人民公仆"这个词汇,就出自于巴黎公社;我们经常唱的《国际歌》,就创作于公社社员血洒拉雪兹神父公墓的第二天,可是今天的我们,足迹虽已遍天下,却是"谁还去那个地方",偶一有人要去看一看、瞻仰一番,竟还会引起意外和惊奇!

其实"谁还去的"地方,还不只拉雪兹神父公墓一处,近日有友自瑞士归,说去看了一下伯尔尼的爱因斯坦故居,满目日本游客,却没有遇见一个中国人。因为中国人"谁还去那个地方"。所以故居的介绍,只有英文和日文两种。而在爱因斯坦故居同一条街上不远之处的手表店,却挤满了黄皮肤黑头发的国人，连招牌上斗大的"免税"两字，都是用中文写的，至于店里的营业员，熟谙用中文对话，就更不要说了。

　　这两件事，恐怕不是风马牛，至少折射出我们在理想、情操和精神生活方面的一个值得思索的问题——"老佛爷"可以去，瑞士手表也可以满载而归，然而拉雪兹神父公墓以及爱因斯坦的故居，是不是也应当去一去呢？至少不应当形成一边是趋之若鹜，一边却是"谁还去那个地方"这种强烈的反差吧！尤其应当说一句的是，如果中国的老百姓，自费旅游，结伴而行，只去老佛爷买路易威登，那也罢了，最多一点遗憾而已，而我们的驻外使馆，所接待的"来客"里头，应当多为"人民公仆"和"先锋队成员"吧，如果他们到了巴黎，也没有人去拉雪兹神父公墓献一个花圈鞠三个躬，也是只去"老佛爷"和罗浮宫，这就有一点"忘记祖宗"了——就像这些年来，"官团"出去了无数，官员踏遍了天涯海角，有几个"人民公仆"，去寻找了一下马克思的墓地和《资本论》的诞生处呢？

　　金一南的故事，其实是人所皆知的现实，只是我们熟视无睹，"谁还当它回事"罢了。但愿我们从金一南的故事中举一反三，有一点深深的思考。

（2010.8）

汪精卫的"墨宝"与胡兰成的"密札"

今日复何日？抗战胜利日。在这个抗日战争胜利 65 周年的纪念日，忽然想起汪精卫的"墨宝"与胡兰成的"密札"，是不是风马牛不相及呢？

汪精卫的"墨宝"，流于市场，大概是十年前的事，那时甫一露面，便有抨斥，所以销声了十年。但是这几年却意外走红，而且一时炒热。去年的汪书立轴，以 3 500 港币起拍，飙升 63 倍，终以 22 万成交；到了今年，汪及其妻陈璧君的"书法"，均以高价售出，行书七律，从 3.8 万拍到 25 万，七言之联，一直到 32.5 万才成交，可谓趋之若鹜、热闹空前。有的市场，还开出"汪伪政府要员书法专辑"，从伪满的国务总理郑孝胥，到日伪大员陈公博、周佛海，无一遗漏。其间最不会"遗漏"的，当然是炙手可热的胡兰成，其"手书"一拍数万元，据说连胡兰成给日伪特务机关的"密札"，也在收集和包装中，不久就可以上市……

舆论之间，当然有斥之"逐臭"的，也有说他"汉奸情结"的。然而依我的所见，事情恐没有这样简单——近年以来，关于汪、胡一类的"研究"，其"新发现"已经若出其里，"新成果"也已不再半遮琵琶——

比如对于汪精卫，便有了"心路"说。曰其附逆投敌，其实有"心理学"的深因，这就是"一脉相承"的"自毁"性格——少时刺摄政王，从而"甘当釜下柴薪"，到了中年，就不惜独扛"汉奸"罪名，其实是执意"闯虎穴"，为了日占区人民的疾苦，而搞一个能与日寇"协调沟通"的"中国人政府"。这种燃烧牺牲，造就胜利的焰光，"应该说是一脉相承的"。可见"心路"的奥秘，原来是"勉从虎穴暂趋身，说破英雄惊煞人"的"牺牲性格"和"浩渺心路"。这样说起来，汪精卫的"附逆"还真有他的"自我牺牲决心"，应当给予"理解"和

"重新审视"的，并不是一项汉奸帽子那样"简单"，所以争抢汪精卫的"墨宝"也好，有的地方恢复"汪兆铭"的题书以作银行大楼的冠名也好，倒也不是一种"逐臭"，而颇有了一点新见解。

至于胡兰成，这个日伪政府的"中央宣传部常务副部长"和"法制局长"，因为日方和陈璧君的"双重青睐"而身任伪《中华日报》总主笔的汉奸，"正名"倒不太容易，"心理分析"似也没有多大"新发现"，于是便来另抄捷径。对于胡兰成的"重新审视"，其实是"爱屋及乌"，为了要炒别人，所以必须洗白胡兰成，这是众所周知的奥秘。胡兰成是个铁定的汉奸，于是先来炒他的"情种"，如何地当年风流，又怎样地"爱得死去"。接着又来炒他的"才子"，一部《今生今世》，炒得热火朝天，一门"胡学"，居然也成显学，当然还有说他乃"国士"，"心中无我、志在天下的志士"的。现在"情"也炒过了，"书"也炒过了，便来炒他的"字"，把日本人对胡的"优雅中藏有峻烈，内刚而外柔"的高评，也"拿来"贴在标签上。其实胡兰成的"书法"，活着时并无人看好，到了现在，反成了宝贝，还有了"胡兰成书法理论"，甚至连他与日伪情报机关之间的密信，都要翻出来争抢了⋯⋯

抗战已逾一个甲子关，一场历时多年的战争，注定是要成为"永恒的话题"。抗战的研究，当然要"深入"，铁定的案子，也不是不可"重新审视"，汪精卫的"墨宝"与胡兰成的"手书"乃至"密札"，如果有兴趣，那也是人各有志，各有所好，不必过于"上纲上线"的。只是历史的真相，一个民族深层感情与集体记忆的底线，恐怕还是不要去"碰"，更不要去挑战为好。如果刻意为了"独树一帜"，硬要去抄什么捷径，或指鹿为马，或暗度陈仓，就更没有什么"新意"了——这当然不只是说竞拍几张汉奸遗墨的热闹了。

(2010.9)

方便面也有"珍藏版"？

这又是一条新近的新闻？某市的大超市，近日"惊现"一款"10年陈"的方便面。这种排骨鸡方便面，包装上赫然打着"保质期"——"自即日起到1998年2月28日"，这就是说，它的"出厂"，已有了12年以上的"历史"！于是虽然报刊疾呼"那还能吃吗"，尽管工商部门严令禁止，然而因为是"珍藏版"，仍然炙手可热，仍然趋之若鹜。

悠悠千年的中国，国人酷爱"老东西"。所以酒席上一瓶干红，说它是"陈年酒"，其"陈"之"年"，早超过了那片葡萄种下去的年代，所以家里面一张国画，说它是"文物"，其画作之时，甚至早过了那宣纸发明的年代。这倒也罢了。一所刚过百年校庆的大学，说他的历史，何止一个"京师大学堂"，非要与2 200年前汉武帝的"太学"与后来魏晋的"国子监"一脉相承，于是几乎要成为世界上最老的学校。

当然中国人确有资格"倚老卖老"。然而这个地球，比较"老"的，也不止中国一家。比如法兰西人，因为历史悠久，就看不起美国佬，说他只有200年，一谈"爷爷的爷爷"，就不是他的祖先了。法国人"卖老"，并认为法语才是文明的正宗，但法国人真的是"倚老"，你看巴黎的主城区，没有一栋房子是新的，你要造高楼大厦，玻璃幕墙，请你到新区去——他们认为"日新月异"不是本事，"一年一个样"也不敢苟同，"一百年不动摇"，不变，才是真功夫。可是俺们中国人却不一样，一个五千年的古国，处处"旧貌变新颜"，多少历史古城，崛起了摩天大楼，多少悠悠古迹，拦腰筑起了立交和索道？一个"一生痴绝处，无梦到徽州"的古城，不是也改成了"黄山市"么？至于千年武都，多么远久的历史，不是也一夜之间改成了"陇南"么——"陇南"谁人知道，然而改名不久，就爆发了震惊全国的恶性群体事件，称为"陇南事件"，这一下"陇南"的名闻遐迩，才差一点要盖过武都——说中国人的"倚老"，却不珍惜"老"，重在"卖老"，也许没有错。

话又说回来，中国人喜欢历史，酷爱"珍藏"，但"老东西"又有多少呢——便是那一包"12年陈"的方便面，不是也有人说它是假的么？其实这也不打紧，不是还有"高仿"么——不久前有友人去某风景区，青山绿水白云清泉，但是还不够，还缺少一个"典故"。于是亲闻"一把手"对策划公司老总说，要攒个故事才好，老总一拍胸脯，说方便没问题，您要多久的？领导伸出两个手指，老总即刻领命——"那就两千年吧"。

呵，原来是这样一包"方便面"，原来是这样一件"珍藏版"！

（2010.9）

今日又呼"花木兰"?

这算是一条新近的新闻——某市"率先"启动警务改革新模式,300名新警员已于近日上岗。这本没有什么"新闻价值"。然而据说此次"改革"的"一个最大亮点",却是所招的300警员,全部为漂亮美眉,1.6米以上,30岁以下,差一点也不行。于是人们饱含期待,期待着美女们的"嫣然一笑",可以"大大改进警民关系"。

其实这样的"模式",也不是某市的首创,这类的美女新闻,更非石破天惊——就在不久之前,某市招收城管,也是一色美眉,还要求1.62米以上呢!为了招美女,还举行了类似选美的大赛,不仅要"仪表端正",而且还要"笑容灿烂",大概就是"一笑倾城"的意思吧。于是人们也是饱含期待,期待着深受诟病的城管队伍,从此可以变得"和谐执法"与"文明执法"了。至于某地因为招商不利、进展缓慢,所以专门成立"女子招商队",派出漂亮美眉,驰骋大江南北,在"嫣然一笑"中令对方心旌摇动,从而一举搞定投资办厂的合同,就更不是什么新近的新闻了。

中国的女人,历来是要派大用场的。国破家亡的时候,可以派一个西施虎穴卧底,终于夺回河山;奸相乱朝的时候,可以派一个貂蝉去"连环",也收到了诛杀董卓的奇效;至于男人不便从戎,于是派一个花木兰替代从军,既要她织布连衣,又要她执矛戍边,就更是千古的佳话了。当然中国的美眉,除了堪以"挑大梁"而外,还有一个奇效,那边是"代受过",竟已是不争的功能——江山的变色,班固推给赵飞燕;陈朝的灭亡,魏徵归于张丽华;后蜀的亡国,大家都说是花蕊夫人所害,至于商纣的下场,更是要算在妲己账上了。一顶"红颜祸水"的帽子,几千年戴在美眉的头上,多少回"君主城上竖降旗"的责任，可以一股脑儿推给一个深宫之"妾"，这当然是"花木兰"们的另一个用场了——边关吃紧，派她替父从军，江山易手，又让她担当"全责"，中国的女人，何止一个"半边天"呢？现在"和谐"问题有点"紧张"，咱们不是又派女警、女城管上了火线吗……

还是回到美眉们的新闻上来——警民关系有点紧张，所以让美女警察冲在一线，这"嫣然一笑"，真可以从此"缓和"么？"一冲二砸三没收"的形象，在某些地方的城管中已成常态，靠几个美女的"笑容"，真可以从此化为玉帛？至于女子招商队的那一点暧昧，更是"阿Q头上的癞疤"，更不必去说它了——但是有一点可以肯定，那边是某市招收的300名漂亮女警身上，不是个个"配备着专用武器辣椒水"么？可见推出"新模式"的某市，对于"嫣然一笑"的奇效，也并非那么"饱含期待"，那么充满信心……

(2010.9)

观世音也有"故里"？

千百年以降，"观世音菩萨"当然只是一个美丽的传说，然而近时以来，却欣闻一个虚无缥缈的观音，竟也被"落实"，不但有了父母姐妹，而且有了"出生之地"——关于"观音故里"的烽烟，绵延一万里，纷飞半中国，已经在天府之国的遂宁、中原腹地的平顶山，以及西部边陲的昌吉之间燃起。

三地争夺观音，当然都是言之凿凿。遂宁宣布，观音在此修道成仙，所以已经为这个"故里"一掷十余亿，并且推出了"观音选秀"的热点；而平顶山却曰，观音生在他的李庄乡古城村，出家于白雀寺，修成正果则是在香山寺，在咱这儿才成了千手千眼的观世音菩萨，并有宋相蔡京（当然很可惜）亲撰石碑为证。而昌吉一地，更宣称它是观音的"老家"，什么原因呢？因为"相传"西域曾有劫国，国王有三女，大曰妙庄，次称妙音，三女则叫妙善，这妙善，便是观音，后来修到普陀山，成了仙人菩萨……

据说系争三地，都是请了专家的，然而学者高人，看了三地的"证据"，都说一句"可惜太弱"的；又据说舆论之间，听了三地的宣传，多觉得可笑，说是观音本一传说，你却来"坐实"她的怀于谁腹、生于何地，岂不奇怪。其实一个观音菩萨，因为虚无，所以神圣，因为并无此人，所以无处不在，如果连这点"禅"都不懂，还来争什么观世音菩萨以及佛统的正宗呢？

当然今日之中国，传说之神、神话之人，被一一"落实"，并非一个观音。且不说女娲补天处已经发现，王母娘娘的真身已经敲定，牛郎织女的"发生地"则已有十一省卷入争端，便是一个石头缝里蹦出的孙悟空，究竟是哪里"人"的问题，不是也已"解决"了么——山西的娄烦，一举"论证"了孙大圣曾在此处养马，他不是官居"弼马温"么，而唐宋之时，娄烦正是皇家的"御马监",俺们的骏马,还曾"甲天下"呢,所以孙悟空的"故里",一定非娄烦莫属!再说今天的娄烦,姓孙的占了半边天下,他们可都是孙猴子的后代啊……

近年以来,争抢"名人"之风盛烈。先是抢真人,从帝王将相,到文圣诗宗,直到奸相卖国贼,不管如何说,总还是"确有其人"。到了后来呢?真人抢完了,便来抢小说里的虚构之角、神话中的传说人物,不管是神仙还是菩萨,哪怕是鬼魅抑或妖怪,无一不"落实",无一不"故里",叫做一网打尽,一个也跑不了。观音悟空之后,还要"坐实"谁"人",可以拭目以待的。当然这里头的一把算盘,就已是路人皆知,一点也没有奥秘了。难怪这样较真,难怪这般锲而不舍。

不知道例如"观音故里"、孙悟空的"原籍",会不会要拿去"申遗"?如果真的拿出去,小小环球,是会觉得"可笑"呢,还是一片"惊诧"?

(2010.9)

且说汤唯之"复出"

《建党伟业》近日开机,素颜汤唯一朝亮相,竟引出舆论哗然。什么原因呢?因为沉寂数年的汤唯要在该片中复出,演的竟是毛泽东的初恋女友陶毅!

为什么哗然呢?无非是因为这个汤唯,在李安执导的那个片子中,演过一个十分"有争议"的女主角,因此而"被告别"了好几年,今天竟要"复出",而且是在如此主旋律的大片之中,所以人们要"深感不安"。这当然可以理解,但是我们这个社会,已经是一个"不同而和"、宽容宽松的氛围,就算汤唯失过足吧,"一失足"也已不能成"千古恨"。任何有过"过失"的人,不管他是否名人,在今天都有改弦更张和东山再起的机会,不要说"有争议",你是"有定论",也不能轻言"封杀",一棍子打死、一辈子不能"复出"。其实就是在演艺界,演过"争议"角色而又"归正"的例子,也并不罕见。舒淇的"争议"大吧,真是大到了尽人皆非、不屑一顾的地步,然而舒淇后来改变自己,不是以出色的演技捧得了金像奖,从此走上"正道"吗?

哗然的另一个"不安",在于汤唯不但要"复出",而且要演我们领袖的"初恋情人"!这也有道理,但问题不在于汤唯能不能演陶毅,而在于她是否演得好——一般地说来,演员不等于角色,应当不存在"不能演"的禁区,只有能不能演好的问题。陶毅是不好演的,这个当年长沙有名的才女,湖南学生联合会的"头",曾与向警予、蔡畅同列为"周南三杰",坚毅刚烈、风风火火,汤唯的性格和气质,能不能再现陶毅,这才是应当拭目以待的,而不在于因为是毛泽东的初恋女友,那样的神圣,所以"失过足"的汤唯不能去"玷污"——如果汤唯演得好、演得对,相信观众不会再从陶毅身上自然而然地"联想"起王佳芝来。

话又说回来，汤唯此次"复出"，尤其是演陶毅这个革命女性，引起这么大的哗然，对于我们的年轻演员也是有所警示的——你看汤唯数年遭到了片约取消、广告撤销的抵制，这更多的是制片方、广告商充分估量了公众的感情而作出的市场取舍，直到今天汤唯"复出"，虽已事隔数年，人们仍然难以释怀，这说明什么？说明社会虽然宽厚，失足可以再起，但毕竟要付出太大的代价。所以我们的青年演艺人，要尽量"走正路"，尽可能不"失足"，不走弯路，健健康康地茁壮成长才好。

当然也有说法，推测《建党伟业》的制片方和导演，之所以选择汤唯，看中的和等待的，正是舆论的"哗然"和人们的"联想"，属于一种算计。这类的"算计"，虽然并不新奇，也不算什么创意，但我宁可相信是一种错怪、一种"小心之心"——如果我们都以一颗平常之心看汤唯，以一点宽厚看待她的"复出"，那么即便有这样一种"算计"，也就掀不起什么波澜、收不到什么"奇效"了。

且看汤唯演陶毅，还是让银幕说话吧！

（2010.9）

《阿Q正传》不能"删"……
——写在"教材风波"之外

开学伊始,教师节前后,最大的"口水战"竟是因为某地的教材——万炮齐轰一方,说是新编的教材,居然删去了诸多经典,从曹禺的《雷雨》,到朱自清的《背影》,当然最令人"愤慨"的,是"拿掉"了鲁迅的《阿Q正传》。而战战兢兢的另一方,则小声辩解之,说那不:是"拿掉",而是"调整",《背影》改成了《荷塘月色》,巴金则选了《随想录》,那不是"名著大撤退",而是一种"转进"……

现在又有"有关部门"出来,说教材基本未动,只是略有"微调",一场风波似乎可以尘埃落定。然而我却以为,此次争论虽可叫停,然而"隔几年又来一次"的教材风波,却不是一个"伪话题"——对于教材的改编,其实既不必过于"愤慨",也不必战战兢兢。教材也要与时俱进,也可以"撤退"与"转进",世界上没有永恒的事物,当然也没有不变的教材。对于那些现实意义已经不再强烈、文学和思想针对性已经不那么"当下"的作品,拿掉一点,更换一点,并无不可。

教材可以"改编",经典可以"替换",但是唯独有一篇名著,决不能"删"——那便是鲁迅的《阿Q正传》——什么道理呢?道理不仅在于《阿Q正传》在现代文学史上不可替代的地位,也不仅在于它对于几千年积淀的国民性或曰国民性格的刻画入木三分,更在于时隔90年,《阿Q正传》的"现实意义"和"针对性"一点也没有减退,反而日见其浓烈日显其尖锐,"未庄"的国情并无根本改观,"阿Q精神"仍然到处可见。正因为如此,我们今天再读《阿Q正传》,仍是那么隽永,竟然如此"当下"。

比如关于阿Q最大的问题——"姓不姓赵"的纠结。你看今天神州大地，烽火遍燃，争抢名人，拿占古迹，从光耀千年的皇帝名相、文圣武将，到虚无缥缈的神话人物、小说主角，再到耻辱柱上的汉奸国贼、军阀大帅，无不要你争我抢。争来争去，争的无非是一个姓不姓赵的名分，穷县要证明"先前阔"，富市要宣示"祖上雅"。说名人之战、古人之争，仅是为了一点"经济效益"，那是看浅了些，说到深沉处，还是一个"姓赵"的"原则问题"，事关身份，事涉后代，所以不能不争。

又比如关于赵老太爷的"不准革命"。动辄"关掉"，已成现在决不罕见的事儿。你说过一句要跟我打官司吗？可以十年不让你"出镜"；你对我一言不逊么？可以联起手来"灭掉你"！除了恃权而行之外，当然还有"群体暴力"，一旦"曝光"，便要口诛笔伐、口水淹没，有谁能让受批评者作一点申辩，又有谁听一听他的"委屈"呢？至于做错一事，便万劫不复，说错一言，就"不得翻身"，这类"赵老太爷风格"，我们已经习以为常。

至于"和尚摸得，我摸不得"的心态，至于一旦"革命"，就要"手执钢鞭将你打"的梦想，至于"哀其不幸，怒其不争"的种种精神束缚，在我们的生活中，难道不是随眼可见——就说这几年的网络之上，在民主获得进步，自由得到张扬的同时，鲁迅先生笔下的"国民性"以及"精神创伤"，恐怕也暴露得更为强劲，看客之心理，围观之热闹，对隐私的热衷，对谣言的偏爱，脱口而出的"国骂"，加上老谱翻新的"义和拳"与语言暴力下的新"舆论一律"云云，千篇鲁迅杂文，早已一一针砭，一部《阿Q正传》，更是入木三分，就像昨天才写的那样。

有人说鲁迅的作品是"投枪"，专门对着社会之弊，其实不然，《阿Q正传》更是一面镜子，从中照见的是我们自己、我们每个人。有人说鲁迅的作品是"匕首"，专门杀伤别人，其实也不然，《阿Q正传》就是一把解剖刀，通过"解剖自己"而剖析中国人的精神危机和国民性格。也有人说鲁迅的作品"过时了"，那是90年前的中国，其实更不然，《阿Q正传》就是那么隽永和"当下"，中国并未"走出未庄"，我们每个今人的脑后，难道不是仍然拖着阿Q的辫子？这恐怕堪称我们精神文明建设和国民素质再造中最深沉的问题。正是从这个意义上说，如果什么都可以"拿掉"，那么《阿Q正传》不要删，让我们的莘莘学子以及我们的家长们好好地再读它 90 年，好好地再照照这面镜子——从镜子里看出自己，从自己身上看出阿 Q 来。

这篇小文说的，当然不是一篇名著要不要"撤出"教材的事儿。

（2010.9）

"探监"还是"探班"

谢亚龙"进去了"。这位中国足坛的"大哥",趟了什么浑水?我们不知道;谢案对于中国的足球体制,会敲响怎样的又一次警钟,我们没听说。然而这几天的媒体,你方唱罢我上场的,却是接二连三的"探监"报道,叫人眼光缭乱——

一是关于谢亚龙关在何处?有说关在看守所的,也有说押在学校的,更有说囚在"一个宾馆"的。二是关于谢亚龙在"里面"吃什么?有说东北菜的,也有说菜"偏咸"的。三是关于谢亚龙住什么屋?有说单体楼房的,也有说"带有电视的单间"的……总之众说不同,总之兴趣盎然,总之炒得一塌糊涂——至于谢亚龙什么"问题",至于谢亚龙的"贿"与"赌",人们反而莫若以明,不闻一言了。

其实国人对于腐败的义愤,早已到了"填膺"的地步,然而人们对于贪官的"兴趣",却往往不是在于"不受制约的权力"之上。比如张二江的受贿,就来传他的"102个情妇",比如蒋艳萍的贪污,就来讲她的如何"色诱",文强案里头,最引起"兴趣"的是什么呢?是一张"明星名单",而王益一判,网络之上,最热闹的是他"身后的女人"——至于这些贪官,是如何玩弄权力,对于我们有什么严重的教训,又有几个人深感"兴趣"呢?

话又说回来,这一类的"兴趣",多少还有一点道理,因为"腐败"和"腐化",毕竟有密不可分的关系,所以有一点"兴趣",倒也罢了。但是现在又来大炒谢亚龙关在何处,三餐吃啥,菜是淡了还是咸了,以及几个人"囚"一间,等等,这样的"兴趣",就颇有一点离奇了。

其实说穿了也不甚离奇。我们的媒体,"娱乐"惯了,明星穿什么衣服,吃几分熟的牛排,都是夺目新闻,至于她住在何处,如何的"一间",更是长枪短炮天天聚焦,狗仔队日夜守候的"焦点"了——因为"娱乐"惯了,所以也将腐败的案件,当成娱乐新闻来"挖",将谢亚龙那样的贪官,不知不觉当成了"文体新闻"的主角和"明星",这就叫做"习惯了,改也难"——从此次媒体蜂拥而去谢亚龙那里"探监",我们难道看不到记者们集聚电视剧的开拍处、电影的外景地"探班"的影子么——真是把这个反腐倡廉的大案,当作了一段娱乐的"狂欢",于是不惜捕风捉影,于是不吝"版面有限"……

这就是我们的"兴趣"所在?

(2010.9)

"百年"之戒

明年的这时节，就是辛亥革命百年的日子了。武昌首义推翻了千年帝制，中山先生开辟了走向共和的艰难道路——虽然百年以来，道路曲折，但辛亥革命的"大方向"却是对的。这也是人们格外要纪念它的道理。辛亥革命的纪念，虽说还有一年，但是关于它的庆典，已经开始升温。相关各地，早已兵马麇集，各种方案，也已撒向人间。这当然是件好事，然而庆幸之时，也有隐忧，根据近年以来，域内九州，关于"庆典"的常例，不免有三句话要说——

一是要戒"争"。争什么呢？争百年庆典，花落谁家——已经有消息称，"相关"四地，近已烽烟初起，要争"落户"之权。其实也有道理，中山乃先生诞生之地，自然当仁不让；广州系"3·29起义"之处，孙先生还说过它是武昌首义的"前奏"呢；武汉是打响第一枪的地方，哪有拱手的道理；而南京更是"建立民国"的首都，是政权之所在地。所以都有一段辉煌，都有"争"的资格。近年以来，为了抢名人、争正宗，硝烟业已弥漫，战火早已纷飞，但愿明年的辛亥大典，不要再重蹈覆辙，不要再因为鹿死谁手而争得脸红耳赤。

二是要戒"假"。倒不是说虚情假意，而是说"历史搭台"的真正目的，在于"经济唱戏"，这已成不变之通例、不争之惯常。出一个名人，便要大兴土木，有一段历史，便要圈地"改造"。此番辛亥百年，会不会又要来一个"借船出海"，搞一个"造城运动"呢？这样的忧虑，也不是空穴来风。系争的某地，不是已经宣布要一掷200亿"投入大典"么？又据说其实预算里面，用于庆典的只有4亿，那200亿的"大头"，其实是商业、贸易和房地产的规划。如果真是如此，那就真是堪忧了。

戒"争"也好，戒"假"也罢，都是小事，真正要戒除的，是不要只将百年庆典当作一次娱乐的狂欢，一场过眼烟云的热闹——辛亥革命割断的是中国的封建法统，中山先生推翻的是千年的帝制。然而皇帝可以废除，万岁可以逊位，要真正革除两千余年的封建，却远非一声枪响甚至一百年时间可以完成——辛亥革命百年已过，然而直到今天，不是还有这样的县长，在群发的短信中，将县民直呼为"子民"么？不是还有这样的书记，造了"行宫"不算，还要天天坐在"龙椅"上下旨么？我们的生活里头，信奉"民可使由之"，抱着"一言九鼎"不放的官，不是随处可见么？至于荧屏之间、银幕之上，满朝大辫子，一片"万岁"声，在辛亥革命一百年后的今天，就更是见怪不怪了……所以我们格外地要纪念一下辛亥革命，所以我们更要真正弄清辛亥革命的深意所在。

辛亥百年庆典，是要隆重纪念的，纪念辛亥革命百年，应当有个鲜明的主题。这个主题，依我所见，应当就是小平同志在改革开放初始之时向全党"明确提出"的"任务"——"继续肃清封建主义残余影响，并在制度上做一系列切实的改革"。千戒万戒，如果忘记了这个"任务"，偏离了这个"主题"，那还是对辛亥革命"最好的纪念"么？

"革命尚未成功，同志仍须努力"啊。

（2010.9）

"越"了什么"雷池"

"不敢越雷池一步",那是一句千年的成语。沧海桑田,久远的古雷池今天早已消失,但敢于越雷池岂止"一步"的事儿,却若出其里。

就在雷池所在的那个县,一片"办公大楼"将要落成,占地182亩农田,面积四万三千余平方米。于是网友算了一笔账,说是按照国家给"正县级"规定的办公面积,这"办公楼"可供2 180个县长同时办公;于是也有好事者嘀咕,说华盛顿的白宫,面积5 100平方米,仅132个房间,这"办公楼"竟相当于8.5个白宫;当然更有人披露,说这个县的财收在全省61县中排名第49。2008年结余仅13万元,去年也不过区区21万元,可见是个穷县。至于在离"办公楼"并不遥远的一个乡,还有300小学生在D类危房中"提心吊胆地上课",就更不要说它了。

对于这片"超豪华办公楼",舆论之间,当然批评至烈。然而依我所闻,这并不算罕见一例。湖南宁乡一个镇,不是造了七千平方米的"政府楼",仅供8人"办公"么?南京六合区一个村,不是也起了四千平方米的"村委楼",里面只坐了10个人么?江苏一个贫困县,不是更斥资5 000万,造了一座"山寨版悉尼歌剧院",当作政府接待的"会所"么?就是"白宫",也早已有了,那位被称为"白宫书记"的区委书记,不是早已闻名遐迩么?更何况现在是堂堂一个县了。

关于超标建造豪华楼这件事,公众之间,多责其"违规"。因为国务院早已明令严控"办公楼",并有刚性规矩。所以说他越了"雷池",一点没错。舆论之间,也有斥其"贪图享受"的,说是越了艰苦奋斗、戒奢戒侈这个"雷池",当然也没错。然而办公楼为什么要如此"宏大",办公室为什么要这样

"豪华"，真正的原因，恐怕还不在于"享乐"，而是在于一种权力的"象征"，一种"主人"的"感觉"。中国几千年的封建社会，"开府建衙"历来是件性命攸关的大事，浩浩王气，荡荡官威，尽在公堂之上。如果"衙门"寒酸，怎么显示官府的威严，如果办公室只有20平方米，又怎样现出"父母官"的尊崇？所以他"享受"的不是舒适，而是权威。即便是"享乐"，那心中的舒坦也是权力的快感。岂但是"白宫"，还有做"金水桥"以及仿养心殿的。君不闻有的地方，"办公楼"前的大街，不准"闲人"停留，更不准鸣车笛，大有一点"肃静、回避"的老派么？所以要说"越雷池一步"，这"一步"，越的恐怕就是"权为民所赋、权为民所用"这个"雷池"，讲到深处，还是封建残余在那里"不知不觉"。

在"办公楼"问题上，其实也有很好的实例——河北的大名县委、县政府，至今还"蜗居"于60年前的土坯房里办公，他们主张的"穷政府富百姓"，恐怕不是省几个钱的事儿，而是回归了"人民公仆"的本分；上海的大场镇政府，因为企业需要，所以两次从办公楼里"让"出来，尽了政府"服务到家"的本分。这样的"办公楼新闻"，其实并不少，他们"如履薄冰"，不敢"豪华"，不敢"超标"，怕的就是"越雷池一步"，碰了"公仆"的高压线。

然而，这样的例子对于那些寻找做官的"感觉"的"主人"们，能起到多大的榜样作用呢？

(2010.9)

杨威进了北体大……

前几日被华中科技大学"清退"的"研究生"杨威,这几日又进了北京体育大学——在那份307名研究生因"超学时"被退学的名单中赫然在目的这位世界冠军,又以"新生"身份就读北体大冠军班硕士研究生。然而,昨天新届北体大研究生院冠军班正式开课,杨威照例没来——不但杨威没来,39名就读本届研究生的"冠军"们,只来了寥寥3人,36名没来,真不知道这"第一课"是怎么"开"的?

据说"冠军"们"翘课",是家常便饭,是"公开的秘密",根本算不上什么话题。真正"公开的秘密"在于"冠军"们,包括"清退名单"中涉及的官员、老板们,对研究生课根本不感兴趣,为什么我们的大学以及研究生院,还那么欢迎他们,以至于这边华中科大刚"清退",那边北体大马上接了过来?

说得"高尚"一点,也许是为"名"。冠军也好,名人也罢,那都是有着万千拥趸、广大粉丝的。一个世界冠军曾在本校就读,几个国家级名人是俺的"毕业生",那是可以拍成大幅巨照,印入纪念画册,拿到荧屏上去做大广告的。所以尽管他们"不感兴趣",不当回事,但"大学"还是笑脸相迎、你"退"我"接"。

说得更"实在"一点,那是为"钱"。这样说"大学",是否有点"俗"了呢?一点也不。就拿华中科大那个在307名"清退"研究生中占了大头的公共管理学院来说,为什么能成全校"最有钱的学院"?因为它招的名人、官员和老板最多。这些"定向委培"的"在职"博士,出手可都不小呵——某市政法委书记,一次性交学费3万元,某企业的高管,一次性交费4.75万元。之所以"博导们更喜欢带这样的'博士'",是因为在"非定向博士生身上,学院和导师基本赚不到钱",而指导一个定向生,光一篇论文,"导师就可以获一万元指导费","有些官员和老板,还能直接给学院和老师带来科研项目和经费"。原来如此。所以名人、官员和老板"有些从未来过一次",有的"3年只选过3门课",仍然受到热烈的欢迎,仍然可以拿到学位证书……难怪这个管理学院的大厅里头,堂堂正正摆放着一只鼎,上面只有两个大字——"财运"。

当然也不全是为名为利,还有更深层次的"驱动",那就是大学与权力的结交甚至交易。仍以华中科大来说,大学给了官员"学位",官员凭此拿到了"乌纱",例如某市代市长范某,2007年6月获硕士,半年后转正,一年后即当了市委书记;某办副主任曹某,拿到硕士后"一路升迁",迅速成了区委书记等等。他们对于"涌泉之恩",必将"滴水相报",投桃之情,也要报之以李,这正是派发硕士帽和博士帽的一方所期待、所算计的。说到极致处,巨大的"热情"恐怕还是出自于这种官与学的结交吧——难怪有的大学,把官场当成自己"最好的办学环境";难怪不少学院,在它的校庆之上,都是将多少门生官居高位当成"最大的办学成果"。这就不只是一个滥招"研究生"、乱授"博士帽"的命题了,涉及的已经是教育的深层次了。

还是回到杨威"不来"上头——岂但开学之时,杨威"不来",连同他的太太杨云研究生也"不来"。这对明星夫妻、冠军伉俪,一是"比赛"太忙,二是"活动"太多,三是到处传扬他们的爱情故事还来不及,哪里坐得下来听你的《体育统计应用实务》?所以我看他是不会"来"的——那怎么办呢?是像华中科大那样再来一次"清退",还是更像"惯例"那样照常发一顶硕士帽给他?

(2010.9)

以平常心看"鲁奖"

"鲁奖"本已式微,这几天却又成公众注目的焦点,那是始料未及的——为什么轩然大波呢?因为第五届的鲁迅文学奖,授给了一本署名车延高的诗集,而这个车延高,恰恰又是武汉市的纪委书记,一个"厅官",于是拨动了网民的一根神经,于是口水汹汹,拍砖纷纷,激起一场近乎"全民性"的讨伐。

其实一个文学奖,授给了一介官员,本也不必群情激愤。一个厅官,手握重柄、"日理万机"之余,还有闲情逸致,还有如此平静,来写写诗,这就很不错了。我们不是提倡干部有高雅的格调么?孔繁森的爱拍照,拍过雪域高原,郑培民的爱读书,读遍古今中外,不是都被一时乐道么?甚至焦裕禄的一手二胡,还被传为轶事呢!所以说,一个厅官,闲来写诗,总比他夜夜笙歌、声色犬马好,八小时以外舞点文墨,也总比八小时内在澡堂里面"办公"要"雅"一点吧。这样说起来,一个纪委书记的酷爱写诗,似乎还应当表扬,甚至应当"提倡"呢!所以不必去"拍"他,更不要去"淹没"他。

当然网友们的"激愤",大概更在于授奖于官,对于这种"过敏",其实也应当平常看待的——一方面,谁也没说过文学奖不能授官,况且据说"鲁奖"的评定,有着来自众多省份的数十评委,并不是哪一个人一言乾坤可以搞定的,所以几乎正常。另一方面,对于一奖授官,公众为什么如此反弹呢?因为在我们的生活里,在人们的眼皮下,以权谋名的事儿实在太多。一戴乌纱,就要授"博导"聘"教授",当了"一把手",就要做论文巨篇的"第一署名",叫做"不著一字,尽显风流"。至于到处的评选,年年的"授奖",官员的大名,总要身跻其中、名列前茅,更是人们屡见而不鲜的常例了——所以人们"以全概偏",所以网民"由彼及此",断言此次鲁奖的授予一官,定有猫腻,定藏不端。一个车延高车书记，成了众矢之的，这当然颇为冤枉，但这"冤枉"背后的社会心理，当然也颇为平常，不必过于叹息的。

车延高该不该获奖，其实关键应在于他的诗究竟写得怎么样。"羊羔体"也是可以"齐放"写一"花"，并非"把一句话拆成几句写"那样的简单，车延高的诗，也应当多看几首，并不应当只把一首《徐帆》中的几句话拿出来概以全貌，就断定车诗之"一塌糊涂"的。这是一个"百家争鸣"、智仁相见的文艺问题，是一个大家都可以来讨论的平常课题，既不必把车诗捧到天上，但更不应把他的诗踩在脚下，斥为"垃圾"。

还有一颗平常心，这就是以平常心看"鲁奖"。"鲁迅文学奖"与鲁迅还有什么关系？这已经是网上反复提出多方疑问的问题了。其实岂但一个式微了的"鲁奖"，便是其他的什么"奖"，也不必过于"重视"的。且不说多"奖"背后的"糊涂判"、"关系学"甚至黑幕重重，便是正常健康的奖，其"金奖银奖也不如老百姓的褒奖"。从这一点上说，我们也应以一颗平常心看"鲁奖"，完全不必太在意它。

（2010.10）

论关公像的废与立

果不其然，在曹操刘备以及赵子龙的"一墓激起千层浪"之后，一个红脸的关公，近日竟也闹出了特大的新闻——南方某市的关公雕像，花了3000万大洋，在风雨中耸立了多少年。然而一纸公文，却说要一拆了之。原因何在呢？因为当地的市政当局认定，"关公像以傲视万夫的姿态俯视全城，甚为不妥"，尤其是这个关老爷，"以一武财神傲视所有党政机关，有失君行"。总之有碍风水，总之坏了观瞻。

事不单行的是，当南方某市要拆关公之时，北方某市却决定要建一座特大的关公塑像，也是一掷3000万，也是要高得"俯视"全市，岂但是立关帝像，还要修关公大道，辟关圣公园。据说其中一大缘由，便是因为该地经济不甚通达，信用也不大好。所以要"补"一点风水，要靠一个忠诚武圣，来提升地方的形象。

一废一立，南北两条新闻放在一起，真的有点奇怪了？其实一点也不奇怪——都是一个关公，"风水"不好，就把他废了，"风水"不足，要靠它补上。一个万世忠孝的关云长，原来只不过是今人手里的一张牌而已，弊则丢弃，利则拾取。你看遍及域中的关公像，哪个不是当作"武财神"来膜拜，谁还记得过五关斩六将，为的是千里寻主？你再瞧饭馆金店里头，家家供奉的关帝，又有哪个不是把他雇作"招财进宝"的保镖，谁还晓得关羽的忠孝义节？那可是和收银机摆在一起的呀。所以今天的关公，招商搞不好，要把它竖起来，而"党政机关"不爽了，又要一拆了之……

其实在于今天的中国，古人的遭遇判若两人的，又何止一个红脸关公？便是万世师表的孔夫子，不也只是俺们手中的一张牌么——要讲"造反有理"的时候，就来"评法批儒"，把个孔老二，说得一塌糊涂，到了要"治"了，复又把孔夫子重新抬到"惊人的高度"，更有甚者，直将一部《论语》，只讲它的修身齐家，似乎一蛊稳做子民而且心安理得的"心灵鸡汤"，也果然收到奇效。这样说起来，一个关公在于今日的"冰火两重天"，也就没有什么奇怪了。

据说历史都是为现实服务的，又据说任何古人，都只是今人手里的一张牌。原来如此。于是关云长的一"废"与一"立"也好，孔夫子在于中国的遭遇也罢，我们就都可一心释然了……

（2010.10）

从"明星当教授"说到"教授当明星"

明星当教授,之所以成为一条新闻,是因为近日之间,06年度的"超女"谭维维和07年度的"快男"王铮亮,双双当上了四川音乐学院的副教授。

但明星当教授,其实并不是新闻,近年里头,影星成龙、笑星牛群、谐星曾志伟以及女主持李湘,不是一个个戴上了教授的桂冠么?最轰动的大概还要数周星驰当西南民族大学的教授,当主持人问其"聘期有多长"之时,台下百千学子,齐声高呼"一万年"……

关于明星纷纷当了教授,舆论之间,大多是摇头的,论其"礼崩乐坏",曰其"世风不古",哀叹"大学成了戏院",还有惊呼"大学不需大腕,更需要大师"的——然而依我所见,却是"不要这高,不要这多雷",不必那么激愤,也不应那样"冬烘"。在时政化为娱乐,"文化"多在歌厅,"美女总理"取代了国际新闻,连科学家都被追逼"一生曾有几段爱"之时,即便明星们不进大学,学子的心中也不会不闪耀他们夺目的星光;即便大小S不进北大讲时尚,北大也不会再是蔡先生的北大。这就是说,不必为歌星影星走上讲台而愤世嫉"俗"——当然也不必把明星当教授,相提并论于蔡先生当年的"兼容并蓄",并拎到"吓人的高度"。

其实更应当惊叹的,不是明星当教授,而是"教授"当明星——近年以来,"教授"们似乎不再上课,而热衷于"下海"。这"海",当然不是什么低层次的"商海",却是一跃而入大众传媒的"江湖"——这当然是件好事,我们不是曾经号召教授们"走出象牙塔"么?于是"教授"走了出来——本来只有一专之长的"学者",摇身变为一只角也不缺的万宝全书,从宜黄拆迁的"公平正义",到"欺实码"中的两罪之争,从三聚氰胺的分子结构,到邓玉娇出刀的"过当与否",他们无所不知、无所不论,引出人们深深的叹服;本来在大学里学问做得最平淡的"教授",走出书斋,对着公众侃侃而谈、娓娓道来,那野史的稗事,那"文化"的琐屑,当然又招来"学富五车"的惊讶。至于"教授"当明星,最引来粉丝万千的"宝典",还在于他深谙"市场"的导向与"供求"的关系,粉丝们要什么,他就给什么,拥趸们"仇"什么,他就持什么"立场"——"不得罪听众",不是成了一条成星之道、不二法门么?他当然懂得谁是衣食父母这个道理。

现在"教授"当明星,他是"走出来"了,当然也就回不去了——他还要"回去"么?有什么东西,比荧屏上的光圈和网络上的追捧更兴奋、更刺激?有什么游戏,比远离书斋的冷板凳和讲台上的一人寂寞更有趣、更多彩?他当然再也坐不下来、停不下来,再也不愿意"回去"当教授了的。说是穿上了红舞鞋也好,笑其如同服了兴奋剂也罢,总之尘埃不能再落定,总之好马不吃回头草。

问题在于咱们的大学,还会张开双臂、迎接这批明星"回去"么——我只知道,当过十年风云人物的亨利·基辛格,曾想回哈佛当教授。但是哈佛不欢迎,为什么呢?认为这个在闪光灯下过惯了的明星,每天想的是在哪里会客,接受什么采访以及与什么名流共进晚餐,"亨利能给我们带好博士讲好课吗?"于是哈佛一口回绝、不接纳他——只未知咱们的大学,面对那些声音早已显赫的"意见领袖",那些再也坐不下来的"明星教授",会何以对之?

(2010.10)

另一种"雅贿"

现在的官贿,据说早已不是一叠人民币、几张银行卡的初级阶段——贪官的床底下,现钞堆成了山,一分也不敢用;至于电子钱币的往来,也并非踏雪无痕,东窗事发的时候,一文也逃不了。钱币之贿,一是"险",二是"俗",所以今日之贿赂,于是就"雅"了起来。

人民币不孝敬了,改为收"文物"。一是有"格调",收藏古玩字画,据说是官员之雅,总比笑纳孔方兄要"有文化";二是更"保险",这不是钱财呀,我也不知道它值多少呀,云云。所以现在的书画市场,格外火爆,商家富企,为了要"送人",大量收买字画;所以一到年关时节,拍卖行总要狂火一把,管它真假赝仿,居然还有一收百张的。于是像文强那样的公安局长,家里便有了早先的佛头,以及张大千的名画;于是不少贪官的落网,窝里竟藏着魏晋的老货和名家的长卷……

但这种种的"雅贿",毕竟也不可靠。林林总总的案例,已经布告贪官们,"雅贿"有价,也是要"结账",要折算"数额"的——于是近年的时候,就出来了另一种的"雅贿"——

先是有胡长清的"卖字"。胡副省长的字,到处做了宾馆的招牌、商号的店招,"洪城处处古月胡,题字莫非胡长清"。胡长清受了多少"润笔",那是算也算不清的;后来又有成克杰,从南宁到柳州,从商店到工厂,莫不是成主席的手书,贿赂变成了雅事,似乎一点也不烫手。及近,又有了中原地方的王有杰王书记,这个先当了市委书记而后又荣升省人大副主任的"书法家",平时沽字,一尺两千,一幅手书,动辄数万,更有甚者,给企业题了七个字,竟收了120万,加上王公子的"引见费"20万,那老板的"求字"竟送上了140万之巨，并且"十分不易、十分欣慰"。王有杰的140万，据说拿得很"安全"，难怪进了秦城之后，王书记还要求在他的"数额"中扣除一大块文墨所纳，那是俺的劳动报酬、创作所得呀！

然而贪官之中，大多字写得不行，到底拿不出手，但这也不妨碍"雅贿"的另行。有的官员，一手书狗咬一般，然而拿到拍卖行里，竟十番加价，竞拍十分火爆，总有那么几个"企业"，非把它"买"下来不行，这里头的奥秘，可谓路人皆知。实在拿不起一支毛笔，那也无妨，官员"收"来的假货赝品，拿到文物古玩店里，竟也一概以真迹收进，自有人以真品"买"去的。

至于北京公安局那个网管处长于兵，低价收进假古玩之后，再威逼网络公司以真品"买"进，就更是特权之贿了。

总之现在的贪官墨吏，贿还在受，但方式是"雅"了不少。岂但是情趣的"提高"，便是到了法庭之上，竟还有一番自辩可以强词——这是"雅贿"的"安全系数"，还是法盲的天真幻想呢？

（2010.11）

官网与官习

这是一条关于"官网"的新闻——北方一市民于去年11月11日隆冬到来之时,向"官民直通网"呼救"取暖"之急难,久无回音。然而到了今年7月11日,也即酷暑将临赤日炎炎之下,终于来了"关于供暖问题"的"统一答复"。

这当然算是不错了,终归是有了"回音"。近日还有两条关于"官网"的新闻却令人啼笑皆非——有网民问"官网",准生证怎么领?"官网"答复,这事属于南水北调的范围,不归咱们管,请向有关部门查询!又有网民问"官网",30岁能否办退休?"官网"答复:根据政策规定,可准予落户……这两个"官网",倒是没有拖上半年,更没有从严冬拖到酷暑,但是答非所问,一派胡言,却令人吃惊。

于是便轮到网民惊诧,说有些地方的"官网",政府的"直通车",怎么变成了这个样子?而我却劝网民,不必惊诧,更不必疑问,这些"官网",官僚作风一仍旧章,昏庸官气依然浩荡,说"官网"变了,其实一点也没变——你看,"请向有关部门查询",不是他们向来熟练的旧习?至于从冬拖到暑,那一个"拖"字,不更是衙门作风的本色么?过去是百姓见官难、说话难、求援难,现在有了网络,更有了"官网",以为可以"直通车",谁料到了网上,官风依然未改,官气充斥官网,这就叫做江山易改而官架子难易——君不见多少"官网",对于网民的投诉,回复一个"阅"字便打入冷宫?君不闻多少"官网",对于群众的反映,统一以"已转有关部门"给以"处理"?据说还有在官网上画圈,在网帖上画"朱批"的呢。

网络是个好东西,"官网"更是个好玩意,然而要指望一到网上,王气骤消,官风一改,那是几近妄想。多少年来面南而坐,"回避肃静"的牌子挂惯了，你要他一到网上，就此"亲民"，那是苛求过度了；几十载官儿做溜了，一推二拖三哈哈，已经病入膏肓，你叫他十年官习，一朝改变，那也是一种奢想。我们一些衙门、不少官员，即便到了网上，仍然在打官腔、讲官话、做官儿，这真是"习惯了，改也难"，不过是把昔日的公文周转，变成了今日的网上批阅罢了，骨子里一点也没变——不是有的官网，充斥着官员的报告和总结么？不是有的官网，还在那里训斥当地的"子民"，"不要说不该说的话"吗？

　　说到有些官网的昏庸，网民便指责那里的衙门"不重视网络"。其实这是错怪了这些官员，因为也有"高度重视"的。某地几名教员，因为在网上发表了批判县衙的言论，立马被拿下做了"行政拘留"；某市一位作家，因为他的网络小说，被怀疑是指向本市的"娱乐行业"，也是即刻就被拘了起来，这样的奇案，已经屡见不鲜，可见有的衙门，对于网络的重视，已经到了"一触即跳"的程度，只是这种"钳民之口"的官习，一点也没有变……

（2010.11）

囚车也"方阵"

囚车也列成检阅的方阵,这当然算是咄咄怪事——不久之前,某地法院举行了一次"盛大"的"阅兵式",800法警戎装正步、美丽"警花"一字绽放。法院当然没有什么新式导弹车可以威武,只好将数十辆囚车列成方阵,但这并不妨碍院长们"登上吉普改装的检阅车",向"阅兵"阵容施以"大挥手"。关于这次"阅兵",舆论之间,强烈反弹,网民更是指斥"王权思想",总之说什么的都有。

其实今年的此类"阅兵",并非该院一处,就在数月之前,中原某市就举行过更为"盛大"的"阅兵式"——这回不是800法警了,而是云集了1 600名警察和巡防队员。市委书记"微笑着向十个方队挥手致意","同志们好"、"同志们辛苦了"以及"为人民服务"的吼声响彻云霄。此次"阅兵",耗资50万,排练6个月,同样引来网上哗然,质问"这是为什么"?

这是为什么呢?近年以来,"阅兵"新闻不断涌现,有地方首长检阅"彪悍"的"城管方阵",有书记市长检阅"装备齐全"的治安大队,甚至还有公司领导检阅"新招的收费员队伍"的。都是"挥手致意",都是"登上检阅车",也都是"同志们辛苦了"——最有意味的是,某县领导自京返回,也准备了"方阵"列队让他"检阅",领导与受阅者一一握手,"握得手都发黑了",还说"这感觉真好"……

这算是回答了"这是为什么"这个问题——动辄"阅兵",他并非不懂得天安门广场的威武雄壮,那是宣示一个国家的力量与自信,他也不是有什么非分之想、狂妄之心,而只是"过一把瘾",图一个"感觉真好"而已。那"登上检阅车"的风光得意,那"频频挥手"的王者之气,那"首长好"的此起彼伏,这"感觉",岂止是一般的"真好"?!由此想到,某些地方的造办公楼,一个小小的乡镇,广厦几十万平方米不说,居然还有"金水桥",还有"长安街",甚至还有"华表",你说他有什么僭越之心,倒也不是,只是图一个"感觉真好"而已。然而这"感觉",与网民所说的"王权思想",究竟有几步之遥,却也很难丈量了。

奇怪的是,最近的一条新闻,却说不但咱们搞"阅兵",就是黑社会的头,居然也搞"阅兵"——"约40名头戴钢盔、身穿迷彩服、脚蹬高帮马靴、腰间还别着对讲机和电警棍的保安,分4排列队集合。保安齐刷刷地敬了军礼,然后大喊'彭——总——好!'彭治民说:'同志们好!'走了几步,彭治民说了句:'同志们辛苦了!'保安们又齐声喊:'为彭总服务'"——这个摘自于近日报纸的滑稽场景,发生于重庆庆隆南山高尔夫项目建设现场,这个"彭总"彭治民,就是已经下狱的重庆"黑老大"……

道之不同,当然性质不一样,但这又是怎样一种"巧合"呢?

(2010.11)

为"曹禺牌"一辩

长江边上的潜江，本无什么名气，近日却几乎要名闻天下——潜江宣布将斥资20亿，打造曹禺公园等一系列项目，更要建成"中国戏剧之都"云云。

潜江的"曹禺牌"，是引出有识之士不屑的。说那潜江，只存在于曹禺履历表上那籍贯一栏，与戏剧大师并无什么关联。不要说曹禺生于天津，童年幼少都在渤海湾度过，连以后的岁月也与潜江基本无关，便是曹禺的父亲，自15岁便离开潜江赴日本等地求学，也再也没有回过潜江。"潜江没有曹禺先生的任何足迹，没有话剧和戏剧的任何积累"，怎么能"建成中国戏剧之都"呢？

这当然颇有道理。但依我所见，潜江的雄心并不那么"啼笑皆非"，而例如潜江那样的举动也并非独此一例。近年以来，关于伟人名家之"根"的寻觅早已烽烟四起，我们的领袖，诞生于湖南的湘潭吧，"日自韶山出，日出东方红"，然而江西的某地，都出来宣布毛家的老祖宗，原是在他那个江边上，接着又有云南的某地，一举考出早在远古的时代，领袖祖上的"那一支"，根本就在彩云之南，于是关于"根"的争论，又争得面红耳赤。至于那红脸的关公，总该是山西人氏吧，然而近年以来，也有南北的两省，出来宣称那不过是关羽的祖宗从他们那里迁过去的而已，他们才是正宗的"根"之所在……这样看起来，虽然潜江并无曹禺的"足迹"，但毕竟是他履历表上填过的地方，以这个大师并非到过的"根"，来打造"戏剧之都"，也不算过分的荒诞了。

现在的争抢名人，先是文圣武宗、诗人名家，确有其人的抢完了，便抢神话的人物、小说的主角；"正面人物"抢光了，只好抢奸臣国贼。名人之抢，当然要落实他的"足迹"，然而出生之地、名篇之所，哪有这么多，于是名人游历之途，在哪里住过一宿，名家演学之堂，在何处讲过一番话，都成了"故里"。

那么并无"足迹"的,怎么办呢?就来"寻根",说他的千年祖上曾在此一居,说他的多少代祖宗,流落过俺那个地方呀,似乎名人虽"从未来过",但他的血管里,却应该流着咱们的血,血统也好,血脉也好,尽管那样缥缈,总该"万变不离其宗"吧!

近日看到一则笑话,说是两湖有条小河,叫做泠水河,当地自称也属"屈原故里"。什么"故里"呢?说是屈原当年,曾在泠水河里洗脚。然而有识之士一考,说屈原从未来过此地,怎么能"濯足"?于是又说是上游秭归河,屈原总洗过脚吧,那河水一直流到咱们的泠水河里,所以也算屈大夫的洗脚水,于是不管那么多,照样建广舍、开旅游,笑迎天下客……

这样说起来,潜江的打曹禺牌,也就稀松平常,真算不得"啼笑皆非"了……

(2010.11)

"文明"的疑问
——读报有感

"文明"二字，如果再冠以"精神"，当然是十分神圣的词汇。然而近来读报，读到几条事涉于"文明"的新闻，却令人"精神"不起来——

一是说山西的盂县，有所第二实验小学。近日之间，为迎接"领导"光临庆典，12个班级700余名学生集体停课，手持鲜花列于操场，从早上8时等到10时20分，"领导"才姗姗驾到，直到11时30分才离去。在长达三个半小时的等候列队中，据说操场上寂静一片，无人交头接耳，更没有一点大声喧哗，"学生文明程度有了很大提高"……

另一条则是说，安徽的灵璧，因为一位镇党委书记出殡，所以县城实行交通管制，还用了警车开道。然而警方却来"澄清"，并未出动警车，是行人"自动避让"，出殡线路确是实施了交通管制，那是"出于交通文明而实行"……

这两条新闻，一条属于"肃静"，一条则关于"回避"，也即旧时官衙门前的两大警示，据说都属"文明"的范畴。——这是一种什么样的"文明"呢？这样的"文明"，在中国官僚政治史上，似乎已有了千年的绵延吧！

最近还有一条新闻，那便是陕西的富平，将几名女访民弄到广场上来示众。舆论大哗之时，"有关部门"也是出来"澄清"，说那不叫"示众"，叫做"公开处理"，属于"文明执法"。当然这样的"公开处理"，近年来也并非富平一处，都说是"文明执法"，都是为了"提高社会文明程度"，一仍旧常的，也是千年的"文明"。

写到这里的时候，忽然想起了一则也是"文明"的赞歌——某地一军嫂，久不为夫家容，忽公公去世，而军功章上的"那一半"，又远在边陲。于是军嫂代夫尽孝，一跪下去，八天八夜未起。于是婆婆动容，于是金石为开，于是一曲"精神文明"的颂歌响入云霄……

军嫂之跪，当然可以列为"廿五孝"了，虽则也是老掉牙的故事，毕竟还有一点动人，勉强也可以"文明"的。然而也是近日，看到的另一条奇闻，却令人真的惊异了——某市"创建"文明城市，于十字街头，花园中心，赫然树起皇帝的塑像，天子四周，还跪上四位武将，手持"象征权力的兵器"，通衢大道往来车辆，过之无不减速，朝天大路熙攘行人，视之无不"肃然"，网上称之为《帝王塑像当街树》，舆论哗然曰《千年王权重"抖擞"》——我看"标题党"们，这回真是做了个好标题，算是将如此"文明"，一言道破，算是给我们对于种种"文明"的种种疑问，做了寻根溯源的一个解答。

(2010.11)

要学会"踱方步"

复杂多变的社会态势,需要我们去应对;突发事件的频频发生,需要我们去直面。在这种情况下,我们一方面要求干部深入一线雷厉风行,为什么另一方面,又提倡干部要学会"踱方步"呢?因为"踱方步",就是冷静下来的思考,就是始终清醒的头脑,越是万事繁杂,越是百事待理,我们越是要考虑大事。尤其是我们的领导干部,掌舵管方向,更要静下心来踱一踱"方步"。

"踱方步"就是观大局。现在讲"细节决定成败",这是对的,但重视细节,决不是要领导干部忽视全局,更不能"一叶障目"。还是要有大局观,还是要有全局的洞察和战略的眼光。比如说,现在稳定的问题、民生的要求很多,但要解决这些课题,归根结底还是要靠发展。改革开放之初,问题成堆,积重难返,小平同志提纲挈领,讲"发展才是硬道理",靠发展来解决长期困扰我们的难题。"发展是硬道理",这句话现在仍然管用,仍然是一个大局。这不是空洞的理论,而是有着强烈的实践针对性。我们要"解忧",还是要讲初级阶段的主要矛盾没有变,讲重要战略机遇期没有变,讲发展是解决前进中各种问题的根本途径。这是我们要着重思考、冷静思考的一个大局。

"踱方步"就是谋长远。我们今天讲"发展是硬道理",本质要求就是坚持科学发展。科学发展就要讲全面、讲协调、讲可持续。我们讲发展,既要兼顾当前、更要谋求长远。要解决这对矛盾,是会作牺牲,有取舍,要忍耐的。比如产业结构的调整,会拖累一点GDP的增速,甚至会影响一时税收的"入账",我们要认清,要看透,要想明白,不为眼前的得失而舍不得,不为一时的评说而放不开。看一个干部,不但要看他的当前业绩,更要看他为未来发展所体现的创造力、所打下的基础,也就是说要看长远。转方式有自己的特有规律,有的与过去的路径迥然不同，我们面临着重新学习、重新思考的紧迫任务，我们的领导干部，不能满眼月报表，满脑子"半年怎么交卷"，还是要在纷繁复杂的矛盾中谋长远，在当前的升升降降中保持战略的思维和超脱超越的眼光——可以这样说，要想"迈大步"，先要"踱方步"，要想迈对大步、更要踱好方步。

"踱方步"就是重实践。"踱方步"并不是关起门来的拍脑袋，也不是脱离实际的苦思冥想。"踱方步"恰恰是一种从实践中来，又到实践中去的认识论。毛泽东同志的《人的正确思想是从哪里来的》，不但讲了认识从实践中来，更讲了认识还要回到实践中去。"两次飞跃"的认识路线，比《实践论》更进一步，强调了人脑对于实践中来的东西，要加工，要归纳，要升华，还要回到实践中去检验。这就是说，对于实践的感受，要思考，要梳理，要扬弃，要上升到理性。所有这些，都说明了"踱方步"这个阶段，对于形成"正确思想"的实践性和不可或缺性。

从"踱方步"，想到陈云同志一直提倡的多一点"戴瓜皮帽"的人。这是说，我们除了在一线日理万机的同志外，还要有如过去商人中一些"头戴瓜皮帽，手拿水烟袋，经常踱方步"的人在那里对问题进行冷思考，对长远的谋略问题想得深一点。这种"戴瓜皮帽"的人，现在不是没有，不但我们身边有，基层和一线更有。对于这些有识之士，这些既有实践又有思想的同志，领导干部要善于听取他们的意见，与他们"君子之交"，甚至在"踱方步"中汲取他们的见解，尤其是在大家的脑子都比较热时听听他们的另"一面之词"，从而形成重视思想、善于思考的风气，也使我们的决策更科学。

（2010.11）

并不奇怪的"一人招聘"

这是一次奇怪的招聘——只有一人应聘,当然也就只有一人"被聘"。

为什么说此次招聘,颇为奇怪呢?因为福建屏南县《关于县收费票据管理所公开招聘工作人员的通知》,条件颇为奇怪——"普通高校全日制应届本科毕业生,获得国外学士学位,国际会计专业,大学英语四级,屏南户籍,女,年龄25周岁以下"。这样奇特的条件,如此奇特的"交叉",当然"只有一人"可以来"应聘"了。

这则招聘公告,初在网上公布的时候,网友诸君,是从"人才观"的高度予以质疑的——请问一个县的收费管理人员,为什么竟要"国外学士"和"国际会计",这岂不是典型的"人才高消费"么?又请问一个这样的岗位,为什么定要"屏南户籍",外地人就不行,这岂不是十足的"地域限制"么?再请问这样一个"肥缺",为什么也要"25岁以下"的妙龄女性才行,这更岂非"性别歧视"……

其实我们的网友,是过于善良,也多了一点书生气。屏南县的这个公开招聘,因为"条件所限",所以果然只有一人能应聘,而因为"只有一人",于是也不必再事考试等等,就这样顺理成章地招了进来——而这招进来的"独子王孙",原来就是屏南县上级的宁德市副市长的千金!于是人们豁然开朗,于是人们一下子明白了,原来这是为"一个人"量身定制的"条件",原来这里头,并非什么"人才观"的糊涂,而是一场用心良苦、用计精密的"定向特招"戏——这样的结果,人们对于这则奇怪的"招聘公告",也就丝毫不感到"奇怪"了,这不是典型的玩弄公众么,这不是地道的戏权力于股掌么?

现在屏南县的两名当事局长，已经因此被停职，而这位"千金之父"的副市长，却说他一点也不知此事，是其女聘入后才听说的。有人说那是谎话，但我宁肯相信这是真话——据说这个奇怪的"招聘条件"，是屏南县财政局的"领导班子集体讨论"的，这个"班子"自动地为上级领导"办一件事"，这十分常见，也十分符合现在某些官场的规矩。如果副市长同志，为了千金的事儿亲自打电话、写条子，那就等而下之了。一言不发，下属也会"自动"把轿子抬起来；"一点也不知道"，下面就给你"安排好"搞定了，这才叫做"权力"，这才叫做"不着一字，尽显风流"呀——所以有网友说副市长的"不知道"令人奇怪，但我看来一点也不"奇怪"。而这两名局长，也是因为"按理出牌"而暂时挂冠，相信过不了几天，就会重出官场的。这同样也没有什么"奇怪"。

奇怪的招聘，结果一点也不"奇怪"。因为它多少反映出了一个常态，属于一件"平常事"——正因为如此，这场并不奇怪的招聘，才更像一只麻雀。麻雀虽小，五脏俱全，值得我们剖析之、深思之。

（2010.11）

"千万元"算出了什么

这几天的一大新闻,是襄樊改名襄阳。襄樊更名的一大亮点,则是"可以带来千万元的经济增长"。

这个"千万元增长",是怎么算出来的,又算出了什么?原来既不是"拍脑袋",也并非"放大炮"——据说有识之士,精确计算过,"城市更名以后,各级机关、人民团体等社会机构的招牌、公章、财务章、文件头、信封、信笺、证件、营业执照等乃至个人名片",都不得不"以旧换新",这就给当地的印刷业、制证制牌业带来"新的经济增长点",仅此二业,就可以带来"千万元的经济增长"——原来如此,从印刷制证便可获得的"机遇"之中,我们可以算出更名的成本,可以想见给生活带来的乱相,也可以想象其中的"折腾"。

现在的城市更名,几乎成为风气。石家庄闹着要更名"正定",那是因为这个"庄",不管他已经人口数百万,广厦千万间,仍然让人"误以为"是个村庄,让人看不起是个庄户人家。而新郑的天天想改为"轩辕",则是因为传说之中,这个地方曾是黄帝的归葬之地——当然已有专家学者,指出这"归葬地"的"与史无证",仅为传说,更不要说炎黄二帝,现在九州域内,已经争得硝烟四起,大家都在抢,"轩辕"二字,人人都想冠名,又岂是你新郑一家可以独占的?

话又说回来,襄樊更名襄阳,还是有一点道理的。一是他已经清点过,一部《三国演义》,其故事有百多页发生于"襄阳",就以诸葛亮的行状来说,虽说有个河南南阳与之争夺,但所谓"名高天下,又何论襄阳南阳",终归有襄阳的份;二是《射雕英雄传》里头,那个"80后"酷爱的郭靖郭大侠,就是"义守襄阳",最终殉难的,所以对年轻人也有"吸引力"。但问题在于,襄樊之将"襄阳"一改，就能从此"融入当今中国主流经济圈"，一下子就"旧貌换新颜"了么？关于这个问号，同是湖北的荆州，其实是先给了回答的——早在1994年，荆州与沙市合并，名为荆沙市，因为"名气不大"，所以两年之后，又更名为"荆州市"。刘皇叔借荆州，关云长为之而死，总算名闻天下，无人不知了吧？可是十多年过去了，"荆州"的"发展"如何呢？飞机场杂草丛生，火车站人去楼空，港口门可罗雀，一个"荆州"，既没有如愿以偿，"吸引外商投资"，也没有算盘如意，"复兴当地经济"——可见"星星还是那颗星星，月亮还是那个月亮"。并不是把名一改，于是便财源滚滚，今日之"外商"，又有几人在乎你那寂寞古战场呢？至多是拉动了"印刷、制证"两个行业，带来了"千万元增长"而已。

咱们中国人，向有"名字拜物教"，总以为"名正言顺"，只要取了个好名字，就可以一世通达。姓不姓赵，叫什么名字的问题，缠绕了国人多少年？所以直到近年，还有人提议把南京改为"金陵"，彰显它六朝古都，把西安更名"长安"，回归它两千载雄风，甚至把北京叫做"燕京"，恢复它历史遗归的。这类"改名"爱好，这种折腾之癖，带来的恐怕决不止区区"千万元增长"，透射出的，却是千年的"国民性"了。

我们仍然尚未"走出未庄"？

(2010.12)

也忆山村"讲文件"

近读梁衡先生的杂文,说是40年前,给农民宣讲林彪事件,因为文件里有一句"披着马克思主义外衣",所以就讲"林彪偷了马克思的大衣",农民一听,知道这是个坏人了……

关于"林彪偷大衣"的说法,当然是比较离奇的,拿它来引申"要懂得群众语言",也颇独到。但看了这个故事,却想起了同样的年代,我作为一名上山下乡的知青,一名湘赣边的小吏,也曾给农民"讲文件"的两件小事,至今回味无穷。

一是七十年代初,也是林彪出逃,需要给农民"讲文件"。然而设不设国家主席的奥妙,以及林立果"天才讲话"里唯生产力论之谬误,农民怎么也听不懂,鼾声此伏彼起。我们工作队的队长,一位干了二十年农村工作的老农工部长,把文件放在一边,大吼了一句"林彪要杀毛主席",就把瞌睡的农民都惊醒了,祠堂里顿时群情激愤——这还了得?!须知"弑君"一节,在于中国的农民,那是十恶大逆之首,万万不能容忍的呀!

其实这一句大吼,也没有冤枉林彪,更没有违背当时文件的精神——文件中既有"571工程纪要"的影印件,又有林立果企图在苏南袭击专列的材料。所以我们的队长,不过是把复杂的"路线斗争"简单化了,明朗化了,也农民化了。于是一语中的,一切迎刃而解……

还有一次,是粉碎"四人帮",也是要"下去",给农民"讲文件"。然而同样的困难,农民对于"按既定方针办"的阴谋所在,对于"评法批儒"的复杂用心,仍是听不明白,莫若以明。也是一位"老农村"的工作队长,也是把文件放在一边,只说了一句,"江青给老蒋祝寿",就把一屋子农民全说明白了——须知"戏子"这个行当,多少年来,向为中国农民所看不起,加之又为"蒋该死"唱"堂会",这就更为不齿了。这一句话文件里有,既不是空穴来风,更是击中了农民"要害",于是这个"敬爱的江青同志",在农民的心目中便一举被打倒,于是一切的"宣讲",都变得那么顺理成章甚至多余了。

说到"戏子",其实农民也唱戏——我插队的那个山村,不到两百口人,却有自己的"剧团",可以演出当时的两台大戏,一台是《红灯记》,一台是《沙家浜》。这可据说是"江青同志"千锤百炼的心血啊!可是农民哪里会唱京戏,他是照着剧本"演",唱的却是几百年留下来的山里"湖弱调",念的也是山里的土话,至于打与做,则完全是老戏班里的那一套!那个山村,离县城 20 里山路,距镇上还有十里小径,不但没有公路,而且不通电,大多数的"演员",从来没有看过或听到过什么样板戏。于是可惜了"江青同志"的一番"心血"。任你再好的谱,再"三突出"的灯光,到了山里边,到了农民的嘴巴里,仍还是几百年祖宗留下的老调呀——据说当时在上海,已经有人因为"戏说"《智取威虎山》而杀了头,好在我们的那个山村,距北京十万八千里——就像中国的千千万万个山村一样——"江青同志"管也管不到,管也管不过来,只好任凭几百年的"湖弱调"来演绎"无产阶级文化大革命的成果"了——这也许就是那场"革命"搞了十年,怎么也"巩固"不了,"落实"不下去的最深层的原因吧!

农民的"唱戏",和农民之听"文件",其实是一回事——这就是中国的农民,有他自己的意识形态,有他自身的喜怒哀乐,也有不变的文化坚持。记得上世纪 70 年代初,爱德加·斯诺来见我们的领袖,颂扬他"改变了中国",领袖不以为然,说是"最多改变了北京附近的几个地方而已"。这不是什么"伟大谦虚",而是对中国国情的深刻了解和坚定判断。可惜这种"深刻"和"坚定",我们现在不少人已经忘得差不多了,所以说出话来,"群众"总是"听不懂",所以拿出"文件"来,老百姓也是一头雾水……

(2010.12)

"我们不理睬他"

《也忆山村"讲文件"》在《朝花》刊出后，竟也有一些读者，那里头不仅有像我那样与农民打过交道的老知青，居然也有写字楼里"80后"的白领美眉，这是始作俑者，始料不及的。

我在那篇小文里，讲了农民的文化坚守，其实农民还有自己的"斗争方式"——对于"上面"的指挥，对于外加给他的条条框框，他也不同你斗，但是"不理睬"你。他又不吃你的饭，"不理睬"你，总可以吧。多少年来，农民揭竿而起，那是少的，漫长的岁月里，他主要是靠三字"不理睬"坚守着自己。

上世纪70年代，作为湘赣边一名小得不能再小的小吏，我随着我们主管农业的县委副书记下去"蹲点"——那时的县委书记，不是什么"三个一百天"的问题，而是一年里有200多天蹲在生产队里。那个时候，省里的一把手，是6011的程政委。程政委别无爱好，就是喜欢教农民种田。比如他要搞密植，生怕农民手下不紧，于是就搞"格子化"——在放干了水的田里打好纵横的"格子"，规定农民插秧，只准插在交叉点上，算是把尺寸"管"住了，也留下千古笑话。记得那时一句口号，叫做"举红旗、狠抓纲，六六寸、格子化，不执行、批斗他"，刷在墙上，写在路边，无人不知。

那年3月，春寒料峭，路边的草还没发芽，忽然来了程政委和"省革命委员会"的"切切此令"，全省各地，不论一马平川的赣抚平原，还是我们山高水冷的赣中北山区，一律要在三天内下种育秧——程政委当然好心，以为早下种就可早出秧，那可是"与帝修反抢时间争速度"的十万火急哦，所以拿出军队的令行禁止，命令传达不过夜，理解的执行，不理解也要执行。通令下到各公社，书记们纷纷来电"点"上，问怎么办。农民出身的县委书记，一脸的"坏笑",随手写了一张纸条,要我以手摇电话通知15个公社。那纸条上,只有六个字,"我们不理睬他"——是呀,这么冷的天就下种,还不把稻种全部冻烂在秧田里,过了清明,拿什么插秧,下半年又吃什么?但你也不要去申诉,不要去"上面"讲什么道理,把通令朝裤兜里一塞,"我们不理睬他"就是了⋯⋯于是"一个命令下去",并没有像林副主席设想的那样"改变一切,改变一切",全县的农民,还是按他的老谱下种育秧,这一年的早稻,当然获得了大丰收,谁也不再记得那张"我们不理睬他"的纸条,因为千百年来,农民就是这样的态度——程政委坐镇南昌,他哪里管得过来全省82个县几万个生产队呢?

说到这个"不理睬",于是又想起一件事,那是80年初,我们县的老农业局长跑到上海,告诉已经在读大学的我,说第一,全县跨过了《纲要》,第二,你那里锦河上面的桥架好了。我一听笑了,说这两件事,都是不可能的,关于《纲要》,我们在那里搞了那么多年,不知费了多少心力,才搞了400来斤,我们的"点",整整抓了4年,才弄到620斤,你一年功夫,就拿下了800斤?二是为了建锦河桥的集资,人都逼死了好几个,就是没钱造起来,你又是一年造好?总之你们从1958年以来,就吹惯了牛皮,我还不知道?老局长那你明年回来一次,亲自算账亲眼看桥。这才有了我的第一次"回去",关在农办里头,以我还很熟悉的农村工作经验算了两天,果然上一年全县亩产(二稻一麦)达到了812斤,真的过了长江跨了《纲要》!至于锦河之桥,那是架在那里,更无疑义了。

说来也奇怪,公社化搞了那么多年,学大寨开了那么多"批斗会",农民就是"不理睬",出工不出力,天天磨洋工,粮食就是搞不上去。然而三中全会一开,把田一分,仅仅一两年工夫,我那个山区县亩产就翻了一大番。我们十多年的呕心沥血,原来还抵不上一个"分"字?这道理就在于,这一回农民是真的"不理睬"了,从此可以"不理睬"上面的种种"指挥",从此可以"不理睬"任何一个程政委教他种田,中国的农民,这才真像了农民,才真正地当了家做了自己的主⋯⋯

中国是个农民的国度,我们并未"走出未庄"。中国农民的"不理睬主义",固然是我们不可能"一日千里"、"大干快上"的"习惯势力",却更是中国这条船，出了再大的事也不会沉没的"超稳性结构"呀。直到今天，我们还是不能轻忘赣中北山区一位县委书记在"史无前例"的年代写下的那张纸条——"我们不理睬他"！

（2010.12）

并不无聊的"争论"

关于鲁迅究竟是什么"级"的问题,两年之前,我是在《夜光杯》写过的——因为鲁迅先生,在教育部做的是科长,所以似乎只是个"科级干部",然而饱学之士,却不同意,说他还兼了个"佥事",这个佥事,就是个"副处级"。于是鲁迅的"级别",就这样尘埃落定,落在了个"从七品"。

鲁迅"级别"刚刚争完,不料又出来个胡适的"级别问题"。因为胡适先生,是做过北大文学院长的,所以舆论之间,便按照今天北大的"级别",认定他是个"副局级"。然而也是饱学之士,出来辩正,说是当时的北大,只有14个系,还不"大",也没"升级",是个"局级单位",所以胡适、陈独秀之类"文科学长",都只能是"正处级"。

由胡适的"级别",结果还牵连出蔡元培的"官阶问题",说如果当时北大并未升为"副部级",那么蔡校长海纳百川也好,兼容并蓄也罢,都只能是个"正厅级"干部了?当然也有人质疑,如果北大只是个局级单位,那么蒋梦麟先生,是做过教育部长的"正部级",他后来来当北大校长,岂非只是个"厅局级",那这么一"降",不是降得太乱太过分了吗……

关于历史上的大家,究竟什么"级别",也有人说,这样的考证以及争论,实在太无意思。鲁迅胡适也好,蔡元培蒋梦麟也好,这些煌煌大家,难道是可以套用今日之"级别"来论定的么。然而我却以为,这种"钩索"十分重要,因为这个"级别问题",在于时下的大学,是个性命攸关的大事——君不闻某大学的"校长助理",为了怕引起误解,每次出场、每上饭局,就要先说明他那个大学升了"副部级",所以他那个"助理",也一同"升"为了"副局级",同桌诸君,可千万不要误以为俺只是个处长,从而安排在下首末座呵;君又不见，某研究所的副所长，怎么也不肯屈就某大学的院长？什么道理呢？因为那所，是个"局级单位"，而当了院长，等于降到了"处级"，所以哪怕专业对口，学问对路，也不肯移樽。至于近年以来，为了大学的"升阶"，为了学院的"靠级"，不知道多少校长、书记跑断了腿、磨破了嘴，费尽了心机，就更是平常之事了。

大学的级别，校长的官阶，尽管有识之士，已经尽加讥嘲，但毕竟是一件平常事与"正常事"，不必我来多言赘叙，但最近看到一篇文章，说的是哈佛第27届校长萨默斯之事，却颇为奇怪——此公做过克林顿政府的财政部长，一个"正部级"干部，来当哈佛的校长，已经是"低配"到"副部级"单位了，如果印名片，也必须打上"享受正部级待遇"的括号才行。可是哈佛文理学院的那个"教授会"，却不买账，硬是投了"不信任票"，弄得萨部长只好辞去校长职务——我就不明白，哈佛的教授们，怎么就不懂这"级别"的规矩这么"去行政化"，怎么就不觉得一个正部长来做校长，对于哈佛是一种"抬举"，是一件十分长脸的事儿呢……

（2010.12）

"佳话"之疑

现在的传媒,名人的"佳话"不少——比如近日的网上,就出来赫然的大标题:《董卿原是清洁工》。可别以为,这只是标题党的振聋发聩,那可是催人奋进的"励志"哦。你看一个名噪南北的央视头牌,原来是从"清洁工"一步步走来的呀,所以循循善诱,所以发人深省,"一个人的前途不在于起跑线,而在于自己的拼搏奋斗"……

董卿真的是"清洁工"吗?原来学生时代的董卿,曾利用寒暑假搞过一点勤工俭学,除了隔三差五搞过几天卫生,还做过广播员,也站过几回柜台。于是董卿就成了"原是清洁工",就变成了催人奋进,改变命运的"佳话"。

董卿是个今人,经历很容易弄清,如果事已经年,那"佳话"的流传,就令人莫如以明了——近年来,一直传颂着吴晗先生"数学考零分,破格进清华"的美谈,说是当年吴晗,同时考北大清华,文史英文均满分,数学却交了白卷。清华惜其偏才,"破格录取"吴晗,才有了后来的明史大家。于是人们不仅要"谈"此事,更要"论"其理,说是巍巍清华,多么宽广的襟怀,而今日之高招制度,又是如何地埋没人才……

这当然是有道理的,然而这"道理",竟似乎建筑在一片历史的沙滩之上。吴晗考的是清华文史系的转校生,按照当时的考试制度,根本不考"数学",不但清华的档案可以证明,便是吴晗自己也说,考的是"党,国,英,中史,西史,论理六门,幸终场",并无数学,清华当年,是以第四名正常录取吴晗的。哪里来的"数学零分"以及"不拘一格"的"破格录取"呢——当然没有了这张"白卷",这"佳话"岂不过于平淡,也缺少了深意?

还有那个"钱学森拒奖"。说是钱老当年,"一口回绝"了霍英东杰出奖的

100万港币,于是又是评家蜂起,论钱老何等看轻金钱与名誉,贬今日多少人争名夺利。其实钱老初拒巨奖,并非一般的拒名封金,而是国门方开,他还不了解霍奖的底细,甚至担心分裂分子混迹其中。待知道了霍先生的爱国背景,钱老欣然接受了此奖,这才有了"我要奖(夫人蒋英的谐音),你(蒋英)要钱(钱学森)"的佳话。

佳话堪以励志,所以"这个可以有"。但励志的佳话,当建立于真实之上。像"爱迪生自做阑尾手术",已经引起舆论对于课本的深疑,而例如"大英图书馆的卡尔脚印"这样的"佳话",一旦勘破,对于人们的激励或化为虚无,所以"佳话"之不变为假话,还是实事求是的好。

(2010.12)

辩证一点看"大家"

中国的近现代史,因为"大家"不多,寥若晨星,所以我们格外珍惜,于是尊崇日隆,奉为偶像,于是倍加爱惜,几成完人——比如梁思成先生,当然是建筑界的大家,尤其是半世纪前,为保护和抢救北京旧城的呼号奔走乃至直议面争,更成为今天反复传颂的佳话,令人崇敬,发人反省。

那么梁先生当年的"保护说",又是出发于何处呢?原来早在1953年,作为中国建筑学会主任的梁先生,就宣布建筑艺术具有阶级性,而阶级斗争常以民族斗争的形式出现,因此,在建筑中搞不搞民族形式,是个阶级立场问题。这也许是第一次将阶级斗争理论和意识形态坐标引入建筑学说。因为这个"阶级立场",梁先生改变了自己几十年心仪的现代主义建筑观;因为这个"阶级理论",他到处坚持对民族建筑的保护主义,甚至力倡民族形式的"大屋顶",结果又成了"反浪费"的替罪羊。

梁先生是伟大的,他保护北京旧城的主张,被历史证明是对的;而梁先生又是复杂的,他把反对"国际式"建筑提到反"资产阶级性的反动艺术"的高度,结果又"走进了另一间屋子"……这当然是时代的烙印和历史的限制,不能苛求前人的。

其实例如梁先生那样的复杂,我们不少"大家"都有。人是多侧面的,往往会有"两面性",尤其是在那样复杂的历史环境里头。因此我们看大家,既不能脱离具体条件苛责,恐怕也不能过于偶像化和过度完人化。我们有些"大家",既有"吾爱吾师更爱真理"的追求,也有"真理走过一步"的鸣呼;既有骨鲠在喉决不低头的风骨,也上过今天看来不那么过硬的奏表;既有对邪恶拒不合流的豪迈,不幸也有一剑堪以封喉的密报。所以我们还是要以辩证一点的眼光来看"大家"。我们既要颂读大文豪的传世名作,也不妨分析一下几十年自叹"写不出东西"来的"遵命"之因;我们既要原谅某些大家在特殊年代的一二失足,又要解析一下他们之所以当了犹大的道义瑕疵。总之要分析,要多面看,才能于史可信,才能令人折服。

  关于这一条,巴金老人其实早就作了表率。一部《随想录》,就是通过解剖自己的"多面",剖析了中国知识分子的深层,这反倒成了巴老之所以成为近乎"完人"的"偶像"的真正原因。可惜巴金的"辩证法",我们今天又有几人记取呢?

(2010.12)

从陈垣的"弯路"说起

《陈垣全集》最近的出版,当然是学界的一件大事。我们从几百万的煌煌长卷里头,读到了大师的宗教学、校勘学和元史巨制,竟也看到了陈垣先生因早年参与曹锟贿选而写的一个内部检讨。

这有必要么?过去我们一直知道,陈垣先生身为大史学家和大教育家,曾被毛泽东誉为"国宝";过去我们一直听说,陈垣先生一生反帝反清,国破时又坚持抗日立场。这是一位近乎完人的大师。有什么必要,在百万结集的时候,将他年轻时那一段并没有多少人知道的"失足"收入《全集》?更何况这只是一个"内部检讨",何必"洒向人间"呢?

然而《全集》的编者,不是别人,正是陈垣先生的嫡孙、著名的史学家陈智超。这位陈先生说,他始终不把祖父看作一个完人、圣人,这个检讨,是他"特别收入全集"的。为什么呢?

"既然是全集,就要全面。祖父一直以为参加曹锟贿选是一生中一个污点,我也不能给它抹掉。"陈智超说,收入这封检讨,是让大家全面了解陈垣,他不是完人,也曾有过弯路……"既然是全集,就要全面",这是陈智超的"全集观",听来发人深思——现在大师身后,编全集的不少,但"全集不全"的事儿也不罕见。"抽掉"一二"败笔",叫做维护大师的形象,舍隐一点"不为人知":曰作"为尊者讳"。不但是盖棺后的《全集》,便是活人在世编的"文集",也往往要把"走麦城"的那一节按下不表,生怕影响了一世的英名。比如《周扬文集》的编集,因为不收进1957年那篇著名的《文艺战线上的一场大辩论》,至今几乎酿成一大公案——其实周扬当初,是说了照历史面貌编纂,为文有错误,加个编者按就是了,然而为什么仍然不收入这篇"檄文"呢?其中一个原因，据说就是因为历史已经证明这篇演讲是错的，如果收进去，对周扬的形象会有"大的损害"，所以他的不少同志和战友们，力主"不要编入"……

其实这才是真正的"不必要"——收入这篇《大辩论》，就会"大大损害"周扬的形象么？周扬在复出之时的文艺界首次聚会上，就坦陈"我是一个犯过很多错误的人，但不是坚持不改的人"，只要听一听作协四代会上长达八分钟的雷鸣掌声，就可以知道人们对周扬的尊敬和谅解，只要读一读四百名作家给周扬的信，就可以体会到大家对这位长者"真诚道歉"的由衷感动，尤其是周扬晚年表现出来的良知和反思，更是堪称楷模。然而就是这个"不收"，就是这份"避讳"的好心，反而使不少人怀疑周扬反思的"真诚"，直到今天，仍然非议不止。

《陈垣全集》的收入"败笔"，那是所幸有一个忠于历史的后人，而《周扬文集》的"不收错误"，又多少是因为身边人的爱护和"为讳"，可见有些话靠别人来说，毕竟不可靠，类似"盖棺论定"的话，还是自己来说比较靠得住——这就使我想到了钱正英钱大姐的一句话——钱大姐在87岁之时，总结自己领导新中国水利事业数十年的得失，不说伟大成就，也不谈丰富经验，说的是"我过去主持水利部工作犯了一个错误，没有认识到首先需要保证河流的生态与环境需求，只研究开发水源，对保护和节约水资源注意不够，忽视提高用水效率与效益"。作为新中国水利建设的"司令官"，钱大姐坦言"这个错误的源头在我"……

钱大姐的"源头说"，为什么如此震撼人心？因为当了几十年的水利部长，一句话就把自己"否定"了，这是多数人做不到的。当了多少年的"司令官"，谁不想做个"一贯正确"至少是"七三开"的"结论"？干了一辈子事业，到了退下来多年再也无法改变之时，谁愿把一个"错误源头"的"棺"，盖在自己头上？正因为如此，我们从钱正英的一句话中，看到了一位老革命家的宽广胸怀，我们反而更尊敬我们的钱大姐，谁也不会因为这个"源头论"而"有损"钱部长的"形象"……

然而这样的话"自己来说"，又是容易的吗？

(2011.1)

并无必要的"推测"

李大钊烈士的牺牲,已往80余年矣,然而慷慨赴刑时的一节,却至今众说纷纭。

这是什么道理呢?因为我们从儿时起,就知道那个著名的"临刑前的演讲"。说是大钊烈士被处绞刑,二次均未死,都发表了激昂的演讲,直到三次讲毕,方才引颈就义。更似乎那句"试看将来之环球,必是赤旗之世界"的名言,也是大钊烈士于绞架前发出的最强音……

李大钊烈士临刑,真的发表过三通"演讲"么?其实绞架一侧,是有一个目睹者的,那就是时任京师高等审判庭推事的何隽。据这位李大钊崇拜者的证词,烈士"意气轩昂,胸襟爽朗"地进入刑场后,行刑官问:"你等对于家属如何处分事件,可缮函代为转交",大钊烈士对曰:"我是崇信共产主义者,知有主义而不知有家,为主义而死兮也,何函为?"遂延颈就环……

可见临刑当时,并没有"发表演讲",也不可能"二绞不死",再来讲三通道理,至于李大钊烈士那句关于"环球"和"赤旗"的壮语,更是他牺牲前十年在十月革命胜利时所写。那么为什么一定要说"绞架前的三次演讲"呢?现在才算大白,据对这段党史深有研究的《北京日报》披露,原来当时"为的是显示李大钊的英雄气概和崇高理想"而"推测编写的"。

这真的有必要吗?李大钊定名"共产党"的一锤定音,还不能表达他的"崇高理想"?李大钊一生的战斗经历,还难以体现他的"英雄气概"?便是何隽笔下记载的那一段平静的对话,难道还不足以表明一个共产党人"为主义而死"的伟大情怀?非要"编写"一个两绞未死的情节,非要"推测"一篇慷慨激昂的演讲,反而使后人疑点重重。

当然，我们历来，尤其是我们自少的教科书中，这样的事儿还真不是一例：为了告诉孩子们马克思的好学，就说大英图书馆的地毯，被卡尔踩出深深的脚印。似乎一部《资本论》，千万言的浩瀚经典还不够"典型"，还不足以刻画马克思的勤奋；为了教给后代恩格斯的"背叛家庭"，就来说他如何与资本家父亲"断绝关系"，似乎这个资本主义掘墓人的一生斗争还不够跌宕，还不足以说明他的"阶级立场"。结果怎样呢？人们一查这些"被典型"了的情节，才发现出于"推测编写"，竟然要怀疑起我们教育的真实性了。

革命的历史教育，十分必要，伟人的故事逸闻，也应当拿来砥砺后人。但千万不要"推测编写"，不要为了"典型化"，就刻意地"戏剧性"，以为这才能打动人激励人——其实烈士有时的平静，其力量往往会超过他们的激昂。比如秋白烈士的就义，假如没有一路高唱，假如没有三呼的口号，便是那在刑场的一言"此处甚好"，难道不是已经坦露出一位共产党人视死如归的浩荡生死观吗？

(2011.1)

也算"酷评"?

朱自清的《背影》,入教材几十载,感动过几代人,但是不久之前,却有"教授"提出要删。什么道理呢?说它"不健康,不理性"。乍一听来,还真以为是一种独到的文学批评,然而拜读下来才知道,这"不健康"乃至"实用主义",原来是因为"父亲"跳下月台横穿铁路去买橘子,是"违反了交通规则"……

这大概算得一种"酷评"了。对于"教授"独到的视角,我们应当予以叹服。然而可惜的是,这一种独到的"酷评",近期之间,并非十分"独到"——比如对于《水浒》中那一段《鲁提辖拳打镇关西》,因为也在教材中,所以也有"教授"疾呼要删。又是哪条罪状呢?说那是"故意伤害",不但违反了《治安管理条例》,甚至还触犯了《刑法》。至于《武松打虎》的故事,那更是问题大了,你道这个武二郎,打的是何方神圣?那是国家二级保护动物呀。这不但有碍生态,更似乎会激起"友邦惊诧"和绿色保护人士的拍案而起呢。

这类"文学批评",当然是"酷"了的,可谓很有学问,很有见识,也很有"杀伤力",几乎可以将文艺作品,一举棒喝,也足以使形象思维,一朝窒息——这不禁使我想起20年前关于歌曲《亚洲雄风》的批评——你唱"我们亚洲,山是高昂的头,我们亚洲,河像热血流"吗?这就不对也不全面了,哪个洲的山,是低垂的头?何方的河,水是冷冰冰?至于什么"我们亚洲,人民最勤劳",那更是有毛病,哪个洲的人民不"勤劳",唯你亚细亚才"最",人家就最懒惰……

文学艺术里头的"酷评",当然不是从今日始,那个关于"明月一片照姑苏"的"批评",早已是老掉牙的笑谈,至于"此月何止照姑苏"的对着干,那样一种"酷评",多少年来其实也没有失传——"黑布小帽,黑色大马褂,深青布棉袍",父亲那臃肿蹒跚的背影,那佝偻的身躯和颓唐的老境,本来只属于朱自清一己的记忆,《背影》之能够感动中国,出他意料之外,而老父之"违反交通规则",则是他始料而不及,至于中国的文学批评,已经到了这样的"酷"度,那更是这位祖父辈的文学家必须叹服的了……

(2011.1)

怎样的"沉寂"?

近日的舆论场,有两件事本应夺人耳目。一是中央电视台以大量事实,澄清了温州钱云会案的"五大疑问",还了这一"公共事件"的真相;二是人民日报同样以确凿证据,澄清了郑州新城所谓"鬼城"的流言,也是让事实大白于众。

为什么说这两件事,"本应"夺人耳目呢?因为两个"真相大白"公之于众之后,"舆论"一片沉寂,活跃的评家们,三缄其口,一点也不"活跃"了。

这是怎么回事呢?当初钱云会事件乍起之时,不是网评如潮,热火朝天吗?关于"官杀论"、"谋杀论"的种种断言,不是充斥于网吗?至于郑州的"鬼城",这张"海外网络"公布的可疑照片,不是也引起了关于"造假论"、"政绩论"的一片喊打吗?现在"澄清"了,大白了,怎么忽然三缄其口,统统"失语"了呢?

其实例如这样的事儿,并非区区两例。前几日的光景,也是"海外传媒"先传,珠三角要将九县市并成一个世界上最大的都市。于是又是网评如潮,又是热火朝天,关于"好大喜功"的帽子,关于"空想"的高论,又是满天飞扬。事实如何呢?仍是子虚乌有的传言,仍是建筑在沙滩上的造床架铺。

关于"天安门广场竖起孔子巨像"的消息,当然更是前近一段网评的热点。批斥"尊儒复古"有之,指责"对五四的反动"有之,甚至还有追问有没有向2 000万北京人民听证,以及是否通过了国家最高权力机关的批准。其实这个孔子塑像,竖在哪里呢?竖在面向长安街的国博北门,离天安门还有一里之遥,这只是国家博物馆改扩建工程的一个小项目而已,而国博的前身,不就是两个历史博物馆吗?历史馆的门口立一尊历史名人像,又有多大"政治含义"

呢？我们的网评家们，有几个人去看过，又有几个人弄清了北京的地图呢？于是高举高打，于是一个比一个"激烈"。

还是回到那一片"沉寂"上来——为什么流传甚广时，那么激越，那么兴奋，一旦"澄清"了，事实出来了，反而"三缄其口"呢？显而易见的原因，一是"事实"往往"不过瘾"，真相反而"缺少刺激性"。如果钱云会之死，真是一起交通肇事案，那还有什么"批判价值"呢？如果郑州新城的建设，本来并不"反常"，又有什么可以上纲上线的呢？所以可惜了，于是，"不说了"……

更显而易见的原因，在于二，那便是这类事实"澄清"的结果，与网评家们预设的结局和"坚持"的逻辑不合。例如钱云会案，是有着"先验"的推断的——钱云会是老上访户，所以要"灭掉他"，于是指派货车"埋伏"，加上城管助凶，必然是一起"谋杀案"……几乎所有的时评，都是建立在这个"逻辑"上的，在这个推断之上，再来穷追猛打。现在一朝"澄清"了，并无此事，那就"不合逻辑"，更"不配胃口"，所以三缄其口，所以一片沉寂。除了还有二三评家，按照惯常的"定势"，还要固执地"追问"央视和人民日报的"公正性"之外，原来站在前列的多数"意见领袖"均如"黄鹤不知何处去"了……

难怪现在整治虚假新闻，并未引出"评家蜂起"，似乎也近"一片沉寂"——这不是要动俺们的存身立命之本吗？！

(2011.1)

想起少奇同志的一顿饭

春节方过,元宵未来,亲朋至友相聚仍在继续,"圆台面"依然红红火火。这当然是节之常态、人之常态——然而杯觥之际,忽然想起60多年前刘少奇吃的一桌"圆台面",却不仅是一点感叹。

那是1949年的4月,少奇同志视察解放后的天津——那时没有迎来送往,也没有前呼后拥,但吃一顿饭,还是要的。于是时任天津市长的黄敬同志,便在"起士林"作东,请少奇同志小酌一番。彼时的"起士林",没有什么"贵宾包房",市长的便饭,就摆在大堂,少奇同志这位执政的共产党的二把手,"便和天津的大众一道",挤在喧哗的大堂里一起吃了一顿饭——没有人感到"紧张",也没有人觉得"不妥",甚至没有想到摆上一道屏风……

其实少奇同志的这顿饭,吃得还是有一点"紧张"的——那便是同桌而食的,有一位学者千家驹。千先生似乎不怎么同意少奇同志制订的"巩固新民主主义新秩序"的大政方针,于是有了颇为"激烈"的争论。从"剥削有功"对不对,到化妆品这样的行业要不要发展,千家驹直言不讳,口无遮拦,并不因为少奇同志位高权重而唯诺,少奇同志襟怀坦白,坦言相对,也并不因为他是民主人士而欲言又止……这是一桌坦荡交锋的"圆台面",然而同样是谁也没觉得"紧张",也并不后悔请了千家驹这位"不知天高地厚"的人物来上座……

这当然只是那个年代,像少奇同志那样的领导人吃的一顿很普通、很平常的饭,但我不知道我们现在的一些同志,看了有何感想——我们的一些干部,现在还在"大堂"里吃过一顿饭吗?还与"喧哗的大众"挤在一起用过一顿餐吗?恐怕很少了吧!岂但是吃饭要进包房,进饭店要走专门通道,甚至还有因为领导要吃一顿饭,而把一座饭店"清场"的呢。即便你要去坐一下,"同志们"也不允许,也会"紧张"啊!还有一个问题,那便是在首席一坐,又有几个千家驹,还会"直言不讳",更不要说与你"激烈争论"了……

春节的"圆台面"上,我曾将少奇同志的这顿饭,说给一些领导同志听。他们感动之余,一致认为"现在情况不一样"了,比如当时的领导人,报上无照,电视也没有,"大众"都不认识,所以"不紧张";又比如那时的"千家驹"们,还"不知天高地厚",所以谁也不觉得"不妥"……这话当然是有道理的,"情况不一样"了么。然而最"不一样"的"情况"是什么呢?那便是现在的我们,执政已经 60 多年了。60 多年前的中国共产党人,刚刚从延安,从西柏坡进城"赶考",那么的虎虎有生气,那么的紧靠人民群众这个生我养我的"大地母亲"!那时我们一点也"不紧张",甚至还不那么"成熟",有如一轮初升的朝阳。然而 60 多年过去了,执政基础夯实了,政权建设"成熟"了,我们一些同志,在"大堂"里吃饭,反而感到"紧张",听几句直言不讳,反而深感"不妥",还有龙颜不悦甚至勃然大怒的,这又是什么原因呢?难道这就是黄炎培先生在那著名的"窑洞对"中所说的"始时艰苦卓绝,后来政怠宦成"的所谓"周期律"么?这无论如何值得我们思考和警觉呵!

新春佳节,想起少奇同志的一顿饭,不是忆故,更不是怀旧,而是为了研究一点执政的规律,更是为了唤回那虎虎的"生气"……细穿凿,区区一"饭"切莫等闲看!

(2011.2)

从"讲土话"说到"坐灰板凳"

群众工作，原是共产党的基本功。然而随着执政已久，"条件"变化，这门"武功"，在我们不少同志手里，是否已经荒废了呢？于是有了"讲土话"和"坐灰板凳"的真实故事。

世博时节，我接待了江西插队落户之地的一位县委书记，匆匆看完中国馆，他就要回去。赶回去干什么？给大学生村官办学习班。学习什么？不是路线方针，也不是政策方略，而是培训他们说当地的土话……

这确是一件想不到的大事。我们的村官，出自大学，来自省城，一口学生腔不说，还不会说农民的方言。这怎么行呢？农民一听话不投机，甚至听也听不懂，怎么做群众工作呢？所以悠悠万事，说话问题最大，所以县委书记先抓这个大事，亲自来办这个"说话"学习班。

言传心声，所以说话是个大问题。现在不少干部不会"说话"，不会说群众的话，他说的话群众不认账，老百姓的语言他也听不懂，所以"说话"问题，更是个大问题。我们一些同志，开出口来，除了空话、套话、老话甚至洋话外，就是书生气十足、机关味浓厚的所谓"官话"。要么干瘪、枯燥，一点味道也没有，要么空洞、"高远"，一点贴近性也没有，更何论群众喜闻乐见；有的干部，坐在主席台上可以照本宣科，到了老百姓中间，一句话也说不出来；有的同志，面对焦点风潮，听不懂群众的诉求真意，讲不出迎刃而解的"民心所向"，站在那里一筹莫展，更不要说把握群众脉搏，回应舆论的关切了。"说话"问题，反映出群众工作本领的衰退，更凸显出鱼水关系的隔膜和疏远，从这个意义上说，我们的这位县委书记从"说话"抓起，其深意恐怕不止于一个方言土话问题，而是提出了我们的干部要学会听群众的话，讲老百姓听得懂、听得进的语言的问题。这其实是群众观点的一个基本要求。

除了"说话"问题,近日还有一位县委书记提出了一个"坐板凳"的问题——他向干部们发问:"我们到群众中去,有的老百姓,家中条件很差,一个板凳还是灰蒙蒙的。你是擦一擦再坐呢?还是就这样坐下去?"

如果说"说话"问题,讲了一个"嘴巴"问题,那么这位县委书记的"板凳"问题,却是提出了一个"屁股"问题——这其实是一个我们的屁股坐在哪里的大问题了!从浅里说,这是一个不要嫌贫、嫌老百姓"脏"的事儿,从深里说,却是一个能不能与基层群众"坐"在一起,打成一片的大事呵。我们现在不少同志,习惯于坐在机关的椅子上、坐在宽敞办公室的转椅上,甚至还有这样的"一把手",一屁股坐在精雕的红木龙椅上的。还有一些官员,谈笑皆富豪,往来无白丁,热衷于坐在"大户"的盛宴上。他们不喜欢去老百姓家的"灰板凳"上坐一坐,去了也要先"擦一擦",老百姓看了很生分、很疏远、很不是味,更何论"如鱼得水"、"水乳相融"——所以说"灰板凳"坐不坐,不仅是一个群众工作方法问题,更是一个思想感情上是不是"同群众坐在一起"的大事儿。

其实我们的同志,倒是经常应当去老百姓家的灰板凳上坐一坐的。这不是对群众的恩赐,恰恰是对我们的"必要一课"。常坐坐"灰板凳",你才知道发展的如此不平衡,才知道还有相当一部分老百姓还坐着"灰板凳",睡着冷土炕。这其实是最好的国情、社情、民情教育,也是最生动的宗旨教育。常坐坐"灰板凳",我们才能感同身受,才能知道我们任务的艰巨,才能选择好发展的路径。

从"讲土话"说到"坐灰板凳",说的是群众观点的大道理,反映的是群众工作中的深问题,事虽小而意尤深,我们千万不要当成天上的"浮云"一笑而过!

(2011.2)

如果……

中国记者的不会"说话",尤其不会"提问",早已饱受诟病。或四平八稳,或照本宣科,或大而无当,或毫无锋芒。于是人们不满意,更要问"我们的记者怎么不会问?"

关于记者提问的问题,忽然想起了我们的小平同志。据他的随行翻译回忆,小平同志曾出访欧亚四国,照例要举行记者招待会。前三国组织严密,提问都经过筛选过滤,所以我们的新闻官和翻译觉得很放心。但最后那国,由于"缺乏经验",记者的提问十分"出格",令随员捏了一把汗,以为小平同志会不高兴。然而在归途的闲谈中,小平同志却说,那前几个国家的记者会,"没啥味道",而最后那家,却"很有意思"……

我不知道这个故事,与我们的记者会不会提问,是否属于风马牛,有一点却发人深思——如果小平同志不是酷爱挑战,不是喜欢直面"出格"的问题,如果小平同志面临"缺乏经验"的记者会,深感"不高兴",甚至龙颜甚怒,就像我们现在不少领导同志那样,那么我们的记者,还提得出"很有意思"的问题吗?久而久之,他们还"会提问"吗?

说到"提问"问题,自然要想到法拉奇对小平同志的专访——那可是新闻史上的名篇哦。法拉奇的提问,十分"出格",十分"冲",甚至对小平同志本人进行挑战,连翻译听了,都觉得难以"就这样翻过去"。然而小平同志却无半点愠色,也无一点回避,坦荡其怀,直言相对。根据小平同志的意见,法拉奇的稿子"我们不审",由她发去……这才有了从不买账的法拉奇对小平同志"发自心底的钦羡",才有了法拉奇放下身段要求再访邓小平,才有了新闻史上最著名的对话——试想一下,如果小平同志一听"不高兴"了,觉得"太过分",那么法拉奇纵擅刨根问底,她又如何"问"得下去呢?

还有一个问题,那便是不少人认为我们的记者除不会提问而外,似乎还不会写文章。拿出来的东西,平淡无奇,一无趣味,既没有战斗性,又没有可读性。其实中国的现代,是有一名"好记者",写出过不少好新闻的,那就是毛泽东。解放战争时期,毛主席为新华社写的那些消息、通讯和评论,恣肆汪洋,大气浩然,风趣动人,成为中国新闻史的高峰。当时的毛主席,身边只有两支小部队,一是军委作战部,"用电台指挥打仗",一是新华社编辑部,"用文章指导战争",毛主席亲自操刀,留下了多少豪放不羁的名篇,被誉为"级别最高的记者"……

然而我也在想,那些"豪放不羁的名篇",那些一点也不符合"新闻规范"或"××体"的传世之作,如果不是出自毛主席这位"最高记者"之手,新华社的总编辑,会就这样放行吗?

(2011.2)

"哪个周立波"？

这算是一条可令叹息的新闻——这几天上海公布名人故居保护名录，凡155处点，"周立波故居"赫然列于其中。于是不对了，不少读者致电几家报纸，说是这个周立波，不是鲜龙活跳地在说他的"海派清口"么？怎么已经有他的"故居"了？

这当然是搞错了。这些青年读者，不知道彼"周立波"非此"周立波"——这个"周立波故居"住过的，是半世纪前中国现代文学的一位代表人物，一位大作家周立波。于是便有有识之士，岂止是"叹息"，几乎是要"扼腕"要"痛心"了——我们青年一代对于文化，对于历史的"不知"，他们的"只知"流行，真是到了"日下"的不堪啊！

作为作家的周立波，自然是不妨"知道"的。50年前一部50万字的《暴风骤雨》，多么宏大地描绘了那个革命的年代，尤其是嗣后的《山乡巨变》，那样细腻，那么动人，再经过贺友直先生的鬼斧神工，更成为中国连环画的巅峰。所以确实似乎不应忘记他。

然而依我所见，对于这种"只知"笑星周立波而"不知"作家周立波的"健忘"或"盲区"，其实也不必过于激愤、过于忧虑的。人们总是追逐"时鲜"，而容易淡忘过去，这也并非咱们的青年一代才有——法国算得"尊重传统"了吧，但是两年前教育部的一次调查，居然多数被访学子，既不知道左拉，也不知道巴尔扎克，更几乎无人读过曾令"整个欧洲为之流泪"的《悲惨世界》和《九三年》。至于美国，《纽约时报》刊登的对1 200名青少年的调查，57%不知南北战争爆发的年代，55%不知二战时美国与谁打仗，还有以为那时的盟国是德、意、日的呢。可见这是一个"世界性的问题"，我们当然要重视它、研究它，但也不必由此得出"日下"的悲观结论来。

话又说回来，要求我们的青年"知"之太多，一点也没"忘记"，固然不现实，但是决不是说，我们可以将一切历史都"淡忘"，一切过往都"不知道"——对于一个民族最重要的公共记忆，那是必须"知道"的。比如有些"粉丝"，他（她）"只知周迅，不知鲁迅"，这就不好了。为什么不能忘记鲁迅呢？不仅是因为周先生在历史上的地位，更是因为鲁迅笔下深刻剖析的"国民性"，在我们今天的生活中，在咱们现代的每个人身上，仍然顽强地存活着。所以鲁迅那么隽永，那样"当代"，我们须臾不可淡忘。

还有一种历史，至少对于特定的人群来说决不能"不知"——前时的媒体，曾经报道过这样两个"不知"，一是研究宪法的青年法学博士，见了遇罗克的塑像，却不知是谁；二是研究经济学的青年副教授，听了顾准的名字，也不知是谁——这就很令人"扼腕"了。一个不知遇罗克案件的博士，怎么能体会一部中国宪法的真髓和内核？一个连顾准也不知道的学者，又怎么懂得社会主义市场经济理论的来自艰难？所以说，我们可以不要求所有的人们都知之甚多，但我们中的一些人，尤其是知识分子中的青年人，却应当不是"健忘"的。

当然还有一些"不知"，也是令人叹息的，比如说，石家庄有4成受访中学生不知道西柏坡，南海甚多的青少年只知黄飞鸿不知他那里出过康有为，这种"灯下黑"其实岂止石南两地才有？沈阳有学子不知道"九一八"，以及北京的艺人不知道卢沟桥还惊问"那里这几天发生了什么"……

(2011.2)

也听张悟本一言

张悟本这个名字，国人已尽皆知。一句"绿豆能治百病"，似乎成了全国农产品飞涨的引信，几项曾经吓得死人的假头衔，又引出排山倒海的群情激愤。张悟本早已如过街老鼠，似乎已不值一谈。

那为什么还要听张悟本一言呢？因为沉寂之后的张悟本，终于开口说话，而这话儿，又颇值得听一听——

据张悟本说，他的那些吓得死人的头衔，原本并不是自己戴上的。张悟本读过几年书，并未登顶学历巅峰，他也花费四万元考取过工商管理的证书，但早已丢失了。所以"我当初希望真实介绍履历和身份"，然而"公司"认为不行，"公司的策划团队"教育他，"有半斤可以说成八两。任何人都要学会包装自己，浓墨重彩地包装自己"，于是在"策划团队"的精心包装下，"全国亿万农民健康项目的领军大师"、"首席食疗保健推广专家"的头衔，就这样安到了张悟本的头上。初时的张悟本，"颇感不适"，但在"公司"的怂恿下，还是"坚持戴了下来"……

我看张悟本的这段话是可信的。第一，现在的名人专家，原来一如明星艺人，多有签约的"公司"，多有"包装"的团队，已经不是什么奇事。板凳一坐十年冷，当然不行，不靠"商业化运作"，又怎么走向市场？其二，要"走向市场"，你煌煌大家也好，学界头羊也罢，都要听"公司"的。他要你作秀，你就要出镜，他要你戴什么帽子，你就必须"遵守合约"，更何论一个本来就有着人性弱点的张悟本？

张悟本还有一言，更可算道破天机，那便是长达半年全国范围排山倒海的"讨张"，原来发端于"团队"的一个"阴谋"——引起这场大火的最初导火索，是《生命时报》的一篇"批张"之文，然而这恰恰是"公司策划推广的第一步"。一支"顶尖的推广团队"，原本的设想是，先在"外面"引起争议，再继续发动激烈争辩与批驳，然后再引发关于中医文化的争论，"以此保持较高的关注度。"按张悟本的揭秘，"这是一招危机公关的阴谋"，这是一盘策划精心的"好棋"……

其实这个"策划"，也只能算一个"阳谋"，例如这样"以批出名"的"推广"，现在几乎随处可见。正面吹捧，人们已经疲劳，于是便来"批"，做反面文章，引起"争辩"，酿成风波，同样可以吸人眼球，"保持较高的关注度"，这不过是"公司"们以及"团队"们司空见惯的一种"策划"罢了——只是张悟本事件中，"公司"玩火，结果烧了自己的眉毛，"团队"点着了火，却不料没有控制住火势，闹了个弄假成真。这只能算一个意外的失手，"路子"，还是对的……

张悟本开口，还说出了不少"内情"。他的话是可以听听的，张悟本事件的背后真相，更值得我们好好想一想——不是说"兼听则明"么？

(2011.3)

"樱花"之争

据说没有哪一所大学,每年的三月,会像武大那样为小小一株樱花而烦恼——这倒不仅是说,武大满园盛开的樱花,引来万千游客赏樱,几乎要扰乱宁静的学府,这更是说,每年三月樱花一开,加上游人如织,关于这花是日本的国花,武大为什么要允许它"满园盛开"的指责就排山倒海,甚至还有穿越历史,说1939年占领武汉时,有日本人似乎在这里种下过樱花,所以这花几乎是"日寇侵华的罪证"……

这一派指责,当然不乏来由,但平心而论,是过敏了一点——且不说现在,珞珈山下的这满园樱花,并非敌占时期的樱花,而是1972年中日邦交正常化后由日本历任首相和民众带来的种子,几可见证一衣带水,世代友谊,若果真是"1939年"种下的,我们便不容它绽放,便要连根拔掉吗?如果见花而伤心,而愤怒,而要"不容",连一株小小的樱花都不能容忍,更何论什么博大的胸怀,何论什么民族自信心呢?其实我们的今天,从炼钢的炉子,到疾行的汽车,再到早已进入每个中国家庭的空调冰箱电视机直到电动剃须刀微波炉,中国人的用"日本货",已经十分寻常。为什么唯独小小一株樱花,要如此过敏,突然来了个奇怪的"爱国主义"呢?

说到这个奇怪的"爱国主义",忽然想起数年前的一则告示来,那是在抗战胜利58周年的前一天,在"夜半钟声到客船"的寒山寺边,一家店铺突然挂出了七个大字——"本店日本人莫入",引出了舆论之间,议论纷纷,赞其"爱国情怀"有之,说它十分偏激也有之,更有有识之士,说当年的外滩公园,曾有"华人与狗,不得入内"的告示,至今伤痛着中国人的心,但如果今天的我们,也高挂一块"莫入"牌,拿来对付远道而来一听钟声的日本百姓,那它不是"如法炮制"依样葫芦了——寒山寺的那个店铺,为什么要挂"莫入"牌,大概是出于真诚的"爱国主义",不会有什么另外的算计吧。但据网上所披露,打"爱国"牌以促热销的算计,也是有的。比如某地一饭馆,开张数年,门庭冷落,便挂出"老板爱国、洋人免进"的招幌,以图别具一格,似乎也真有了点起色。至于卖饮料的,打"中国人自己的XX"的广告,卖百货的,打"纯粹国货"的牌子,这里的生意经,就早已有网民讥嘲不已了。

说到把"爱国"当成生意经,前番已有所谓拍卖场上的"瓷器爱国主义",这番又有了也是拍卖场上的《海国记》钱氏抄本原件事件——此件被称为"钓鱼岛主权铁证",拍卖方声称由于"事涉国家主权",故"拒绝外国人参与竞拍",真是摆足了噱头。于是网民火眼金睛,一眼看出了这里头的算盘,于是评家蜂起,说是"爱国不是一门生意",不要以此来挑动国人"敏感的神经",以便把买卖搞大炒热……

"爱国"是需要的,但"爱国"也会有林林总总的"主义"。例如对于武大樱花的"过敏",总还是善良人们的"主义",而到了另有一把算盘之时,这"爱国主义"就彻底地变味了……

(2011.3)

贺"济公井"的又"被发现"

安徽省的全椒县，乃吴敬梓故里也。然而一部写读书人的小说，一介青灯黄卷的文人，于今日之"发展"，又有多少魅力呢？所以一个全椒，近年来似乎仍然默默——尽管它有个吴敬梓。

然而今日的全椒，却将会真正的名闻遐迩。什么原因呢？因为近日，在他的神山寺，"发现"了一口古井——这可不是平常之井呵，那是"济公运送木头的神井"！据宣称，此寺之大雄宝殿右侧，有一古井，深丈余。又据"考证"，当年建寺之时，济公云游至此，立于古井之畔，手持佛珠，口念法号，于是建寺梁木源源不断从井中浮出。最奇之事，还是封顶前就要上最后一根房梁，济公问"梁木够否？"匠工随口而答："够了"，却忘了胯下尚缺一梁未上。于是活佛不管了，于是井中冒出的一根最粗木梁未升至井口便立马停住，又迅速沉回了井底。所以这个大殿，"曾无主梁"，就这样过了很长时间……

现在好了，"一举发现"了神山古寺的这口井，就是济公菩萨当年施法的"神寺"，于是报刊宣布，于是网上还贴出了偌大照片——当然也有问者，曰"济公活佛"真有此人否？这不是一个传说中虚拟的人物吗？即便如清末蒋瑞藻考证，"实则南宋初无是人，乃因六朝释宝志而伪传者也"，那么这个当过梁武帝国师的宝志公，竟有这般鬼神之工？但这样的质问，不免太过一点书生气了——传说人物、神话角色的"落实"，不是近年来已成热潮么？观世音有了"降生屋"，女娲补天发现了"掉下来的石头"，便是那块爆出孙悟空的顽石，不是也已有好几个地方"正在寻找"了么？不管怎么说，也不管济公是否真有其人、真有其事，"神井"的发现，对于因为吴敬梓的落寞而几近沉寂的全椒，对于他的旅游、招商和"文化"等等，都不啻是一个大的"利好"。这是应当祝贺全椒的。

　　只是奇怪的是,神山寺里的那口井,在那里已有千年,为什么我们的古人,从来没有"发现",也从来没有想到过要与济公对上号,而到了今日,却突然"被发现"了——这是古人的缺乏"考证能力",还是今人的想象力过于丰富以至于每每"浮想联翩"呢?

(2011.3)

"狗尾续貂"寻常事

刘心武续写《红楼梦》消息一出,即被迎头痛击,断言"狗尾续貂"有之,讽其"维纳斯接臂"也有之,总之一片"棒杀"。

其实棒喝之时,刘续"后四十回"并未面世,谁也没有看见过。未睹真容,为什么要群起而攻之?因为这个刘心武,这回碰的是"经典"。一部《红楼梦》那是百年绝唱呀,早已祭上了圣坛,碰也碰不得的。李少红拍《红楼》,虽则收视率天下第一,但还是被骂得狗血淋头,这是什么原因?是因为她碰了"经典"。所以刘心武放着平稳的小日子不过,偏要续《红楼》,这样的"胆大妄为",国人一般不能容忍,所以并不需要先看看他"续"的是什么,棒喝了再说。

其实经典也不是"碰"不得的。常念为经,常数为典嘛!经典也不是神,也可以研究,可以剖析、甚至可以批评可以解构,当然也可以"续"了——且不说这些年的文坛荧屏,"新编"《西游》,"戏说"《三国》,已经林林总总,便是曹雪芹身后,不少文人墨客,早已纷纷担起"续写"的大任。200多年以来,"续本"已经不下百种,仅流行一时的,便有20余部,就是通行的程(伟元)高(鹗)本,不就是一个"续本"么?所以对于刘心武的"续",不必痛心疾首,不必大棒喝之,以为是大逆不道之事,反过来,也不必捧为什么"文坛盛事",似乎石破天惊,走向另一个极端。

当然刘心武之"续",是貂尾还是豹尾巴,这倒是可以见仁见智的。这几日"刘续"出来了,不少人也读到了,反而反响平平,甚至还有一声叹息的。这是什么原因呢?看来刘心武虽然对《红楼梦》有所研究,也把前80回本中那些"草蛇灰线、延伏千里"的伏笔一一"落实",大多接上了茬口,但还是被有识之士笑称为"技术性操作"。这也许是有道理的,一个完全脱离了封建王朝由盛而衰的原来土壤,一个全然没有"忽喇喇大厦已倾"的耳濡目染刻骨铭心的现代人,我们从他的"40回"的背后,是不是可以体察出立交桥下"班主任"的味儿呢?

关于一个"续"字,有人已经讽刺说,如果《红楼》解读,那么《论语》的下部、《离骚》的下篇都能"续",甚至可以按照《史记》的笔法,接着汉武帝元狩年写下去,一直写到1949年共和国开国了?这当然属于笑谈,只是一种归谬而已。但近日重又流传的关于李渔"不续"的一则旧史,却是颇有深意——据清代大戏剧家李渔的《闲情偶寄》说,一位名曰魏贞庵的高官,断定《西厢记》与事实不符,建议李渔这个大手笔来写一本《西厢》的"翻本",以正其谬。李渔"予谢不敏,为天下已传之书,无论是非可否,悉宜听之,不当奋其死力与较短长。较之而非,举世起而非我;即较之而是,举世亦起而非我"。李渔更说,此前已有一个想改写《西厢》,另一人则欲续写《水浒传》,都来征求他的意见,他都劝之放弃这个念头。什么原由呢?"无论所改之《西厢》,所续之《水浒》,即使高出前人数倍,吾知举世之人不约而同,皆以'续貂蛇足'的字,为新作之定评矣"。二人觉得有理,遂"维维而去"……

李渔的"不续",他说的社会心理学,我们的刘心武先生,不知听说过否?

(2011.4)

"批量生产"的诸葛亮

"诸葛亮故里"的系争之地襄阳,这几天又出新闻——中国首个"孔明学院"日前在这里宣告成立。"孔明学院"分设"诸葛亮一班"和"诸葛亮二班",学制弹性,4至6年,"学成"之后,颁发"学士"证书,大概"出炉"就是一个"诸葛亮"的意思了。

这当然是一件好事。然而这几年以来,以名人冠名的"班"并不只是首例,"钱学森班"和"严济慈班",都已经有过了,然而我们离那个诺贝尔奖,仍然还是一步之遥。现在不是"冠名"了,而是直接培养"诸葛亮"了,真不知这个"孔明学院"是如何一个"生产过程"——据说它是"研究性课程",未知是否要遥追孔明,端坐山中,隐后茅庐,去"研究"例如"三分天下"一类的大势趋向?又据说是"学科综合性课程",大概就是既要造就举事大家,又要"生产"气象天才,"打造"一批上知天文,下知地理,从而可以稳稳地设祭坛、"借东风"的"两栖人才"吧?总之,网民评家已经在问,这个"孔明学院",是学"临表涕泣"地写"出师表"呢?还是故弄玄虚地摆"八卦阵",看来谁也不知道他如何"批量生产""诸葛亮"了。

其实近年以来,"批量生产"人才大家的计划和实践,并不是诸葛亮始——比如"打造一代杰出企业家"的"老板班",就曾红红火火,图上模拟商界之战,考卷上来做资产运作,当然还有如何交际怎样陪客怎么高尔夫怎样吃西菜一类的"教养"培育,然而"学成"之后,在我们的市场经济之中,似乎也并未看见什么"学院派的企业家"出来扭转乾坤,倒仍然是一大批"草莽英雄"在那里拼拼杀杀。至于后来的"领袖班",据说要"打造"一大批"政治家",坐在课堂里学会运筹帷幄、决胜千里的雄才大略,似乎是为国铸"良相",为军造"统帅"的意思,热闹一番之后,也就更没有了下文。

"诸葛亮"是可以在"学院"里"批量生产"出来的吗?这个问题,其实根本不是"问题"。同样的道理,"杰出的企业家",那是要在"创业艰难百战多"的激烈竞争中才能磨砺,才能成长,才能成功的呀,岂是人工的"打造"而且是"批量"的"生产"就可以脱颖而出?至于"领袖"也好,"政治家"也罢,那更是要历经风雨,才能见彩虹,更是要在万里长征的跋涉中一步一步走出来的呀,靠一个教室、几本教材,哪里会有什么将相人杰的"一批批涌现"呢?

这都是十分显见的道理,也许说了也白说。为什么呢?因为网络之上,网民之间,已经有一言道明的天机披露,说襄阳的"孔明学院",他也知道"浮躁"后面的贻笑大方,但仍然要办,无非是因为在襄阳与南阳诸地,关于"三顾茅庐"之所在、"躬耕之地"之落实,已经争了几十年。几十年面红耳赤,几十年不分胜负。现在来办一个"孔明学院",其实又是"抢"一面"旗帜",加一个砝码而已,说穿了还是一个"故里之争"的老套——如果真是这样,那就罢了,就不必当真了……

(2011.4)

第二种"勇气"

都说"反潮流",是马克思主义的一个基本原则。一个"潮流"来的时候,"许多人跟着跑",可是你不随波逐流,这是不容易的。不但要有一双慧眼、一个清楚的头脑,更要有一股勇气。

说到勇气,我们不会不想到老一辈的革命家陈少敏——43年前的八届十二中全会,要开除少奇同志的党籍。齐刷刷一片"赞同",只有一个人不举手,这就是从大别山走出来的八届中央委员陈少敏陈大姐。

有人说当时陈大姐"睡着了"。其实陈少敏没有"睡着",她的心里清楚得很。清楚什么呢?清楚在那一片"红色恐怖"中,"反潮流"的后果是什么。八届的中央委员,已经"打倒"了过半,多少老一辈的革命家,因为"刘邓路线"已经被打入牛棚,这样的"齐刷刷"中,你不举手,那是什么下场?所以说,"反潮流"不是易事,为了党和人民的利益,那是要"不计后果"的呀!

"反潮流"的勇气,还有一例,那就是黄克诚式的勇敢——庐山会议的前期,黄克诚并未参加,待到他上山,彭老总的信,已经写了,庐山的气氛业已"一边倒"。伟大领袖召见黄克诚,"亲自做他的工作",希望他站在"正确一边"。然而这位总参谋长,明知山有虎,偏向虎山行,直议廷争,毫不买账,毅然"下地狱",站到了彭德怀的身边。黄克诚不畏"大势",不被"驯服",结果陷入了20年的万劫不复。可见"反潮流"之不易,那是为了一个坚守,而必须"不计荣辱"的啊。

陈少敏和黄克诚的"反潮流",是一种"勇气",面对汹汹来势,直面众口一词,绝不随波逐流,绝不"跟着走",给后来的共产党人,留下了光荣的楷模。然而还有一种"勇气",给我们一代代的人们,也留下深深的震撼——这就是顾准式的"勇气"，这些年已经反复不鲜，说他是"市场经济理论的第一先行者"，说他"直立独行，敢开新路，敢行己志"。似乎一个顾准，天上掉下来就是个"先知"，从第一天起就是个"市场派"，他的第一步就是一条"独行"的"新路"……

其实顾准之始"行"，并不那么"独"，他也是"社会关系的总和"，怎么能从"一开始"就摆脱当时的历史条件的羁绊和"决定"呢？其实进城之后，顾准首任上海税务局长，他曾经想以"自报实交、轻税重罚"的办法"消灭资本家"，他的"空房子找针"是要"毫不留情"地打击私营企业主。正是因为它"打击面过宽"，引起了大批企业破产和工人失业，才在"纠左"中撤了顾准的职——可见顾准的那一次坎坷，并非因为什么"右"，并不因为他从"一开始"就坚持"市场经济"的理论……

然而顾准毕竟是勇敢的。

顾准的"勇气"，在于他通过对自身的深深反思，一步步接近真理，在于他经过与"千百万人"包括他自己的"习惯势力"的决裂，终于摆脱了"许多人跟着跑"的"潮流"。正由于顾准是从"左"的堡垒里"杀出来"的，所以他对于"什么是社会主义"的探索，才具有如此深刻的入木三分——其实从顾准的日记中，我们可以看到，甚至在他的晚年，仍然不能完全摆脱那个时代"潮流"的深深烙印，可见顾准的思想发展历程，是一个一次次"凤凰涅槃"的过程，一个不断地与自身的"左"划清界限的过程，一个不跟着自己"跑"的过程，这是一件万难之事，是一件痛苦之事，是一件许多人都做不到的事。

顾准的勇气在于"解剖自身"更在于"否定自己"，从这个意义上来说，他的勇敢，并不易于陈少敏的"不举手"和黄克诚的"不驯服"……

(2011.4)

欣闻老子也要"出国"

中国的孔夫子,是已经出了国的——据说从 2004 年至今,每过三天,世界上就会诞生一所孔夫子学院(或学堂)。这样算起来,一个孔老夫子,业已遍布全球,风靡亚洲了。于是国人之中,便有不平之士,质问既有孔子学院,为什么就没有老子学院?孔夫子可以走遍世界,老子为什么不能?

一般地说,这样的疾呼,应该是有道理的——中国的文化,本是儒道互补,无可缺一嘛,便是佛教东传以后,也是"儒释道"并驾齐驱呢。然而始料不及的是,这次的"疾呼",却不是什么"比翼齐飞"论,而是说只有老子那一套,才是"普世价值"!为了把老子送出国门,于是便来批孔,说孔子的东西,只有利于封建统治,哪里会适合"西方尊重人性、张扬个性、自由解放、民主科学的社会环境"呢?而只有老子的"道法自然"与"上善若水",才能在"西方"受到尊重,才能"被不同国度、不同民族、不同肤色、不同语言的人们所接受"。这样看起来,岂但老子应当"出国",便是当初派孔夫子"出去",那也是错了的呀!

论证老子的"世界性",其实还是有两个反复强调的"故事"的。一是据说数学家陈省身去看爱因斯坦,便见他并没多少书的书架上,却放着一本《道德经》,由此推及,"西方有思想的科学家,大多喜欢老庄哲学";二是尼克松访华,据说只带了两本书,其中一本,不是孔夫子的《论语》,而恰恰是老子的《道德经》,又由此更有了普遍性的推论。可见一个"西方",莫不"道法自然",无不喜欢老子。如果老子不出国,那真是十分可惜了。

其实老子尚未出国,关于他的归属,在国内域中,已经争得硝烟四起,因为都要"吃老子饭",又都摆不平,争到后来,只好以老子的"出生地"、"著经地"以及"归隐地"来分而食之。就拿今年的3月19日这个"老子生日"（？）来说，安徽的涡阳，就在天静宫前举办了盛大的"朝圣大典"，取圣水、迎圣浴德、歌舞娱神、五供养、祈福法会、高端论坛、民舞展示，当然不会忘记"旅游推介"；而河南的灵宝市，却抢先一天，立起一尊紫铜贴金的老子像，高28米，重60吨，耗资2 588万。至于中原的鹿邑，则自贴了四大标签，"老子故里"、"道德真源"、"道教祖庭"、"李姓之根"，说老子是他"唯一能叫得响做得大的品牌"，必须"叫响、叫大"，更要"叫远"——这个"叫远"，大概就是要"走出国门，走向世界"的意思吧，用他的县太爷的白话，叫做"吸引全球投资鹿邑"——现在好了，如果老子得以出国，那么"内战"各方，就可以抱团，可以联袂，可以"联合对外"，携手风靡了，于是"内讧"自然平息，"内耗"也会止于无形，源源不断的"投资"，大概也会从"全球"涌来吧。

总之老子的"将要出国"，是一件值得欣喜的事，我们似乎可以期待中国之儒道联手、德化世界的前景，洋人也可以有机会学习五千言《道德经》里早已有之而并非现代社会才有了的"普世价值"——当然更为令人欣喜的是，值此老子出国之前，"老子学院"已经在国内先行筹建，作为"出去"的基地，"资金来源、土地征用、工程实施"都将一一落实，一个"大的雏形"也会在不久展现。唯一令人遗憾的是，这首所"老子学院"的建立，又"不是办成一所纯学校"，又是"要当成旅游产业基地来打造"，又是"搭台"、"唱戏"那一套。

(2011.4)

谁是"杜荃"

"点名"这点事,在于中国,曾是一件了不得的事。十年的浩劫中,讲到少奇同志,先不"点名",以所谓"党内最大的走资派"喻之,后来升级了,还不"点名",只说什么"中国赫鲁晓夫",直到八届十二中全会一开,才直"点"其"名",那里头的深藏玄机、万千奥秘,也只有天知道。至于小平同志,则承蒙"宽大",是一直没有"点名"的,称为"党内另一个最大的走资派",算是留了一条路。真正有戏剧性的,还有一件事,那便是1967年的疯狂中,戚本禹写了一篇评《清宫秘史》的长文,叫作《爱国主义还是卖国主义》,疯咬之时,点了胡乔木、周扬的名。后来伟大领袖看到了,圈掉了"乔木"二字,代之以两个×。于是胡乔木便成了"胡××",算是一半没有"点名"。可见点不点名,即便在当时,也不是王关戚这样的人可以说了算的。

胡乔木幸而没有"被点名",但他却有过一次关于"点别人名"的拍板。那是为了《鲁迅全集》作注释,遇到一个难题,上世纪30年代一个自署"杜荃"之人,写过一篇《文艺路线上的封建余孽》,直指鲁迅是"法西斯蒂"。"杜荃"是谁?要不要注明?乔木拍板:证据确凿,可以注明。于是在"杜荃"后面,加了个括号,注明此人就是郭沫若……

郭老后来是认识了鲁迅之伟大的,据说曾为当年孟浪而后悔不已,而在当时语境下,骂几句鲁迅,也不是什么大逆不道之罪。但乔木的拍板"点名",更是尊重历史,不为之讳。至于郭老是否看到这个括号,有没有不高兴,就不得而知了。那时乔木拍板,也没有什么办法,叫做"莫奈何"吧——但同样是编鲁迅的遗作,还有自己"酌定"点自己名的,那就是周扬。1935年的6月28日,鲁迅给胡风一信,信中狠狠讥讽了当年"左翼文艺界"的"元帅"。"元帅"又是谁呢？拟了一条注："指周扬，当时任'左联'党团书记"，乔木送给周扬酌定。周扬欣然回音：同意此注释。于是后人评论，凭周扬的地位，完全可以提出"缓注"，不要"点名"，但周扬坦荡其"名"，这种态度，"无疑会得到人们尊重"……

  再说一遍，"点名"于国人，是件大事，所以必须十分慎重。所谓慎重，一是要惜墨如金，决不能"乱点名"，弄得不好，人家要万劫不复；二是要实事求是，不属其事的，不能张冠李戴，但证据确凿的，也不必为之讳。还有一条，那便是随着时代的变迁，"点名"一事，似乎也不再像过去那样天之将倾。例如点明杜荃也即郭老，元帅即是周扬，如在那个特殊的年代里，那是当事者要下地狱的。然而时过境迁，宽容宽厚之下，即便骂过几句鲁迅，或被鲁迅骂过几句，又有什么了不起呢，又是什么滔天之罪呢？所以即便"点名"，也不必如丧考妣，更不必心惊肉跳了——"点"了又怎么样呢？这一条，说的当然不仅仅是对鲁迅的"官司"。

（2011.4）

不要"忘记"萧汝霖

萧汝霖是什么人?现在已近无人知晓——这位上世纪 40 年代中共川西南地下武装的负责人,于 1947 年 9 月 25 日在大邑龙门坎被地主武装抓获后,经残酷刑讯,枪杀而死,同时被杀的,还有共产党员徐达人。那么这支地主武装的"老板"是谁?亲自刑讯的又是谁?亲口下令"枪杀示众"的,更是什么人?原来就是刘文彩。

这是怎么回事?刘文彩,30 年前已名闻天下,这几年更是尽人皆知。这不是一个"扶危济困的大善人"么?这不是一个"兴学建校的开明士绅"么?怎么会有这手血债呢——事实上,近年以来为刘文彩"揭秘"的人们,也是心知肚明"萧汝霖之死"以及自上世纪 30 年代以来死在刘文彩这个"中将清乡司令"手里的不止十位共产党人的"旧事"的,可是偏不说,只"揭秘"他的"行善"与"开明"——直到深知川西南尤其是大邑历史的人明确提出萧案,"揭秘"者们才承认确有其事,但又说刘文彩当时的"下令枪杀",是怕萧汝霖被捕后的口供,会泄露刘文彩"联共反蒋"的秘密,所以"杀他灭口"——这就是说,为了要"联共",所以杀共产党,一个十分奇特的逻辑。

刘文彩这几年确实火爆,"恶霸地主"的名声也早已被颠覆,这自然与"收租院"有关——"收租院"不完全真实,有一些"假",这可以相信——在当时的历史条件下,为了要"形象"地展示一个道理,结果过于"典型化",这可以反思,甚至也可以"揭秘"。但是"揭秘"仍然应当是全面的和真实的,如果为了"翻过来",只讲他的"行善",而有意隐去他的丑迹甚至两手血债,这就走向了另一个极端,其实也是另一种"典型化"而已。

关于刘文彩的"行善",比如建过学校等等,这也是可以相信的。人是"立体"的,地主据说也很"复杂",也不是一生决无一件"善事",例如放粮济困、开校建学这样的事,"地主"中看来不仅刘文彩一人做过。这是"立体"的一面,我们既不必看不见,也不能由此得出整个封建地主阶级是"善"的这样的结论。就拿刘文彩"揭秘"之后来说,在大邑的刘文彩家乡,就有一批年近九旬的当年佃户,出来诉说刘文彩的"大斗进小斗出"、灾年的"铁板租"、特制的"风谷机"以及因为交不出租谷而被"抓人夺佃"的往事,只是这些"揭秘",因为与时下"揭秘"者的"倾向"不一致,似乎已"不合时宜",所以竟至于没有什么人听到——我们看见的,似乎只是刘文彩的一片"拳拳善心"。

有一种观点,叫做"本质论",意思是说不能因为刘文彩们济过几次困、建过一两所学校,就否认他们乃至整个地主阶级的剥削本质,更是说,不能因为在那个特定的时代也有过一些"左"的东西,就否认整个反帝反封建的新民主主义革命——消灭封建制度的基础,这本来是民族资产阶级的任务,可是中国近现代的资产阶级那样软弱,于是共产党义不容辞地担起了领导农民的这个任务,从而为新生的共和国奠定了制度基础。这个"本质论",我看并没有错——其实"本质论"谁都在"坚持",比如有些"揭秘"者通过"揭秘"一个"收租院"进而"否定"对历史上封建地主阶级的否定,这种"微言大义",难道不是另一种"本质论"么——如果我们连封建都不要反了,还谈什么今天的改革开放呢?

(2011.4)

两条"县长新闻"

土地庙，供奉的当是土地神。几千年的农耕时代，中国的农民，将它奉为庇佑五谷丰登、四季平安的"衣食父母"——然而在河南省的光山县，一位七旬老妪却在土地庙里供奉着县长，并且天天叩头跪拜，求他帮讨"医疗费"……

于是当地有关部门就光火了——因为在庙里供奉活人，"那是一种侮辱"，所以便要着手"调查处理"——其实老妪的"供县长"，恰恰不是出于"侮辱"，恰恰是因为听说这位县长"是出了名的青天，为官清廉，且常为百姓伸张正义"，所以将她的希望，寄托在这位"青天"身上，所以供于庙前、天天跪求。

这样一来，舆论之间，又转过来了，转而批斥老妪的"青天情结"，是怎样的"封建"——这也不无道理。中国多少年来，老百姓信奉"青天"，几乎可以与长期的封建专制主义相配伍，直到今天，把满腹的"希望"寄予一两个"清官"之身，将一个长跪，跪倒在本应是"公仆"的"包公"们膝前，这样的事儿，仍然是生生不息——到了近日，不还有好百姓谱曲作颂，将他的县太爷奉为"太阳"的吗？所以一个七旬老妪，供县长于庙且跪求不已，说她有那么一点"封建"，也不算十分的苛求。

然而现在的问题在于，老妪的"封建意识"是怎么来的呢？——七旬老妪的"跪求"，起因于她的女婿被人打断了右腿，这家人到处借债疗伤，业已欠下4万多元，现在面临第二次手术，可是已经家徒四壁，再也没有了一文钱。那么村、镇救助了没有呢？没有；公安依法惩处了凶手没有呢？也没有。谁也不问，谁也不管，老妪只好找县长、找"青天大老爷"，可是七旬之人，年老体衰又晕车，再说她也找不到"县长"啊，只好在土地庙里"跪求"——这就是说，她本来是应当寄希望于"制度"而不应当"跪求"一个"青天"的，但是"制度"们都不管，结果她只好去供"青天"——而且是用这种"古老封建"的方式。这位七旬老妪是如何走上"青天情结"的，对于今天中国老百姓所谓"封建意识"的成因，恐怕颇有一点典型意义。

这位七旬老妪"供奉"并且"跪求"的是县长，算作一条"县长新闻"——看来这位县长，口碑之好，或许真是一位"青天"。但这几天的同时，还有另一条"县长新闻"，就不那么"口碑"了——河北邢台县的代县长顾某，因为要去赴宴，其座驾由警车开道，闯红灯之间撞飞了一名14岁的学生。顾县长不管，被"簇拥"着继续赶去酒楼，之后两年，也没有去看过受伤的学生。新华社在披露此案时，做了个标题，叫做"县长扬长而去"，而这位撞伤行人"扬长而去"的代县长，撞人之后，还当了正县长，大概他的政绩、官声，也是一个"青天"类的"好官"吧——可见"青天"终究不那么可靠，也不那么可以"信得过"……

还是回到老妪的"跪求县长"新闻上来——光山县的"有关部门"，怒其这样的"供奉"是一种"侮辱"，却也不是全无道理。面对老百姓的"跪求"，我们的官员中恐怕也有不同的感受，"感觉不错"的有之，但"深感歉疚"的也有之——两年之前，也是在河南省，副省长兼公安厅长的秦玉海，在公安部门的群众接待日，亲见上访百姓跪着反映诉求，秦玉海深为震撼，说"人民群众是主人，我们是公仆，长跪不起的应该是我们啊"——是啊，从这个意义上说，七旬老妪的供奉县长，至少对于光山县的"公仆"们来说，不是一种"侮辱"，而是一种严厉的批评！

(2011.4)

从"死魂灵"说起
——写在新闻的"边上"

现在的"新闻",已经没有什么"独家"可言。网络让世界变成平面,一条新闻出来,2个小时就传遍了天下。所以新闻已经不必解读,然而在新闻的"边上",却仍似有那么一点"可读性"。

比如武汉的国企董事长戚名振,借"国企改制",以岳母的名字出资540万,而后一举成了亿万富翁。这样的新闻,本没有什么新闻性——林林总总的"改制"之中,以这种方式将国有资产"流失"到自己手中的,难道属于孤例?但颇有意思的是,这位"岳母",在"出资"之时,已经死了6年,这个死人,不仅"参加"了董事会议,还在"决议"上"签了字",并且顺利通过了"审计"——于是网友哗然,说是想到了果戈理的《死魂灵》……

但我从这"死魂灵",想到的却是另外一些"新闻",比如说某地官员,6岁的小儿已经领取了公务员的饷银,而某地的官员,12岁就当上了副科长——同"未成年官员"放在一起,"死魂灵参股"在于官场就不算石破天惊了……

还有一条新闻,说是太原检方起获一本"中间人"的行贿笔记,涉省市官员60人,人人收了"孝敬",因此牵出太原规划局窝案,3名局长已经受审。

网民诸友于是高呼反腐的"意外胜利",然而我却觉得,并不太"意外"——我们从这本笔记中,发现了一个"行当",叫做行贿也有"中介",更看到了贿赂的"产业化"——其实这样的"中介",早非太原一地才有,那个因"诈骗"被判了15年的"高层作家"师东兵,不就是这样一个行贿买官的"中介"么?师东兵不完全是"诈骗",他是真的"搞得定"。否则包括许宗衡许市长在内的大官小吏,怎么会把几十几百万的贿赂交给他"代送"?行贿"中介"的崛起和流行，其实是应运而生，如果没有"市场"，怎么会有这样一个新兴的"产业"呢？如果卖官鬻爵不流行，怎么会有"行贿公司"、买官代理那样的"业态"屡见不鲜？

邢台县的顾代县长，为了赶去喝酒，其座驾闯了红灯，"撞飞"了一名毛头学生，而后"扬长而去"，这已经引起群情激愤。然而那新闻的"边上"，却也有一个"细节"，那就是顾县长去赴宴，坐的是中型客车，前面却是有着数辆警车开道的——于是网上又要沸反盈天了，一个县长，一个从七品的芝麻官，去喝几杯酒，还要警车开道？这还了得？！

其实并没有什么"了不得"。警车开道，在于不少的"县长"，早已是司空见惯，成为一种"做派"，一种"官威"。没有"警车开道"，行人怎么"回避"，百姓何以"肃静"？报载浙江的义乌警方，不是有一辆宝马X6吗？这辆价值百万元的警车，就是在"领导来时"，专门用来"开道"的呢！

新闻"边上"的新闻，看来都是小事，却往往比新闻本身更可读——最近绍兴抓出一对贪官夫妇，这个"房地产管理办"主任，在旧区动迁时受贿33万。这当然是小数目，不必惊愕的一根"骨头"而已。然后你道这个"动迁工程"，拆迁、补偿的是什么地方？原来是鲁迅故里的修建——于是人们就要惊呼了，谁不知道，"鲁迅的骨头是最硬的"，这样一根"骨头"，他也要啃，难怪终于卡住了喉咙……

(2011.5)

《最后的晚餐》吃点啥？

民以食为天，所以一个"吃什么"的问题，变成了中国人的"天下第一大事"，所以一个"菜谱问题"，也自然成了一门"专家学者"为之青灯黄卷皓首穷经的学问。

比如达·芬奇的那幅《最后的晚餐》，当然是传世的瑰宝。于是便要钩沉索隐，"破译"它的奥秘。但是洋人的"学问"，只做在那一餐的13个人，究竟姓甚名谁，犹大此公，又是什么行状，那样的浅层次。然而俺们的学者大家，却一举研究出了那天"吃什么"的问题——既称"晚餐"，怎能没有"菜谱"呢？于是"经过认真考证"，确认《最后的晚餐》中，喝的是红葡萄酒，吃的是烤羊肉，主食是粗粮黑面包，最重要的"研究成果"，则是"破译"了汤的做法——那是"用枣、苹果、肉桂和无花果做成的一锅浓汤"！

当然也有言曰，这种"研究"，这样对名画的解读，似乎甚为无聊。其实依我所见，恐怕一点也不"无聊"——多少年来，"学家"们对于林黛玉吃些什么、薛宝钗食盒中的点心由啥原料制成，甚至王婆给西门庆与潘金莲拉皮条时那桌上放的什么"小菜"等等，总之名著中的"菜谱"问题，不是已经成为一门"显学"而发表了多多少少的"学术论文"吗，不是已经成了一门"博士后课程"而成就了多少"学者"的名声以及他的"学有专攻"吗？现在又有有识之士，"研究"出了李白醉酒（似乎就是叫高力士脱鞋的那一回）时，那大殿之中、君王之前，摆的是几样佳肴——现在又来"破译"《最后的晚餐》，那不过是中国名著的"菜谱"研究已尽，只好去"揭秘"外国的名画了。

话又说回来，《最后的晚餐》吃点什么，以及《红楼梦》、《金瓶梅》的菜谱问题，探微究底，都还只是为了"做学问"，一点书生意气而已。其实近年来，这"菜谱学"早已走出书斋,而走向了"市场"——比如关于 1949 年 10 月 1 日开国大典方罢,在北京饭店举办的有 600 人参加的那次盛宴,被称作"开国第一宴"。于是有学问家,便来研究 60 年前的这"第一宴"究竟吃了些什么,一举考出此宴菜谱的冷菜八种:酥烤鲫鱼、油淋仔鸡、炝黄瓜条、水晶肴肉、虾籽冬笋、拆骨鹅掌、香麻海蜇、腐乳醉虾;头道菜乳香燕紫菜后,热菜又是八种:红烧鱼翅、鲍鱼四宝、干焖大虾、清炖土鸡、鲜蘑菜心、红扒秋鸭、红烧鲤鱼以及扬州狮子头,外加咸甜四道点心!然而这边"学术成果"尚未发表,那边京城内外好几家"大酒楼",已经打出了"开国第一宴"的招幌,宴席之上,菜谱"原汁原味"一模一样,而那价钱,当然更是令人咋舌——谁叫你不但是"第一宴",而且是"开国"呢?据说"研究"者中,有瞠目结舌的,也有要主张知识产权的,然而又跟谁去理论呢——谁叫你的"研究方向",是"菜谱"这样一个这么容易"走向市场"的"领域"呢?

(2011.5)

沉重的"不知"

对于今天青年一代的某些"无知",我是劝过扼腕之士的,不必过于叹息,也不必忧天将倾——比如说现代的粉丝,只知发人一笑的周立波,而不知50年前写下《山乡巨变》的大作家周立波,那是属于一代自有一代的偶像吧!又比如留美长美的郎朗,在白宫弹《我的祖国》,他只知道旋律之优美,而不知道这原来是《上甘岭》——一部抗美援朝的经典影片的主题歌,这又属于不同的文化背景下的"不知"吧。所以可以理解,也应当释怀的。

但有一类"不知",就似乎很难"释怀"了。比如沈阳的青年,不知道"九一八"那天汽笛长鸣究竟是为了什么?又比如北京的影星,惊问"卢沟桥在哪里?这几天发生了什么?"再比如南海的学子,人人都知道家乡出过一个拳打天下的黄飞鸿黄大侠,却不知道他那里更出过一个中国近代史上的大思想家康有为"康圣人"……

就在不久之前,中国社科院的学者于建嵘教授陪同一位出自名校的法学博士参观北京的宋园美术馆,始料未及的是,在新落成的遇罗克烈士雕像前,这位法学才俊却迷茫地发问:遇罗克是谁?人们为什么给他献花……

遇罗克是谁?40年前的浩劫中,这位年仅27岁的青年,因为一篇《出身论》直指横行一时的封建专制主义,结果被宣判死刑。遇罗克之死,是十年动乱"无法无天"的一个典型,我们不应当忘记他,就像不应当忘记张志新一样。一般的人,"不知遇罗克"也罢了,但一位"法学博士",却不能"不知"——不知,他怎么铭记中国法制史的血的教训,怎么理解今天法制建设的极端必要性?这位法学博士,也许精通《汉摩拉比法典》和《拿破仑法典》,然而他连遇罗克案都"不知",那就很难说他读懂了一部中国宪法……

当然类似的"不知",并非孤例。两年之前,笔者有幸与一位财经类的青年副教授相聚。因为是"财经类",所以特地提到了顾准。未料这位经济学者,同样是一片茫然,差一点要问出"顾准是谁"来。

顾准是谁——同样的,一般的芸芸众生,也许可以不知道,但唯独一位"财经类副教授",他却不可以"不知顾准"——不知,他怎么知道中国社会主义市场经济理论的来龙去脉和来之不易,更如何知道为了要坚持一个哪怕是经济学的真理,那是不但要有"独立之精神"和"自由之思想",更是要有为之牺牲生命的铮铮铁骨的呀!

其实在我们的生活中,不应该的"不知"可谓比比皆是。我所供职的报社,近年以来,来了两位北大的才女,都是中文系的美眉。因为是中文系,所以近日之间与她们聊天,就聊到中文系出过一个林昭,那可是北大"最美丽的女人"啊。然而两位中文系的美眉,双双瞪大了美丽的眼睛,反问"林昭是谁"?怎么没听说过?又因为是北大,又提到聂元梓这个曾经倒行逆施的女人,两位北大美眉,更是一头雾水,说从来不知道北大有这个人……

北大的才女,不知道中文系有过林昭,更不知道浩劫中有个聂元梓,她们怎样理解北大的历史,怎样了然北大的精神?这就轮到我之"不知"了——难怪清华的百年校庆,当年"井冈山造反兵团"的蒯司令也来了,照样被围堵,被合影,被"签名留念",今天的清华学子,"不知"这人是谁,还以为他"也是一个杰出校友",甚至是"一任校领导"呢!

但这,能怪北大的美眉和清华的学子么?

(2011.5)

"酷似领导"什么样

又是为了对付"评估",近日之间,某地有高校为了"迎检"而紧急下发的"临时校规",激起网上轩然大波。责其作秀,讽其作伪,斥其形式主义。不管怎么说,有些问题,例如食品安全,事关"敏感",所以莘莘学子,一概要"从正面回答",这样的"规定",总是容易成为舆论的靶子……

但是"校规"之中,真正引来满天砖拍的,还是那条关于"见到酷似领导的人问路,必须礼貌待之"的规定。于是网上沸反盈天,而讨论的焦点无非就是,校园学子怎么一眼就看得出谁"酷似领导"?这不是天方夜谭么?

这不是天方夜谭。校方之所以作出这条规定,是充分相信了学子们的眼力,知道他们"一眼"就可以看出谁是"领导"——其实这个"酷似领导",生活之中,真就有一个模子吗?也许,在一些人眼里,气宇轩昂,挺胸凸肚,说话惯于"大招手",动辄"找你们领导"的,就是"标准像"。更有甚者,在某些网络媒体的语境中,只有前呼后拥、处处搞特殊化的,才是"酷似领导"。可是,果真如此吗?

依笔者之见闻,却有不少领导绝不如此"酷似"的。例如前几年,有记者追踪杨善洲,见一老农,荷锄而行,走在田埂上,于是"问路",请问杨善洲怎么找,老农轻言一句"你找我干什么"?记者当然不信,眼前这个赤脚老汉,就是当过地委书记的"厅官"吗?因为"不像领导",所以差点大费口舌。又例如我们这个城市,有过一位领导,搬家那天,只有两辆黄鱼车。他没有去"调动"任何一部汽车,再说他实在没有什么家产可以车载船装啊。不少人听了这件轶事后,都说他"实在不像领导"——当然也不知道这"领导搬家",应该怎样才"像"!总之既是美谈,又让很多人感到费解。可是,要把这些事说与旁人听,也有的表示不信或者不解的。

如此说来，我们某些人心目中的"酷似领导"的形象，是不是本身就有点不够客观、不够全面，这里既有因为戴着有色眼镜、多少有点变形的意味，又确有值得我们反思的地方。

不必讳言的是，我们的社会中确实还有一些不幸而被言中的"酷似领导"者。这些人的恶言劣行，就像一锅汤里的几粒老鼠屎，损害了群众的利益，也极大地败坏着领导干部的形象。对于这样的"酷似领导"者，我们需要的，不是"礼貌待之"，而是学习、教育、法纪处理等多种方法并举，让其真正从心理上、行为上归位于"人民公仆"的定位。

而对于那些大多数的并不"酷似领导"的领导干部，我们的媒体也好，网络也好，社会舆论也好，是否真的该礼貌待之、公允待之，不要让似是而非的"酷似领导"论误伤了大多数，成为了横在干部群众之间的一道墙。

（2011.5）

"酷似领导"及其他

又是为了"迎接检查",近日之间,福建一些高校紧急下发的"临时校规",激起网上轩然大波。责其作伪,讽其"丑陋",批评其形式主义。不管如何说,例如食品安全,因为有关"敏感",所以莘莘学子一概要"从正面回答",这样的"规定",总是容易成为舆论的靶子。

但是"校规"之中,真正引来满天拍砖的,还是那条关于"见到酷似领导的人问路,必须礼貌待之"的规定。于是网友反问,校园学子怎么一眼就看得出谁"酷似领导"?这不是天方夜谭么?

这不是天方夜谭。校方之所以作出这条规定,是充分相信了学子们的眼力,知道他们"一眼"就可以看出谁是"领导"的——这倒不仅是说,气宇轩昂,挺胸凸肚,说话惯于"大招手",动辄"你是什么单位"以及"找你们领导"的,就是"领导"。但有一些"指标"是不会"搞错"的,例如警车开道,你说他不是"领导"?又比如前呼后拥,你说他不是"领导"?再比如扈从打伞,后面有随员夹个皮包,手里还端个保温杯,你说他不是"领导"?所以一些"领导"的"派",尽人皆知,哪怕象牙塔里、校园高墙内的学子们,也"一眼"可以看出,一点也不会阴错阳差的。

"酷似领导"的风波还没有过去,这几天又出来了教学子们"官场礼仪"的沸反盈天——也是一所大学,也是教学子"规矩",开一门就业指导课。指导什么呢?中巴车的座位,"领导"的位子应当安排在哪里,最大的"领导",应当站在电梯的哪个方位,与"领导"吃饭,你应该坐在哪里,怎样给"领导"敬酒,如何给"领导"转盘……总之如何伺候,如何小心翼翼、滴水不漏。

"官场礼仪"的新闻一出,网上又是万炮齐发,说它"丑陋",说它"僵化",责问它"有什么必要教学生这一套官场的文化"——我看这个问题,倒是问得对的,对于我们的青年一代,"这一套"难道还要教吗?某校消防演习,开辟专用通道,"让领导独行",某地大火燃起,"让领导先走",甚至一个机场,也要"让领导先飞",例如这样的"礼仪",难道人们不是耳熟能详,难道还要开设专门的课程来"教"么?

其实我们的生活中,也有做领导,一点也不"酷似领导",当"官"的,完全不照"礼仪"办的——例如前几年之时,有记者跟踪杨善洲,见一老农,荷锄而行,走在乡间的田埂上,于是"问路",请问杨善洲怎么找,老农轻言一句"你找我干什么?"记者当然不信,眼前这个赤脚老汉,就是当过地委书记的"厅官"吗?因为"不像领导",所以满腹疑窦。又例如我们这个城市,有过一位市领导,搬家那天,只有两辆黄鱼车。他没有去"调动"任何一部汽车,再说他实在没有什么家产可以车载船装啊。不少人听了这件轶事后,都说他"实在不像领导"——当然也不知道这"领导搬家",应该怎样才"像"、才"酷似"!所以坊间谈来,居然也有满腹疑窦的。

我们的生活中,并不乏好"领导",其中更有不少"不像领导"的——他们其实更"酷似领导",更像原来意义上的人民公仆。然而对于这一点,"坊间"反有"满腹疑窦",倒形成了"酷似领导"的"形象模式",连莘莘学子都"不会搞错",这当然有着公众的"误解",而正是这种误解,从何而来,又会走向哪里,是否更值得我们反思呢?

(2011.5)

为之一辩

明明一件"小事",居然又引出沸反盈天——说是近日之间,一辆加长白色林肯带着八辆黑色奥迪,鱼贯驰入北京语言大学的校园。这豪华的车队,到大学来干什么呢?又是来"评估",还是来"冠名"?都不是。原来是一对"富二代",到语言大学的食堂来办"豪华的婚礼"——于是舆论哗然,网友拍砖,说他炫富炫进了象牙之塔,说它亵渎了校园的神圣。总之,"民怨鼎沸",似乎大逆不道。

然而我劝网友诸君,"不要这高,不要这多雪",不要那么地"愤青"。依我所见,一对"富二代"把他的婚礼办在了校园,总比在五星级宾馆杯盘狼藉、花天酒地要好——君不闻他们的父母,当下的"富一代",一夜暴富,腰缠万贯之后,唯一的"缺憾"是"没有读过书",所以把他们的"二代",一群群送出留洋,一个个要"搞定名校",镀金也好、补课也罢,他毕竟知道了"知识"还有那么一点"力量",胸无点墨,只会数钱,毕竟在官场面前、商场当中,多少让人有点瞧不起。我的一位暴富朋友,很早出来打拼,书只读到小学三年,种下了一生的"遗憾",于是前几年之间,带着一双儿女,一个五岁,一个七岁,专程去了一趟北京。去干什么呢?不游长城,不看故宫,只参观了两个校园,一个北大,一个是清华,作为对"富二代"的"早教",要他们知道光有钱还不行,还要有一个文凭、一点墨水。所以我说,这对没有进过校门的"富二代",将自己的婚礼办在大学,恐怕不但是要挣回"富一代"的面子,而且还寄托着对他们肚子里"富三代"的厚望呢。说他附庸风雅也好,说他不太靠谱也罢,不管怎么样,这总是一件好事,一点进步吧,因此不必那样的沸反盈天。

至于亵渎了校园的"神圣",那就更有点言过了。我们的"校园",还有几分"神圣"吗?且不说校园外的物欲横流、光怪陆离,早已打破了校园的"宁静",有多少学子的心中,还放着一张安静的书桌呢?就说近年以来,"校园"也早已"开放",早已"市场化"以及"多元化"啦——真维斯的冠名教学楼,虽则不算过于荒谬,但人们还是普遍担心,如果"护舒宝"也要冠名,清华怎么办呢?大小S不是早已站上了北大的讲台,大秀时装,大讲"女人的前卫"吗?还被捧为蔡先生"兼容并蓄"的"北大精神"的继往开来和"当代版"呢!已经有大学的博导,教育莘莘学子,出去之后,"没有4 000万就是耻辱",所以我看这"豪华婚礼"的办进校园,这部"加长白色林肯"的穿行校园里头,对于这位博导的"4 000万理论",不啻是一个最形象的诠释,而对于学子们的"我的奋斗"及其"人生目标",不也是一个最好的"激励"么?

(2011.6)

不要忘记"周总理改稿"

周总理改稿，在于新闻史，一向是被传为佳话的。比如说，周总理做形势报告，记者的稿子上，便说"周恩来总理做了重要讲话"，周总理拿起笔来，圈掉了"重要"二字。这对于"讲话没有不重要"的今人，当然要引起喟叹。又比如说，座谈会毕，新闻稿上赫然"周总理与会做了指示，"周总理郑重指出，"不是指示，我个人发言就是个人意见，可能对，也可能不对，说错了，大家可以批评。"这对于当下惯于"一言九鼎"的某些"领导"们，也不妨听一听。再比如说，周总理见外宾，新闻稿照例是"周总理接见"，周总理不高兴了，专门把记者找去，说中国封建时代，皇帝老子都是"接见"，他是老子天下第一，高高在上。他接见你，你是在下面，他是在上面，这也是一种封建观念。我是社会主义国家的总理，不管见什么人，都处在平等的地位。"你们要用'会见'，不要用'接见'"。这对于今天的国人，尤其是我们的"上者"，更有一点振聋发聩的意思。

然而"周总理改稿"之中，真正令我"振聋发聩"的，还是关于"神采奕奕"的那次"改稿"——那是 1961 年，出访回来的周总理，看到了报纸的新闻，说是"周总理神采奕奕走下飞机"。周总理急招记者，指着这四个字对他说，"现在国家遭难、人民受苦，我周恩来凭什么还'神采奕奕'？"他还说，我们共产党的干部都是人民公仆，现在天灾人祸搞得我们连饭都吃不饱，我周恩来作为国家总理，居然还"神采奕奕"？这样的宣传"上不合国情，下不安于民心"……

现在当然不再是 1961 年，不再是中国人连温饱都谈不上的"困难时期"，然而例如周总理指出的"上不合国情，下不安于民心"之事，并不是没有——

我们的不少官员，面对复杂的"国情"和深层的"民心"，是否还在那里"神采奕奕"，甚至眉飞色舞呢？所以依我所见，这个"周总理改稿"的故事，其实并非"故事"，与其说它是对50年前新闻工作者的批评，不如说它更是对今天一些为政者的针砭——我们的市长们，面对"七成民众不接受物价高涨"的央行调查，是否还是"神采奕奕"呢？我们的"当家人"，面对大二的学子，就要为日后的艰难就业而开始奔走的现状，是否还是"神采奕奕"呢？总之，面对转型期的积重，面对众多黎民的生存现状和实际感受，我们的同志，又有多少人不再"神采奕奕"而是充满着沉重的责任感和深深的忧患意识呢？

说"神采奕奕"者不少，并不是说他们有意与"国情"、"民心"对着干，只是不少"同志"感受不到罢了。说来也是，如果你天天坐在高墙深院里听"捷报"批文件颁嘉奖令，当然闻不到真正的"民心"；如果你偶一"下去"，也是预先安排好"路线"，事前有人"踩点"，现场还拉起道道"警戒线"，当然也听不到民间的疾呼；如果你只与"高端"打交道，"谈笑皆鸿儒，往来无白丁"，甚至天天与"成功人士"杯觥相交，那你又怎么能"体恤民心"，又怎么能"了解国情"呢？怪不得天天"红光满面"，无怪乎天天"神采奕奕"……

周总理改稿，已过半世纪矣，但其中的"现实针对性"，日久弥深，于今愈烈，我们可不要忘记它。

（2011.6）

再说"官话"问题

"官话"冗长,空话连篇,自小平同志南巡怒斥,至今迄无改变,公众之间,亦已经忍无可忍。于是近日间,便出来了广州美术学院学子"除衫",抗议校长长篇大论的真新闻。

对于广州美院的"学子脱衣",舆论之间,是有着不同的声音的——也有忠厚长者,说校长在台上"不尽长江",固然不好,但他毕竟是个"长辈",莘莘学子,"脱衣"以拒,就不够礼貌了;当然更多的论者,是认为官僚主义、形式主义,着实可恨,广美的学生,没有其他办法可以叫停,只好"脱衣"抗议,实属无奈,也不失一个好方法,甚至是"公民意识的觉醒"呢!

就在这条新闻上网的同一天,也有一篇讲"说话问题"的小文,在《夜光杯》刊出,那是钱绍昌先生的文章,说到美国历史上最有名的讲话,只有200多字。那便是1863年11月19日南北战争刚结束时,林肯在葛底斯堡的那次经典演讲。

为什么这么大的事情,林肯只讲了200多字呢?钱先生的分析,是说美国人的"注意广度"(attention span)比较小,注意力不容易耐久集中,所以他们不耐烦听长篇大论,所以林肯只好讲200多字。

这当然很有学问。但依我所见,还有一个道理,那便是林肯这个总统,他的选票掌握在选民手里,可以让他连任,也可以叫他走路。所以林肯们不能得罪美国人,不能让他们讨厌,所以要"识相",不能做与公众"对着干"的事,连说话都要注意国民的"注意广度",所以只好说200多字。

关于不能做"对着干"的事,其实我们这儿,也是颇有其例的。数年之前,某市开人代会选举副市长,引进差额选举和演讲竞争两项,规定每个候选人只能讲 20 分钟。一名争取连任的副市长，于是从评功摆好一直到推诿过失，滔滔不绝，口若悬河，讲满 20 分钟，"还只讲了一半"。人民代表以掌声"喝倒彩"，提醒他限时已到，副市长则坚不"下去"，捏紧话筒，高呼"再给我 20 分钟"！这次选举的现场，我是有幸亲睹的，选举的结果，不言自明，这位"不识相"而且不顾人民代表的"不耐烦"坚持"对着干"的"官话"领导，就这样被"差"了下去……

我看这个办法，对于改变官话、空话、假话、长话风行的现状，似乎比较好——至少，用人民手里的一张选票来取舍，比"脱"掉一件衣服这样的"抗议"，要有用得多，也可靠得多——不是说"民主是个好东西"么，反对官僚主义也是这样，也要靠制度。

也许这，才是真正的"公民意识的觉醒"呢。

(2011.6)

又一座"故居"的"开放"

"故居热"中,又一座故居"即将开放"——两年之前,因为"争议过大"而不得不搁置的张国焘故居,终于"将于7月正式对外开放"。上栗县政府投资千万元修复的这个"故居",目前"主体工程已经完成",正在做内部的"精装修"……

张国焘这个人,黑白臧否,历史本有定论。不错,这是一个复杂的人物,石库门里南湖船上,曾有他的座位,"五四"的游行队伍中,他也曾走在前列。但是长征路上的分裂铁案,尤其是后来的一骑绝尘,只身叛逃,终于成了国民党的一个特务,直到冻毙多伦多,盖棺也没有翻悔,所以说他"大节不忠",是个反派人物,是一点也不错的——当然近年之间,也有出来为他"正名"的,说什么长征途中那封电报"似有若无",又说什么借祭黄陵的仓皇出逃,是"王明所逼",总之流言蜚答,飞短流长——这自然也没有什么奇怪,不是说树欲静而风不止吗?现在又来精心修复和隆重开放张的故居,所以舆论之间,便质问是什么"用心"了。

其实依我的看法,上栗的当地,并没有这么深邃的"用心",也决不是抬一个死人出来"意在沛公",这是不可错怪他的——依照上栗县的实话,他只是要"发展旅游"罢了——既不是为什么人"翻案",当然也不是修一个叛徒的故居以便"警示后人"那样的苦心。为了"发展旅游",为了"拉动经济",或许没有多少可资开发的资源,只好"拖到篮里就是菜",拿这个"名人"来招徕游客,哪管他是黑是白呢?

当然这种"拖到篮里就是菜"的"开发",也并非只从上栗的张国焘故居方始。国人打历史牌和名人牌,先是争抢"正面人物",开国的"英主",辟疆的名将，文圣武宗、诗祖书家，早已抢夺一空，于是后来的人们，便只好来抢负面人物——据说历史上的丑角，丑虽丑矣，总还有"名"，总还是一种招幌，所以管他黑白臧否，也来"精心修复"，也来"隆重开放"——黄河以北，不是已"精心修复"了好几处"大帅府"，北洋的寡头也好，割据的军阀也好，据说也可以引来"游人如织"；而长江的边上，戴笠强占胡蝶的公馆，那个叫做"神仙洞"的所在，"隐藏60年"，不是也"惊喜"地被"发现"并且被"开放"了吗？最奇怪的，还要数"西门庆故里"的"修复"，这个尽人皆知的"反派人物"，不但引起了三地争夺的硝烟弥漫，而且引出了"西门故居"的"重建"热潮，连王婆拉皮条的小楼，不是也"开发"成了旅游景点高调开放么？这就叫做为了一点蝇头小利，连底线也不要了呢！

话又说回来，"张国焘故居"的"即将开放"，终究还是要恭喜上栗县的，只是一个叛徒的旧屋，究竟能"吸引"多少"慕名而来"的人们呢？我是怀疑的。

(2011.6)

不要走向另一个极端

近年以来,关于"不要搞历史虚无主义"的话题被频仍提起。我们一些人的历史观,尤其是对一部中国现代史的某些研究和评论,确有一点"虚无"的色彩。对于这"一点",我们是要关注的,当然也不必提到不恰当的惊人高度。现在的问题,是要认真分析这种"虚无"的多样特征尤其是它的复杂由来。

——比如说如何辩证地看待"革命"。且不说"天地革而四时成,汤武革命,顺乎天而应乎人"的观点,本是中国文化哲学传统的一个重要思想渊源,便是一部中国现代史、近百年的社会进步,都与这个词紧密相连,小平同志说到改革,还说"我们把改革当成一种革命"呢!当然有些革命也会有它的不成熟性,有它的过于理想化和激进化,甚至要付出沉重的代价。但如果因此而否定它在推动社会进步的特定阶段引起质变的历史正当性,否认它作为社会内部基本矛盾发展冲突结果的必然性,那就是走向了另一个极端。

例如关于"五四",先是说"救亡冲掉了启蒙,革命毁灭了文化",又把我们社会道德方面存在的问题,归于"五四"的"打倒孔家店",甚至把火烧赵家楼的青年学生说成是"暴徒",而"五四运动"首当其冲的对象曹、章、陆,却一个个成了"翻过来"的人物。至于辛亥革命,更是说它"中止了本来可以渐进成功的立宪进程",甚至论断中山先生"只知破坏不知建设"等等,这样的"告别革命"甚至否定革命,一副有意无意的"多米诺"骨牌,竟会倒到哪里,其实并非不可预见。

——又比如怎样看待历史研究的"真实性"问题。毋庸讳言,我们过去的研究和传播,确有过不够真实,甚至还有"左"的地方,但是如果反过来,走向另一个极端,那又会怎样呢?例如由于"收租院"在一些情节上的"失真",就再也不谈刘文彩对于大邑农民的剥削真实,尤其是故意隐去他枪杀近十名共产党人的史实；又例如由"收租院"，进而宣称《半夜鸡叫》和《我要读书》"纯属编造"，《白毛女》又是"颠倒黑白"，似乎反封建的土地革命全盘错了，而封建的地主阶级，都是"勤劳致富"而又乐善好施的善人，这样的"真实性"，真的符合历史的本质和真实么？

还有一个"真实性"命题，那就是我们过去对于有些历史人物，全盘否定甚至一棍子打死，因为不够全面，所以不够"真实"。然而我们又很容易走向另一端——因为有些人物，在历史上做过一些好事，就否认他的"大节有亏"，因为他们在某些领域，还有过一些贡献，就否认他们在整体上的负面作用。胡适当然已被"全盘肯定"，并且抬到了惊人的高度，这也罢了，但是连汪精卫，也只讲他当年刺杀摄政王的英勇，以及"我不下地狱谁下地狱"的"英雄情结"，对于周作人，不但说他的小品写得好，而且说他的附逆，竟是为了"保护北大校产"。这样的"真实性"，因为失去了对历史人物总其一生、综其作为的基本判断，还有什么"全面"可言呢？

——再比如如何看待历史人物的"人性"问题。"人性论"不是个坏东西，我们过去也有过简单化甚至脸谱化的倾向，对于反角，满脸白粉、一无是处；对于正面人物，则往往说他"高大全"甚至不食人间烟火。于是又来"反其道而行之"——例如对于历史的丑角，说是"复杂化"、"多面性"，其实是"还原"他的"可爱人性"。比如胡兰成的"一腔才情"尤其是他"刻骨铭心的爱"，不是已经传为"佳话"了吗？反之，对于现代史上的一些英雄人物、革命烈士，则在"拉下神坛"、"反对神化"的口号下，一个个几近"被妖魔化"，他们有的成了"一身匪气"，有的变为了"第三者"，等等。这种褒贬分明的"人性化"，是不是从一个极端跑到了另一个极端呢？

其实那么一点"历史虚无主义"，也并不是完全"虚无"的。例如民初，他说不是"灾难深重"而是"魅力无限"，连一套小学课本，也是那样的完美；又例如上世纪 30 年代包括后来敌占下的上海，又被说成那样的"繁荣"至极，那样的令人神往，几乎可以成为今天文化经济发展的楷模，等等。可见"虚无"也是有取舍的，哪里有什么"全盘否定"的"虚无主义"呢？

(2011.6)

"条幅新闻"的尴尬

这条"新闻"——"检察长升职,楼顶挂下'滚蛋'条幅欢送",三天之前被炒得沸沸扬扬,读者诸君的眼球,该不会没有被"吸引"吧——我从好几张报纸上读到这条"新闻",一式的整版面,一式的通栏大标题,再加上一式的彩色大照片,那照片里头,条幅之上,"最腐败的检察长滚蛋","最坏的"、"最独裁的"等等,还异常夺目呢!当然"新闻"一登,更有评家蜂起,根据这样一个"条幅",责问一个"腐败"的"独裁者",怎么能就这样让他"升职"?为什么不查处这个"最坏的检察长"云云。

然而再来拜读这条"新闻",条幅是谁悬挂?不知道;检察长"腐败"在哪里?不知道;检察院和当地纪委怎么说,也不知道!事实的要素也没有,关键的根据也不见,原来这只是网上"路过"的一张帖子,竟被我们的报纸,"拿来"做了一个大大的整版,"酿成"了一条大大的"新闻"!

当然,"一个帖子"又怎么样?"欢送检察长滚蛋",这样的条幅,不是很有"新闻刺激性"吗?不是很能刺激"阅读率"吗?于是管它"5个W"有没有,管它有没有一点事实依据,更不要说这种"条幅",本身是不是"文革"才有的"大字报",是不是一种违法的诽谤,总之饥不择食,赶紧"拿来"上版面,妙手再制大标题,就这样"洒向人间"。

"新闻"要追求"刺激性",这条"新闻价值观",在有些同行那里,据说是不错的,还有人称之为"铁律"呢!那么这样一条"新闻",它的"刺激性"是建筑在什么东西上的呢?条幅挂在检察机关的楼外,骂的是一名检察长,这不是尤其有"刺激性"么?不是正好符合我们某些媒体在某些公众中"相互激荡"的那种"不可名状的心理"吗?这真是十分"合乎需要"!于是有了极大的兴趣，也有了十分的热情。而这种浓厚兴趣和高昂热情，这种选择什么、突出什么、放大什么又忽略什么的取舍标准，正是一种颇为流行的"新闻价值观"呢！

现在这条"新闻"，却另有调查结论。据新华社记者的报道，南宁市人民检察院发布调查结果说，这是青秀区检察院一名人员，因对检察长陈国庆个人有意见，借机发泄，花钱雇请4名外来人员进入检察大楼，悬挂条幅后燃放鞭炮。陈国庆在任区检察长职期间，该区检察院获"全国先进基层人民检察院"称号，集体荣立一等功。陈国庆交流至广西壮族自治区检察院工作，在考察和公示期间，没有收到对其违法违纪问题的反映……

那名雇人悬挂横幅的人员，"已经认识到其错误行为的危害性，对此感到后悔并作出了检讨"。那么我们大做"条幅新闻"的媒体呢，会不会也稍有一点"感到后悔"，并且有一点"检讨"呢？我看是不会的，包括南宁市检察院的调查结果，作为一种"下文"，有些媒体也不愿登——这也罢了，然而人们恳请这些媒体，由此"检讨"一下自己的"新闻价值观"，这可不可以呢？！

(2011.6)

又闻"八卦"追李娜

李娜的法网夺冠,无论是对于中国小球运动的发展,还是对于咱们体制改革的探索,都不啻是一个突破,然而我们的媒体,对于这个"突破"的报道,除了清一色的大标题,拿一个"娜"字做文章,还有多少"突破"呢?

夺冠后的李娜,数日前从她的慕尼黑训练基地飞赴英国的伊斯特本,备战迫在眉睫的又一个大满贯温布尔登公开赛。一位咱们的体育记者,风尘仆仆从苏黎世赶到希思罗机场,于是截住了刚下飞机的李娜。然而这位富有"职业精神"的记者,一把抓住李娜,劈头第一个问题是什么呢——"网上说你怀孕了,打不了比赛了?"李娜闻之,"笑容顿失",愤然"这个玩笑开得过了!"

又是"怀孕",又是八卦,其实我们的李娜,也犯不着"笑容顿失"——这不是一个反反复复的老"问题"吗,这不是一种早已不新鲜的"模式"吗——八卦的"新闻",先是从娱乐而起,凡有新星的面世,便曝他的"神秘婚恋",凡有旧星的复出,便要拷问她的"隐秘心语",红杏出墙,甚至床笫之私,早已成了追星的"定势"。其实这个"定势"、这个"模式",又岂止于演艺一界?霍金来华,记者追着轮椅,不问《时间简史》,只逼问大科学家的"N次婚姻";纳什来华,又是记者围追堵截,却无一人提及"纳什均衡",兴趣全在于学界泰斗的"桃花心路"……科学家已经身陷"八卦"之间,体育明星当然更不能幸免——记得2008奥运会,郭晶晶夺金之时,关于"新恋情"的花边,关于"怀孕"的传言,不是也充斥一时么?这边还在"讨论"她的"聘礼"尺寸,那边已经登出了所谓"爱巢"的大幅照片,搞得郭爸爸"一见记者,拔腿就跑",哀号"我们被搞怕了,躲还来不及呢"……现在李娜夺冠,"截住"她的又是一条八卦,老谱儿一点没有翻新,旧模式全然没有"创新",这恐怕不光李娜要"笑容顿失",而是我们新闻界的同仁,要笑不出来了。

关于"老谱儿",当然不止是这一个八卦之问——李娜夺冠之后,长江两岸的报网,硝烟骤起,关于李娜究竟算哪里人的"故里之争",一时烽火连天;法网这一结束,咱们的媒体,赶紧给李娜算账,关于身价2亿的推测,关于富超姚刘的断言,也是沸沸扬扬。至于姜山,至于"娜姐"下场后换了一套什么衣服,更是不吝篇幅了——所以读者之间、网友之中,已经有看厌倦的,什么时候,我们的"新闻",才能从八卦中走出,才能有一点创新,有一点创意呢?

还是回到希思罗机场来,李娜"笑容顿失"后,说了一番十分严肃的话。李娜告诫记者,"如果有些记者真的要出名的话,可以如实报道一些消息,不要为了个人利益而就是乱七八糟地写一些东西!"看来李娜不但会打球,而且也懂一点新闻学,懂一点新闻界的职业底线——但愿我们记住李娜的忠告!

(2011.6)

"反角"为什么行俏?

这是不久之前一条夺人耳目甚至颇有一点惊世骇俗的新闻——一位已故近现代画家的画,于嘉德春拍之上,拍出了4.255亿元的天价!送拍者买进此画,只花了2000万,居然一举赚了3.5亿!这当然"震撼人心",然而更意味深长的是,这幅《松柏高立图·篆书四言联》在那位画家的作品中,"并非顶级精品",水平趋于一般,为什么独独拍出了骇人天价呢?"买家之所以愿意出这么大价钱购入,是因为作品的特殊性。"什么"特殊性"呢?原来这幅画,是1946年向"蒋委员长"祝寿之礼,而这样的"寿礼",拍卖市场上还"几乎未见到过",于是便如获至宝,于是便蜂拥而夺。正因为这个"特殊性","买家不会去计较画得好不好,更在于画作的出身",算是道破了天价的天机。

其实近年来,在于书画乃至文化市场上,不但书画本身有"出身论",写字画画的人,更要讲"出身"——比如这几年,在某省城的书画市场上,吴法宪这个早已下野的反角,其"书法"竟然行俏起来。这位吴前司令,出了秦城之后,闲来无事,也以练字为修,未料竟"引来众多慕名求书者,更有人携其墨宝远渡东瀛,以50万日元出手",连市场里头的行俏者,也炮制起吴法宪的赝品来,而且居然"不愁销路"。吴法宪不过私塾三年的底子,他的墨宝,其实不能恭维;吴法宪早是"拔脱毛的凤凰",无权无势,他的字,为什么竟如此行俏呢?还是吴法宪在世时的一语说破了天机——"我的字并不好,但我有'名','臭名'远扬啊"……这是吴法宪的自知之明,竟也是他的知人之明。

当然因为"臭名远扬"所以他的"手笔"反而走红行俏,并非吴法宪一例。汪精卫总是"臭名昭著"吧?居然近年之间,屡有为他"正名"的,说是"我不下地狱谁下地狱"的"英雄情结"也好,道是"为了保护沦陷区的众生"而"不惜附逆"也罢,总也翻不了一个现代史上最大汉奸的案。然而这边翻案不成,那边书画市场上,汪精卫的"墨宝"却意外走红起来,一时炒得热火朝天。前年的汪书立轴,以3 500港币起拍,飙升63倍,终以22万成交,到了去年,汪精卫连同他的妻子陈璧君的"书法",概以更高价售出。一幅行书七律,从3.8万拍到25万,一对七言之联,一直飙到32.5万才"煞车",可谓趋之若鹜,可谓盛况空前。"汪热"之外,有的市场,还开出"汪伪政府要员书法专辑",从伪满的国务总理郑孝胥,到日伪大员陈公博、周佛海,无一遗漏。一样的受到追捧,一样的拍出高价。

还有一个胡兰成,这个日伪政府的"中央宣传部常务副部长"兼"法制局长",因为日方和陈璧君的双重青睐还身任伪《中华日报》总主笔的汉奸,这些年来,也重新风行一时。对于胡兰成的"重新审视",其实是"爱屋及乌",为了要炒一位女作家,所以必须洗白胡兰成,这是众所周知的奥秘。胡兰成当然是个铁定的汉奸,于是先来炒他的"情种",如何地多年风流,又怎样地"爱得要死";接着又来炒他的"才子",一部《今生今世》,炒得热火朝天,一门"胡学",居然也成显学,当然还说捧他乃"国士",是"心中无我,志在天下的志士"的。现在"情"也炒过了,"书"也炒过了,便来炒胡兰成的"字",把日本人对胡字"优雅中藏着峻然,内刚而外柔"的高评,也拿出挂在市场里。胡兰成的"手书",一拍数万元,最奇特处,还是这个汉奸给日伪特务机关的"密札",据说也在收集和包装中,不久就可以上市,管它是献媚也好、告密也罢,总之"臭名"既然"远扬",就会有热捧之潮呵!

这类的"文化现象",当然可以枚不胜举。北洋军阀"大帅"们的字,一脸暴戾也好,好武不文也好,不是都卖出了好价钱么?文革祸首"康老"的字画印以及他所校勘过的版本,不是让许多人追而不得,于是万分焦虑么?便是那个曾经"洪城到处古月胡,题字莫非胡长清"的贪污犯,东窗事发之时,当地大小店家,家家来砸他的手书招牌,但是杀头之后呢?反而纷纷"交易"起他的"墨宝"来,价钱还真不菲呢!

反角的行俏,"以人兴字"——因为"臭名远扬"而书面热拍,写到这里的时候,本应当"打住了",然而却想起了中国历史上两名古人,他们也是"大家",却因"臭名"而从此被"打入另册",再也行不起"俏"来——一个是蔡京，这个北宋时代曾名列于"苏黄米蔡"四大家的大书法家，其字"冠绝一时，无人出其右"，连狂傲米芾都自叹弗如，赵佶皇帝的画，还大多有他的题记呢！可是因为是"权相"，成了"反派"，当时的人们，不但将他踢出"四大家"，一个"蔡"字，易作了蔡襄，而且再也看不到了他的墨宝。另一个是严嵩，不但诗词"清丽婉约"，而且字写得极好。但因为是"奸相"，也属"反角"，所以到处的题词，"大多为时人所削"，就是说，砸掉了，销毁了——现在可以看得到的严嵩之字，大概只有两处了，一处是京城粮食库胡同边"六必居"酱菜店的题额，还有一处是曲阜孔府门额上的"圣府"二字，其他的呢？都被当时的人们搞掉了……

　　这也许是古人的"迂腐"了——他怎么不知道"臭名远扬"更可以拍出天价？那时的人们，怎么就没有"越臭越香"那一种"文化心态"呢？当然话又说回来，古人的"因人废字"，当然有一点片面性，然而我们的今人，因可疑的"身份"而拍高价，因远扬的"臭名"而大红大紫，这样一种"以人兴字"，令反角大行俏，把反派人物当成追逐的大热门，又是怎样的一种文化心理，又能够警示我们什么呢？

　　这恐怕不是一个问号、一句叹息，可以了却的吧……

（2011.7）

"醉"了没有?

近年以来,关于官员醉酒的新闻迭出,人们不仅叹息于他们醉酒的醉态,更惊愕于他们酒后的醉语——

那个两斤白酒之后,出手"非礼"小女孩的某局党组书记林嘉祥,早已是尽人皆知,而人们最"耳熟能详"的,是他酒后的那一连串狂言——我是什么人?我和你们市长一样大!

而那个喝醉了跑进女子美容院,硬要漂亮女老板为之"服务"的镇纪委书记雷某人,也是近年的一个"热点人物"。这人物之"热",还不在于他揪住了"不从"的女老板的头发,更在于他的口出狂言——"我是书记,敢不给面子!"

于是舆论之间,莫不说他们"喝醉"了,多么丑态!

但依我所见,这几个"官",并没有"喝醉"。说他们没有"喝醉",并不因为他们酒后的"乱性",因为此"性"之"乱",在于某些官员,并非醉态,而属常态,"乱"惯了,所以两斤酒下肚,就出来个真面目。所以只是"返璞归真"。

说他们没有"喝醉",更在于他们的"酒醉心清"。你看这个林嘉祥,两斤白酒下去,还没有忘记"我是什么人",更没有搞错自己的官阶,原来"和市长一样大"!至于那个雷书记,更是没忘记"我是书记",没忘记人人要给他"面子"——在他们的心灵深处,在他们的灵魂底层,因为是个"官",所以可以任意"非礼",可以"揪人头发",可以要求"服务",所以要"给面子"、碰也碰不得,那是十分清楚,一点也没有"醉"的。至于他们真正忘记了"我是什么人",忘记了那一句"我们的权力是谁给的"之振聋发聩,忘记了中南海新华门前那五个大字之金光熠熠，忘记了人民与公仆是什么关系，那并不是"醉酒"以后的事，而是他们平时的主仆颠倒，经过日积月累，历久张狂，早已忘记的道理——在扭曲的权力观面前，他们平时就是"醉醺醺"的。这就叫做习惯了，压也压不住，两斤白酒下肚，就真相毕露，就"顺理成章"了——所以这类的"酒后狂言"，狂的不是酒劲，而是某些官员的"真性情"。这才是两番狂言引出的大警示，其实与酒无关。

这之后还有一条关于官员狂言的新闻，是否与酒有关，据说颇有争议——某市党校研究生班考试，一个官居县科技局长的"学员"，狂言咆哮考场，说什么呢？"这是啥考试？弄得像真的一样！我掏钱买文凭，你有啥资格管我"……关于这个局长，也有人说他是喝过酒的，借着一股酒劲装疯，但也有人说他中午还没来得及喝。不管怎么说，这疑似的"酒后狂言"，毕竟没有"醉"，而是说出了某些地方官员读研究生"是啥考试"，说出了"我掏钱买文凭"的某些真相，暴露了某些官员"学历问题"的冰山一角乃至公开秘密，说这个局长"醉"，是怎么也说不过去的，所以更值得人们三思……

(2011.7)

写在新闻的"边上"

"写在新闻的边上",我在《解放论坛》是写过了几则的。为什么要写"边上"呢?因为现在的"新闻",种种的奇事,光怪陆离,若出其里,再大的"冲击力",也见怪不怪,没有什么"刺激性"了,所以网上的热点,纸媒的奇闻,各领风骚三两天,没几日就被人们忘记了。"新闻"的主体,似乎已经没什么看头,倒是"新闻的边上",竟还有那么一点"可读性"。

比如说河南的灵宝,造一尊老子塑像,"贴金33公斤,造价2588万"之巨,这当然引起了舆论之间、网络之上,一片声讨,曰其如此挥霍,说它这样荒唐,还有拿出老子的清静无为和"寡欲"来说事的,责问他如果老子在世,会让你们这样干吗?

这样声讨,当然义正词严,令灵宝的当局也吃不消了。于是万炮齐轰之下,灵宝当局终于说了实话,那造价哪有2588万呀,最多打个对折,为了要"宣传",要引起轰动,所以"对外宣布"2588万,也算凑个祥数。至于贴金33公斤,那更是"为了炒作",不过用了些不值钱的金箔做了防腐处理而已,哪有真金白银贴上去呢?这样看来,网民的愤慨,成了无本之木,而时评的炮轰,更是"冤枉"了他。至于灵宝的当局,还在为原先的"炒作"一辩,说"谁不是这样号称的呢"——原来如此,总算说出了个"普世价值"!

又比如陕西的横山县,建了一幢豪华至极的"政府大楼",可容3000官员同时办公。最"不能容忍"的,还在于这个政府大楼,是一家企业所有,拿来给政府办公。于是网络上下,又是沸反盈天,说是你坐了企业的楼,还能不为老板办事?问它现代政治学的基本规矩——官商不能一气,你懂不懂?

然而闹到后来,"真相"才终于"大白",原来横山县政府要造楼,规模过于宏大，规格过于豪华，上面批不准，于是就"借用"企业的名义"报批"，顺利拿到了准生证；又原来造这个政府楼，花去了当年县财政的一半，老百姓那里无法交代，所以谎称"是企业造的"。不料阴差阳错，不料轩然大波，也算是错怪了它……

再比如河南的信阳，最近下了一道文件，规定公务招待与聚会，必须"吃本地菜、抽河南烟、喝信阳酒"，这个"红头文件"，当然也引起了舆论大哗，有算出"本地菜"之高价的，也有晒出"河南烟"贵至800元一条的，更有人以为那是"廉政措施"，又攻它没有"操作性"和"制裁力"的。

其实按信阳的介绍，此事无干"党风政风"，也不涉"廉政"，那是一条对"本地生产力"的"保护措施"——据说公款吃喝数款巨大，因此这一块对于地方经济的"作用"不可小觑，千万不能让这个"市场"流失，所以干脆规定只能消费本省本地的产品，叫作"肥水不流外人田"。

只是信阳一地，官员的"吃、抽、喝"三项，究竟巨达几何，居然足以"拉动"一个市的"GDP"呢？这是"新闻"的本体没有回答，而我们在"边上"倒是可以想见的啊……

(2011.7)

李娜那个"副处级"

李娜回来了,然而回来后的"那"事,却似乎有了更大的风波。李娜法网夺冠,家乡当然要"重奖",于是省里给了60万,市里又给了50万。尽管这一点"重金",不过是冠军奖金的一个零头,但还是引出了网上的沸反。而网友的沸反,最"盈天"处,还不在于这两笔小钱,而在于给李娜的那顶乌纱。据说已经"研究通过",封李娜为省网球管理中心的副主任,大概是一个"副处级"的头衔吧。

于是网上便吵得一塌糊涂,说李娜的训练比赛,日程早已排得满满,她还有三个"大满贯"需要去拼搏、去争取,哪里有什么时间和精力来"管理"那个"中心"?当然更有有识之士,说李娜已是游走在体制边甚至体制外的"单飞",难道还要用一顶乌纱把她重新拖回来?

其实我们的网友,也不必过于认真的——李娜不是也没把这顶乌纱"当真"么?家乡方面,也知道李娜不可能"视事",只是让她当一个"名誉副主任"罢了——说白了,这不过是咱们的一个老"本位"、一条老套路、一个用惯了的"俗套"而已——对于做出了杰出贡献的人,我们的奖励,不总是重奖、加官这几条么?科学家有了贡献,让他当"副×级";教育家有了成就,让他当"副校长"。至于当"副主任",那更是奖掖优秀运动员的不二巢穴、同归之途。我们"×连冠"的团队,不是出了一大批"副×级"吗?我们摘金夺银的健儿,不是一个个当了"副主任"吗?只不过此次封李娜的"副处级",老套之外,似乎还着急了一点——李娜还是个现役运动员呢,不等她退役,现在就迫不及待让她乌纱摩顶,不是早了一些吗?

在体坛之间,也有当了冠军,却挂印封金,不当"副主任"的,尽管是少数,却也令人深思。李宁退役,是内定了"体委副主任"的,然而李宁不干,一头扎入商海,多少年"单飞",搏击风云,却成就了自己的事业;郎平"下来",更是定了"副×级"的,然而郎平也不干,还是当她的排球教练,结果在大洋两岸,走出了自己的大路……

还是回到李娜来——李娜这个人,是有着鲜明个性的,她在现役中勇敢单飞,退役后又宁可"做一个家庭妇女",再说她也"管不来什么人,最多管管老公姜山"。脱俗的李娜,是不好拿一套"俗套"去"奖励"她的——你用一顶发惯了的官帽,去戴在一个特立独行的李娜头上,她会领情、会"当真"吗?更从大的地方说,李娜这个"案例",足以引起我们思考的,不仅是一个体育体制,其实还提出了更广更深更有社会性的认识价值。我们面对李娜之事,要想的要做的实在很多,岂止是给一顶乌纱就能了却的?

除了一个老办法、一条老套路,难道我们真的毫无创意、别无他法了吗?

(2011.7)

想起小平同志的两个字

小平同志话不多,但是管用——马克思主义就是一门"管用"的科学嘛。一句"摸着石头过河",讲透了实践论的核心;一句"不管黑猫白猫",又讲清楚了真理标准问题。

小平同志素以说话简洁著称。毛毛问他,长征中做些啥?答曰:"跟着走";又问他太行山怎么过来的?复之二字"吃苦";加拿大总理特鲁多,问小平同志,三落三起秘诀何在,答复也是两个字"忍耐"。

便是与伟大领袖的"廷对",也是那样简洁——小平同志回京,毛主席开口便问,在江西这么多年做些什么?小平同志也只答曰二字"等待"。更众所周知的,是小平同志之复出,毛主席要他主持一个决议,肯定"文革",小平同志断然拒绝,也只说了一句"不知有汉,无论魏晋",表现了一个共产党人在原则问题上决不让步,哪怕这句话引来了震怒,成为再次打倒的导火索……

说到小平同志的语言风格,是赞誉多多的。曰其一语中的,是因为每每能抓住问题的核心,不像今天有些"领导",弄不清事情的本质是什么,只好滔滔万言,面面俱到;又曰其有群众观点,不让群众讨厌、听不下来、坐不下去,不像今天有些"领导",动辄半天,讲得下面瞌睡连天,还只讲了一半。总之小平同志的简洁,"是一门高超的语言艺术",对于当下的会风、话风和文风,有着十分尖锐的针砭意义。

然而依我所见,小平同志的语言,不仅仅是一门"艺术"。它对当下的针砭,恐怕也不仅仅是在"讲短话"这一层面;在小平同志大量的"简洁"中,最使我感到震撼的一次对答,是小平同志关于"合格"的回答——要写刘邓大军的宏大战史了,请问当年的邓政委如何评价?小平同志却只用了两个字,"合格"!

刘邓大军，赫赫战史，只是"合格"二字？谁不知道抗战中 129 师威震华北，太行、太岳根据地打得日寇魂飞魄散；谁不知道解放战争中中野千里跃进大别山，拉开了大反攻的序幕，二野又在淮海战役和渡江战役中挑起大梁，共奠起共和国的基石，这样的辉煌，这样的战功，恐怕用怎样的字眼也不为过，它只是"合格"而已？然而刘邓首长的邓政委，淮海战役总前委的邓书记，淡然一笑，就是只用了"合格"二字！

"合格"二字，向来是用在"考试"之中——我看小平同志，就是把为人民的浴血奋战，仅仅看作是一种"赶考"。这是历史对共产党人的考试，考他在社会发展和进步的试卷前，是否适应了历史前进的方向，是否站在了解放生产力的潮头，是否交出了推动时代前进的出色答卷。这是人民对自己先锋队的考试，考他是否代表了最广大人民群众的根本利益和整体利益，是否让人民解放，使人民高兴，令人民拥护，是否交出了人民满意的答卷——小平同志只是把它看作一张考卷，看作共产党人对历史、对人民的基本的、起码的"交卷"，所以没有什么可以居功自傲，所以不谈金戈铁马的流血牺牲，不谈解救苍生的赫赫功劳，也不谈所向披靡的辉煌战史，只讲了"合格"二字——其实，这已是历史和人民的最高评价。

所以我说，小平同志的这种"简洁"，其意并不仅在于说话的少，而在于真理的深；我们今天学习小平同志的语言，其最大的意义也不仅在于"艺术"，而在于深邃的哲理——面对辉煌战史和赫赫战功，我们的同志，今天会用"合格"二字来"一言以蔽之"么？须知这并不是一种"谦虚"，而是因为在历史和人民的考试前，尤其是在我们面临的"四大考验"面前，能达到这两个字，能交出"合格答卷"，已经是很不容易了呀！

（2011.7）

关于《水浒》的两条热闻

一部《水浒》,忽然又热了起来。十天之内,便有风生水起两条新闻,引出了舆论哗然。

先是安徽卫视宣称,为"净化荧屏",甚至是为了让高晓松一类的酒驾不再重演,所以在下月播出新版电视剧《水浒传》时,要删除剧中"酒戏",至少要打马赛克。

于是网民的"哗然"骤起,说是"大块吃肉、大碗喝酒",本是水浒英雄"义薄云天"的生存方式,一部《水浒》120回,其中有113回涉及到酒呢,你如何删,删了如何看?有了"三碗不过冈",才有了景阳冈打虎,有了一壶酒,才有了林冲雪夜上梁山。鲁智深醉闹五台山,武都头醉打蒋门神,赤发鬼醉卧凌霄殿,小霸王醉入销金帐。就是这个宋江,也是浔阳楼上醉题了几句反诗,才走投无路逼上梁山;宋江投降了,"遵旨自绝",还要拉个李逵一同上路,靠的也是一坛酒……总之一部《水浒》也好,一剧新版《水浒传》也罢,"删"去了个酒字,还有什么"水浒"?

当然也有智者评曰,我们认真地为安徽卫视的"播出"担忧,那是未免书生气太足啦——下月之初,四地卫视同时播出《水浒传》,你看其他三个台,有什么响动,有什么知名度,而唯独安徽卫视的"删戏"说,炒得沸沸扬扬,闹得尽人皆知,叫做英雄尚未出面,江湖已经风生。所以也有人说它"噱头",赞它"成功公关"的——君不闻,"赞助"安徽卫视播出并且出一笔钱冠名的,恰恰是一个酒厂、一坛好酒么?

"删酒戏"的纷扬方兴未艾,这两天又出来了"水浒廉政"的新闻。山东的梁山县,当然是水泊梁山之所在——尽管今天已经一滴水也没有,此地空余小土岗了——于是梁山便"针对水浒文化的反腐内涵",经过"深挖整理、提炼总结",不但将《水浒》中的"反腐18招"放在"突出位置",来教育干部、教育人民,而且建成了国内首个"水浒特色"的廉政教育基地……

"水浒廉政"的争论,这几日正沸反盈天。论者之间,有说时代完全不同、社会性质截然不一样,怎么能用那个朝代的伦理来"教育干部、教育人民"?但依我看来,如果"那个朝代"的"精华",可以"古为今用",那也不妨"拿来",不妨"穿越"一下的。问题在于"水浒文化"在于今天,还真的可以"借鉴"吗?已经有有识之士评曰,"水浒反腐"的基本特征,在于"路见不平一声吼",靠的是江湖上侠肝义胆。走的是成王败寇的丛林法则,便是"反腐18招"中基本的"招数",例如除暴安良、抱打不平,打家劫舍、杀富济贫等等,直至"反上梁山"那样的"义举",这类的"文化"或曰武行,对于今天靠民主、靠法治、靠监督、靠制度的廉政建设,又有多少意义呢?水浒那一套,不但解决不了现代社会的腐败问题,便是在"那个朝代",似乎也反不了什么腐败,梁山好汉"杀人放火",最后还不是"受招安"?"宋江投降了,就去打方腊",说明靠这一套是解决不了真问题、大问题的。

关于《水浒》的新闻迭出,究竟显露出今人的什么问题,这是有待研究的。然而有一点是可以肯定的,那就是安徽卫视的新版《水浒传》,到期定可"热播",收视率一定不会低,而我们的梁山,则又一次热名再扬,决不至于因为"边缘化"而让人淡忘……

(2011.7)

骆家辉上任

美国新任驻华大使骆家辉上任,引出了咱们的舆论一片叫好,说他"洋装虽然穿在身,我仍有一颗中国心"有之,论其"黄皮肤里跳跃着一颗红心"有之,断言他赴任以后,必然会"身在曹营心在汉",会十分地有利于咱们的也有之……

其实这类的一厢情愿,倒是不必有之的。骆家辉虽是华裔,但是生于彼岸、长在美国,尤其是作为合众国的文官,作为曾任内阁要员的驻外大使,他是在联邦宪法前宣过誓,要效忠美国的呀,怎么会因为皮肤和头发以及眼睛的颜色而"心在汉"呢?所以一厢情愿,终于要落空,也终于要贻笑大方。

但是骆家辉的"上任",却仍然是可以"叫好"的——那便是这天茫茫夜色之中,骆家辉身背双肩包,蹬着旅游鞋,"一脸倦色"地走下飞机,带着一妻三子"混杂"在旅客之中,谁也不知道这是一位曾任美国商务部长的"大员"。骆家辉在机场买一杯咖啡,拿出了一张优惠券,但售货员说已不能用,于是骆家辉乖乖地递上了信用卡……

骆家辉上任的"低调",在于我们,是有一点"震撼"的。我不知在我们这里,与骆家辉"差不多"的大员上任,是怎么样的——据说也有拎个包就去的,但似乎更有"奉旨出朝,地动山摇"的。且不说新官上任,也不说骆家辉那样的"部长"履新,便是去年之间,某地一位与骆家辉"差得很远"的县委书记赴京开会回来,不是动员了万余"群众"夹道欢迎,热烈鼓掌,而书记则"神采奕奕,红光满面,与第一排的群众一一握手"么?我想如果是他升迁"上任",那该要如何的"高调",怎样的"欢迎"呢?

因为说骆家辉是"咱们的人",所以舆论之间,竟也有说他此行属于"衣锦还乡"的。且不说这里的是非,便真是"回乡",咱们这里又是如何的呢?据说也有悄然无声的,更有像小平同志那样,为了怕惊动、怕扰民,几十年不回的,但似乎更有"盛况空前"的。有的"子弟"出去了,当了不小的官,于是回来一下,怎么"欢迎"呢?路要铺上柏油,花要一路锦簇,宾馆要清场,甚至学校要停课。这才叫"衣锦还乡",这才叫"官儿回家",否则,家乡不算善待游子,官员也不算有脸面。

美国也有不少问题,既有债台高筑,又有政治丑闻,"月亮"也不那么圆。然而他一位大使的"上任",是这样的低调平民,这样的悄无声息,连一件"洋装"都没有"穿上身",一路飞来也不过吃一份普通的航空配餐,这样一件"小事",还是值得我们议论一下的呵。

(2011.8)

从"吴哈哈"说起

"无错不成报",据说是新闻学里头的一条定律。人们为媒体错误的多如牛毛而叹息,为错得实在离谱而惊诧。其实错得离谱的错误,并不是从今日起——半个多世纪之前的北京,吴晗先生曾任副市长。北京的一张大报,在刊出的"要闻"里头,赫然"北京市副市长吴哈"如何如何。吴晗的一个电话打到报社,才知排错了,又没校出来,所以就这样"洒向人间"。第二天,吴晗拿过报纸一看,果然动作真快,有了"更正",但再细一看,"本报昨日××一文中,'北京市副市长吴哈'应改为'吴哈哈'。特此更正"——又是排错了,又是没校出来,北京市副市长吴晗,无奈之下,也只好"哈哈"一笑了——面对这样的报纸,你有什么办法呢。

吴晗当然是只好"宽容",但报纸之错,错得比"吴哈哈"更离谱的,却还有其例——上世纪的 80 年代,一张发行量很大的文摘报刊,登出了曾任政治局候补委员和副总理的老一辈革命家陆定一"驾鹤"的消息,还发表了他老人家"充满革命信念"的"遗言"。那时仍然健在的陆定一本人,看到他"西去"的报道,倒也宽容,"哈哈"之外,还特地关照不要去为难报纸。据说陆老还风趣地说,也烦劳他们代我写了"遗言"——这大概就是有惊无险的"陆定一遗言事件",一个在新闻史上还不能轻易忘掉的事件吧。

因为一些当事人的"宽容",因为他们不过"哈哈"一笑,所以媒体史上的不少谬误,后来居然被界中之人当作"佳话"来传,以至于错误越来越多,错得离谱的荒谬越来越怪诞,似乎公众都应当向陆定一陆老学习"高风亮节",而不是媒体的编辑、记者、检校应当引以为戒。

然后这种"宽容",又能宽容多久呢?近日的央视新闻报道,播出了百视通总编吴征的讣告，赫然用的却是和讯网总编王炜的照片——这已经是王炜第三次"被去世"了。前两次，王炜也是那样"宽容"，某网站说他死了，他"哈哈"一笑；某早报说他死了，他还要"收藏"当日的报纸呢。但是第三次"死了"的王炜，却再也按捺不住怒火，拍案而起，正义凛然，公开要求央视在节目中道歉，消除影响！所以也有有识之士，认为王炜的"死了三回"，认为媒体们在一个王炜身上表现出来的极不负责任和极其缺乏专业精神，王炜也要负一部分责任——谁叫他前两次"哈哈"一笑，如此"宽容"呢？

　　三个媒体在一个王炜身上犯同样的错误，三次掉在同一条河里，陈力丹教授认为，这是媒体的职业规范存在问题。而以我所见，媒体之错，多如牛毛，那是因为"无知无畏"所致——所谓"无知"，就是"不读书不看报"，知识缺乏。不要说央视的编辑，根本不知王炜是何人，便是前两年把南怀瑾先生的大照片当作另一位逝者登出来，那群编辑里头，不就是没什么人读过这位国学大师，以至于"不知道他是谁"吗？二是无畏，不怕错，错不怕，反正出门不认账。而这种"大无畏精神"的养成，吴晗先生们的"哈哈"一笑以及王炜式的宽容和大度，难道没有养痈成患的责任么？这倒是人们真要叹息的呢！

（2011.8）

"市长赤脚"的两面观

一张照片在网上"疯传",一张郑州市代市长吴天君赤脚排涝的照片,引出了万千网友热议。赞其"最美身影"有之,疑其"市长作秀"也有之。

其实市长赤脚排涝,看起来并不像"作秀"。极端天气引起郑州内涝,吴代市长心急如焚,赤着脚趟着水进入街道、路口查看积水。途中发现大量枯叶堵塞窨井排水孔,于是"站在齐膝深的积水中,一人手捧落叶往绿化带的树丛中丢,一人弓着腰在水中捞取枝叶杂物。"在两人的"鼓捣下","下水道形成明显漩涡,迅即通畅起来"。可见吴代市长赤脚排涝,完全是一种情急之举、率性之为,并不是做给什么人看的——这一张照片,不也是路过的行人随手所拍的吗?他当时还不知道这两个"赤脚大仙"究竟是何人呢!

其实"市长"的"赤脚",本是我们提倡的一种作风,说它"深入实际"也好,说是"急难险重站在第一线"也罢,"市长赤脚"亲自查水,总比他天天穿着皮鞋坐在办公室里要好得多吧——说到这个"市长赤脚",不禁想起十年前的一个夜晚。那个夜晚,上海倾盆大雨,中心城区水涝为患,一位区长趟水查看了积水的民居后,赶回防汛指挥部主持应急会议。电视新闻在报道这个会议时,无意中扫到了区长高卷的裤腿尤其是光着的双脚。这个"赤脚"的镜头,被处在全市指挥中枢的黄菊同志看到了,黄菊同志当即打电话,不但慰问在第一线的区县干部,而且高度评价了这双"区长的赤脚",说"这才是我们应有的作风"……

"市长赤脚",本是"我们应有的作风",为什么也会被一些公众疑为"作秀"呢?我们当然不同意那种"怀疑一切"的思维定式,但也要反思这种习惯思维的某些成因。在我们的生活中,确实存在"作秀"的现实,人们也确实看到过，在某些地方，例如领导"挥锹铲土"、"冒雨种树"、"水田插秧"这样的照片，有不少竟是"摆拍"，甚至是专供"报纸有影"或"荧屏有镜"而"秀"出来的。为了"工作需要"，不是还 PS 出了领导视察公路的"悬浮照"么？"假照片"一来，"真照片"也就会被人将信将疑；因为真的存在着某些"表演"，于是连实实在在的好作风，也"一齐泼掉"，被疑为"作秀"了。所以说"市长赤脚"引出的某些质疑，是不必过多地指责公众的"多疑"的，更需要的是我们的反思，是每个干部对整个"队伍形象"的珍惜。

当然还有一点，那便是我们的"市长"们，身负从全局上解除民忧的重任，所以既要有身入深水的那双"赤脚"，更要有整体在胸的全面之策，我们既为他们的"赤脚排涝"喝彩，也同样重视他们从深水中回来在"总指挥部"的运筹帷幄、决胜千里乃至从根本上解决问题的长远之策、治本之计——这同样也是"美丽身影"，同样是不可偏颇的"两点论"——因为"市长"们要排涝的，决不是一个窨井的积水呵！

（2011.8）

一分为二也说"骂"

现在的网上网下,"骂"声还真不少。

如何看待一个"骂"字,确实到了应当"想清楚、弄明白"的时候了——而对于这个"骂"字,恐怕也得有一点辩证法,两点论、两面讦呢。

其实我们共产党人,面对群众的一点"骂"声,并不是从今日起——早在1941年,我们还没有在全国执政的年代,陕甘宁边区清涧县的一名农妇伍润花,因为丈夫被雷劈死,于是大骂世道不好,共产党"黑暗",甚至说"为什么不把毛泽东劈死"!于是边区保卫部门"顺章成理"地把她抓了起来……

被骂的毛主席,听到这件事怎么反应呢?毛主席严厉地批评了保卫部门,还把伍润花请到自己的窑洞,诚心诚意地听取了她的怨气和对边区工作的批评。毛主席最后说,"老百姓有困难,我们不解决就该挨骂嘛!"

现在想起来,毛主席面对骂声的态度,不只是一件轶事,也不只是他的性格使然。毛主席宽待、善待群众之"骂",对于他同时期那席关于"这条新路,就是民主"的著名"窑洞对",是一个生动注脚,与他后来反复讲清楚的那个关于"我们的权力是谁给的"大道理是一脉相承的。可见怎样对待一个"骂"字,不只是一个民主作风或宽广胸襟的事,这里头体现了共产党人的一部权力学、政治学呢——对于我们说来,连权力都是人民给的,群众骂几句,又有什么不可容忍,听不下去的呢?

也有的同志感觉到,现在"骂"声似乎比过去要多。为什么明明社会在进步,"骂"的反而多了呢?其实"端起饭碗吃肉,放下筷子骂娘",本来就是社会心理学上的一个定律嘛。比如生活,既称"水平",就有"刚性",上去了不能下来;就有"全面性",一方面好了,就要追求其他方面;就有"平衡性",

差距要尽可能小。更不要说，物质生活提高了，人们的精神文化包括政治生活需求就会自然强烈起来。这种心理，加上我们前进中确有不少问题，工作中确有不少毛病，群众要"骂"几句，我们有什么不能释怀，不能倾听的呢——其实老百姓可以"骂"，这本身就是社会在进步的一大表现。比如十年浩劫中，你能骂吗？不要说"骂"，便是"腹诽"也不行啊！所以一个多元、开放、进步的态势，必然夹杂一点"骂声"，我们的执政者要欣然对待之，而我们的公众，也应当倍加珍惜这来之不易的宽松局面。

正确对待一个"骂"字，也要两面讲，不仅是听的人要宽容，"骂"的人也要自持。鲁迅先生说过，骂有"好的骂"和"坏的骂"，说实话、指实情，才是"好的骂"，才是"骂得好"。那么什么叫"坏的骂"呢？比如无中生有、空穴来风，是"瞎骂"；侮辱其词，损人人格，是"辱骂"；粗野胡言，张牙舞爪，是"谩骂"；而损害人民利益和社会公益的，则是"恶骂"。"侮辱和谩骂不是战斗"，我们的鲁迅先生，可是将它与"看客心理"、"群殴习性"等等，并列于他所一生批判的"国民性"的哟。那些看不到社会进步，总是提出完全脱离社会发展阶段的要求，而对社会中存在的一切不如人意的地方，一概采取"破口大骂"方式的，这实在对于推进社会进步无益，可不是什么"公民精神"呵。

平心而论，"骂"可以是一种怨气的宣泄，但靠"骂"，毕竟是解决不了问题的，更不可能"骂出社会进步"。有学者就反问，中国的盛唐是骂出来的吗？意大利和整个欧洲的文艺复兴是骂出来的吗？这个问题，值得我们思考——对于一个"骂"字，我们的为政者，当然要听得下去，甚至听得进去，从中听出一部分民意来，而我们的公众，也要尽可能将情绪化为理性，让更多的"骂声"变为民主监督的建设性声音。

（2011.8）

从"鬼子进村"到"土匪抢亲"

这边黄山脚下"鬼子进村"的喧嚣还未落幕,大西北一个吴山景区又推出"土匪抢亲"的"旅游项目"——游客诸君,既可扮作抱头鼠窜的"新媳妇",也可扮成手持驳壳的凶恶土匪……

"土匪抢亲",当然又引出一片哗然,但哗然之间,却也有着一丝茫然——如果说"鬼子进村"可以被斥为无耻,骂作恶俗,责其"在民族的疮疤上寻欢作乐",那么这"土匪抢亲",据说却颇有那么一点"文化"呢——据吴山景区的负责人说,他一直在想,地处偏远的这吴山,究竟靠什么样的特色才能发展它的旅游?想来想去,终于想明白了,吴山这块地盘,从明清到民国,不是一直出土匪吗?不是曾经匪患猖獗吗?好,就将这"土匪文化",定位为景区的一大特色,于是来"打造",来"包装",来推出以土匪为主题的"文化游"。

"土匪文化"也成了"主题"?读者诸君,或会觉得"匪"夷所思,其实这种"思路"并非吴山一地才有。咱们的"旅游",多是讲"文化"的。唐宗宋祖的出生地,就来搞"帝王文化",李白杜甫的故里,就来打造"诗宗文化",如果有开国功臣、辟疆大将的,当然有"武圣文化"等等。但是"正面"的都抢完了,怎么办呢?也不要紧,就来搞"反派文化"——丑恶,不也是一种"文化"吗?于是独夫军阀的家乡,就建"大帅府",汉奸国贼的生地,就搞"贰臣院"。一个千夫所指的西门庆,他的"故里",不也已修得富丽堂皇,炒得热火朝天?这就叫"想来想去",终于想出了一条路径,终于选择了一种"文化",管他黑白善丑,管他负面反角,总之也是"文化"、也叫"特色",可以用来作"主题",可以拿来做招幌。"土匪抢亲"的"文化选择",说他是饥不择食、"拖到篮子就是菜",还不如说他是想来想去后的"深思熟虑"呢?

也有网民问，说现在这个"平"的世界，朗朗乾坤之下，搞什么"土匪文化"，就不怕被板砖拍死？关于这个问题，吴山景区的负责人是"看清楚、想明白"了的——"不怕质疑，就怕别人不知道吴山"！不但"不怕"，而且正是要利用舆论的"一片哗然"，来收到"广而告之"的效果，这是现在不少主事者已经悟出来的捷径。你越是群情激愤，他的"品牌"越是广为传播，你越是沸反盈天，他的名气越是大。小小一包"九五至尊"，不就是因为百万网民对于周久耕周局长的万炮齐轰以及对烟厂的激烈批评，从一个无人知晓的牌子，而一变为抢手的大热门么？现在的"九五至尊"，天下何人不识君，所得益的，无非是那一片"质疑"。至于对某些"负面文化"的批评，反而令那些景区趋之若鹜，甚至对某角"反角"的"质疑"，反而使他名扬天下名重一时，这样的"效应"，就更是不少见了。难怪"土匪抢亲"的策划者"不怕"，他正坐在那钓鱼台上，稳稳地看着风起云涌而乐不可支呢……

"鬼子进村"未罢，就有了"土匪抢亲"。"土匪抢亲"之后，还会有什么？这是可以拭目以待的，而这种"颠扑不灭"之后的"文化"和"心态"，更是我们需要"看清楚、想明白"的呵。

(2011.8)

闻蔡京墓"即将修复"

蔡京是什么人？为什么要重修蔡京之墓——一条新闻，这几日引出网上网下风起浪涌，说的是东部某地，征地30亩，耗资千万元，即将动工修复蔡京墓。

蔡京是什么人，这问题没有什么争议。这个曾经位居太尉和太师的蔡京，是北宋的一位权相，更是中国历史上有名的奸相，不但奸，而且"以贪渎闻名"。无论是正史还是小说，都曰其"大奸大贪"，皇皇《宋史》，将他列入《奸臣传》，而《水浒》中晁盖吴用们智取的"生辰纲"，那十万贯金珠宝贝，不就是他的女婿梁中书奉他庆生的民脂民膏么？所以宋人斥其"六贼之首"，后人将其与秦桧、严嵩同列为"三大奸相"，是没有什么冤枉的。

这样一个蔡京，为什么要给他重修蔡墓？据答曰，"不管蔡京如何声名狼藉，至少他是历史名人，名人具有名人效应，把他的陵墓打造成文化旅游景点，有利于促进当地旅游产业的发展"！这当然是十分俗套又十分流行的"理论"了，但问题在于，为什么偏偏要修复一个偌大反派人物的陵墓呢——君不闻同是"名人"，齐白石的墓地几成游人饭客的"方便"之地，而张季鸾的墓地至今"一片破败"，放着这些"名墓"不修不葺，却要来大兴土木修一个奸相的墓？恐怕"忠奸"还是要"问"的，而看中的正是他"反派"的"吸引力"吧——有网友指斥修蔡墓意在"翻案"，其实他一点"弦外之音"、"醉翁之意"都没有，反而再三确认了蔡京的"奸相"结论。没有这个"反派"的结论，不是这样盖棺论定，如果变了一个"正面人物"，那还靠什么来"吸引"游客、"发展旅游"呢？

这就叫"反角效应"，一个现在"旅游开发"以及"文化重建"中颇为流行的模式——君不闻汪精卫的"手笔"，一幅立轴，从3500元港币起拍，飙升63

倍,已经以22万成交么?汪精卫与陈璧君的"墨迹",一幅行书,从3.8万拍到25万,一对七言之联,也一直炒到32.5万才"煞车"。至于郑孝胥、陈公博、周佛海的"书法",在"汪伪政府要员书法专场"中,都已拍出了天价,连汉奸胡兰成给日伪特务机关的"密札",不也十分抢手么?据说"反角"反有特殊"吸引力",于是来修一个"大奸大贪"的陵墓,也就不算什么特立独行的突兀之举啦。

还是说回蔡京来——这个蔡京,字是写得好的,这个北宋当时曾名列于"苏黄米蔡"四大家的大书法家,其字"意气赫奕、光彩射人","冠绝古今、鲜有俦匹",无人出其右也!连狂傲之米芾都自叹弗如。但因为是"奸相",成了"反角",当时的人们,不但将他踢出了"四大家",一个"蔡"字,换成了蔡襄,而且将他的题字,"尽行削废",再也看不到他的墨宝。我们的古人,你说他"因人废字",有一点片面性也好,曰其"书生气太足"、那么"迂腐"也罢,有一点是可以遗憾的,那便是我们的老祖宗,怎么这么缺少"市场眼光",怎么这么不懂"反角"的"生意经",以至于蔡京的字竟无人收藏拍卖,连蔡本人的落葬,都只有摆在类似"公墓"的乱石冈,还要有劳今人来"抢救"来"修复"。

蔡京墓即将动工,要修复成"自然景观优美、文化内涵丰富,集纪念、文化与旅游为一体的园林式胜地",这当然引起了网友的质疑,而质疑声中,最大的"担心",在于如果蔡墓今修,那么"修复秦桧墓看来也不远了"。有人说这是杞人忧天,我看却有点道理——论名气,秦桧比蔡京大得多,论争议,近年以来,要为秦桧这个"胸有全局"且"力主民族融合"的"大政治家"正名的声音不绝于耳,所以修秦墓对于"发展旅游"或竟有更"吸引"人的不意之效呵——前几年某市发掘南宋古墓一座,先认定为秦桧墓,后来发现空空如也,又说是秦桧疑冢,到后来又发现女人头发一缕,便曰系秦桧爱妾之墓。总之是"咬定秦桧不放松",总之要与这个大反角扯上干系。如果真有秦桧之墓"被发现",恐怕就不是"征地30亩,耗资千万元"的事儿啦!

这确实不是笑话,也不是杞忧,这后面的"社会心态"或曰"文化心理",真值得我们认真想一想。

(2011.8)

为"醉城"一辩

"环滁皆山也"的地方,将要兴起一座"醉城"——"欲斥15亿"打造的"东方醉城",选址初定琅琊山脚,主题自然是一个"酒"字。"目前正紧锣密鼓进行策划、包装"的这座"醉城",甫一露头,便引起舆论一片哗然,网上万千砖拍。然而依我所见,网友诸君,"不要这高,不要这多雪",不必那样激愤,细细想来,这"醉城"要"斥"的15亿,还是颇有一点道理的呢!

"酒"也是文化?"醉"也可以成为"主题"?这是网友最严肃的质疑。其实这并没有什么匪夷所思。出过土匪的地方,不是拿"匪文化"作了景区的主题么?称过"鬼城"的所在,不是一直在弘扬"鬼文化"么?便是长江边上一座城池,实在没有什么"主题",但是因为临江而居,水多,所以便来搞"洗浴之城",把一个"濯"字,不也当作了"深厚的文化"吗?这样看起来,搞一个"醉城",拿"酒"来当"主题",显"特色",作招幌,也就十分顺理成章了。

也有网友断言,这15亿必将打了水漂,必是有去无回。什么道理呢?因为天下之大,近年来搞的大型人造景观、主题公园之类,据说少有成功的。"大多萧条冷落,有的拆除,有的改建,有的倒闭。勉强维持营业的,80%处于亏损状态"。我不知道这个数据是否准确,但不管别人如何,"醉城"却是可以期望它一举成功的。酒之风行九州,醉之风靡官场民间,不是已经有目共睹吗?所以一个"醉"字,将会有强大的"吸引力"和"号召力",将会有万千酒客近悦远来,也会有四方"酒鬼"蜂拥而至,看来也不是什么一厢情愿呵——总之一旦"醉城"开张,"酒"旗高扬,这15亿还是会很快产生"效益"的呀。

当然也有有识之士,质问琅琊山下,为什么你要搞这个"醉城"?这就有点"稍逊风骚",缺少文化了吧——欧阳修的名篇叫什么?就叫《醉翁亭记》,醉翁亭在哪里?如果有,也该在咱们这儿呀,连欧阳前辈,都自称为"醉翁"呢!至于他老人家说的其实是"醉翁之意不在酒,在乎山水之间也",其实爱的不是酒,也非醉,而是名山胜水,这就不管他啦!先拿出琅琊山国家级森林公园内外的大片"山水"来搞一个造城工程再说,至于网友危言"欧阳修在天之灵也不会同意",那只是今人的猜测,你怎么知道欧阳大家,不会因势适变、与时俱进呢?

总之"主题公园"风起云涌之中,再添一座"醉城",我们也不必万炮齐轰;"文化"林林总总之间,再来凸显一个"酒文化",我们也不要牢骚太盛——"东方醉城"何去何从、是盛是衰,我们还是拭目以待吧。

(2011.8)

"费厄泼赖"要两面讲

前天的大邱田径世锦赛上,刘翔以13秒27拿下了110米栏的银牌,更以他的"费厄泼赖"拿了一块体育精神的"金牌"。

罗伯斯当然不地道,不但两次碰撞刘翔,还"拉拽"了刘的手,致使刘翔失去平衡,"憾列第三"。面对罗伯斯的这个"暗算",刘翔并未雷霆万钧,也没有一句抱怨——刘翔平静地接受罗伯斯的"歉疚之拥",还笑对记者说道:我不怪他,我看他不像有意的……

刘翔当然是夺冠来的,面对对手的"小动作",面对"憾失金牌"的结局,却表现出一种大度。这种大度,就是理性,就是风度,就是一种"费厄泼赖"的体育精神。为什么网友诸君,要喝彩刘翔的这种风度,"高于速度",刘翔的这块"金牌",重于110米栏的桂冠?因为这种"费厄泼赖",我们实在是久违了——不但近年以来,在竞技场内外少有看到,便是多少年以降,这一直被作为"国民性"而饱受批评。我们从刘翔以"笑眯眯"面对金牌失落中,今天看到了"费厄泼赖"在国人身上的回归。

但"费厄泼赖"也有两面观,这就是在"大度"的同时,中国田径队在第一时间向世锦赛组委会提出了申诉,并经裁判组观看录像回放,确认罗伯斯确属犯规行为,所以取消了罗伯斯已经到手的金牌。可不要忽视中国在第一时间的严正申诉呵,这个申诉,那样迅速,那么严肃,同刘翔的微笑一样,也是另一种"费厄泼赖"呵!

什么叫"费厄泼赖"?它固然要求人们在体育竞赛中,对于对手要宽大,"不要过于穷追猛打",它更要求我们"正大光明地进行比赛,不要用不正当的手段"。"费厄泼赖"作为一种"绅士"精神,最基本的原则,是你要尊重你所从事的运动，尊重这个运动的规则与规律，冷静地接受一切可能的结果。在这里，"费厄泼赖"首先是规则意识，不能"犯规"，更不能"暗算"，这不仅包括自己不冲撞规则，而且包含着要坚决维护规则的严肃性。从这个意义上说来，中国田径队的严正申诉和交涉，是对体育精神的全面维护，是对竞赛规则的全面遵守，是对犯规行为的决不容忍——我们可以这样说，如果我们只有刘翔的"大度"，而没有中国田径队的"严正"，只有对对手的"宽容"，而没有对国际通行准则包括我们的合法权益的严格保护，如果将一味的委曲求全当成了"雍然大度"，那么这种"费厄泼赖"就不全面，就像鲁迅先生说的那样——应当"缓行"。

"费厄泼赖"要两面讲，讲的当然不仅仅是刘翔的大邱之战！

(2011.8)

只有天知道

上世纪80年代初,易中天在武大读完了研究生,导师胡国瑞要留他下来。可是留校要校长同意,加上易中天是个"土匪",没读过本科直接上的研究生呢,于是胡国瑞求见时任武大校长的刘道玉。刘道玉一听,这还了得,这个胡国瑞,别看只是个副教授,他可是中国第一部断代文学史——《魏晋南北朝文学史》的作者啊!刘道玉说,只有官员拜见学者的,哪有学者拜见官员的道理!于是反过来求见胡国瑞,并拍板将易中天这个"胡徒"留了下来……

如果说刘道玉刘校长拜见胡教授,是出于几千年的"道理",那么还有一位"官员"的拜见"学者",则是出于对于知识分子的"敬畏",那就是陶铸的求见陈寅恪——1960年初那个时代,陈寅恪百事不顺,处境也已艰难,他想求见管着南方诸省的中南局第一书记陶铸,"问个是非"。陶铸一听,马上说"我去",于是亲往陈宅,听他倾诉,听他发牢骚。陶铸此行,还解决了陈寅恪的一系列生活问题,那可是三年困难时期的"高消费"呵,于是有人就在陶铸耳朵边嘀咕了。陶铸一板脸说道:一个保姆多了?给你十个保姆,你也写不出陈教授的书来……那时的陶铸,刚刚在广州会议上与周总理、陈毅同志一齐给知识分子鞠过躬,"摘"过"帽",他是知道知识分子的作用与分量的,所以陶铸的"求见陈寅恪",一个官员的拜见学者,是出于一种对于人才对于知识的科学认知。

当然也有"官员"想要"拜见"学者,而"学者"不领情,不给面子的。

还是这个陈寅恪陈大学者,康生要求见他,他却把脸一板,说"不见"。康生再求见,还是"不见",弄得这个也是书画印"三绝"的党内"大儒",从此无缘一见陈寅恪这位党外的"大儒"。据说后来陈寅恪的悲惨遭遇,与他的

"二拒康生"有关,一位学者居然"不见"官员,引起了"中央文革"这个"教父"的私愤,究竟怎么回事,也只有天知道了。

现在还有"官员"求见"学者"的事么?据说间或还是有的,只是"只有官员拜见学者,哪有学者拜见官员"这个大"道理"或许是无存了。但有一点似乎是可以肯定,像陈寅恪"不见"康生,例如"学者"拒见"官员"的事,是很难听到了——这里头的"道理",是在于"学者"呢,还是在于"官员",就更只有天知道啦……

(2011.9)

如果她们真是"小偷"

"八女示众"闹剧,这几天成了网上网下的一个热点——南方某地8名女工,在一家服装市场被当成"小偷",捆绑起来游街示众。现在事情有了结果,这8名女工没有偷窃行为,并非"小偷",确实是"抓错了"。于是每人获赔9 000元人民币,"双方不再追究对方责任"。

一起闹剧似乎可以尘埃落定,一句"抓错了"似乎终结了沸沸扬扬。然而我却觉得这事儿远远没有了结,现在的问题在于,如果"抓对了",这8名女工确是"小偷",她们的"被示众"、"被游街",就合理合法了么?

这并不是一个"伪命题"。类似这样"抓对"以后的"示众",并不是没有——去年之间,某地曾将一群"卖淫女"抓了起来,也是"示众",也是"游街"。他们并没有"抓错",这些"对象",确是卖笑卖身,确是所谓"卖淫女",然而拿她们来"示众",是否就天经地义了呢?还有一些地方的"公审",说是"法制教育",其实也是"示众",也是"游街",但因为并没有"抓错",是否就"对"了呢?

我们并不是一般地讲保护公民的基本人权,问题在于,当一些社会成员,由于自己的"错"或"罪",被引入"人权危机"时,他们还有没有基本的人身安全和人格尊严,我们还要不要尊重乃至保护他们的法定人权?例如证据确凿的"小偷",是否因为"人赃俱获",就可以挂牌示众、尽情辱之?即使是被判了大刑的犯人,他固然已被依法剥夺了特定期限的人身自由,而且可能还被附加剥夺某些政治权利,但是他的民事权利包括人格权是没有被剥夺的,难道可以任意拿来"示众"么?对于他人人权和人格的尊重,平日间似乎不成问题,而一旦遇上了他有"罪错",如何依法文明地对待之,才是对于我们法制意识和公民意识的真正考验。

"八女游街",是"抓错了",但如果她们真是"小偷",那么这样的"示众",在于公众舆论,是否社会觉得"顺章成理",也不会涌起那么大的波澜呢?这就涉及到多少年以来我们的一个深层"文化观念",这就是国人对于"大方向"的认同。如果被"示众"的真是"坏人",那么"好人打坏人,活该",只要"大方向对头",至于采取怎样的方式,那只是枝节问题。读者诸君,不知是否去过里西湖的岳庙,那里长跪了秦桧夫妇等三个"坏人",游客远来,见到三个木偶,可以尽情吐痰,以至于万痰之下,秦桧们身上长年痰迹斑斑。杭州是个文明城市,"七不"做得最好,但为什么到了这里,一口痰就可以尽情地吐呢?因为吐的是国贼,"大方向正确"呀,出于"义愤",属于"义痰",所以就不必再讲什么文明啦!岳庙里的"痰击",生动展示了我们的一点文化、一点观念,和岳庙外时有发生的"示众",其实是同一回事。

现在"八女游街"事件已经"妥善处理",当事者一句"抓错了",就轻轻放下,而女工们每人拿了9 000元,也就"不再追究对方责任"。这当然是她们的选择,但这种对于权利的取舍,是不是"示众"闹剧将还会再三的起点呢?我是担心的。

(2011.9)

再论"读书问题"

读书问题,在于党内,成了一个莫大的问题,首先当然在于毛泽东同志的再三强调——虽然复诵过"刘项原来不读书"这样的诗句,虽然表扬过"厚重少文"的周勃,但毛泽东同志确是十分重视干部的读书的。且不说晚年再再要求全党"读一点马列",也不说三次交代许世友这样的武将,要把《红楼梦》读五遍,便是在惜墨如金的毛著《工作方法六十条》中,竟有整整六条,是讲干部的读书问题!可见总揽全局的毛泽东,自身一生嗜书不论,对于全党的读书,是看得那样重要。

当然到了今天,在我们不少干部中读书问题仍然是个问题,而且酿成了一个大"问题",还在于一些同志真的成了"不读书"的刘项——据《人民论坛》对万名党政干部阅读状况的调查,33.4%的受访干部,每周读书在0到3小时,另外27.6%的人,每周也不过读书3到6小时。这就是说,这一万名干部中,有三分之二的人,一天读书不到一小时,甚至还有一年365天不碰书、不翻书、不读一点书的呢!也许这只是对一万名官员的调查,但我觉得这个数据,是可以反映今天某些干部的"读书问题"的。

"不读书",固然是个大问题,但最近看到一则"目击记",却使我醒悟到,"读什么书",也许才是一个更大的"问题"——我们有些同志,据说也是"读书"的,甚至书橱中堆满,枕边书积厚,问题或许在于那是一些什么书——有访者去某官员办公室,他的书橱中放着什么样的书呢?一类曰《官经》、《厚黑学》,从《中国历代君臣权谋大观》,到《古代帝王驭人术》,从《曾国藩的权术》,到《官场文化与潜规则》;另一类曰《阴阳风水学》、《八字与官运》,从《办公室风水学》,到《八卦透解财官运》再到《官运桃花》,云云。可见这位官员，书读得还真不少，不属于"不读书"一类，问题仅仅在于读什么书。

其实这样的"书单"或"书橱"，并非只此一例。那个已经杀了头的贪官胡长清，不是熟读《素女心经》吗？那个也是杀了头的墨吏马向东，不是倒背《赌术精选》吗？就是那个天天梦见要当副总理的胡建学，一部《麻衣相法》，也是读了无数遍的——不但读，而且"活学活用"，连出门启程，都要翻一翻这本书呢！

在我们某些官员中，还有一些"读书人"，倒是不读这类下三滥的——他们不但"读书"，而且研究"政治"，喜读帝王将相稗官野史，热衷封建官场黑幕权术。半部《论语》是不去读的，一部《资本论》更是素未谋面，然而一册《官场权谋》却天天摆在枕边，一套宫闱秘史都天天带在身边，从帝王驭吏，到大臣谋变，再到后宫争宠，潜心研读，反复研究，将此作为"领导艺术"悉心揣摩，奉作"做官经典"学以致用，兴趣盎然，乐此不疲，不但拿来当作枕边书，甚至还有学来作为"座右铭"的呢。

这叫做"学一点历史"吗？封建专制社会的威权政治之下，他的治人之术，他的黑幕官场，充满着对法制的不屑，对诚信的亵渎，对他人的戒备，对同僚的倾轧，满目争斗篡夺，一味笼络收买，到处投其所好，像指鹿为马、笑里藏刀、阳奉阴违、暗度陈仓那样的"权谋"，难道可以拿来"古为今用"，放到今天来作"为官之道"的吗？

所以说"不读书"是个问题，"读什么书"更是个大问题。好在近期之间，不少领导干部纷纷"荐书"，从民主政治，到市场经济，从革命传统，到社会发展，一张张"书单"，体现出苦口婆心、拳拳此心。其实关于"读什么书"、学点什么，毛泽东同志早已开过"书单"——还是回到文首所说的《工作方法六十条》来，毛泽东同志要求全党学点什么呢？"学点自然科学和技术科学"，"学点哲学和政治经济学"，"学点历史和法学"，"学点文学"，"学点文法和逻辑"。毛泽东同志甚至提出，领导干部要"学一种外国文，争取在五到十年的时间内达到中等程度"！

这可不是一张普通的"书单"呵。这张"书单"，对于今天我们一些同志的"读书问题"，还有着多么强烈的现实针对性呢！

(2011.9)

"标签思维"

15岁的少年打人,这样一件看似普通的刑事事件,为什么闹得沸反盈天?网络微博,万炮齐发,大报小报,连篇累牍——因为李天一的"爸爸"是李双江,一个"腕儿",一个"少将",因此这个儿子,便成了"×二代",便成了一个"典型"。

有识之士,慨叹这已成了一种"标签思维"。君不见,一辆"宝马"成为"标签",近几年已有多次,何止于一个李天一?人们从一辆"宝马",断定他属于家藏万贯的"富二代",人们从他的一记老拳,断定他的老子是个权倾一方的"大官",这已经几成思维定势。尽管车上那一支"冲锋枪",一开始就被认定为玩具,但舆论之间,还是"惊心动魄";尽管那一声"谁敢打110",连被打的司机都没听清楚,但网民当中,不但"宁可信其有",而且"请听官二代的嚣张";尽管官方早已澄清,李双江只是个唱歌的腕,并非什么"少将",但公众仍然把他定位为"大官"。

其实这样的"标签",近年以来,已经屡贴不鲜。药家鑫杀人,就说他是"官二代"、有"背景";"欺实码"违规,就猜他是"富二代";便是一位29岁的青年被提拔当了县级市的市长,也曝他是"部长的儿子"或"主任的女婿",直到这个农民的孩子把家谱翻个底朝天。"标签"成了"模式",成了"定式",成了一些公众思考问题的"铁的规律"。

"标签思维",当然不好,拿来到处"贴",更不对。但"标签思维"要改变,可能需要几个方面共同努力。作为大众,可能需要再多点客观理性公允的态度,思维上的片面性与极端化,历史上曾经给我们国家和百姓带来很大的麻烦。我们在任何时候都要注意避免思维的片面与绝对。作为媒体,应当自觉承担社会责任,向大众展示更加全面更加客观的社会场景,而不是片面地跟风炒作所谓"二代"现象。同时,我们还要想一想的是,"标签意识"是如何被强化的?在我们的现实生活中,为官者,为富者,可说"多数是好的",但毋庸讳言,也确有这样的为富者,家藏万贯,头戴"红顶",奢侈淫逸,令人生厌;也有极少数的为官者,手握重权,忘乎所以,不把法律放在眼里。如此言传身教,则纨绔子弟恃权而行,仗富而骄,自然引起百姓公愤。这样的事儿,即使是罕有的个案,但人们听之闻之,也难免不会"以偏概全"、"由此及彼"呵。

所以说,"标签思维"要不得,我们要通过有效的教育宣传、舆论引导,帮助大家走出"标签思维",同时也需要以从严治党的理念,以法治化的制度,来树立法纪的严明,来让"标签思维"在实践中不断落空。

(2011.9)

翁帆读博

翁帆读博，本是一件低调的事，因为一位清华的博士发了一张照片，说了句"我有个同学叫翁帆"，于是人们从那照片上"依稀可以辨认"，坐在教室里的女子的确貌似翁帆，牛仔裤配T恤衫，"十分朴素"。

翁帆的读博，不料竟引出了一片哗然，当然自有称赞翁帆读博，"走的是自己的路"的，但更多是拍砖——报刊之上，有时评家断言其中必有"猫腻"，一是翁帆"走后门"，杨振宁利用关系暗通款曲，为之开道。二是清华"傍大腕"，为了讨好名人，所以大开绿色通道。总之这不是翁帆读博，而是"杨夫人读博"，甚至还有断定这是又一次"拼×"的。

"断言"者们，了解翁帆读博的过程吗？不了解。问过一下清华这个当事人吗？没问过。在没有多少"求证"的情况下，凭着一张"依稀可辨"的照片，便发出了凿凿的"断言"和大胆的推论，这不免令人遗憾。尤其是清华答复，翁帆以香港居民的身份提出博士生入学申请，考核之后符合录取资格，并未"走后门"之后，有的舆论，仍坚持认为先前的"推断"是"完全有根据"的，这就更发人思考了。

"完全有根据"，说的显然不是"读博猫腻"的事实根据，而是说我们的生活中，因为确实存在一些"入学走后门"、"大学傍名人"的事儿，所以"完全可以推断"翁帆此番也脱不了干系。这就是现在十分流行的一种"合理推论法"。比如温州一位"90后"与人发生口角，因为传言他吼过一句"我爸是市长"，所以现场群情激愤、网上沸反盈天。调查的结果，证明在场众人无一听说，最先"曝料"者，也说是"听人说"而已。"我爸是市长"虽属子虚乌有，但是舆论场中，仍有人坚持认为"谣传合理"——不是真有"二代"，呼喊过

"我爸是××"么,"拼爹"之事,难道没有么,所以虽是谣言,仍然是"完全有根据"的!又比如洛阳一位记者被杀,舆论之间,立即"断言",是属雇凶杀人,与地沟油有关,是一起针对"舆论监督"的报复杀人案。不料真相大白,才知道嫌犯属酒后起意的抢劫,既不认识受害者,背后也没有任何人"指使"。事情总该清楚了吧,然而先前的传说者以及高举高打的评说者,仍不认错,说生活中不是真有报复记者的吗?俺们的"推断",也是"完全有根据"的呀!

我们的生活中,确有不尽如人意事,甚至还有阴暗面。但如果因为发生过"确有其事",就形成一种"定势",似乎普天之下,一片漆黑,事事有"猫腻",人人不可信,无一幸免,概莫能外,这样一种思维方式和"习惯反应",究竟有多少"根据"呢?如果进而又把这种"根据说"当作为妄断和谣言辩护的"根据",就更不是一种科学精神了。我们固然要重视一些负面事件背后的社会动因以及带有某种普遍性的深层原因,但如果任由"以一概全"、不及其余的思维"定势"固化流行,恐怕也会远离理性的思想方法而与鲁迅先生批评的"国民性"思维渐行渐近吧!

还有一种说法,认为那种毫无根据的"推论"甚至以讹传讹的谣言,也"透露出"甚至"蕴含着"一种"公民精神"。近年以来,这个光环颇为流行,确有必要弄弄清楚。我们提倡"以天下为己任"的责任意识,同时也不要忽视科学和理性也是现代"公民"应当具备的基本素质;我们赞同"质疑"的精神反对盲从和麻木不仁,但我们不能走向"怀疑一切"的另一个极端——这个"怀疑一切"并不是什么新东西,40年前就在那场浩劫中广为流行,为民族造成过深重的灾难,可惜善良的人们忘记了或是根本不知道……不管怎么说,把没有事实根据的"断言"甚至谣传的流播,也当成是"公民精神"的"觉醒",这另一种"定势",恐怕真是值得"怀疑"呢。

(2011.9)

我们为什么这样轻信

——写在"失足女"真相大白时

一名"失足女"发了401条微博,引出了20万粉丝的追捧,这是国庆之前,网上的又一奇观——这位自称"小姐、底层、80后"的"若小安",在"她"的"接客日记"中倾诉了迎送生涯的"辛酸",讲述对父母的"愧疚",细节详尽、生动鲜活,于是粉丝为之倾倒,跟帖蜂拥而来,还包括"加V的名人和据说火眼金睛的意见领袖",总之排山倒海。

然而也是在国庆前两天,杭州警方一调查,便"还原"出这个"失足女",原来是一已婚有子的须眉男儿身,他不是什么"性工作者",而是一家传媒公司的杂志主编,结果理所当然地被治安处罚。

"纯属虚构"的"角色扮演",在于网络,早已不是什么新鲜事,所以一再地去谴责这个"若小安",似乎并没有新意,然而正如有的网友所言,几十万微博网友以及认证用户"居然信了",才是此事"最大的亮点",这里头的"思维定势",恐怕才是真正值得反思一下的。

什么"定势"呢?一个"小姐"之所以引来万千倾心,有网友反思说,这无非是"满足空虚精神"而已,但依我所见,这个暧昧的"而已",恐怕是看低了我们的粉丝们——更有网友指出,"救风尘是我们历来的遗传病,对文艺风尘女无法抵御更是国民共性弱点,而糙汉在网络上扮演才情女,则是中国互联网一项历史悠久、喜闻乐见的文艺活动"。这是颇有道理的,一个"小姐",当"她"是个"雅妓"甚至是"名妓"时,更会博来特殊的好奇心和别样的窥探欲。所以"若小安"的"身世"和"泪水"一出,立即被想象丰富的粉丝捧为西湖边的"苏小小"和秦淮河上的"李香君",那些其实肉麻香艳的描写,也一时成了"高雅清丽"的文字。这样一类"想入非非",其实是一种所谓的"定势"。

还有一种"定势",就更是"习惯性"的了,"若小安热"热到后来,网上竟出来了"杭州失足女曝与多个官员有染"的"消息",更是激起了莫大兴趣——"若小安"虽是假扮的,但"她"的微博中,有这样的内容吗?但是即便没有,或即便纯属杜撰,也可以朝"官员"上扯。似乎这样一扯,才有"力度",才有"刺激",才够"典型",也才符合"批判精神"乃至"公民精神"。如果这个"小姐",只是一般的风月,而无涉"官场",不就不合乎当下一些围观者的胃口,显得十分的不过瘾吗?而"她"的"泪水",也就缺少应有的"屈辱"。所以一定要"补足"这个"要素",一定要合乎"定势"才行。

在"若小安热"热到顶点时,"她"被称为"富有才情与见识","精神那么纯净、心灵如此善良",还直指包括"贫困孩子上学难"的一些"社会问题",以至于被认为"改变了世人对这个行当的陈旧偏见",可见假冒扮演者,"对众多网友的心理、喜好和反应,把握得那样精准",这就很值得我们反思,反思一下我们的心理定势、习惯喜好和固定反应,究竟有什么问题。互联网尤其是微博,是信息获取、分享和传播的好平台,但总有人利用我们的好奇心和窥探欲,制造一个个兴奋点,而我们在海量信息尤其是"很合口味"的流言前,尚难辨别,而从众心理更为强烈,于是酿成接连不断的热点和焦点,"若小安"事件不过是"迭出"中的一出罢了。对于我们来说,一般的"不信谣"已经不够用了,面对已经有网友提出的"我们为什么这样轻信"的反躬自问,反思一下我们的定势,我们的"心理"、"喜好"乃至"国民性",也许更为重要。

"若小安"真相大白,据说不少粉丝们"一下崩溃"了——又上当了。然而也有不买账的,水落石出的当天,不就有当初热心报道此事的媒体,发表"虚拟映照现实"的高论,说虽然"若小安"是假的,但我们的现实生活中,难道找不到真的"若小安"吗——这其实也是一种"定势"。

(2011.10)

"鲁研"的新"亮点"

鲁迅130年的诞辰是过去了,虽然有一点"突然想起"的味道,但比起十年前关于"老石头"、"老顽固"、"老偏执"的冷落来,今年的纪念,终究是轰烈了不少,尤其是那一本菜谱和那一张稿纸,毕竟成了鲁迅研究的新"亮点",也做了此番纪念活动夺人耳目的新话题。

一本菜谱,说的是鲁迅先生家一日三餐吃点什么,青菜豆腐,绍兴梅菜,林林总总。菜谱有什么可研究的?有的,至少可以知道先生的节俭,生活的清淡,甚至还有那么一点"抠",几乎可以拿来"教育后代"的。但菜谱的价值,恐怕决不止此。第一,可以开发成一门显学、一大课题,甚至可以造就几个"博士后"。一本鲁迅一年赚多少钱的收入账研究,十年来不是已经连篇累牍?从中不但可以看到民国"高收低出"的物价和文人们令人羡慕的生存状态,还足以得出鲁迅先生之所以"敢骂",是在于经济上的独立自足,所以不必趋炎附势仰人鼻息,也不必看官府的脸色——总之只知道鲁迅是个"富翁",至于他"骂"了什么,今天的人们,还有几个记得呢?这样说起来,鲁家菜谱的研究,为什么不能作为分析先生从生理到心理的"形成依据",从而使"鲁研"大大深入一步呢?

更重要的是第二,按照当今的流行,鲁迅菜谱的面世,甚至可以推动一个产业、形成一大商机。"毛家菜"可以有,"邓家菜"也可以有,为什么不能有"周家私房菜"?即便是那位美国的副总统,钻进北京的胡同里点了几个菜,不是立马就有了"拜登套餐"的问世吗?也是这几个菜,也是78元人民币,一时还十分风行呢。所以鲁迅菜谱,岂但可以"研究"成学,更可以如法炮制,"靠谱"地摆上八仙桌乃至圆台的呀!

还有那一张稿纸，是说先生的《藤野先生》，那是一篇名作，可是鲁迅的稿纸上、标题处，可是涂掉了两个字的呀！几十年来，不知道这涂掉的是啥，现在好了，不知是经过反复研究，还是依仗了高科技的手段，终于今年先生130岁的当下，一举破译出了这涂掉的，是"吾师"二字，于是成了"鲁研"加上纪念活动的一大成就——这个成就当然不小，其意义更可以拓展到一门学问——鲁迅先生的万千原稿，"涂掉"过的何止千万，如果能够——"破译"，再逐字还原，不但足以"窥见"先生的心路历程和"思想过程"，勾隐出其中深藏的"玄机"。甚至还可以另出一部"涂掉"版的《鲁迅全集》呢——至于"涂掉"的"吾师"，究竟有多少研究价值，就只有天知道了，总之是个喜讯，总之是"一大"成果。

有人说，"鲁研"这些年进步不大，似乎少有真正的长进。也有人说不对，大有进步，一本菜谱和一张稿纸就是明证。当然更有人说，这个"明证"，其实是某些"鲁研"走上了"钻牛角尖"的琐碎考据的偏门的证明。这话对不对，也只好恭请读者诸君的明鉴啦。

(2011.10)

"县太爷"的"穿越"

中国的"县太爷",寿终已有百年——中山先生辛亥一革命,把皇上拉下龙庭的那天,几千年的"县太爷"也就只好"回家卖红薯"啦。

然而今年的"十一",在三晋的大地,却"复活"了一个活脱脱的"县太爷"——那天上午,"在灿烂的秋日阳光下,随着雄浑的号角、古朴的礼乐",平遥城门缓缓打开,平遥县委副书记、县长卫明善,身着清朝县太爷的全副七品官服,率领古城"乡绅商贾"和"三班衙役"健步出城迎宾……

卫县长的"穿越",当然不是张勋的复辟,那只是一场"出演",为的又是"推动旅游",据说还要"出演"下去,成为"常态"。网友之间,揶揄之时,却觉得不过瘾,认为更应锣鼓喧天,轿马仪仪,"三班衙役",也应喝道"肃静",吼声如雷,大堂之上,也要加一块惊堂木,"跪"声之下,更要给几十杀威棒才好。这样的"穿越",并且成为"常态",似乎才真有"县太爷"的威仪。

关于"县太爷"的威仪,卫县长自然是一定扮演,至于什么不好扮演,偏要"重温"几千年的封建,这就只有天知道了。然而生活之中,这样的"穿越",也有不属"扮演",而"出自内心"的——例如离平遥并不遥远的张北,那个县电视台不是反复播放过这样的"诗歌"么,把他的县委书记,忘情地颂为"一轮红太阳"?如果说这个"万岁",还只是"子民"们尚存的一种"情结",属于"自发"的话,那么张北这位"县太爷"高升副市长之时,不是出现了万人空巷,万众欢送的盛况吗?这一回可不是纯属"自发"了,"不少单位"乃至学校,居然都"得到了通知",要上街去"送清官"呀!从这一曲"红太阳"到一年后的倾城送官,网民惊叹这千年的"县太爷现象",居然生生不息,这种惊叹，我看恐怕不是没有道理吧。

其实我们的身边，这个"县太爷现象"，并非只在平遥城外的"穿越"，甚至不仅止于张北的闹剧。君不闻"衙门"给了一点实惠，"小民"便有长跪不起，甚至还要送一顶"万民伞"的？君不见县乡开府建衙，竟有造了金水桥、新华门乃至竖了华表的？至于县府门前一条大道，"禁止社会车辆通行"，一如几千年的"回避"之制，至于"县太爷"出行，前有警车开道，后有长龙簇拥，秘书提包，随员打伞，浩浩荡荡，地动山摇，更不是什么十分罕见之例啦——去年之间，不是某地有农妇老妪"误闯县衙"，结果被"衙役"们生生打了出去么？所以在某些地盘，"县太爷"其实不必"扮演"，他就在生活里头，所以一个"县太爷"的"穿越"古今，也就算不了什么石破天惊的事儿了——对某些"县太爷"来说，他就是一个真身，一点也用不着"扮演"呢。

今天我们纪念辛亥百年，当然也有辩论这场革命之"中断论"、"偶然性"以及"毁坏说"的。但依我所见，种种的飞短流长，悄语高论，都不如研究一下一息尚存的"县太爷现象"，从而可以理解中山先生革命的苦心，更可以重温他的遗言——革命尚未成功，同志仍须努力！

（2011.10）

什么样的"自发"?

这是近日之间,发生在华东某市的一出"示众"闹剧——光天化日之下,通衢当街之上,一名"偷窃女"被撕烂衣衫,裸露半身示众,背上还被写上"我是小偷"的黑字。现场成百上千路人围观,久久不肯散去……

这是近年以来屡有上演的"示众"闹剧中的最新一出,所不同的是这回"纯属自发",是市民"出于义愤"的"公众行为"——过去我们在媒体上也看到过对于此类"示众"的指责,比如某地八名女工被误指"小偷"而示众,是属"保安"所为,又比如某市将百名"卖淫女"上铐游街,责任归于派出所。因为多少与"公权力"有关,所以即获曝光,舆论之间,批评也盛,这属理所应当。但这回不同了,没有什么"公权力"介入其中,完全是路人的"自发",在场的警察拦也拦不住。也许因为是"群众运动",所以责之寥寥。

小偷固然可恶,但她自有执法机关来处置;即便是贼,也没有失去她的人格尊严和基本人权。这几条道理,说来恐怕已经很不新鲜,在所谓的"公众义愤"面前,似乎也显苍白和无力。多少年来,在"义愤"的旗帜下,我们演出过多少出类似"示众"的闹剧?在很多国人的眼里,似乎只要是"打击坏人","大方向"就正确,至于法制、人权这些东西,可以忽略不计。"大方向正确",再过分也不过分,"公众"再不合法,也"可以体谅'。一句"群众运动是天然合理的",从40年前的浩劫中流传绵延,似乎到今天还生生不息。

在这起"示众"闹剧中,"动手"的人并不多,大多数人是"围观",而且"不肯散去"。这不禁使人再次想起了鲁迅先生为之痛心的"看客现象"——八十多年前的1928年,鲁迅先生就写过长沙的"看"杀人,"全城男女往观者,终日人山人海,拥挤不通"。如果说,这只是湖南人的轧闹猛,那么就有了

1929年周作人所写的上海之"看"——因为临刑之人,不但"系属女性",而且"半裸其身",所以公众看客,才"蜂拥而至,一睹其芳",引以为十分地"好看",也是"久久不肯散去"……从周氏兄弟笔下的"看杀人",到今天的"围观"半露女贼,一个半甲子过去,而一个"看客"心理,似乎并没有根本的改观——当然也有变,那便是今天的"看客",竟有了其"两重性",一边是面对悍贼,纷纷作壁上观,如果他手里有"东西",那更是要避而不管,正如生活中有不少的"见义不为"那样,另一边则是如临赤手空拳且已"就范"的"女贼",那就蜂拥而至,"围"个水泄不通,"观"个十分过瘾了。

一起"示众"闹剧的面面观,其实仍是一个"公众文明"的提升或如鲁迅先生定义的"国民性"的改造问题。这个问题不重视、不解决,那么至少在这一点上,辛亥革命"推翻了一个皇帝"而仍"缺少一个深刻的社会变动"的这种遗憾,就会延续下去……

(2011.10)

看深一层说"互殴"

这是近日之间,闹得沸沸扬扬的一起"互殴"事件——某地级市司法局的两名局长,在党委会上打了起来,拳脚相加之下,直打得"鼻青眼肿"。于是网络报刊,斥其"丑闻",责其"野蛮",一时舆论哗然。

两名局长,为什么"互殴"?为了"进"一个人,局长要把一名女性调进司法局,而副局长不同意,可见是一起"人事纠纷"——而这起"纠纷"却毫无"人事制度"可言。这个"人事",不要说"海选",连群众意见也没有征求过;不要说"公示",连副局长们都不知道她的姓名,只知道大概"姓郭";至于考察,更是丝毫没有。一是没有任何制度凭据,活脱脱的"一张嘴";二是没有走过群众路线,光是关起门来几个人"商量",凭着这两条,不"掐"起来才怪呢——可见这则由"人事纠纷"而引发的全武行,固然有领导干部的素养问题,但"制度"的不完善也是显而易见的——纵然有制度、实际却可以形同虚设,这也是制度设计的缺陷。

然而这几天来舆论的"拍砖",大多只是在抨击这两名官员的"素质"上,是在他们的"文明修养"上,当然也有主张"查"这位局长与当事女性"关系"以及他个人有没有徇私舞弊的。这自然都有道理,但很少有人从制度方面解析这起"互殴",多少令人遗憾——由这起官员的"互殴",不禁想起近代美国的一起公案,也是由"人事纠纷"而引发,而且岂但是"互殴",还闹出了人命呢。

1871年7月2日,美国新任总统加菲尔德,在华盛顿车站一弹呜呼。如果换了别人,大概就要一杀凶手以儆天下,二加岗哨以堵来者等等了。然而美国人却想,那个刺客杰托为什么杀加菲尔德?因为要纽约市税务官这个肥缺。要个乌纱,为什么找总统?因为那时职位授受,搞"政党分肥",给不给顶戴,全在总统一张嘴里。杰托自认助选有功,加菲尔德却不践诺,杰托就要他的命,道理就在这里,美国人终于明白,总统死在"要官"者枪下,暴露的是制度的弊病,所以杀儆加岗没用,还得从制度上解铃,于是赶紧拿出了《文官制度法》,建立公开考试、禁止文官参与政治活动等一套体制,谁也没有了那"一张嘴"、"一支笔"。这次制度改革,改就改了总统一言予夺的老例,当然也从此断了当官不成开杀戒的根本……

美国也有自己的问题,那里既有水门丑闻,又已债台高筑,近来更是风雨飘摇的事不少。但美国人考虑问题,比较喜欢着眼于制度设计、安排和改革,而较少"头痛医头,脚痛医脚",也不着重从个人的"素质"、"修养"以及"猎腻"上看问题,这一点,恐怕也不妨让我们作些借鉴——如果我们忽视了"人事纠纷"背后的制度和体制因素,那么例如"互殴"那样的丑闻,也许还会一而再三、屡演不绝。

当然舆论之间,也有一种说法,说"局长互殴"也是一种"民主",说总比一团和气甚至串通一气要好。这也许也不无道理,但依靠这种毫无制度保障的"互掐",靠个别"副手"的"斗胆",能保证一个"班子"决策的民主化么?就拿这个司法局的"党委会"来说,参加会议的委员决不止二人。不是有"少数服从多数"的规矩么?如果这个"制度"健全,何至于一二把手要在会议室里"互殴"?看来这就不只是人事制度的缺失,而是更重要的制度性问题了。

如果我们不能从制度层次看深一点"互殴"事件,那么类似这样的"武打"声是否还会不绝于耳呢?

(2011.10)

也算"公共事件"?

本当"文化"之热,昨前两日,却忽然跑出来两名女星,你骂我是"怨妇",贪慕虚荣,说谎愚蠢,我骂你"掠夺感情"、"迁怒于人"。又是微博发飙,又是发表声明,竟搅起了一池之水。网络之上,跟帖万千,报刊媒体,大题整版,大有抓到了一个"文化事件"的惊喜。

两名女星的掐架,因为据说与其间的"横刀夺爱"有关,于是引起了"公众"的莫大兴趣。网络之上,先是说"夺"的是一名女星前夫的"爱",所以便潮水般涌去,"前夫"的大照片,重贴网上,当初的陈年烂谷,重又翻出。后来又说不是了,所"夺"之"情",指的是"前夫"前的男友,于是这"男友"是谁?又成了"人肉"的对象,有说"房产公司执董"的,有说家里"开百货店"的。总之潮水般又涌向那"前男友",还引起了网友间的"辩论",无非是这小伙子的名字究竟是哪两个字。这样的浪去潮来,大批的粉丝跟着走,大有一点"公共事件"的味道了。

女星之间,谁曾与谁有过"感情"纠纷,谁又曾夺过谁的爱,"横刀"也好,"三角"也罢,这样的"风波",只是她们不上台面的私事,有什么"公共性"呢,有哪一点需要"公众关注"呢?但可惜得很,这种恩怨,或是一点隐事,被炒成轩然大波,早已不是首例了。就拿前几天来说,不是都来"曝光"某歌星的丈夫究竟是谁么?这位年近五旬的女星,历来比较低调,多年来一直把丈夫"藏起来",不让"公众关注"。但就是这点隐秘,也不给她,偏要"人肉"她的先生,还要揭秘她的所谓"N段恋情"。至于另一名歌星,当年是否与谁结过婚,近日不也激起了莫大的"风波"吗?今天又来热炒女星的私怨,可见我们的"兴趣"一点也没有减退。

说到"兴趣",据说我们已进入"全民娱乐"的"时代",明星的奇闻轶事,作为"娱乐社会新闻",聊作饭后茶余一点谈资,本也无不可。但如果我们的浓厚"兴趣",全在于明星的"横刀夺爱",把三角恋爱、情感纠葛,红杏出墙,甚至床笫之私,当成热点、卖点、关注点,这样一种"娱乐精神",恐怕就不那么好笑了——至于明星的一点"糗事"演成了网络和媒体的"特大新闻",有人说这是明星的"叫卖",新人入行,要"闪亮登场",名气不够的要让人知道,还有过气的明星,一剧之后,再也没了新招,所以"戏不够,绯闻凑",只好拿着"隐私"来上市;也有人说,这是与媒体的"联手",不然的话,为什么一个新戏将演,必有角儿的"秘闻曝光",一本新书出来,又总有隐私"洒向人间"?可见是周瑜打黄盖式的"串通一气"——然而依我所见,事情恐怕不会总是那么"阳谋",不见得总是有幕后的交易,也不会总那么的"险恶"。我们的一些媒体,其实也有难言的"苦衷",市场竞争那么厉害,"公众"胃口那么难吊,夺人眼球,不靠"轩然大波"怎么办?没有这样的"公共事件",谁来点击,又有谁来买你的报纸呢?这样一看穿,我们也就可以释然啦。

(2011.10)

从"最小炫富女"说开去

网络之上,真是热点迭出,近日之间,一名女童在跳蚤市场义卖了几件小东西,于是视频广传于网络,"最小官三代炫富女"的帽子,劈头给她戴上,拍砖无数,万炮齐轰,引来斥责万千。

一个七岁的女童,童稚未脱,世事不谙,为什么竟惹恼了"舆论",又成为"网斥"的一个新靶子?

一是因为一个"富"字。女童义卖的小商品里,有个古驰的包包,有件鸵毛拉丁服,还有几样名牌的玩具,于是便有网民,从几件二手货的"名品",想到了"富人",又联想到"为富不仁",断定这孩子就是"炫富女"。尤其是她的一句"我家像城堡",更令人浮想联翩,想起"庄园"和"高尔夫别墅"来——其实这只是一句"童言",看多了动画片的"七岁女童",谁都会说出"城堡"类的话儿,还有她把自己的"家",当成了"宫殿"的呢!但是不管,只要与"富"有关,就要拍砖无数。

二是因为一个"官"字。一个女童,怎么变成"官三代"呢?因为说了一句"我爸是大官"。这还了得,于是断定是"贪官",是"权势",因为只有七岁,所以推定女童一定是个"官三代"。尽管"查"下来,女童的上辈、再上辈,均为经商,与"官场"素来无干,更不是什么"大官",但"我爸是大官"这句童言,照样激起了万炮齐轰。

拿一个童稚女孩来大加鞭笞,已经有网民指出"毫无道理",更已有网友开始反思这起"事件"中我们的"思维惯性"。这是有道理的。某种思维一旦成了习惯,往往"形而上学猖獗",一点辩证法也没有。而这"习惯"大多是一种误区,一种盲目性,缺少"具体情况具体分析"的"活的灵魂"。比如先富起来的人群中，确有"不仁"的，但如果看到一个"富"字，就断定是巧取豪夺，是"敲骨吸髓"，进而又对财富本身充满仇视和敌意，那就走向了另一个极端。又比如为"官"当权者中，当然也有"不义"的，但如果一见这个"官"字，就一概想象成"贪官污吏"，对于他们的后代，一概斥成恃权作恶的"官三代"纨绔子弟，甚至与权力本身产生对峙，这同样离事实和理性甚远。

　　对于这起"炫富女"事件，有的网友"看不下去"，因为他"看到的更多的是部分人在缺少事实支撑的前提下，就不分青红皂白一概'否定'的不理性思维"，认为"这不是一种理性和科学的网络舆论模式"。其实这种"不理性思维"的"模式"，在一些网友那里，已然成了一种习惯——所以对七岁孩童也不例外。这值得网友们加以反思。至于又有消息说，"最小官三代炫富女"疑为有商业目的的人为炒作，那就更加值得我们加以关注。为了一己私利，就如此地不惜损害社会风气、加剧社会群体的对立情绪，且可不付出任何代价——我们的社会能如此容忍吗？

（2011.10）

"角色"不能错位

双城是闻名的养牛大市，这几天双城的再度遐迩，也是因为它的牛奶。据新华社的披露，第一，多年来这里的奶农一直遭受奶站的克扣和压价，而每天生产的 1 200 吨鲜奶被某公司独家垄断，不准卖到外地；第二，本该出面监管的双城市政府，却持有该公司 2.99％的股份，而前任市长，则成了奶站的法人代表乃至公司的董事长。事情最近终于有了变化，还是据新华社报道，日前双城市与雀巢公司开会研究，正在采取整改措施，特别是新任双城市市长已不再兼任企业董事长。

企业垄断和政府参股这两件事，是不是一件事，有没有因果关系？我们不知道。但舆论之间，有断定"必然性"的，说这是"权力与资本的联姻"，所以乱相可以延续"多年"；更有抱有质疑态度的，认为双城市政府"既当运动员，又当裁判员"，角色令人怀疑。

不管怎么说，双城市政府处于"瓜田李下"，政府公信力大大打了折扣，再次说明了政府的角色不能错位，不能变异，尤其是不能"既当运动员，又当裁判员"。在市场经济中，政府的基本职能是创造公平公开的竞争规则与市场环境，而不是一跃"下海"，以"裁判员"之身去场上"踢球"；政府作为公共权力，是典型的"公益性质"，它不是营利机构，更不能去一般的竞争性市场中当"股东"，做"老板"。至于政府公务员，更是官商不可两兼，一入清水衙门，就要金盆洗手，封刀不商，哪怕是退下来的前官员，也不能今天是"市长"，明天就是"法人代表"，在一定的期限内，退休官员是不能任职与自己在任时的职权有直接联系的营利性企业的呀！这不仅是现代社会的通例，更是我们社会主义市场经济条件下的政治规范。双城市政府的 2.99％股份，看来越了这个"禁区",越了这个"雷池",因此人们从它的"角色错位"中,怀疑它的"联姻"乃至有没有猫腻,也是不无道理的。

"既当运动员,又当裁判员"的事,并非孤例,近两年披露的事实,就有三例,值得严重注意。一是某地的建设局长,当了18家公司的董事长。这18家公司,涉及房地产开发、工程监理、担保等,多与其监管责任有关。于是该局长坐拥政商,自监自守,来回对倒,贪污挪用公款近2000万元;二是某县煤炭管理局长,同时又是该县最大煤矿的老板,"管采合一",在北京三环内便有房屋35套;三是某县一现职法官,上诉法庭,为的是追讨他作为煤矿股东的千万红利……

像这类官商合一的例子,这种官员又是"老板"又是"股东"的事,当然已经比较少见了——大多数地方的政府都已清醒认识"裁判员"与"运动员"严格区分的必要性。不过,问题在于也有一些政府部门,在当"裁判员"时,却有意无意地"一边倒",在激烈的市场竞争中光为部分企业甚至个别"球队"吹哨。尽管不当"运动员"了,但"裁判"的角色仍然发生了倾斜和变异。

比如说,有些地方为个别"引进"企业挂上了"保护企业"的夺目招牌,甚至规定执法机关"未经特许不准检查",使他们得到了法外的施恩;又比如说,有的地方下发"红头文件",规定本地公务消费不得购买异地所产商品,为的是"保护"本埠烟酒类企业的"市场";再比如说,某市长的"官车"上,涂上他所联系的企业的广告,市长行至何处,广告也打到哪里……所有这一些,也许大多出于好心,也没有什么"猫腻",无非是想扶持企业,想引进项目,想发展本地经济。然而这样一片苦心,为什么会引起人们非议呢?也是职能有了一点错位,角色发生了一点变异。

还是回到双城市政府的"股份"上来,这"2.99%"的股份,虽不怎么大,却是一只五脏俱全的麻雀。人们之所以这样关注这一点"股份",是因为市场经济有规则,民主政治有规范,党和国家有规矩,政府的角色更有其规定性,角色如果错位,性质就可能变异——双城市政府做得做不得"股东",能不能当"老板",这可是一件值得深入讨论、举一反三的事啊!

(2011.10)

"爱国"的附会

偌大中国的地图,自晚清民国以来,早已不是了一片"桑叶",但中国是一只雄赳赳的"大公鸡"的教育,几十年以降,我们是深入其心的。但是近日以来,网络之上,沸沸扬扬,却传来一则新的喜讯,有网友"惊喜发现",华夏地形,不是普通的一叶,也不是一只鸡而已,实实在在是一个"美少女"——东北为冠,京畿是脸,而西北西南,则是飘逸的花裙子,当然也可以反过来看,美丽的头脸在新疆,而东部沿海却成了多彩的裙边……总之不管怎么看,我们的祖国都是一个花枝招展的"美少女",于是网上百图竞出,于是网友心仪不已,竟有了一点"叫我为何不爱她"的深情呢。

不知什么原因,从这个"美少女"的欢欣,我却想起了数年前关于南京的一大"发现",也是一幅地图,也是一城地形,同样引起过惊喜和欢欣——古城金陵,六朝古都之悠,虎踞龙盘之雄,其气势之恢宏,素为建筑学家所注目,然而突然之间,"南京之谜"一朝破解,原来那是一张"朱元璋的脸"!玄武湖是他的眼睛,太平门乃鼻子,前湖是微张的嘴,朝阳门至通济门是长长的下巴,神策门更是一顶帽冠,好一个洪武皇帝的再现,好一副帝王之相,怎不令人惊喜?于是首发报纸不吝篇幅,似乎石破天惊,文摘报刊你载我转,闹得不胫而走,还有将朱皇帝的头像与南京城的地图相并列,赫然印在版面之上,不由你不"欣喜"。

当然也有有识之士,认为"美少女"也好,"洪武帝"也罢,这种对于一幅地图的"解析",无非是一种牵强的"附会"罢了。然而这样一种"附会",在于我们的国人,却何止面对区区一幅地图?华夏大地,"静卧"多少"伟人",山川之间,又玉立着多少"神女"?一块石头,可以说出千年神龟的故事,一柱山峰，更可以"附会"出那奋起千钧的金猴以及"尽人皆知"的神奇传说。也有人赞叹国人丰富的想象力的，自然也有人叹息，这一种"附会"的想象，似乎也只能说明我们"想象"的贫乏，否则，怎么说来想去，就是那几个故事呢？

但是这一回关于"美少女"的"附会"，似乎略有不同，所不同处，在于此番的附会，几乎有了一点"爱国"的色彩——你看网上的地图，并不止中华一国，还有世界上好些邦国呢！但他们都是些啥？英格兰像"蛇蝎夫人"，意大利像"男魔头"、"黑手党"，朝鲜半岛似乎"克隆人盗贼"，而好一点的俄罗斯，也不过是一介"胖厨子"，唯有咱们中国，才是一个美轮美奂的"美少女"！你说他的内心，难道不是流淌甚至奔腾着"爱我中华"的激情吗？

只是这种"附会"的"爱国"，除了那么一点可爱，又有多大的意义呢？

(2011.11)

给刘翔留点隐私

刘翔的"恋情",这两天忽又成了热闻——刘翔已经说了,自己的"感情是零",但是媒体不买账,说这"空白"不属实!根据"挖"出来的"秘闻","刘翔实际上已有一位正牌女友",还捕捉到了"女孩并非体育圈内人士"的蛛丝马迹。尽管"两人的恋情进行得非常隐秘",更尽管"刘翔非常保护女友,尽量不让外界知道女孩的身份",但这不但没有挡住"追踪"的热情,反而激起了一些媒体人莫大的兴趣。

其实对于刘翔的"恋情",这"穷追深挖"的兴趣,并非自此次而始。刘翔的"感情问题",早已成为八卦的"新闻"和媒体的"谈资",被封过"刘翔女友"的"牺牲品"也数不胜数,从央视的女记者,到刘翔的师妹,到"世界小姐"的佳丽,到女排的美眉,上过"绯闻榜"的,何止今天一个"圈外的女孩"?这些年来,虽然刘翔一直专注于与脚伤斗争,尽管他在"这方面"十分低调,其实并没有多少波澜,但捕风捉影的"女友",一直紧随着他的夺标之途、复出之路,这不免令人叹息。

这次又来"关注"刘翔的"恋情",多数人恐怕也是出于好心。刘翔老大不小的,这个"帅哥"花落谁手,人们有期待、有祝愿,加之田径队的其他兄弟都已"名草有主",连大史也在谈婚论嫁,人们自然会想到刘翔这个"金钻王老五"的"归属"。作为一个公众人物,他似乎也不可能完全像"邻家小弟"那样,临了婚娶还悄无声息。

但也有一些媒体,又在那里重演他们的"职业习惯"。我们有些同仁,是格外专注于八卦,也即所谓"文体社会新闻"的。一个名角上台,关心的不是他(她)的演技以及"台下十年功",而是一味追他的红杏出墙甚乃床笫之私,一位名将上场,专注的也不是他在赛道上的叱咤风云和场上的汗水浇灌,最大的兴趣,却在于他的"私底情感",如果有"绯闻女友",那更是求之不得、如获至宝。老习惯带来了老一套,在有些媒体的版面之上、网页之间,狗仔队那么风行,对于隐私的一个"挖"字,则成了最惯用的利器——你看刘翔的"感情是零"四个字,竟也会引出一大篇的"追踪",空穴来风,听风是雨,其实还是"老一套"。

　　已经说过了,体坛巨星也好,舞台姐妹也罢,公众人物都得"让渡"一点隐私权。但他们也是人,总不能"体无完肤",他们也有自己的"意思自治",总不能过于强其所难吧!所以说,刘翔的"感情是零"也好,"不属实"也好,是否可以留一点"私人空间"给他,让他保留最后一点隐私权呢?这恐怕不仅是我们公众的宽容,同时也是对媒体"职业道德"的要求呢——刘翔与某些明星不一样,他没有为了"戏不够、绯闻凑"而来叫卖隐私,相反即便是按照"追"出来的结果,他也"非常保护女友",对于刘翔的这一点点愿望,这小小的一个意愿,我们总该满足他,总该放过他了吧——至少不要再像前些时那样,把一个低调的歌星多年来不肯"曝光"的老公,"挖"出来"示众"不算,还要来"追"她几十年来的"N段恋情",这是否太过分也太不厚道了呢?!

(2011.11)

再说不要走向另一个极端

文化成为大热点的当下,一些文艺作品的"过度娱乐化",也引起了公众的关注。这是有道理的,当英雄人物,一个个变成踏雪无痕的侠客,正面角色,一拨拨变为三角恋爱的主角时,其实还有两个本来并不错的东西,一个叫做"人性论",一个叫做"多样化",正在"过度"地走向另一个极端。比如对于英雄,我们过去确有过"高大全"的倾向,好人只有"三突出"的光环,而坏人则十恶不赦。到了现在的一些作品中呢?在"拉下神坛"的口号下,不但"颠覆"为混世不经的流氓,甚至变为阴险贪鄙的小人,而不少反角,却成慈悲为怀的善人。又比如我们过去确有"简单化"甚至脸谱化的倾向,正面人物不食烟火,而反派人物则一无是处,而现在的一些影视和小说,又在"还原人性"的主旨下,来了一个大"翻盘",郭建光成了奸人民女的坏蛋,阿庆嫂变成了卖身取宠的荡妇,杨子荣成了土匪不说,地下党更是整天热衷于红杏出墙的"感情生活"……其实人们并不反对"娱乐",然而这样一种"过度"而且"化",看得多了,就不免会觉得这岂止是一点"娱乐"而已。

"过度"而且"化",就是走极端,就是从一个极端跳到另一个极端。而这种在"极端"上跳来跳去的情景,又何止一个荧屏甚至一点文艺作品呢?

比如对于民国时期尤其是所谓"民初"的评说。我们过去确实忽视过那时由于当权军阀的自顾不暇,而产生过的某种"宽松"和"多元",但如果就此将这个年代,捧成"繁荣祥和"、"魅力无限"、甚至"令人神往"的好时代,而完全无视它由于对外丧权辱国,内部军阀混乱而造成国弱民贫、衰微致败的"基本面",这是不是走到了另一个极端呢?我们对于一本民国的课本可以倍加欣赏，但不能忘记那时的中国，正是一个道地的"文盲国家"；我们可以对一个"民国造"的窨井盖还能用到今天而叹息不已，但也不能忘记那时的中国，连一根钉子都是"洋钉"，更何论什么民族工业体系呵。

又比如对于抗日战争两个战场描绘。我们过去确实有过忽视甚至无视正面战场的问题，也有将国民党军队的作为一概认为"摘桃子"的片面性，但如果又走到另一端，忽视甚至无视中国共产党在抗日民族统一战线中的中流砥柱作用，忽视甚至无视敌后抗日武装斗争的战略意义，发展到去编造所谓毛泽东同志"九分发展、一分抗战"的"窑洞对"，这样的从一个极端走到另一个极端，似乎就不止是一点"片面性"了。

再比如说对于土地革命的臧否。过去为了"典型化"，在对像刘文彩这样的地主的批斥中，确有不够真实的情节，一个"收租院"，也确有某些"艺术创作"的痕迹，揭秘返真，也可以。但如果也是走向另一个极端，只讲刘文彩们济过几次困、办过一所学校的"善"，而不讲他的剥削之"恶"，更矢口不谈这位"中将清乡司令"手里包括共产党员萧汝霖等九条人命的史实，甚至连"周扒皮"们也全成了"好人"，似乎土地革命"搞错了"，地主阶级也不必打倒了，那么反帝反封建的新民主主义革命的正义性和正当性又在哪里呢？

例如这样的在极端上跳来跳去的事，其实还有不少。对于这种"极端化"，我们也不要"走极端"，轻易地朝"醉翁之意"、"居心何在"上想问题，我宁可认为，这是一个思想方法的误区。我们看事情、想问题，总应当尽可能有辩证思维，一是一分为二、两点论、两面讲，二元对立、非此即彼总不行；二是既要讲重点，又要讲"度"——"过度了"，就会走极端，"真理走过一步"，就会使事情的性质发生变化。比如我们不能因为历史研究的新发现，使人们的认识更全面、更丰富，就轻易否定历史的性质；比如我们不能因为今天的政策发生了变化，就脱离特定历史条件地宣布过去的一切都是"历史的误会"甚至"不必要的错误"；再比如我们也不能因为要纠正过去有过的"极端"之误，而用新的另一种"极端化"来作为对以往片面性的"惩罚"。这样做的话，只能使我们老是在两端跳来跳去，始终处在"过犹不及"的谬误中——多少年以来,我们在"走极端"上吃的苦头已经不少,我们应当汲取这样的教训,争取再也不要从一个极端走向另一个极端,使我们的思想方法更科学、更理性,也更公道一点。

(2011.11)

"假贺幛"和"真问题"

本来一个普通的生日,却因为一条"贺幛"而成了网上的热点——射阳县一10岁小孩庆生,现场出现一条巨大庆贺条幅,上面赫然写着"中共射阳县委宣传部祝×××小朋友生日快乐"。这还了得!其实,这条"贺幛"只是孩子的父亲以及代办生庆的广告公司自己给自己送的,宣传部是"被祝贺"了一回!

诸如此类的"假贺幛",其实并非射阳一处才有,也不是自近日方始。张家界的"最牛洗脚城",开张那天,墙上挂满了公检法税建等"强力部门"的祝贺条幅,重庆北碚区的"最牛饭店",开业之日,居然也有23个"政府部门"送来"贺幛",而安徽祁门县那个"最牛茶餐厅",第一壶茶泡出来的时候,竟也受到了从市到县"各级政府"的"热烈祝贺"。这些"贺幛"云云,都引出过舆论万炮齐轰,而这类"红顶商人"的风光,也曾激起对"官商一家"的强烈批评。然而一查,这些条幅也好、花篮也罢,都是老板们自己送给自己的——这就是所谓"假贺幛现象"。

老板们为什么要给自己送条幅,"假贺幛"为什么这样风行,这倒是值得人们想一想的。例如那个"洗脚城"之类,要假借"强力部门"的名义,把公检法的"贺幛"挂在自己的墙上,这里头的道理不言自明,这个"暧昧"的行业里头,总也不乏这种拉大旗作虎皮借以壮胆和吓人的事例。又例如那些"饭店"、"茶餐厅"等等,自制"各级政府"甚至23个局委办的"贺幛",也不过是为了显示"信用"、招徕生意而已。那么射阳这个10岁男孩的父亲以及那个操办的公司,他们并不需要借官吓人,也不需要借权而揽客,那又是为了什么呢?无非是为了炫耀,当父亲的,要炫耀"面子",开公司的,要炫耀"路子",似乎这样打了一条"县委宣传部"的贺幛,就脸上有光,就红光满面啦。

这大概就是"假贺幛"后面的一个"真问题"了。已经有网友评论，这件事折射出了某些国人深深的"权力崇拜症"——但现在在某些公众里头，不是很是流行着所谓"仇官"吗，怎么一方面又这么"崇拜权力"，没有"官"的"背景"，造，也要造一个出来？当然也有网友叹息，说这两方面其实是一回事，是一种心态的两面性。这是很有见解的分析，这种"两面性"，不仅值得我们自己从"国民性"的角度加以反思，当然也值得我们的公共权力深予警思，从而变得更自律，更谨慎，更不可越雷池一步。

射阳的那个"贺幛"是假的，"最牛洗脚城"们墙上的条幅也是伪造的，但是我们的生活中，"真"的贺幛确也真正地存在，这里头的"真问题"，更须要反思一二。比如说，一个企业开业，因为它是利税大户，或因为它是有关部门千辛万苦才招来落地的，于是开张之喜，政府就去送贺幛、摆花篮。然而这种权力向个别企业"特别倾斜"的惯例，究竟是否符合市场经济下公平竞争，"国民待遇"一律平等的规则呢？恐怕要打个问号。又比如某地一个股份制公司上市，长官们跑到证交所给它鼓锣、站台、做"形象"。这有没有拿公共权力的公信力让渡给个别企业使用并且以政府信用引导股民之嫌呢？这个问题历经十多年一直争论到今天，可见它真是一个"真问题"呵！

（2011.11）

从"淑女班"到"太太学院"

五天之前,被称为"国内首家教授女性经营婚姻情感课程"的"太太学院"隆重开学了,这所学费达10万元之巨的"学院",将"防范小三"作为重中之重,于是一掷十万来听课的,"多为家产千万的已婚女性"。

于是舆论之间,便有质疑。当然有质疑,听几堂课就能解决"防范小三"这个颇有"普遍意义"的问题吗?更有网友质疑,"经营婚姻情感",那是夫妻双方的事,为什么独独找"太太"们来上课?

关于这后一个问题,据说是有"权威"的解说的,那便是现在的"太太"们,不那么通情达理,也不那么端庄贤惠了,尤其是"丢掉了拴住丈夫的一些东西",所以要教育她们"找回迷失的家庭观"。这就是说,"小三"的问题也好,丈夫们的出墙也好,责任在于女人,在于"太太"们的"拴不住",所以妻子们要从自身的"迷失"上找原因,所以不找丈夫们而独独把"太太"们叫来"教育"。

由新近的"太太学院",却想起了一年前开学的"淑女班"——如果说"太太学院"主要是教育已婚的妻子,那么"淑女班"则似乎是培养未来的"太太"了。这个宣布以一年时间打造一批"秀外慧中,品位高雅"的现代淑女的班,女学员要学的课程,包括琴棋书画、接待礼仪、插花茶道、女红刺绣直到美食烹调云云,于是有网友反问,这不是"上得了厅堂,下得了厨房"的"太太标准"吗?更有有识之士评论,说现在的"成功男士",不喜超女,不喜欲女,更不喜俗女,他们不再喜欢"粗糙"、"张狂"的流行女,于是青睐起"笑不露齿、行不动裙、款步轻妙、娉婷婀娜"并且还通"诗歌音律"的"淑女"来,而这条"淑女生产线"的打磨标准,正是"适合"了他们的择偶"新要求"呢——

我不知道这种分析是否有道理，但"一部分学员来读淑女班，目的'并不单纯'，目标在于嫁入豪门"，大概也是个事实吧——只是一年过去了，这个"淑女班"打造出了多少淑女，又成功"嫁"掉了多少，似乎就再也不闻下文了。

由此看来，"淑女班"也好，"太太学院"也罢，其实都是以男权为中心，为男人而办的——对于中国的女人，向有"红颜祸水"之称，江山的变色，班固推给赵飞燕；陈朝的灭亡，魏徵归于张丽华，后蜀的亡国，都说罪在花蕊夫人，至于商纣的下场，更是要算在妲己的账上，多少回"君主城上竖降旗"的责任，可以一股脑儿推给一个深宫的"太太"、"如夫人"。现在好了，"小三"的盛行，便找"太太"们来"教育"，全没有夫君什么事，而"成功男子"们的胃口一变，又赶紧用"生产线"来成批"打磨"淑女，几乎要把三从四德也拿出来"培训"，这不免令人叹息，也多少发人深省呵。

（2011.11）

"分析好，大有益"

群众观点是我们的基本观点。群众的意愿、群众的诉求，是我们做工作、搞决策的"第一信号"，"民有所呼、我有所应"是我们的一条准则。因此，热情地、科学地对待群众意见，对于我们至关重要。

马克思主义的群众观点是分析的。"分析好，大有益"。说群众工作是我们的基本功，其中一个要义，就是要学会正确地分析群众的真实意愿乃至群众的真正利益所在。分析的方法，就是辩证地看问题，一分为二，对立统一，一锅煮不行，非此即彼也不行；就是本质地看问题，透过表象，拨开迷雾，浮光掠影不行，浅尝辄止也不行。分析的方法，就是讲毛泽东同志创新的"两次飞跃"，就要学陈云同志的"交换、比较、反复"，使我们在纷繁复杂的公众意见和舆论态势中，"看清楚、想明白、搞准确"，有一个清醒的头脑，有一双清澈的眼睛。

分析好群众意见，就要有全面的眼光，这是因为群众结构是多元的。我们现在的群众构成，一个最大的变化，就在于早已不是单一利益基础上的铁板一块，利益格局、组织方式和生活方式的多元化，使人们的利益诉求、思想方法和意见取向存在各种差异性。广大的工人、农民和知识分子，仍然是我们党的基本群众，而改革开放中形成和发展起来的新的社会阶层，则是党拓展了的重要群众基础。此外还有各种阶层的人群，事实上即使是相同或相近的阶层中，不同的群体和个体的利益诉求也不总是相同。我们既要追求"和"，又要承认差别，看到"不同"。对待群众意见，不能一概而论，也不能有大偏颇，简单地将一部分人的意见大而化之地当成整个"民意"，从而形成判断上的失真。

分析好群众意见，就要有辩证的方法，这是因为人们表达意见的方式是多样的。现在已有数亿网民,我们要高度重视网络上的意见态势,同时我们也要关注那些并不在网上发表意见,不跟帖,也不发表评论的人群,他们的想法和意见同样需要重视,不能让他们的声音因为"沉默"而变得"沉没"。

分析好群众意见,就要有深层的角度,这是因为群众的利益是多层次的。历史无数次证明,公众意见有时能反映公众利益所在,有时却会与这种利益尤其是它的深层利害相背离。我们既要把群众最现实、最关切的利益作为工作的切入点,又要坚定不移地把群众的根本利益作为我们终极目标。有些事是符合群众长远利益的,但是如果多数群众一时不理解,我们也不能"硬上",然而这并不等于说,我们不要做工作,不要努力让群众认识和理解自己的大利益所在。我们不能因为整体利益而轻易牺牲个体利益,但重要的是仍然要讲个体的根本利益最终存在于整体利益和长远利益之中,尤其是"以人为本"的真意是要有利于多数人的全面发展这样一个大道理。

分析好群众意见,还要有发展的预见,这是因为公众的意见走向是多变的。群众的意见,随着利害关系的变化、利益障碍的化解以及人们对利弊认识的变异,也会变化,这是一方面。另一方面,意见本身的相互激荡,可能会走向激化,而互相的调适,也会趋向平复。物质世界是运动的,我们做群众工作也好,分析舆论态势也好,就要学会把握群众意见的孕育、起始、集聚、竞合、激化以及衰减和流变的规律和趋势,尤其要看清看懂事情的基本成因、触发诱因和阶段性走向,既要具有对"月晕而风、础润而雨"、风起于苹末的敏感性,又要具有把握"多米诺骨牌"最后倒向哪里的预见力。从而从基础上应对、疏导和化解"风潮"。

"分析好,大有益",是毛泽东同志在他那著名的《八连颂》中的一句名言,其实这句话后面还有一句,那就是"益在哪?团结力"。"团结",是"分析"的最大益处,不"分析",哪里来的"团结"?从哲学上说,"团结"是"分析"中的"综合",在社会学意义上,"团结"则是"分析"后才会有的"包容"。这对于我们当下冷静分析群众意见,从容应对舆论热点,应当是有着很大的现实性和针对性的。

(2011.12)

"站起来"的秦桧

长跪492年的秦桧,近日终于"站"了起来——在秦桧的"故里",偌大一个秦桧博物馆开张,且已招待南北游客,据说也是"络绎不绝"。最夺目之处,是那里的秦桧夫妻,再也不是西湖边上岳庙里头那一双长跪不起的罪人,就这样直挺挺端坐了起来。这个塑像,有着一个响亮的名字,叫做《跪了492年,我们想站起来歇歇了》。

秦桧的"站起来",其实并非只是他的一"想",而是今人的扶起。家乡的父老,秦氏的后人,要为先人"正"一点名,固然有着人之常情,而有识之士们指责500年前让秦桧跪下的古人,似乎"侵犯人权",也略有道理。然而秦桧的"站起来",其实并不是从此次的博物馆而始,关于秦桧陷害岳飞,是另一个"莫须有",关于岳飞之死属于"咎由自取"、关于秦桧的所作所为,"从公议而言,为江山社稷只好牺牲自己的令名,从私情来说,是报宋高宗的'知遇之恩'",为皇帝分谤而已,不是早已高论迭出么?"胸怀全局的大政治家"以及"民族融合的推进者"这两项桂冠,这几年不是已经给秦桧戴上了么?所以说秦桧早已"站起",并非始自今日——岂但是"站起来",几乎要"站"到那个时代的顶峰啦!

从秦桧的"站起",复又想到也是"宋相"的蔡京——也是"故里",也是"家乡",不久前征地30亩,耗资近千万,决定动工修复蔡京墓。修复蔡京之墓,是因为"不论他如何声名狼藉,至少是历史名人",所以要把蔡墓"打造成文化旅游景点"。这种十分俗套又颇为流行的"理论",当然也不乏"常情"。然而蔡京"安卧"之后,看来也要设法让他"站起来"的,关于也要为这个"以贪渎闻名"的奸相"正名"的"动议",不是已经有闻于耳了么?

因为蔡京与秦桧（加上严嵩）同列"三大奸相"，所以蔡京墓声称要修复成"自然景观优美、文化内涵丰富，集纪念、文化与旅游为一体的园林式胜地"后，人们普遍担心，由于蔡墓的今修，所以"修复秦桧墓恐怕也不远了"——看来公众的"杞忧"是不幸而言中了，只不过秦墓还在"苦苦寻找"之中，而博物馆里的秦桧却先行"站了起来"！

还有多少"秦桧"也会"站起来"呢？他们"站起来"后，真的只是"歇歇"吗？读者诸君，不妨拭目以待。

(2011.12)

"从娃娃抓起"？

也是一种"从娃娃抓起"——一套"小学生理财"的读物，开始进入了莘莘学子、十龄稚童的书包，那里头不但讲股票、讲基金，讲保本理财，还栩栩如生地讲期货交易呢！

关于吸抛揸沽，要不要"从娃娃抓起"，世事不谙的小学生，要不要早知金融商战，我不知道，但舆论之间，是早有争论的，言利说弊，各有千秋。不过，让我耳熟的是其中这一句"从娃娃抓起"。

其实"从娃娃抓起"，这句话原本并没有错，始作俑者，也有着明确的特指。比如"计算机要从娃娃抓起"，这本来很符合客观的规律；又比如据说足球也要"从娃娃抓起"，这也合乎体育生理的逻辑。但是到了凡事都要"从娃娃抓起"，就令人吃惊了——叫"娃娃"们到街上去抓错别字，是因为"童言无忌"；让"娃娃"们去给成年人监考抓作弊，或还因为他们的心灵"尚未受到污染"；但消防设施，也要"娃娃"们去查，安全生产，也"从娃娃抓起"，"劝廉"的责任，也要"娃娃"们来担，直到某些地方，连优生优育，都提出了"从娃娃抓起"的口号，人们不禁要问，大人们干什么去了？"娃娃"们是不是太累了呢？

最近还有一件事关"娃娃"们的新闻，说是某市叫100多个小学生停课，去夹道欢迎一个"领导"的车队。于是舆论之间，拍砖无数，说让"娃娃"们去为当官的夹道，这是一种什么教育？后来弄清楚了，这车里坐的，并不是"长字号"的大官，也不是什么权贵，而是一个庙的住持！那么让"娃娃"们从小就去为一个"远来的和尚"而夹道，而欢呼，这又是一种什么"教育"呢？如果事涉原本自由的宗教信仰，也要"从娃娃抓起"，这就着实令人不解啦。

其实近日，还有一件"从娃娃抓起"的事儿，已经闹得沸沸扬扬——某市幼儿园的老师结婚，喜帖发给了每一个学生，帖上写的孩儿的名字，都要求回家告知每一位家长。这当然是明白的"送礼通知"了，这样一种"从娃娃抓起"，其实是抓住了家长们的要害，谁不知道，这"娃娃"一个个是每个家庭、每对父母的"核心利益"呢？所以"抓起"了"娃娃"，没有不成功、不奏效、不缸满钵满的。这当然属于另类的"抓起"，比起林林总总的"抓起"来，更显得等而下之。

世界上的事，到了"凡是"，总会出毛病，"从娃娃抓起"也是如此。

（2011.12）

岂止一点"消费主义"

"后宫"戏充斥荧屏,从《倾世皇妃》到《步步惊心》,从《后宫》到《美人天下》,6个武则天争奇斗法,20部后宫戏联袂而出,据说一批瞄准明年的宫廷之戏,还在横店等地,热火朝天地赶制之中。

"后宫"戏的热火朝天,不免使人想起了前几年的"帝王"戏。满目大辫子,充耳万岁声,从秦皇汉武到康雍乾三朝,一个个"天子"闪亮登场,一代代"明君"皇恩浩荡。现在的"后宫"戏,不过是前一茬"帝王"戏的延伸,拍尽了"万世基业"的"主子",再来拍他们的妻妾成群。

于是有识之士看不下去了,指其"戏仿",责其"媚俗",论其"浅薄",更指出这是一种"文化消费主义",使历史蜕变成一种"商品化"了的"文化想象",于是疾呼"消费了帝王消费后宫,接下来消费什么"?

这当然很有道理。然而据我看来,"宫廷"戏的盛行,说它只是一点"消费主义",恐怕是不够的——其实这里头并不全是"浅薄",居然还有一点"深度",它也不全是一种"媚俗",似乎还有那么一种"导向"或曰"教化"呢!

比如说对于帝王的高捧。在咱们的宫廷戏中,专制王权的残忍,是看不到了,封建帝王的残暴,也大多一笔抹去,羁杀无数知识分子的"文字狱"始作俑者,变成亲手为学子秉烛的"爱才之君",横征暴敛的暴君,更成了爱民如子甚至颇有"民主风格"的"好皇帝"。在皇帝也有"七情六欲"这个本来并不错的口号下,我们大写君王的"人性论",历代独夫,一个个成了这么讨人喜欢的"风流好男儿"。在连篇累牍的帝王戏中,封建专制是最大的不人道,"三纲五常"是最大的反人性,统统看不到了。难怪有人反问,封建皇上那么可爱、那么慈悲,一百年前的中山先生,为什么要推翻帝制呢?

又比如说对于权臣的钦羡。宫廷戏不但写"人臣之道",而且热衷于"为官之术",专制王权之下,官僚政体之中,做宰相当辅臣的,对上战兢事君、百般邀宠,对下招降纳叛、结党营私,同僚之间防人如贼、互相勾斗,"炉火纯青"的做官之权术,"不可多说一句话,不可多走一步路"的宫廷守则,以及推诿塞责的"官场太极拳"等等,被拿到荧屏上来渲染,来做"教材"。一部《雍正王朝》反复播放时,不是就有人建议有心走仕途的人们,"至少看三遍",尤其是要研究"九王夺嫡",为什么独独四阿哥切中"圣心"脱颖而出以及张廷玉这个大臣的"进退有据"吗?也难怪有人说,一些宫廷戏旦的"政治学",其实和地摊上那些畅销的《权谋大全》、《厚黑学》,原来是正相呼应呀!

再比如说眼下热火朝天的"后宫"戏。中国历史上的"后宫",其实是残忍王权的一个侧影、一大写照,它不仅有着对女性的摧残,也有着人身依附下的惊险内斗。也许正是这一条,引起了对于后宫的"兴趣"和"偷窥"。今天的"后宫戏",弥漫着争风吃醋、尔虞我诈、钩心斗角的气味,充斥着阴谋和险计,唯独不讲这一切都是专制王权之下的必然变态,拿着中国妇女"最深刻的痛苦"戏说给人们看,作为谈资,作为笑料,甚至还作为"教科书"。这就十分令人遗憾了。

其实更令人遗憾的,是我们某些热衷于帝王、后宫的"才子"们,当然不是有意要干什么,然而他们内心深处的那一点"残余",那么浓烈、那么沉淀、那么"悠久",似乎早已不仅是一点"残余",更不止是一点"文化消费主义"了!

(2011.12)

"甜妹"的复出

沉寂十载的杨钰莹"复出"了？不但要在某地卫视的"年代秀"首度亮相，并高歌一曲经典歌谣，被称为"打响了复出第一炮"，还将在一个月后的1月22日，登台于某地的春晚。阔别舞台11年的"甜妹"，一朝复出，成了一条不大不小的新闻，也引出了一些波澜，众说不同，各执其见，所以值得小议一番。

对于"甜妹"的复出，我们似乎不必感到"不舒服"。杨钰莹的引人关注，自然不在于她曾是不少歌迷心中的偶像，她的"阔别"和"沉寂"，当然更在于她的一段"风风雨雨"以及那个与"红楼"多少有些瓜葛的传说，所以舆论之间，多有称之为"污点明星"至少是"疑点人物"的。但不管是因为"真有感情"也好，或真的是因为那一辆"红色的保时捷"也罢，这都是过去了十年的往事，都只是一位青春女孩早已告别了的历史，我们不必再耿耿于怀，更不宜老是揪住不放。这是一个宽容的社会，这是一个每个人都有机会的时代，我们再不会因为一个人的"昨天"而"关掉"她的今天和明天，我们也再不能因为她有过"污点"甚至仅仅是一个"疑点"而不让她再有东山再起的机会。所以对于"甜妹"的复出，不必"感情上接受不了"，更不必拍案而起。这是宽厚氛围中的一件平常事，我们不妨有一颗平常心。

说有一颗平常心，还有一层意思，那就是不能走到另一个极端，以异常的"热情"来看甜妹的复出。杨钰莹沉寂之后，其实并不平静，至少在今年，据说就有不下于10家的卫视，要请她出山参加类似跨年春晚那样的节目，而且"不管再多钱，她都是我们的首选"。甜妹为什么这样抢手？是因为她的"人美歌甜"？其实"外表清纯、声音甜美"的"甜妹"，只存在于上世纪的九十年代，十多年过去了,1971年出生的她,已过不惑,甚至已成徐娘,光阴荏苒岁月不饶人,要重演"甜歌"旧风,已经很不现实,这是谁都心知肚明的。那为什么仍然"踏破门槛"呢?究竟看中了她的什么"价值"呢?是阔别十年的久违,会带来人们一种异样的"新奇感"呢,抑或正是那一段"风风雨雨"所能激发的一点"暧昧"和联想?我们似乎应当宽容地忘掉"甜妹"的往事,就包含着千万不要再拿这段往事来作为招幌,作为"刺激"的意思呵。

"甜妹"的复出,事情不大,但对我们的观念甚至是"潜意识",不啻也是一次测验——这个测验,又岂止一个"甜妹"的复出?

(2011.12)

"极端"上的跳舞

西湖边上的岳墓之前,长跪着秦桧以下四个罪人,于是多少年来,便有了"最为引人注目"的两大奇观。

一是秦桧身上的满目痰迹——南来北往的游客,大凡到了这里,便多万痰齐发,吐在秦桧的身上。杭州本是文明之城,"七不"做得最好,但唯有到了此处,一口老痰、"正义"的痰,叫做"天堂义痰",所以可以一吐为快。二是王氏胸前的乳——长跪在地的秦夫人,500年来就是赤背裸乳的。"两只尚显圆润"的乳房,"被抚摸得光滑无比"。为什么呢?也是因为南来北往的游客,到了这里,都要摸她一下,谁叫她助纣为虐,谁叫她跟着秦桧干坏事呢。

对于岳墓前的万痰齐发,有识之士,也有微词的,说不管怎么讲,这都是一种"不文明"。然而依然痰迹斑斑,依然满目痰击。什么原因呢?因为关于"大方向明确"的"文化",深入了我们多少年!秦桧是个国贼,所以怎样吐他也不为过,因为表达的是"爱国的正气",所以什么方式也不错呀!至于王氏,固然有书生之见,说遮胸避乳原是"一个女人最起码的人格",怎么可以让她光着身子呢?但同样的"文化",因为这是个坏女人,所以不但要剥掉她的衣衫,就是摸她一下,又有何妨?"大方向"也没有错呀!

然而"大方向",似乎也在转——岳墓前的秦桧仍然跪着的时候,近日之间,江宁"秦桧博物馆"里的秦桧夫妇,却坐了起来,岂但是"坐",因为"跪了492年",所以还要"站起来歇歇"呢——其实近年以来,这个跪了五百年的秦桧,早已"站"了起来。关于岳飞之死,是"咎由自取",关于秦桧的所作所为,是"为了江山社稷而不惜牺牲个人的令名",至少也是为"报高宗的知遇之恩",不过是为人分谤的"新论",不是早已破门而出?而"胸怀全局的大政治家"以及"民族大融合的身体力行者"这两项桂冠,不是也已经戴到了秦桧的头上?一个长跪不起的秦桧,岂但是坐了起来,而且几乎要"站"到了历史的顶峰,"站"到了当时代的潮头,更似乎要对我们的今人,有一点"现实的启示"了——这也就是舆论之间,有人断言秦桧们的"站"起来,绝不会只是"歇歇"而已的道理了……

一边是秦桧身上,仍然痰击,王氏胸前,依旧赤裸,一边却是一个秦桧,不但要"彻底平反",而且还要捧到九天之上。这两件事,就看其实是一回事——一个历史上的反角,要么踩在脚底,尽情辱之,要么高举高打,奉为圣明,我们为什么总是以一个极端走向另一个极端?为什么总是喜欢在"极端"上跳来跳去?一个秦桧的"九天九地",包括近年以来从冯道到蔡京到赵孟頫的奇怪遭遇,难道不应当令我们反思一下我们的"文化"、习惯乃至"国民性"吗?

(2011.12)

也闻"当街一声吼"

"我爸是局长!"这光天化日之下的当街一声吼,早已令公众同仇而愤——也有这样的舆论,说这种公然的"拼爹",这当街之吼,颇有"中国特色",只有咱们这儿才有。

其实这话是偏颇了,这类"拼×"一声吼,不光咱们这儿独有,便是在美国也有——不久之前,纽约大街上一醉汉驾车,被警察拦下,醉汉高呼,他"要给白宫打电话",因为"我的侄儿在那儿"!这醉汉,名叫奥扬戈·奥巴马。一听这个名字,你就知道这当街一声吼,倒不是假的。这个醉汉,就是总统奥巴马的叔叔奥巴马。

这个响亮的姓,这句"我的侄儿在白宫",如果在"咱们这儿",那可是要"振聋发聩"了吧,听到的人,要么目瞪口呆,要么手足无措了吧!可是纽约的警察也怪,他"像没有听到一样",毫无反应地将这个"奥巴马"送上了警车。

奥扬戈"叔叔",不但因为醉驾被捕,而且还是个"非法移民",更必须待在监牢里头,岂但如此,白宫发言人杰伊·卡尼还公开告诉记者:"白宫期待此案像其他非法移民案一样处理。"意思是不要指望因为是个"奥巴马"而有什么"变通"、占什么便宜——其实奥巴马的家族中,非法滞留在美国,而且穷得叮当响的,并非奥扬戈一人,乔治·奥巴马是总统的亲兄弟吧,现在居住在贫民窟,每天生活费还不到一美元;杰图妮·奥巴马,更是总统的亲姑姑,还是受奥巴马之邀来美国的呢,来了以后长期非法滞留,11年来穷困潦倒。总算到了2004年,奥巴马高票当选了联邦参议员,成为政界一颗冉冉上升的夺目之星,而杰图妮姑姑,正是在那时收到了移民法院的驱逐令……

那奥巴马干什么去了?也不打个电话,写个条子,总之"罩"一下?所以有人便责备美国人的"薄情"、不讲亲情——那里的市场经济,到处是机会,却不能靠"裙带"凭"关系",那里的法律,处处有冲突,唯独不能因为是总统的叔叔和姑姑而"网开半面"。美国人连至亲都不"罩",这就和"咱们这儿"不一样,在"咱们这儿",不是有过一个县长的18个亲属分布于该县10多个衙门,到了他生日那天,这18个侄儿和姑妈,联袂点了一首歌,给他祝寿,就叫做《好大一棵树》吗?至于一人做官,鸡犬升天的事,几千年来就有了,到了近时,还有以"萝卜招聘"的办法,把自己的子女亲戚一个个安放在"坑"里的呢。所以不少国人,对奥巴马"有权不用","深感不解"。

除了"薄情"以外,美国人还"呆板"呢——这"呆板"二字,是国人近年以来与洋人交道打多了之后,所得出的一个普遍性结论!美国人不懂见貌变色,也不会"变通",不圆融,不灵活,只会按条文办事。比如纽约大街上的那一幕,奥扬戈叔叔这样的当街一吼,明明说破了他与"白宫"的关系,但警察仍然"呆板"到"毫无反应"。同样的道理,对于奥巴马的叔叔和姑姑,从移民法院到归化官员再到白宫发言人,一言以蔽之"非法移民",可见即便是总统的至亲也没有用,他们只知道"呆板"地按法律做事——因为从上到下的"呆板",所以奥巴马即便去打电话、写条子,恐怕也毫无用处,这大概就是奥巴马做了总统也不"罩"亲属的深层原因——非不为也,乃不能也!

美国也有很多问题,那里既有30年前的水门丑闻,也有10年来积重难返的债台高筑,近期以来,还有风起云涌山雨已来的"占领华尔街"呢。总之千万不要以为美国的月亮格外圆,然而一个违法者在大街上要给"白宫的侄儿"打电话,而美国警察却"毫无反应",这一点却值得我们想一想。

当然这个奥扬戈叔叔,因为是个非洲人,所以会来个"当街一声吼",以为会有奇效。如果他是个地道的美国佬,也许连吼都不会吼——因为他会知道那是一点用场也没有的,叫作吼了也白吼呀!

(2011.12)

也要允许说错话

正值"两会"期间,说一下人大代表方明的"说话问题"。

出身教师的方明是佛山市的人大代表,因为在参加会议时说了一句话,所以岂但成了焦点人物,更成了万千拍砖的对象。方明说了什么话呢?"百姓是教好的,不是养好的,就像溺爱的孩子不可能是孝子,溺爱的百姓也可能比较刁民。如何去教,应该开拓各种渠道对全体市民进行正面的舆论导向。"于是激起轩然大波,于是引来一片唾沫,"无知"、"闭嘴"、"小儿之见"加上"腐朽的子民味",还要"勒令谢罪",几乎要将一个方明淹没在口水里头。

关于方明之言,是否"错"了,社会之中,各阶层之间,各色人群里头,本来就是见仁见智。现在的问题是,即便方明"错"了,她有"错"的权利么?

应该是有的。代表委员不是"圣人",他也食人间烟火,也有七情六欲,更有知识限度、信息限量,所以绝不可能开出口来,句句是圣贤。代表委员的发言,是在讨论中的碰撞、交锋,这本身就是一个各种意见交融的过程,是一个真理越辩越明的过程,不可能也不应当要求代表委员的话,都是"终极真理"。更重要的是,像方明这样的话,本来就是在人代会分组讨论时的发言。"议员在议会中的言论不受追究",这样一条现代社会的通则,当然首先说的是不受法律追究。但也不应只限于此,如果代表委员在"两会"上的言论,动辄激起"轩然大波",动辄酿成拍砖事件,甚至于引出"舆论暴力",那么谁还敢于畅所欲言,谁还敢于直议谠言,谁还敢于发表自己的一家之言?所以,代表委员不应"因言获罪",也不应"因言取辱"。我们可以反对他们的观点,但是要全面地保护他们说话包括说错话的权利;我们不但要争取自己的言论自由,但是也要尊重别人包括代表委员尤其是在会上的发言权。

代表委员有在会上说错的权利,当然我们也有不同意他、批评他的权利,他那个选区的选民,甚至还可以拿手里的选票说话。但是这种批评,不应当是任何一种"语言暴力"。更不应当是任何形式的辱骂甚至侮辱。人民代表大会制度和政治协商制度,是我们的根本制度和重要制度,它同时又在成长期中,我们更要百般爱护——我们不是寄希望于代表委员敢于说真话、说心里话吗?那就更要强调他们也有"说错话"的权利了。总之,"求全责备不好",因言施暴更不应当,我们探索民主政治的过程,难道不应当也是一种文明的进步么?

(2012.1)

"夹着尾巴做官"

有一句对于"公仆"的忠告,叫做"夹着尾巴做官"。这句话不动听,甚至不中听,却是一条"做官"的规矩,更反映着对我们体制改革、制度建设的深层要求。

"夹着尾巴做官",不是谨小慎微,不是畏首畏尾,更不是官场中的伪饰。"夹着尾巴做官",就是常怀敬畏之心,就是常思执政之本,不能忘乎所以,更不能"胆大妄为"。

"夹着尾巴做官",应当"怕"什么呢?就是要敬畏法律、敬畏组织、敬畏人民、敬畏舆论。这四个"敬畏",说到底,就是有"法"有"天"。一是"法",我们不但要讲依法执政、依法治理、依法办事,更重要的是做到法律面前人人平等、制度面前没有特权、制度约束没有例外。党要在宪法和法律的范围内活动,"公仆"更要有法律意识尤其是宪法自觉。二是"天",天就是老百姓。"我们的权力是谁给的?"权为民所赋,是人民给的。"老百姓是山,老百姓是海",老百姓不但是共产党永远的挂念,更是党执政合法性的源泉。我们要把权力来源搞清楚,才不会忘根本,才不会"天不怕地不怕"。总之,一个人民,一个法律,把这两条放在心间,才不会和尚打伞,"无法无天"。

说"夹着尾巴做官",并不只是靠慎独。我们当然要讲自觉,讲"守住自己",但这种自觉,从根本上说是来自制度,这种"坚守",从深处来讲是对法制、体制的敬畏和自律。讲"夹着尾巴做官",就要改变一些同志在当前情势下的一个"不适应"和一个"不习惯"。

改变"不适应",就是要学会公开在透明的环境中执政。我们的社会,已经呈现出多元、多样的态势,不同利益、不同构成的公众,对于"知情权"的要求是一致的,把它当成自身权益保护和参与权、监督权的基本前提。我们有些同志不喜欢"透明",倒不是说他们需要"暗箱操作",以谋私利,而是对事事公开感到不舒服、不放心、不顺手,甚至充满担忧。这种执法习惯或曰执政方式看来已经落伍,不适应执政环境的深刻变化。事实上,只有"公开透明",才能不但避免"内幕交易",而且才能消除公众的猜忌和误解,更重要的是才能方便群众参与和监督。"君子坦荡荡,有话当面讲",共产党人没有一己私利,所以不怕公开透明。公开是原则,不公开是例外。凡不涉国家机密、商业秘密和个人隐私,都应向社会公开,真正置我们的工作于公众监督之下。

改变"不习惯",就是要改变一些同志在公众监督面前的不习惯。现在有些同志感到老百姓"难弄",其中一条,是不适应群众的监督意识日益强化,是不习惯"无数双眼睛注视"和"多少张嘴巴说话"那样一种工作环境。我们要尽快适应在公众监督下执政的规律,尤其要养成在众目睽睽下学习、工作和生活的习惯。这不仅是因为我们的"公仆"从某种意义上来说属于"公众人物",所谓"隐私权"要比普通人来得少,更是因为人民的监督权,是保障权力不蜕变不异化的"常流活水"和根本杠杆。我们要习惯于在民主监督下"夹着尾巴做官"——这可是推进和实现执政方式现代化的一个大要求呵。

(2012.1)

学会在众目睽睽下工作与生活

"夹着尾巴做官",不是谨小慎微,不是畏首畏尾,而是讲领导干部要"自律",要"自净"。共产党人的这种自觉,也不是一般地讲慎独,讲洁身自好,更是讲要有所"敬畏",时刻想到身后有多少双眼睛注视着我们,从而学会和习惯于在众目睽睽下工作与学习。

众目睽睽,首先是公众的知情权。人民群众的知情权,是参与权和监督权的基础和前提。这种知情权,是我们的权力来源所决定的。"我们的权力是谁给的"?是人民群众给的。"权为民所赋",江山属于人民,权力来自群众,正是从这个政治学最根本的观点出发,我们权力的运行规则和方式,我们党务政务的决策和执行过程,应当"让人民知道"。因此,要以公开为原则、以不公开为例外,凡不涉及国家秘密、商业秘密和个人隐私的政务信息,都应向社会公开,特别是财政预决算、公共政策、行政执法、公共服务等重点领域,更要信息公开,真正置我们的工作于众目睽睽之下。总之,我们的权力本来就来自人民,我们对人民群众不"保密",这应当是一条原则。

众目睽睽,更重要的是人民群众的监督权。不受监督的权力容易失控,不受监督的行为容易失范,问题是防止权力蜕变的最终杠杆在哪里?在这个问题上,我们应当重温一下70年前毛泽东同志那著名的"窑洞对"——总结历史上统治阶级没有一个能走出的"周期律",延安的共产党人找到了"一条新路","这条新路,就是民主"。封建社会有过上下左右的监察纠举甚至分权互制一套成熟的制度,这种内部的掣肘、关起门来的"扯袖子",有其一定作用,但最终还是难以走出政息宦成、人亡政息的封闭"循环"。走民主的"新路",就是要"直接依靠人民群众",只有"人人起来监督",权力才不会腐败,只有"人人起来负责",政府才不敢懈怠。人民群众的监督权,是保持权力"流水不腐"的源头,是执政党永葆青春的最终生命力。作为执政党的一员,我们应当明白,对我们的不足说三道四是人民的权利,对我们的工作作风、生活作风评头论足,是群众的监督,众目睽睽、七嘴八舌是我们社会的常态,而漠然无视或熟视无睹甚至万马齐喑、鸦雀无声,则恰恰是可怕的。

也有的同志会说,在公开透明之下工作也就罢了,说要在众目睽睽下生活,那还有什么私人空间?这个问题也应当想明白。从浅层次说,我们的领导干部,从某种意义上说也属于"公众人物",我们承担公共权力之时,就让渡了一部分"私人隐私",这是现代社会一条通例。从深层次上说,领导干部的生活状况,不完全是私人之事,如果我们在生活上、享受上、待遇上搞特殊,那就涉及到了公权力和公共资源为谁所用的问题。因此,我们要防止和纠正一切违反制度规定的行为,同时还要逐步地、坚决地改革那些不合理的制度规定。共产党人不能搞特殊化,人民群众对此有要求、有关注、有热议,也有进行监督的权利,我们要习惯于在众目睽睽下生活。

学会和习惯于在众目睽睽下工作与生活,其实也是我们适应在信息社会中执政的基本要求。互联网尤其是微博的时代,人人都有"千里眼",人人都有"麦克风",一切都在公开中、阳光下,事实上我们也只能在众目睽睽下工作与生活。问题是我们有些同志,仍然对公开透明的现代执政方式不习惯、不适应,甚至觉得不舒服、不放心、不顺手,仍然习惯于遮遮掩掩,习惯于那些不合时宜的"操作"方式。这样看来,是否尽快学会在身后有无数双眼睛众目睽睽、远近有多少个声音众说纷纭这样一种态势下工作与生活,就不只是个习惯问题了——我们的思想方式、工作方式、决策方式乃至执政方式都要与时俱进、因势适变,都要尽快"现代化",才能真正适应多元化、多样化、多变化和多选择性的社会变化和时代进步!

(2012.1)

也从郭嘉说起

郭嘉这个人，乃曹操的第一谋士也，素为上喜。什么原因呢？一是不但忠心，而且"多谋"。胸有全局，腹有大计，目光炯炯，良策善谋。二是不但"多谋"，"深通有算略"，而且"达于世情"。办事通情达理，说话温顺得体，提建议、出计谋总是温言良语，让人舒服，并且无论你采纳与否，"从无谏诤"。所以曹操十分喜欢他，尤其是吃了败仗，更是"国乱思良将"，思念郭嘉，到了无以复加的地步。

不但曹操，便是咱们的领袖，也说郭嘉"很有名"，了不起。第二次郑州会议也好，上海会议和庐山会议也罢，都要领导干部去看《郭嘉传》，向郭嘉学习，尤其是遇到困难的局面时，"下"要反映真实情况，谋划好的建议，以便"上"多谋善断。所以要多一点郭嘉。

其实咱们的领袖，不仅喜欢郭嘉，还喜欢过海瑞——看了《生死牌》后，第二天就找来《明史》，细读了《海瑞传》，于是盛赞海瑞，号召大家敢于提出不同意见。还把《海瑞传》荐于彭德怀，"我的缺点，你们也要批评"。然而海瑞不是郭嘉，这个人"骂"皇帝不惧一死，多谋之下，说话十分"极端"，既不像郭嘉"达于世情"，又不"温顺得体"，很不给上面面子，所以八届七中全会之后，便曰，"说海瑞，我很后悔"，"真的出了海瑞，我又受不了"。可见喜欢海瑞，那是不可靠的。还是喜欢郭嘉。

然而郭嘉有那么可靠么？那时是号召讲真话，但也强调"要选择说话的时机，不讲策略不行"。什么"策略"呢？"你用旁敲侧击的办法来批评也可以嘛"。这大概也就是学郭嘉"会说话"的意思吧——但是直议廷争，"骂"，不行，"旁敲侧击"又可以吗？邓拓算得"旁敲侧击"了么？《三家村札记》也好，《燕山夜话》也好，和风软语，皮里阳秋，那样的委婉，那样的"旁敲侧击"。结果怎么样呢？说明做海瑞固然"受不了"，但做郭嘉，终于也不可靠。

现在有人为庐山的案子"再翻案"，说谁叫彭总不讲策略，不会说话，什么"有失有得"，什么"小资产阶级狂热性"，结果引出了震怒，完全是"咎由自取"，也有"不可推卸的责任"。似乎"上面"是否能广开言路，是否能从善如流，是否"让人家说话"，责任不在于他有没有民主作风或曰"雅量"，倒在于"下面"是做郭嘉还是海瑞，会不会"说话"，能不能"温顺得体"，至少不要弄得上面没有面子。这样一种重抬郭嘉而贬海瑞直到再贬彭德怀，是否离"民主"太远一点了呢？

问题不在于"下面"做郭嘉，还是做海瑞，而在于上面有没有心胸，能不能容纳，否则不要说海瑞，连郭嘉都会有危险。然而再说到底，问题也不在于"上面"个人的气度、"雅量"甚至"民主作风"，如果那种一人喜怒好恶可以决定兴丧予夺的"一言堂"不改革，我们来谈论做郭嘉还是当海瑞的问题，又有什么意义呢——这大概也就是三中全会刚刚开好没两年，小平同志就来讲"党和国家领导体制的改革"的深层原因吧！我们不必苛求前人，也不要把问题归结于任何个人以及他们的"雅量"，我们的眼光，还是放在"向前看"的改革上才更可靠呢！

(2012.2)

谁发来的"贺信"?

这算是一条"吓人一跳"的新闻——春节过后,中原地方一家土特产商店,大门口反复播放的 LED 上,赫然出现了"中华人民共和国国务院"给它的"贺信"!

国务院给一家土特产商店发了贺信?这自然是商家店主,一厢情愿的事儿了——当然这封"贺信",也并非完全空穴来风,据土特产商店辩称,它的产品被列为一个"论坛"的"唯一指定农业特产礼品",而这个"论坛",又得到了与"国务院"似乎稍能搭到一点边儿的某"中心"的"指导",于是店主的想象力,便格外丰富了起来,于是为"国务院"捉刀代笔,"代写"了这封"贺信"发给了自己……

其实这类假借大旗给自己发"贺信"的事,近年以来,绝非独此一家。某地洗浴城开张,不是赫然悬挂了公、检、法、司的贺幛吗?似乎这样一挂,桑拿即有了靠山,小姐也变得不那么暧昧;某地建材城开业,不是大门进处,也摆满了工商、物价、质监乃至海关各司的花篮吗,似乎这样一摆,它的诚信、公道、优质就不成问题了。至于某县一个商人的十龄之子做生日,屏幕上打出该县"县委宣传部"的祝辞,就更令人费解了——执法机关给桑拿贺喜,以及政府庆贺商店开张,舆论之间,初始之时,是沸反盈天的,拍砖无数,说是官商合一,万炮齐轰,斥其不该"合流",但是查下来,才知道这些官府,无一送过贺幛花篮之类,大多为商家店主自己送给自己的,至于那个"县委宣传部",更不认识十龄童以及他的父母,属于假名自贺,一如那封"国务院贺信"。

由土特产商店门口的 LED,还想到了一些"企业家"的豪华办公室——宽墙之中,大班桌后,并不少见"老板"与达官贵人的合影,这些合影,不少是真有其事，握过一把手，便放成大照片，举过一次杯，便做成大制作。然而居然也有不那么真实的，曾见过一位乡企小老板与某领导人的"热情握手"，诧异之下，请问您何时见到过此高官，才知这只是 PS 的杰作，属于移花接木，一项并不需要多少技术含量的"技术"而已。还见到过一位"董事长"与克林顿和小布什的"相言甚欢"，这就更是电脑上的手脚啦——奇怪的是，"外国"的领导，也能给咱们的"董事长"长脸？

说到这个"长脸"，土特产商店的自撰"国务院贺信"也好，洗浴城的自悬强力部门"贺幛"也罢，究竟是为了什么？有人说，是拉大旗作虎皮，为了"吓人"；有人曰，是借助钟馗，为了"打鬼"；当然更有智者指出，这多少反映出我们某些国人的"官本位"的深层心态，明明人在江湖，在商言商，却要依附官府，凭借权势，能做"红顶商人"，出入官场，自然好，即便攀附不上，无法入流，也要自撰一封"贺信"，假送几个"贺幛"，借以"服众"，更聊以"自慰"……

只是这种"本位"、如此心态，究竟从何而来？有什么"现实意义"和"存在依据"？倒是值得我们反思的——千万不要把这封自撰的"贺信"仅仅当成一个笑料，或当作天边的浮云，一飘就过去了呵。

(2012.2)

把"面子"看淡一点

"有无认真的自我批评是我们党区别于其他政党的显著标志之一"。在今天的形势下,我们再来强调这个"显著标志",不仅是对党的优良传统的继承,而且有着强烈的现实意义和针对性。

批评与自我批评是一种重要的民主监督。我们要面对"四种考验",克服"四种危险",必须强化监督,才能防止蜕变。民主监督除了人民群众的广泛监督之外,还有重要的一条,就是党内自下而上的监督。而批评与自我批评,正是党内民主的重要载体、重要方式。这不光是一个胸襟的问题,我们要从民主监督的制度层面看待批评与自我批评。

认真的自我批评,还是诚信价值观在党的作风上的体现。我们积极倡导的城市价值取向,以"诚信"为基础。首先是公权力要有公信力,领导要使"党内信得过,人民信得过",就要讲真话,就要不回避和掩饰工作中的问题,尤其不能文过饰非、推责诿过。勇于进行认真的自我批评,勇于坦承和改正我们的缺点和错误,才能取信于民。

现在我们有些同志不愿进行批评,更不愿进行自我批评,其中重要一条,就是把个人的"面子"看得太重,批评抹不开"面子",自我批评更是丢不起"面子"。似乎面对班子、面对下级,作一点自我批评,"一贯正确"的印象就受损了,"足赤完人"的形象就打破了,"面子"上"挂不住",甚至"不好见人"、"不好工作"。

其实对于"面子",我们要看淡一点。从大的方面讲,是人民的利益、事业的得失尤其是党的形象重要,还是我们个人的"面子"重要?有错不认、有错不改,群众就要受损失,党的公信力就要受损害。为了一己的"面子",而损了党的形象，这"面子"真是丢大了！从我们个人的方面讲，有错不讲，错误就掩饰过去了吗？其实众目睽睽之下，你不讲，不作自我批评，群众洞若观火，同志之间也心知肚明，越是不讲，越是给人以"党性弱、作风差"的形象，越是"丢面子"，甚至还可能越遮越丑、越描越黑呢。相反，坦荡其怀、坦诚自责，这种诚恳的态度恰恰会赢得信任、支持和谅解，自己也反而主动、反而光彩。这就是"面子"的辩证法，看淡一点，反倒不会失"面子"。

正确看待"面子"，还体现在批评中。现在有的地方甚至有些班子中，一团和气，你好我好，基本没有批评的风气，这和有的同志的"情面"观点有关。似乎批评了，同志之间就伤了"脸面"，互相就没有"面子"，见了面不好说话，以后也不好相处。这样一种"融洽"，其实是庸俗的作风。还有一些同志，不但没有自我批评，也不能正确对待别人的批评，把同志间的批评，看作"不给面子"，为了自己的"面子"，容不得别人一句批评，甚至"一触即跳"、拍案而起。这样的同志，难道真的保住了"面子"吗？

（2012.2）

既不要棒杀也不要捧杀

前天下午，中国最年轻的教授出炉——中南大学22岁的大三学生刘路，由于破解了堪称国际数学难题的"西塔番猜想"，被聘为正教授级研究员，还获得百万元的奖励。

这件事已经成为网上的热点，转帖万千，不胫而走。刘路的破解，震惊了国际数学逻辑界，而22岁的正教授，又如何震惊我们的国人呢？

一是刘路会不会也被"人肉"，甚至"拍砖"拍到死？这似乎并非一点杞忧。按照这几年反复上演的常例，对于一个嘴上没毛的正教授，我们会不会照例怀疑他是不是"×二代"呢？会不会惯常地疑虑他的论文是不是"抄袭"甚至"剽窃"呢？会不会也把他的"爹"或"干爹"以及几代的老祖宗"人肉"出来，再来说他的"猫腻"呢？这样的"猫腻"不是没有，于是我们形成了"思维定势"，走上了"怀疑一切"的不归路，一个官员"破格"，因为年方而立，所以一定是"衙内"，一个学者脱颖而出，因为只有22岁，怎么能没有"问题"呢？于是要拍砖，于是要棒喝，这样一种"定势"，难道不会卷土再来么？这是一种"杞忧"。

还有一种担忧，那就是另一种"杀"——捧杀。"世界上最年轻的教授"的桂冠，昨天已经戴在刘路头上，"自古英雄出少年"的赞誉，也已经遍及网上，"奇才"和"神童"，也已铺天盖地。国人的惊喜，似乎可以理解，但刘路确还是个22岁的学子，他的"破解"，也只是一个数学专长的第一步，今后的道路还十分漫长、十分坎坷。千万不要把刘路捧到天上去，尤其不要按照"惯例"，又把他纳入官途，封一个"主任"甚至"学官"，或也给他一项"政协委员"的帽子，就像时下几乎所有学有专长的学者们所受到的"重用"那样，捧杀一定会让刘路成为"仲永"和"江郎"。

中国缺乏创新的传统。几千年来"存天理、灭人欲",已经扼杀了国人的聪明和激情。中国亟需培育创新的土壤,尊重人才、崇尚创造、包容个性、宽容失败,还要加上一条,既不要棒杀,也不要捧杀。国人平常的心态和社会宽松的环境,才是我们面对22岁的教授所最需要、最理性的呵。

既不要棒杀,也不要捧杀,说的当然不仅仅是一个22岁的正教授。

(2012.3)

当温总理的大名被印错

2011年12月20日的《人民日报》，将温总理的名字中的"宝"字赫然印成了"室"，这当然是一桩责任事故。于是照例追咎问责，甚至风传要处理18人。这事让温总理知道了，赶紧打电话给这家报社，说这明显是五笔打错了么，接受教训就行，千万不要处理什么人。

温总理是宽容的。由温总理的宽言善意，忽然想到耀邦同志的宽容——一家报纸刊出一张耀邦的漫画，漫画当然不是标准像，甚至还有那么一点"丑化"和夸张。"有关部门"不高兴了，于是也要问责。有人把这幅漫画拿给耀邦看，不料这位共产党的总书记一看笑了，说我本来就长得不怎么样啊。一场"漫画风波"，就在耀邦的一笑之中平静地过去了……

耀邦的一笑，温总理的一电，都很平静，然而这种平静，似乎有一点难得，那是因为我们也有一些为官者，一看自己的尊姓大名错了，一瞧自己的嘴脸被"丑化"了，那是很不"平静"的呀，拍案而起有之，雷霆万钧有之，还有问一句"意欲何为"的，更不要说兴师动众追咎问责处理人了。不是有一位"领导"，因为他的尊容见报，小眼睛没给他修版，不那么炯炯有神，于是要报社"深刻检查"吗？至于你画他一张漫画，或者搞错了一下他的"排序"，那"风波"，就真是大了去啦。

关于"宽容"，最典型的宽容，还不在于区区一张漫画、一个错字，而是毛泽东同志面对一个"骂"字的态度——1941年，陕甘宁边区清润县一名农妇伍润花，因为丈夫被雷劈死，于是大骂世道不好，共产党"黑暗"，甚至高叫"为什么不把毛泽东劈死"。边区保卫部门理所当然地把她抓了起来。那么被骂的当事人毛主席，听到这件事如何反应呢？毛主席严厉地批评了保卫部门，还把伍润花请到自己的窑洞，诚心诚意地听取了她的一肚子怨言和对边区工作的批评。毛主席最后说，"老百姓有困难，我们不解决就该挨骂"……

毛主席面对骂声的"宽容"，不只是一件轶事，也不只是他的性格使然，甚至不只是一个民主作风或宽广心胸的事——毛主席宽待、善待伍润花之骂，与他的权力观是一致的——就在同样的时候，毛泽东不是发表了那著名的"窑洞对"么？不是首创了"这条新路，就是民主"的共产党的政治学么？对于我们来说，连权力都是人民给的，老百姓骂几句，又有什么听不下去，又有什么可以兴师动众的呢？

可见"宽容"与否的问题，不是一个性格或胸襟的事儿，这是一个"我们的权力是谁给的"的根本问题。弄清了这个大问题，我们才能"夹着尾巴做官"，才能对于印错一个名字画了一张漫画那样的"不恭"，坦然相待，一笑了之；更能在"骂"声面前，抱一种释然，甚至有一点欣然——这不是什么"伟大谦虚"，而是共产党人对于权力的敬畏和自知之明。

（2012.3）

"一笔惊心"

我们街头的城雕,现在已经不少,完好无损有之,残破不已也有之。说起这件事,人们总会想起那个"打电话的女孩",窈窕少女,被偷走三次,每每"此地空余电话亭",引出无限唏嘘。然而令我最惊心的,却是另一座雕塑——那是夏衍先生的塑像,既没有被"偷走"其身,也没有其他的损坏,只是先生手中紧握的笔没有了,只剩下一个空手的文学大家,在寒风凛冽中尴尬地孤立着……

为什么会"一笔惊心"呢?因为夏衍手中这支笔,50年前也被夺走过——作为中国现代史上的文学大家,夏衍紧握这支笔,写下过百万字的剧本和小说,然而在那场浩劫山雨欲来之时,夏衍就被投入监所,那里除了写交代,没有一个字的文学可言。70年代中叶,夏衍出了秦城,饭是有一碗吃了,叫做"给出路",但是能写一个字么?不能,手中依然无笔,一个文学家,就这样空手十年。直到云开日出那一天,夏衍感慨地说,什么苦都可以忍受,最可怕的,是夺走你手中的笔。夏衍还说道,造反派打刘诗昆,不打别处,专打他用来弹琴的那十个手指……

从夏衍手中这支笔,于是想到了另一支笔——1950年9月15日,音乐家王莘到了一次北京,因为感动于新中国天空的晴朗,动情于孩子们胸前红领巾的鲜艳,在从北京到天津的火车上,王莘一路高吟,挥笔写出"五星红旗迎风飘扬,胜利歌声多么嘹亮"的词曲,这就是后来唱遍大江南北的《歌唱祖国》。王莘在火车上写总谱,用的是一支活动铅笔,而这支笔,又是冼星海亲手送给他的——王莘离开延安上前线,冼星海对他说,这支笔是我从法国带回来的,写《黄河大合唱》,用的就是它。现在送给你,你们要把歌声带到战场上去,带到人民大众中去。

王莘用冼星海的笔写出了时代的歌,然而这支笔却没有逃过厄运——"大革文化命"之始,红卫兵抄王莘的家,抢文物、烧乐谱,眼看就要洗劫一空。为了保住这支笔,王莘夫人将它与《歌唱祖国》的总谱原稿一起,埋在后院的煤堆里,直到十年浩劫结束,才重见天日,总算没有付之一炬——然而笔是保住了,但整整十年,它写过一个字没有?整整十年,人民的音乐家王莘,竟然没有拿起过笔,没有写过一个音符。这支躺在煤堆里的笔,对于他又有何用呢?

还是回到夏衍手中的笔。"偷走"这支笔,或许只是一种今人的恶作剧,更或许只是出于一种"无知",不知道手中这支笔,对于夏衍们、对于中国的知识分子,是性命交关的东西,所以不必惊心,不必想得太多——然而我仍以为,这种"无知",这种对于"笔"的不敬乃至对于文化的恶作剧,似乎仍然值得我们当心——当年夺走夏衍之笔的造反派以及逼着王莘把笔埋在煤堆里十年之久的"小将"们,难道不也是出于另一种深深的"无知"吗?

让我们珍惜这百花齐放的时代,再也不要让夏衍们失去手中的笔。

(2012.3)

小平同志为什么"怕"

说起"胆子",小平同志的胆子是最大的。中野千里跃进大别山,一着险棋,改写了整个中国的战局,连"蒋委员长"也不得不惊呼"胆大包天";淮海之役战略决战,60万解放军吃掉80万重装的国军,没有"天大的胆子",是围不了碾庄抓不了黄维杀不了黄伯韬的。直到改革开放,20年前的南巡也好,浦东的开发开放也是,"大胆试大胆闯","胆子更大一点",更成为小平同志的口头禅。"不怕",是小平同志的突出风格,"不怕困难,不怕得罪人,不怕失败,不怕冒险",再加上文革浩劫中的"不怕唱反调",我们的小平同志就是这样一个人。

然而小平同志,似乎又是最胆小的,一个"怕"字,竟然数次出现在小平同志的嘴里。就拿"回家看看"这件人之常情的"小事"来说,小平同志16岁少小离家,直到他去世,77年没有回到过老家广安。建国以后,小平同志九至川蜀,却从未踏上广安的土地,三中全会后,广安县委两次邀请小平同志回家,都被他拒绝。直到1988年6月,自贡灯会在北海公园举行,四川记者再问观灯的小平同志,"这么多年过去了,您就没想过回家看一眼?"没料到小平同志摇了摇头,更没想到小平同志以他著名的简洁,只说了两个字——"我怕"……

小平同志邪不怕鬼不怕,还怕回家?他"怕"的究竟是什么?据邓榕说:我们姊妹几个都很想回家看看,跟他说了好几次,可他就是不让。他自己不回去也罢了,也不让我们回去。父亲告诉我们,我们一回去,就会兴师动众,骚扰地方。又据邓林说,父亲一向严于律己,"回去了,这个请你办事,那个请你帮忙。不答应吧,情面难却,答应吧,违反纪律。"

原来如此，小平同志的"怕"，一怕"扰民"，怕给家乡的干部群众添麻烦，尤其是怕兴师动众那一套；二怕"越权"，小平同志权那么大，但从来不为家乡"办事"。广安那么穷，小平同志从未开口给广安拨过一分钱，只是严肃地交代广安县委，现在这点口粮太少了，群众会吃不饱，一定要把粮食搞上去……

以大胆铁腕著称于世的小平同志，面对人民，面对权力，胆子居然这么"小"，这么"怕"，这自然有着个人的品德、操守和风格的修为，但更是来自于一个马克思主义者对于民主的制度，对于一部共产党人的政治学的恪守——在那篇《共产党要接受监督》的著名演讲中，小平同志讲的恰恰不是胆子要大，而是"胆子太大了不好"，恰恰不是"不怕"，而是三个"怕"字。"怕"什么呢？共产党人要"一怕党，二怕群众，三怕民主党派"，从而要"谨慎一点"，决不可胆大妄为。如果说，小平同志对于"回家"的"怕"，是一段悠扬的佳话，那么他关于共产党人要"三怕"的警句，则更是振聋发聩的告诫了——我们今天有些"共产党人"，缺少的不正是这三"怕"吗？

现在我们说，共产党员要"夹着尾巴做官"，当然不是说要谨小慎微，而是说，要有所"敬畏"。那么小平同志"敬畏"什么呢？他的"敬"，在于"爱"——"我是中国人民的儿子，我深情地热爱我的祖国和人民"。而他的"畏"，则更为深沉——"一个革命政党，就怕听不到人民的声音，最可怕的是鸦雀无声"。这句话印在《邓小平文选》第 134 页上，题目叫做《怕就怕鸦雀无声》，我们千万不要忘记。

(2012.3)

"第一谎言"的破灭

被称为党史"第一谎言"的所谓"王明中毒事件",近日终于得到澄清——党史研究者历时数年,以曾流落失散的确凿历史档案为依据,抢救性地遍访众多一息尚存的亲历者当事人,以严谨公道的态度,还原70年前这一事件的真相——"王明中毒事件"子虚乌有。

所谓"王明中毒事件",曾被称为"第一谎言",是因为长期以来,境外某些人借它反复歪曲丑化中共党史,也是因为近年以来,我们也有些"热心者"对它笃信无疑甚至乐此不疲。其实所谓"中毒事件",只是王明一人的"一家之言"——1943年整风时期,王明把这起十分简单的医疗事件硬夸大成"政治谋害",致使一批人蒙冤不白,正是他的第三次左倾路线受到批评,王明离开中央高层领导岗位之时;而1975年,王明在他的《中共五十年》中又将此事上升为"毛泽东指使",就更是中苏两党关系恶化,王明寄人篱下之时。这种毫无旁证的"一家之言",这种当事人在特定境遇下的说辞,真假本来是不难辨别判断的,但为什么居然成了一些人的"笃信"呢?

这是因为近年以来,党史、现代史、革命史上一些争议人物甚至是反派人物的"一家之言",忽然成了十分抢手的"第一手史料"。本来兼听则明,正反两方面的话都要听,所以争议人物、反派人物也可以讲话,他们的"一家之言"也可以听一下,方有助于历史研究的"比较、交换、反复"。问题在于我们不能从不让他们讲话,走到他们的话"句句是真相"的另一个极端。王明的《中共五十年》可以读,但要读得懂这位离国出走的政治人物的心态;《张国焘回忆录》也可以读,但要看得穿这位叛逃人士的自述,究竟有几分真实性。可惜的不在于外边有些人对于这种"一家之言"的高捧和利用,倒在于我们一些热心人的"深信无疑",竟然以为只有王明、张国焘们才是"真实"。

对于那种"一家之言"甚至"第一谎言"的轻信,其实还不完全在于历史研究的方法有问题,还在于我们一些人对于历史是非的"兴趣"倾向——历史的是非是复杂的,我们过去,确有过某些对争议人物"一言以蔽之",甚至对反派人物"一棍子打死"、全盘否定的片面性。现在思想解放了,方法更对头了,知道对他们也要"一分为二",也要"分析好"。比如王明,"人很聪明,对革命也作出过贡献",我们不要全面抹煞;即便是张国焘这个叛徒,也曾有过建立川陕根据地的功劳,"五四"游行的队伍前列,还有过他激昂的身影呢!但是"两点论"同时也是"重点论",王明也好,张国焘也好,总的来说,大节是不好的,总体不足为训,盖棺可以论定,一个出去后反共反华几十年,一个当了共产党的叛徒、国民党的特务。我们不能因为过去曾有过"一概否定",现在又走到另一个极端,似乎对反派人物特别钟情,似乎又把他们捧到天上,连张国焘的借祭黄陵只身叛逃都变了"情有可原",更连他们的谎言和哀鸣都当成了历史的"第一真相"。

此次还原"王明中毒事件"的党史研究者,最近指出:在当今的现代史研究中,研究反面人物的比研究正面人物的吃香。这种倾向是否存在、是否突出,人们可以"研究"。除此之外,还有一些"研究",似乎对"政治厚黑学"、"权力斗争"特别感兴趣,上述研究者认为,这是"把历史庸俗化"。其实从道德上丑化一个政党及其领导人,岂但是一点"庸俗化"而已——所谓"王明中毒事件"之成为"第一谎言",实质上不就是要把一部党史,歪曲成龌龊的"内斗"史,进而从根本上动摇一个执政党的道德形象和它的公信力么?可惜我们不少人看不懂这里头的"醉翁之意"以及项剑所指,以至于对王明的"一家之言"笃信不疑,又将"第一谎言"当作了"真相"来"揭秘"。这种十分令人遗憾的事,当然不仅仅止于一个"王明中毒事件"的真伪。

(2012.3)

也不必"走过一步"

还是从近日大热的杜甫说起吧——一个诗圣，忽而成了摩托手，忽而又变了送水工，杜甫的被恶搞，引出舆论的热议。当然始有"怒斥"的，认为损了"灵魂"触了"底线"，然而多数的人们，却以为这不过是少年学子，一点寂寞，一点无聊，甚至一点"刺激"而已，大可不必痛心疾首，也不必过度责备，还是宽容一点为好。

这也许真是一种进步。我们的生活中，自有五光十色的林林总总，我们不妨看淡一点、宽松一点，既不要事事"紧绷一根弦"，也不必时时"联想过多"。说大一些，和谐社会嘛，"和而不同"是个常态，对于种种的"不同"，我们也以"大肚容之"为好，尤其不要轻易"上纲上线"。

然而奇怪的是，在对恶搞杜甫的一派"宽容"中，我们却也可以看到另一种"上纲上线"——比如说，说不必过于纠结还不够，偏要说这种恶搞，也是"一种创新"，是"青少年们的形象思维"，似乎不但无大错，而且还十分"值得珍惜"。又比如说，这恶搞是"一种有力的文化普及"，学子们不涂鸦、不恶搞，你怎么知道今年是杜甫1 300周年？似乎不但无过，还大有奇功呢！再比如说，恶搞一下杜甫，其"意义"竟然十分深刻，甚至是"对现行教育制度的一种反叛"，这就更令人费解了。

恶搞一下杜甫，本来没有什么"深意"，这只是少年学子的一种无邪，所以应当宽待。这是事情的一方面。而另一方面，如果往复震荡，叠床架铺，又来另一种"联想过多"，又把这种恶搞捧上天去，似乎不恶搞反而不行，这就走向了另一个极端。真理这个东西，不能"走过一步"。过犹不及，过了，真理就变成谬误。如果宽容变了一味的提倡，宽厚变了忘情的追捧，这恐怕就是

"走过一步"了。

恶搞似可宽容,但也不应一概提倡。正如宽容自有原则一样,"恶搞"也确要有"底线"。有的事可以搞一下,有的事碰也碰不得。就拿这个"恶搞"来说,今年两会之上,就有政协委员直指"恶搞国歌"的现象——我们神圣的《义勇军进行曲》,也遭遇到"恶搞"。正如政协委员痛陈,有的地方,出殡举丧也放它,还有的人,将恶搞后的国歌作为手机铃声,一路喧嚣,歌词已面目全非……对于这种"恶搞",就不能那么"宽容"、那么大度了——凡事总有个"度",总不能因为人们的"宽容"和舆论的宽厚,于是什么都可以恶搞,什么都可以亵渎一下吧!

生活是生动的,也是复杂的。一事当前,怎样才能看得清楚,怎样才能持之有度,尤其是手握"真理"的时候,怎样才能防止心血来潮、忘乎所以,防止真理"走过一步",对我们的国民认识能力和公众思维方法,每每总是一个考验。

(2012.3)

岂能为谣言"辩护"

清平世界,谣言应如过街之鼠,怎么还有为谣言"辩护"的?有的。你说谣言可耻、可恨、可鄙,他却说谣言"有益、有据、有理"。大多数人都对谣言表示公愤,却也有这样的"高论",以为"宽待谣言"也是一种"多元的包容",而"容忍谣言"几乎要被提高到"民主素养"的惊人高度。为谣言的"辩护",自有造谣的始作俑者和传谣的热心"二传",竟也有哗众取宠的所谓"意见领袖"。种种荒唐的"辩护",鼓励和支持谣言的生产和流行,甚至还为造谣提供"理论根据"。

一是所谓"倒逼真相论",说在突发事端和社会事件发生的"第一时间",谣言可以"倒逼"政府出来澄清。这是十分荒诞不经的"谣言有益论"。一事当前,往往会有少数人出来"首发",或凭空推测,或无端捏造,用他们预设的结论来惑众。这种谣言的"先声夺人",起到扰乱人心、混淆视听的作用,往往先入为主,先造成舆论定势,使人们远离事实和真相,哪里是"倒逼真相"呢?现在众多的政府部门和当事单位,已经越来越能够及时主动公布真相,然而这种真相却往往为人疑虑,为什么呢?因为谣言已在"第一时间"流传,因为真相往往不符合一些人"预设的结论"和"先入"的"主见",所以人心仍然惶然、流言照样四起,可见谣言不是"倒逼真相",恰恰是要"驱赶真相"。

二是所谓"现实根据论"。一些谣言被揭穿后,竟然有"有识之士"出来力挺,说这件事虽是假的,"不等于这样的事不存在"。比如某地谣传纪委用豪华车作巡视车,一时哗然,但很快查明这是社会人员在他的私车上擅贴了"市纪委"的招牌,然而真相大白后,"意见领袖"仍不认输,说这辆车是与纪委无关,但政府部门用豪车的事"难道别处没有吗"?又如某县长穿双名牌鞋下工地，于是也是哗然，断定他的鞋一定是受贿所得，也是很快澄清，那是他爱人四年前在丈夫生日时在百货大楼买来送给他的，可见无风起浪，然而也有高人硬撑在那里，说这双鞋虽无猫腻，但官员收礼的事，"难道不存在吗"？这种"谣言有据论"，在一个个谣言破灭时反复震荡，成为信谣者借此自慰而传谣的媒体坚持不认错的"理论根据"。按照这种"理论"，赵高的"指鹿为马"也没有错——马，"难道现实中不存在吗"？可见也是一种夺理的强词而已。

三是所谓"谣言民意论"，说谣言"往往反映了公众的意向"，所以要"善于"从谣言中"了解民情、听取民意"。这其实是对民意的侮辱和强暴。反映民意的渠道越来越多，难道公众要通过谣言来表达意见？民意的表达，有时确也会采取曲折的方式，但谣言从来没有也不能"传递民声"，而只能损害公众切身的利益。我们对于"民意"要尊重，也要分析，如果说谣言后面也藏着什么"意见"的话，那只能是极少数人的"醉翁之意"和"图中匕首"而已，我们要看清楚、想透彻，千万不要在"民意"的问题上被引向误区。

造谣是荒唐的，为谣言"辩护"更是荒诞，我们是要包容多元，但决不能宽容谣言，我们是要讲"民主素养"，但首先让我们回到民主的本意。

（2012.4）

黄穗这个"副处级"

黄穗跑到国外去打球,引出了轩然大波。其实国门开后,跑到国外打球的运动员,何止百千?为什么唯独黄穗要惹风波?因为她是"省羽毛球运动管理中心"的"副主任",一个"副处级",而且还拿着数年的"官饷",现在居然代表外国打球,这就不行了,所以群情愤然。

黄穗事件是耶非耶,可以风波下去,然而黄穗身上的这个"副处级现象",却值得我们冷静一想。

"副处级现象",也即世界冠军的"官员化",近年来,几成惯例。拿了金牌后,即刻戴上"副处级"乌纱的,岂止黄穗一人?被称为第一位"官员运动员"的,或许是田亮,还在备战北京奥运会,就被"给予"了"副主任"的头衔;"亮晶晶"也不能只"提拔"田亮啊,于是郭晶晶也被封为"副处级"的"副主任",哪怕她仍在跳台跳板上驰骋疆场。准备征战伦敦奥运会的拳击大王邹市明,成了"副大队长",而某省一下子把9名奥运冠军"一次性"全部提为"副处级领导干部",更是"顺章成理"了。

这当然是咱们的一份好心。但这好心后面,似乎也有一点悲哀,似乎对于这些"冠军"们,再没有什么好的办法了,只有给顶乌纱这"华山一条路"。这究竟是咱们的"习惯思维"使然呢,还是"冠军"们真的"看重"这小小的顶戴花翎?

其实指望一个"副处级",就具有对于国手们的莫大"奖励"作用,看来是一厢情愿了——就以田亮来说,这"第一个官员运动员",不但在役时"从未到位",便是退役之后,也是巡演天下、四处放歌,光接拍的影视剧就达20余部,第一身份是演艺明星,第二身份是前奥运冠军,他几乎忘记了自己还是个

"副主任"呢！李娜夺冠法网，当地即刻要授她"副主任"，谁料"一姐"坚辞"副处级"，说她"无暇顾及"，因为"在网球场上还有更远大的梦想与目标"呢！就是这个黄穗，因为萌生退意，所以为了"安抚和鼓励"，咱们"提前用官职作为激励手段"，谁知道"副处级"一封，黄穗照样退役、不打了。而她当了这个"副主任"，也同样从未履过一天"职"……

可见一顶"官帽"，对于那些有前程的运动员，并不见得有多少"激励"作用，但却折射出我们不少人的"思维定势"——我们恐怕还没有走出类似于"菖本位"的老路，习惯地拿着官场仕途那一套"阶梯"或曰"规则"来到处套用，以为"乌纱"一扬，毫无例外地可以"激励"所有的人们。这种"思维"，当然远不止于一个体坛——君不见某些高校学问做得好、讲课讲得好的，我们往往会"即刻"把他封为"副主任"甚至"副校长"，让他立马当一个"副处级"乃至更大一点的"官员"么？这当然是一份好心，但这好心后面的"走势"，难道真是要"放之四海"概莫能外么？近年以来，居然还有学界争论"鲁迅是个什么级"的——有谓鲁迅只是个"科级"，不过是教育部的一个科长而已，但更有坚称"鲁迅是个副处级"的，因为他还是教育部的佥事呢，"相当于副处级"！这个看似无聊的争论，其实并不"无聊"，因为它实在"激励"了我们不少有识之士的莫大兴趣啊！

运动员"当官"，据说也有当得不错的，比如邓亚萍，比如熊倪，但恐怕是凤毛麟角。大多的"副处级"冠军们，不要说合格地当他的"副主任"，便是连上任也没有去过一天。这只是一种"待遇"、一份"好心"。然而我们的"好心"，为什么不外乎就是给一顶从七品的"乌纱"、封一个"副处级"呢？这或许更值得我们反思——不要让黄穗风波又一次成为天上的浮云，一飘就过去啦……

（2012.4）

孙俪何须识"麟儿"

"小姨多鹤"方罢,"后宫甄嬛"已热,正当孙俪大红于市之时,一则笑话也广为流传——孙俪做客荧屏,侃侃而谈其子,说不知怎的朋友送来的贺卡,竟有"祝福麟儿"的话。"我儿子也不叫'邓麟',呀,以后怎么给他解释?"她是不知道,"麒麟儿"、"麟子"这一类好话,古来就是人们祝福孩子的代称,于是关于孙俪"没文化",明星应当翻翻书的热议,就澎湃起来啦。

然而也有网友主张宽待孙俪的,说她毕竟不是搞古文字的,对于这个现在用得并不太多的古词,也怪不得她"不知道"。我之同意这网友的意见,更因为这类的"不知道",在于歌坛演艺界,何止一个孙俪、一个"麟儿"——就说数年之前,那时唱红南北的艾敬,因为陈燮阳为她指挥乐队,所以就在万体馆那个众目睽睽之下,一曲终了的时候,不是高声大呼"谢谢陈变阳先生"吗?

因为"不知道",所以闹出了笑话,在于明星,可以俯拾。李玟听了一曲《满江红》,"怒发冲冠,凭栏处……抬望眼……",竟然热泪盈眶,直言"请岳飞也给我写一首"!蔡依林亮相荧屏,请问"三国"是哪三国,不料朗声回答,"刘备、关羽、张飞"。伊能静这个"美丽教主",在美女中又总算是才女了吧,照样引吭高歌,一字不识读半边地将"羽扇纶巾"唱成"仑巾"。至于"范爷"为《墨攻》做推介,一言惊慨,说如果赶上抗日战争,我一定会做刘胡兰保卫自己的国家,那也只能赞扬她的一腔热血,真要叫她弄清抗战和解放战争的不同,恐怕是要求太高了呀。一家电视台请教明星,中国古代四大美女是谁?答案竟是"西施、貂蝉、潘金莲、小燕子",那是因为看多了《还珠格格》;而另一家电视台说到"七七事变",美女巨星当即惊问,"卢沟桥在哪里?这几天出了什么事?"就不止是令人捧腹的事儿啦。明星穿着满目脏话的英文 T 恤招摇上街,明星把千古绝唱写成了"大江东去狼逃尽",就更是笑话里的笑话了。

不知怎的,近朱者赤,不但是明星角儿,便是与他(她)们沾着一边的人们,似乎也变得笑柄屡屡了。荧屏上问,《水调歌头·明月几时有》作者是谁?答曰苏东坡,主持人看了一眼手中的卡片,于是一言斩截:错,应是苏轼。一位娱记,说她最大的愿望,是"采访一个更大的腕",做一次张爱玲的专访,她哪知道这位所谓的"师奶"早已撒手了17年呢?先锋派作家不知道贾兰坡教授发现了"北京人",把小说中那个品行下作的反角教授赫然命名"贾兰坡";名嘴则要与文化套近乎,一口一个"刘海栗"。这类的事儿,恐怕比之孙俪的不过不知一个古称,来得更"没文化"吧!

关于一些明星的"没文化",报刊网络,早已再三抨击,网友之间,什么话也有,其中的道理,好心的规劝,就不必再事重复了吧。但据我管见,却也有应当原谅他(她)们的缘由,已经有网友称,咱们的娱乐圈,是知识构成要求最浅的行当,而明星一物,又可算是最低的门槛。这话说得过头,却也不无道理,胸无点墨,肚子里也没有几条"应知应会",凭着一张靓盘、一副好"条子",就可以当红一时的星儿,难道还少见么?像北京人艺那些满腹诗书、一肚子学问的艺术家,论其名声,说其"进账",还比不过那些初二就辍学、16岁就出来捞世界的"明星"呢,这叫做"市场导向",叫做"价格与价值的背离"。这个"道理",明星懂,经纪人更懂,所以"刘项原来不读书",也不必"读书",更何须"有文化"呢。

当然明星们也有一肚皮的委屈——有人劝一位女星"坐下来好好读几天书",那女星却笑了,"读几天书"?三天不出门,就没人认识我啦!哪里坐得下来?这个答案是形象而深刻的,可见明星的"文化问题",恐怕并不应当完全归咎于他(她)们自身的肤浅和浮躁……

(2012.4)

大衣哥为什么 hold 不住

"太累了"——一夜之间唱红中国的"大衣哥",终于"hold 不住"了。清明前一日,"大衣哥"面对荧屏袒露退意,其妻也大呼"撑不住了",而网友们则感叹道:大衣哥,娱乐圈不是你的江湖……

大衣哥为什么"hold 不住"?是巡演天下,数钱数到手"累",还是触犯了行规天条,如他所言,是"对娱乐圈水土不服"?谁也不知道,所以猜测种种,所以迷雾重重。据网友的猜度,"大衣哥"的"退",是因为 2 个月前的"代言风波"——一家男科性病医院,发行一份"男性刊物",封面之上,赫然"大衣哥"憨厚淳朴的阳刚形象,并印有"雄鹰展翅唱遍中国"的大字。"大衣哥"代言性病医院,一时引来舆论哗然,然而他"听都没听说过这医院,给多少钱也不会给它代言"……于是网民断言,是这个侵权之扰,让大衣哥"头都大了",惹不起还躲不起?只能退出江湖啦。

但我却觉得,让大衣哥"hold 不住",深感其累的,不只是这一击"恶意摧残",恐怕还有"锦上添花"的困扰呢——"大衣哥"一时唱红,当地即刻就给了他一顶"政协委员"的桂冠,这在当下,属于十分流行的套路了。"大衣哥"本是菏泽乡下一介农夫,他的"大衣"里有几分"政治"可以拿出来"协商"?恐怕也只好事事举手了。"大衣哥"日日巡演,赶场子还来不及,又有几天工夫,可以拨冗莅会参政议政,恐怕也只好再加一把"空着的议席"了。"政协委员",那是党派界别的代表,是很不好当的呀——我的一位老板朋友,因为他的"结构性",进了一个区的政协当上了委员,不料十分地"紧张",议案怎么办?总不能年年一张白纸吧;发言怎么办?总不能次次三缄其口,坐在那里脸红耳热吧。但要"建言献策",他实在没有什么"真知灼见",更不要说

"直言谠议"啦——这另一种"累",另一种"hold不住",不知"大衣哥"有木有?

　　大衣哥为什么"hold不住",我们不知道,但有一条应该可以共识,那就是好不容易一个农民唱红了天下,我们既不要恶意地去摧残他,也不要过于好心地去难为他——中国的人才本来不多,千万不要让千辛万苦才冒出来的"大衣哥"们,这么快就"hold不住"哦……

(2012.4)

"美女"才是"新闻"?

常熟那位"跑了"的女企业家,我们早已耳熟能详。详熟什么呢?都知道她是"第一美女"。东窗事发的时候,报纸之上,登的是她半露玉肩的美女照,后来抓到了,媒体网络,照例是她薄衫抚琴的玉照。至于她敛了多少财、违的什么法,反而没有几个人说得清楚,如果不是因为"美女",顾春芳的芳名大概不会尽人皆知、不胫而走。

"美女"的符号,在于现在的纸媒、当今的网上,早成了夺目的"概念"。敬业的驾驶员,叫做"美女司机",所以登她一组靓照,至于这位"90后",怎样忠于职守,如何出色于岗,可以不着一字;乡村的女教师,因为容貌不俗,所以捧为"美女教师",至于她在穷乡僻壤一待数年,天天苦行几十里山路,反倒没人知道。"美女交警"也好,"美女市长"也罢,她们究竟干了些什么,似乎不是新闻,而唯独一张靓盘、一副好身材,就可以"酿成热点"。这倒也罢了,"爱美之心,人皆有之"嘛,谁叫她长得漂亮呢?但是到了那个锒铛下狱的蒋艳萍,也被称为"美女贪官",也来照登她的美女照,甚至还要追踪她入狱之后的所谓"诱惑",就不免令人叹息了。

"美女"这个"永恒主题",似乎还不止于"社会新闻"。一些媒体关于"两会"的"新闻",居然也不忘主打"美女"。众多网络,甚至不少报刊,每逢当地"两会",多要刊出参政议政的"美女"彩照,五彩缤纷,鲜艳夺目,至于这些代表、委员,于国之大计,有何灼见,于改善民生,有什么真知,反倒一字不表。一名曾被炒得最热的"美女委员",不少媒体之上,对于她的漂亮,可谓不吝篇幅,而对于她的政见,却惜字如金。其实这位企业界的女委员,调研十分深入,设计十分精心,尤其对于吸引鼓励民营企业进入基础设施建设领域,有一套周密方案。她在政协会上,既有提案,又有建言,然而就是这样一位议政高手,这样一套负责任的政见,在不少网络、一些报刊上,连一笔也不带过,剩下的只是一张光彩照人的美女照,真叫人误以为只是一个"花瓶"而已。

除了"美女委员"而外,自然还有活跃会上的"美女记者",最夺目的一回,是推出50张靓照,叫做"记者席上,美女如云",甚至还有大炒女记者的衣着、打扮乃至发型的。百千记者,在"两会"上如何夜以继日,巾帼须眉,在大小记者会上问出了怎样直抒民意的问题,我们不知道,只知道"美女如云",一个比一个漂亮。炒完"美女记者"之后,居然还有来炒"美女服务员"的,然而这和议政参政的权力运行,又有多少关系呢?可见其"新闻眼光",仅仅在于一个"美女"而已。

这当然不是说庄严的"两会",不能有一点"花絮",也不是说商议国事就要"拒绝美丽",而是说这毕竟不是"娱乐盛会"。而政治领域的新闻,也不宜把焦点聚在"美女"上——当然对于"美女"的莫大兴趣,还走进了我们的某些"国际新闻"。某国一个总理上台,于是"美女季莫"连篇累牍,连她的那盘起的发型以及那一袭"蓝色长裙",都成了反复聚焦的"看点",至于什么叫"颜色革命","革命"后的党争又何去何从,反而没有人再记得。某国一个新内阁成立,于是"七大美女部长"玉照夺目;某国一位女部长入阁,我们也是"美女防长"如何这般。她们有何政见,对咱们什么态度,反倒是一字不白。不少国人对于布吕尼的热心,似乎远远超过了对于萨科齐以及法中关系的了解,不知与咱们的"美女新闻"有无干系呵。

再说一遍,"爱美之心,人皆有之"。然而如果我们的"新闻敏感性"过分地集中在一根"美女"神经之上,如果我们总是习惯于打"美女牌",总是要靠一个"美女"来"夺目"、博取眼球,那就不但过了头,而且似乎也"技穷"了一点吧——世界上的事,有那么一点无妨,但如过于泛滥,甚至形成"概莫能外"的定势,就没有什么味道了。

(2012.4)

也从"五粮液机场"说开去

宜宾机场将要迁址,迁建后的机场命名为"五粮液"机场,于是舆论哗然,沸反盈天,于是宜宾方面也不服气,说贵州那边,"茅台机场"不是已经动工了么?为什么要盯住"五粮液"不放。

从"五粮液"到"茅台",机场的酒气熏天,当然更激起网友反弹,说是照此"命名",西安机场可更名为"西凤机场",呼和浩特机场可叫做"河套王机场",而堂堂首都机场,为什么不叫做"红星二锅头机场"?

这自然有了一点调侃、一点"归谬",其实还有娓娓说理的,说是国家的民航法规,明令机场的命名必须是地名,岂能是一坛子酒的浸泡?就拿国际上来说,美国有肯尼迪机场,意大利有达芬奇机场,当然还有约翰·列侬机场等,都是盖得住的文化政治人名,没见过以一个企业来命名机场的,这真是"商业化"到了家啦。

其实这个"商业化",我看并没有"到家"——拿一个商标来命名机场,类似的事儿也早已有之,例如首善之地,不早有了"联想桥"、"长虹桥"了么?遍及全国的公路、隧道、桥梁、高架,不也有企业出资冠名的先例么?所以这一点"商业化",说来还算无伤大雅,所以似乎勉强"可以有",舆论之间,也莫衷一是,甚至还有主张网开一面的。

真正"到家"的"商业化",在我们的生活中,却不是没有——某县政府的新建办公楼,被曝"远超白宫",十万平方米豪厦,平均一个官员摊到一大套,于是网上批其"浪费"、斥其"奢华",于是出来辩白,一不小心说漏了嘴,原来如此广厦,堂堂权力机构的所在,政府并没出一文钱,更何况"浪费"。那是一家企业"赠送"的,在政府大楼的顶端,还将嵌上企业之名,曰"××大楼"呢!可以想象一下,当我们的县长书记,坐在企业"赠送"的大楼里发号施令,他的"公权力"会散发出什么味儿呢?当我们的局长处座们,在"××大楼"里行权盖印,他的"公正性",或曰"公平性"以及"公信力"会不会打折扣呢?这个"企业"看来是很会经"商"的,它的"商业化"化到了政府的"家",这岂止是商冠上的那一点"红顶"呵?!

当然还有更"到家"的。某市"保安集团"将欲上市,成为"我国保安系统的第一只股票"。这个"保安集团有限公司",每一分资本都由该市公安局所出,每一个高管都由该局的现职领导担任。这个既触犯党政机关不能经商办公司红线,又违反党政干部不能任职企业规矩的"公司",因为"资本构成"和"管理层背景"的强力,所以一旦上市,它的股票恐怕就要飞飙,就要日日长红的。然而当这个地方的执法机关,也"商业化"成了一只股票,这部分"公权力"又将"化"为何物呢?好在因为"违规"得实在太出格,已被审核当局"搁置",否则的话,这一只股票的开盘,这一类真正"到家"的"商业化",所引出的波澜,恐怕就要大大超过一瓶"五粮液"命名的机场啦——这可是一部政治学最忌讳的权力的"商业化"呵!

(2012.5)

文坛又闻"TMD"

事情又是起自荧屏——主持人提问,"君不见黄河之水天上来",请接下句。"美女作家"答曰,"一江春水向东流"!于是舆论之间,一片哗然,网上网下,拍砖无数,说是这样的"美女",怎么还能做个"作家"?!

我原是主张不必万炮齐轰的——且不说中国的古诗词中,有几个句子属于"百搭",任你出什么上句,他都可以接稳续妥。比如说"一枝红杏出墙来",又比如说这个"一江春水向东流",只要记得一句,任你腹中空无一物,也可以对答如流。

至于"美女"因为不懂词句,所以不能做"作家",更是没有道理。现在的"作家",需要晓得"奔流到海不复回"么?更何况是"美女"了。一张靓盘,可以通行无阻,一袭好身材,可以出入笔会,又怎须"写过20万字"呢?某地也有一位"美女作家",她的大作上了书展,写了些什么,没人关心,写得好不好,更无人读过,人们看到的,只是"美女"躺在展厅旁边的游泳池里,一展她三点式的魅力身体,算是对于"小说"的"推介"。这样说起来,"作家"本色是"美女",肚子里何必要装几首唐诗宋词呢?所以我主张善待她,不必拍案而起,更不必冷嘲热讽。

然而事情却从荧屏发展到了网络——因为有网友拍砖,因为有舆论批评,所以"美女"火了,便以微博回击,于是一个"TMD",岂但要骂娘,而且要损别人的全家!这样一来,原先主张宽容以待的人们,就不好说话了,谁叫她不知国粹于先,又宣以国骂于后呢?

有识之士为此痛心疾首,说现在娱乐明星,每每动粗口,隔三差五要骂娘,"TMD"之常闻,已不稀奇,也不可气,她只有小学三年级的文化底子,签个字还"蟹爬"一般,所以骂骂咧咧,一点也不奇怪。但是高雅文坛,煌煌"作家",据说还"写"过几本集子,参加了一回"作家协会",怎么也是满口"TMD"呢?

但据我所知,这似乎也是个"伪问题"。高雅文坛之上,象牙之塔之内,不是已有名牌大学的文科教授,不但在记者采访的电话中骂娘,而且在他的博客里一路"TMD"吗?不是还有拥戴之辈,赞之为"鲜明个性",颂之为"骂得好"么?这样说起来,一个小小"美女作家"的"TMD",在于文坛,就算是稀松平常了——其实文坛不但有了"TMD",而且更有过"全武行"呵——不是曾有过皎皎丹青高手,堂堂文化名人,一怒之下,用他那妙笔生花之手,操起宾馆里偌大花瓶,硬是把当地人民政府秘书长的"狗头",砸开一道"长两厘米,深零点五厘米"的花儿么?名家"脑袋瓜一冲血",不但拿花瓶"冲他头上当的一下打了下去",而且怒砸之余,还说那头顶开花的主儿,属于"挨揍白揍",回去还须"提高素质"呢!

可见文坛之上,岂但只是流行"TMD"呵……

(2012.5)

"钻山豹"也有"旧居"？

湘西有个龙山县，龙山坚称它就是"乌龙山"——《乌龙山剿匪记》不是热播于荧屏吗？所以一条长峡谷，索性挂牌为"乌龙山大峡谷"，所以这里的烟酒，无不打出"乌龙山牌"，便是它的饭庄酒肆，也叫做了"乌龙山寨"，真的有了那么一点"匪气"呢！龙山说半世纪前的"乌龙山匪帮"，就在它的峡谷中，龙山更将20年前那电视剧的主角申军谊住过一宿的招待所，赫然挂出一块招牌——"钻山豹旧居"。

龙山这张牌，显然就是"匪文化"。但打这张牌的，又何止湘西一处？还是去年，远在大西北的吴山景区，就推出了"土匪抢亲"的"旅游热项"，游客诸君，既可扮作抱头鼠窜的"新媳妇"，也可扮成手持驳壳的凶恶土匪——据吴山景区的负责人说，他一直在想，地处偏远的吴山，靠什么特色才能名闻四方近悦远来？终于想明白了，吴山这块地盘，从明清到民国，不是一直出土匪么？不是曾经匪患猖獗么？好，那就将这"土匪文化"定位为景区"特色"，于是来"打造"以土匪为主题的"文化游"。

如果说吴山的打"匪文化牌"，还有一点"根据"或曰"老底子"的话——它在近现代史上还真是个"匪窝"——那么龙山的这张"牌"，就属于空穴来风、毫无来由了。"乌龙山"这个地名，本来就是《剿匪记》的作者水运宪"形象思维"之时，天马行空的虚构。须知这是艺术家的创作呀，怎么可以来——"坐实"呢？但龙山不管，"乌龙山"三个字，龙山占了两个，更不要说土匪这个东西，是多么可以刺激游客、多么可以"拉动旅游"呀！所以连水运宪顺便参观了的一个山洞，导游也当着面说，这就是"榜爷"的故居，当年钻山豹、四丫头他们还经常在这里聚会，所以您看到的摆设，全是实物，珍贵得很呢……

而陪同的领导,因为水运宪这个原作者在场,所以"十分尴尬",然而导游锲而不舍,反而坚称"这作家就是从此地出去的,与榜爷还有血缘关系呢"……

关于龙山的乱打土匪牌,我们说"空穴来风、毫无来由",其实是不对的。凡"乱打"的牌,其实并不"乱打",多是有过再三考虑、精心选择的——比如西门庆这个人,本也是子虚乌有的人物、文学创作中的虚构,但是为了一个"西门庆故里",不是两省三地,硝烟弥漫,吵翻了天吗?你建"金瓶梅文化旅游区",我搞"西门庆旅游线",他又要斥资数千万开发"西门庆故里",一个拉皮条的"王婆茶馆",不也已经"重修"了好几家?这可不是"空穴来风"呵,一个"淫"字,居然成了一手好牌,一个"反角",又据说可以引起多少人的兴趣,拉动多少亿的"消费"——这样一看,龙山等地的重拾"匪文化",就不是"毫无来由"啦。有过土匪的,如吴山,就要"大大开发",重振"雄风";没有"乌龙山"的,如龙山,也要生造出来,生生地攀一个"匪亲",以此为荣,以此为机,似乎总算抓到了一个"生长点"和"增长点"。

近年以来,类似"钻山豹旧居"那样的假货不少。一方面,真的遗迹,如张季鸾的墓地,满目疮痍,一派破败,如齐白石的墓冢,竟成了游人饭客的方便之处;另一方面,蔡京的墓要十倍扩修,张国焘的"故居",要巨资重修赫然开放,现在又要张扬"匪文化"、大打土匪牌,即便是影踪全无,造,也要造一个"乌龙山匪窝"出来,以便高挂起"钻山豹旧居"的招幌。这一冷一热的"精心选择",这顾此失彼里头的"价值判断",恐怕值得我们关注——这哪里仅是一个"借影视热而促销"的商战问题?!

(2012.5)

从《阿丕书记》想起阿丕书记

电视连续剧《阿丕书记》在央视一套黄金时段的热播，触动了上海一大批老党员、老干部和老工人的感情，引发了他们对陈丕显老书记的深深回忆。

余生也晚，只见过陈丕显同志一次，不但是"远远地"，而且还是在十分特殊的情况下——那是在所谓"一月风暴"即将掀起的疯狂年代，在上海杂技场举行的一次"批判上海市委资产阶级反动路线"的批斗会上，在"打倒陈、曹、杨"的一片叫嚣之中，时任中共上海市委第一书记的陈丕显同志，傲然挺立，不卑不从，决不低头，给14岁的我留下了终生难忘的一幕——阿丕书记的骨头是最硬的，那时江青已经要"招安"他，要他"站出来支持造反派"，就可以"回到正确路线上来"。然而，陈丕显不从，不跟她走，不怕斗也不受引诱，宁可身陷囹圄，"硬"得江青只得气急败坏，说："陈丕显从红小鬼变成了黑小鬼"……

今天再看《阿丕书记》，最夺目的是陈丕显同志"实事求是"的思想路线。"文革"方罢，阿丕书记主政湖北，在这个九省通衢、举足轻重的省份，他断然否定"农业学大寨"中左的倾向，坚决改变一刀切的"以粮为纲"，毅然启动"包产到户"的农村改革，尤其是力排众议，鲜明支持"真理标准"讨论。而这一切，都是在三中全会还未召开，"左"的路线仍然统治全局的"早春"之寒呵——这决不是偶然的，阿丕书记这一代革命家，身经战争和建设的实践，又多为省市委书记出身，对中国的国情，尤其是农民问题和工人问题，有着第一手的感受和最深刻的了解，形成了"一切从实际出发"的思想路线和作为党须臾不可忘记的基本观点的群众观点，加之"文革"教训给他们带来的正反对比和切身反思，"实事求是、解放思想"成为他们最突出的思想路线和最鲜明的政治特点。

坚持实事求是,不但要有公心,而且要有"基石",不但要有勇气,而且要有"底气"。《阿丕书记》再次告诉我们,这个基石和底气,主要是两条。第一条,就是要"永远与人民站在一起",这是一个世界观的立场问题。在《阿丕书记》中,陈丕显同志总是回忆"三年游击战"时,同陈毅同志一起藏在老百姓家里养伤,"这可是要杀头的呀",可是赣南的老表,却以身家性命掩护共产党!"依靠群众"这四个字,在那血雨腥风的战争年代是最现实不过了——那时的党和军队,尤其是游击战和地下工作,如果脱离群众,没有老百姓的保护和支援,就有杀身之祸,就会全军覆没。所以陈毅同志在那著名的《赣南游击词》中,写下了"他是重生亲父母,我是斗争好儿郎"的肺腑之诗,也正是这种"母子情深",加上一个土地改革,解放区人民不但将自己的"儿郎"送上前线,还"用小车推出了淮海战役的胜利"。这个"我是谁、为了谁、依靠谁"的根本问题,随着和平,尤其是随着执政,我们有些同志是淡忘了,至少没有那种切肤之痛了,似乎生存的威胁已经没有,也不再需要"载舟之水"了。唯其如此,今天我们再看《阿丕书记》,重温陈丕显同志这一代革命家与人民的血肉之情、为群众的赤子之心,应当有着十分现实的针对性。

第二条,就是"从群众中来,到群众中去",这是一个方法论、认识论的大问题。正确的思想路线不是从天上掉下来的,《阿丕书记》中的陈丕显同志,堂堂的省委第一书记,很少待在办公室和会场上,他总是出没在工厂的车间、乡村的田头、个体户的街市,他的朋友遍及工人、农户、知识分子和小商贩,尤其是基层的支部书记。这是很符合"阿丕书记""好动"的特点的。"好动",就是实践第一。毛泽东同志曾经说过,不是说"两论"起家吗,其实"两论"之中,《实践论》最重要。而在实践问题上,1963年写的《人的正确思想是从哪里来的》更重要,这才是我们的创造。在《阿丕书记》中,我们形象地看到,陈丕显同志总是在亲自的调查研究中获取第一手的认识材料,再经过"交换、比较、反复"的思维加工,形成的观点又再次回到群众中去,交给实践检验、修正、提升,直至无限。我们不是一般性地说"实践出真知",而是要坚持毛泽东同志倡导的"两次飞跃"的认识方法,这个辩证唯物论的哲学武器,我们今天仍不可淡忘,更不可丢弃啊。

13岁参加革命的陈丕显同志,是近半世纪前我们上海的老书记,现在的中青年干部,知道他的人或许并不多。再看一遍《阿丕书记》,不仅是一种历史怀念,更对我们进一步做好工作大有裨益。

(2012.5)

想一想"耿飚之问"

在我们的生活中，有些问题振聋发聩、令人警醒，有的问题则逼人直面、必须回答——比如"钱学森之问"，已经尽人皆知。"我们的学校为什么培养不出杰出人才？"晚年的钱学森，辗转反侧地思考这个问号，甚至当面向温总理提出这个问题。钱学森是伟大的爱国主义者，如果说，当年远涉重洋毅然回国，是爱国，毕生主导"两弹一星"的研制，也是爱国，那么这个"钱学森之问"，更是一种爱之切、思之深、问之尖锐的爱国情怀。这种如焚的忧心，来自于一种大爱和深爱，来自于一种真正的忠诚。

由"钱学森之问"，想到另一个"问"，那便是很少有人知道的"耿飚之问"，而这一"问"，恐怕更为振聋发聩，更需要我们想一想，作出回答。

耿飚同志是老一辈的革命家，当年的"杨罗耿"，曾经横扫千军，然而在他的回忆录中，很少讲他的金戈铁马，写他的赫赫战功，却说下了"一件非常痛心的事"——1991年，已经退下来的耿飚同志，重返半世纪前战斗过的陕甘宁陇东某县。晚饭后，他住的招待所外忽然人声鼎沸，黑压压来了一群"告状"的老百姓，诉说他们对一些县乡干部的不满，怎么劝说也不肯离开。

这个县干群关系的恶化，使耿飚同志感到震动，也深为痛心。耿飚同志召集省地县的干部讲了一次话——不批评、不责备，却讲了一件往事，提了一个问题——50年前，耿飚同志任副旅长的129师385旅就驻扎在这里，一个战士损害了当地群众的利益，而且还很严重，旅部决定按纪律枪毙他。老百姓知道了，也是"黑压压"来了一大群人，为这个违纪的战士求情。耿飚对父老乡亲们说，纪律是必须坚决执行的，于是老百姓都跪下了，哭着说共产党都是好人，就饶了这个战士，让他戴罪立功吧！耿飚反复说明八路军的军纪，可老百姓一个也不起来,最后,耿飚只得流泪接受了群众的要求——故事说完了,耿飚激动地大声问道:"现在,我要问问今天在座的你们这些人,不管哪一个,如果犯了事,老百姓还会替你们求情吗?!"耿飚一问惊人,全场鸦雀无声……

耿飚之问,我们必须作出回答。"老百姓还会替你们求情吗?!"值得我们每一个党员干部想一想——也许老百姓还"会"。这几十年,经济搞得不错,人民的生活从总体上有了大的提高,老百姓是看得到的,也是"见情"的。打江山,"打下来",是一种合法性,那么发展经济、改善民生,"搞上去",也是一种合法性。所以才说改革开放大大提升了社会主义的说服力,巩固和拓展了党执政的凝聚力。从这个意义上说,老百姓还是"满意"、"拥护"和"赞成"的,即便我们犯了错误,他们也会谅解,也会"求情"。

但也可能"不会"。这不是危言耸听,而是说党在执政,在市场经济条件下,仍然面临着脱离群众这个"最大的危险"——这可是党的总书记在建党90周年之时向全党发出的警示啊,而这个危险,在一部分党员身上,在一些地方的党群、干群关系上尤为突出。经济是搞上去的,但与此相关的两个问题,是否真正解决了呢——一是我们在发展中是否将公平和平等深深植于我们共产党人的价值追求和政策取向?另一个是小平同志33年前指出的"人民群众当中主要议论之一,就是反对干部特殊化"的问题,在"搞上去"的同时,是不是真正解决了、好转了?此外,在一些干部中,"对群众诉求置若罔闻,对群众迫切需求久拖不决",以至于"群众意见很大"的情况,难道仅是个别么?更不要说一些人的腐败堕落了。所以,老百姓"会不会为我们求情"这个问题,至少在一部分党员干部身上,仍然是个大问号——而更大的问号还在于,一旦群众不再"求情"了,他们又会怎么样?

"耿飚之问"是深刻的,是尖锐的,或许还是"逆耳"的,唯其如此,在今天尤其发聩振聋。让我们深深地想一想"耿飚之问",以我们的行动交出人民满意的答卷!

(2012.5)

从"老子"到"干隆"

孟夫子,被译成了"门格斯",蒋介石,变成了"常凯申"。精通列国外语的"语言专家",恰恰不知道"孟轲"何人,也不知道哪些破事是蒋委员长所为,所以只好按音索字,只好画葫芦。

"门格斯"和"常凯申"的笑话,媒体是万炮齐轰的,笑其胸无点墨,讥其一点常识也没有。义正词严之外,还有一点义愤填膺,这当然没有什么问题。然而人们读报,却也读出一个"问题",那便是堂堂大众传媒,衮衮诸公之中,有那么一些同人,似也并不比"门格斯"和"常凯申"更高明多少。

中国工程院,有个副院长叫做杜祥琬。杜副院长在中国科协年会上痛陈当下学术评价体系之弊端,杜副院长云,"老子一生就写了一篇文章,只有五千字,若按现行学术评价体系,可能连硕士学位都拿不到。"杜祥琬言之凿凿,不料到了咱们的报纸之上,竟变成了"我一生就写了一篇文章,只有五千字……"——原来咱们的记者,不知道老聃是个古人,以为这个"老子",是杜副院长拍着胸脯的自称呢,就像现在江湖上流行的那样。于是闹出一个并不逊色于"门格斯"的笑话来。

还有一张报纸,整版洋洋万言,赫然通栏标题,叫做《干隆生母享尽孝子福》。"干隆"是什么人,何来那么大排场?原来说的是爱新觉罗弘历,也即乾隆皇帝。只是编辑大人,一见这个"乾",就想起了简化字表,一笔把它简成了"干"字。对于这个笑话,《咬文嚼字》曾经为之恸哭,还循循善诱地告诉媒体,乾有二读,一读 qian,八卦之一,代表天,不可简化,一读 gan,指水分没了或很少,已简为"干"。所以说,"太阳"可以照在"桑干河上",但乾隆却是"天道昌隆"的意思,不可简化为"干",正如乾坤不可简为"干坤",萧乾也不能称作"萧干"一样。"干隆"是人皆不识的,然而这笑话却传得很远。

其实报纸上的笑话,何止"老子"与"干隆"——一家大报描写杂交水稻,反复出现了"表隆手"的名字。"表隆手"是谁?原来是"袁隆平"的误植。于是抱怨原作者"字迹不清",推说是"没看清",然而从编辑到校对到检查一直到签发的总编辑,竟然谁也没有把这位实实在在解决了几亿中国人吃饭问题的杂交水稻之父的大名改过来,这究竟是"不认真"呢,还是真"不知道"?

当然媒体的笑话,并非只出在报纸——荧屏之上,就更是令人捧腹。一位著名的主持人,一张名嘴,反复地将自个儿的家,称为"府上",又把他的老爸,叫作"令堂",进而又把自己的一张面孔唤作"尊容",这样的笑话,以及把一个朝代,生生提前一千年,将一位大师的名与字,硬是拆成了"那时的绝代双娇",就已是尽人皆笑的话柄,至于一字不识读半边、一词同音想当然等等,更是不在话下啦……

(2012.5)

往复振荡说"白卷"

沉寂30余载的张铁生复又"当红",舆论焦聚,风云卷拂,往复振荡,也已历经十天——一家名曰禾丰牧业的公司欲将上市,第六股东张铁生赫然其中,于是网民算了一下,一旦开盘,张铁生资产将达3亿。于是在咱们这喜好"标签化"的时代,从"白卷英雄"到"亿万富豪"的符号,就不胫而走啦。

"从'白卷英雄'到'亿万富豪'",看似匪夷所思,其实正如多数网友所言,不啻也是一种进步。说我们的社会是宽厚的,这并不是说什么人赋予的"宽容"或刻意自制的"宽松",而是说市场经济这个东西,虽说瑕瑜互见,但有两条却是甚为可贵。一条叫做"英雄不问出处",不管是什么人,只要自主创业,都可以独领风骚;一条叫做"东山"尽可"再起",你摔过一跤也好,有过"前科"也罢,只要从头再来,都可以复出再起,一"失足"不会再酿"千古恨",机会对于任何人仍然均等。市场经济是个"不沉的海",就在于它不相信眼泪,也不主张"定势",只信奉"人人生而平等",你交过"白卷"也好,你曾身陷囹圄也罢,只要你诚实劳动、合法经商,"白卷"照样可以"富豪",罪人仍然可以重新做"人"。所以说这是一种市场经济的常态,我们应当抱有一颗平常心。

"白卷英雄"成了"亿万富豪",舆论之间,也有一种"倒推",说这是否再一次应实了"读书无用"呢?其实我们不能以凝固的眼光看问题,今天将拥三亿的张铁生,也已不是当年交"白卷"的那个英雄。20年前他就入股合资草创公司,又用了10年工夫苦心准备上市,张铁生在市场浪潮中的学习和修炼,交出的似乎并不是"白卷"呵,他既不是"不读书",也不是"死读书"。我们的生活中,确也有"胸无点墨、一夜暴富"的"富豪",但这只是少数,也只能存在于"初期"。我们现在再来看众多上市公司、投资基金的老板和高管,他们的才识层次和学历构成,已经完全不能证明"读书无用论"这个荒谬甚至荒诞的"理论"。

因为张铁生将成"亿万富豪",所以网络之间,又来翻他"白卷英雄"的"老账",也有网民认为"不厚道"的。关于这个问题,恐怕就要两面讲——张铁生当年的"白卷",既是"文革"的必然产物,反过来又被人所利用,作为"反潮流"的标本。"白卷"是对历史的反问,但那毕竟是咱们这个民族的集体悲剧,我们要深刻反思的是它的来由和去向,似乎不必过多过重地追究一个20岁的小青年、一个小卒子甚至一个玩偶的个人责任。张铁生出狱之后,循规守法,诚实经商,对于那段"不堪",他既不"翻梢",还深感"痛心"。所以对于他的那笔"老账",我们就不必时时去"翻",揪住不放。至于有网民指出的,此次张铁生将成富豪甚至禾丰牧业将要上市,有人又把"白卷事件"当作"卖点"再行炒作,这就更不厚道了。

但事情还有一面,当年的"英雄"中,也有岂但不感到"痛心",甚至还要重来呼风唤雨的。比如把浩劫中的倒行,赞美为"远在屈原、贾谊之上"的"第三种忠诚",又比如把那时的"打、砸、抢、烧",高捧为"最好的红卫兵"的"革命行动",再比如把文革中的大字报,重新翻出来作为"砖头"甚至"棍子",等等,当然还有除去在"四人帮"麾下冲锋陷阵的"英雄史",而被誉为"一贯严正"的。这就不好了,这就有必要翻一翻"老账"了——因为他至今不买账,所以不妨翻出来晒一下,以免我们的"小辫子记者"不知道,也以免整个民族"失忆"。

(2012.5)

也要成为一种品格

"要让学习成为一种爱好、一种习惯、一种品格",新一届市委第一次全会,俞正声同志就学习讲了一段话。学习问题,对于广大干部来说,不是老生常谈,而是当务之要,不只是"永恒话题",而是有着强烈的现实针对性。

要让学习成为习惯,是有其"难"处的。这个"难"处,首先是一个"忙"字。我们的领导干部,重任在肩,忧乐兼理,哪个不是头绪万千、日理万机?但如果因为"忙","忙而不学",只管埋头拉车,不管抬头问路,那么就会囿于陈旧知识,而陷于"路径依赖",就会面对世情变化而固守习惯思维,不仅会有捉襟见肘的窘迫,而且会犯刻舟求剑的错误。新知不够,视野不宽,已经成为我们能力不足的一大要因,所以千万不能因"忙"而"辍学"。

"忙"是一种"热",热中必须有"冷思考",才能发现规律,才能把握走向。陈云同志讲过两句话,一是要学会"踱方步",就是在一片忙碌一片热闹中,领导干部要静得下来,静思全局,静观其变,千万不要浮躁和近视。二是要多与"戴瓜皮帽、叼旱烟袋"的人交往。旧时商贾身边,往往有这样的内行,他们有实践、有经验、有见识、有看法,"老板"要多些这样的朋友,听听他们的独到之见和"异质思维",问计于人,汲取知识,打开思路。总之,热中有冷,忙里有"闲",不能让繁琐的事务冲掉了认真的"多读"和冷静下来的"多思"。

其次还有一个"多"字。多什么呢?就是应酬多,把时间和精力都占掉了。哪有工夫来学习,来读一点书?这个问题或许要两面讲。一是"身不由己",现在上下之间、左右之间,迎来送往、陪会陪宴,似乎是太多了一点,不少同志苦不堪言,一周的日程表,"三陪"占了多少,这是有苦难说的。所以要大家一齐来改陋习、变风气、动规矩，尤其是上级，要网开一面，饶了下属，让他回去多读一点书。二是"乐此不疲"，也有一些同志，应酬多了，反成了"爱好"，这里固然有一己的小算盘，但多数还是"习惯"成了自然。哪一天没有你来我往、杯觞相交，反倒觉得不正常，感到落寞了。据说这也是一种"忙"，分不开身，哪里还有一点时间尤其是一份静心一份清醒来学习、来翻书呢？

干部们的学习、读书，现在有一点问题。说到这一点，人们总会拿出这几年的一个调查，说干部读书少，有的甚至为零；也总会举出胡长清、胡建学这些贪官的例子，说他们读坏书，什么《肉蒲团》，什么《麻衣相书》。这都不错，但也有不但"读书"，而且不读下三滥的。读什么呢？读所谓的"官场小说"，帝王的驭人之术，人臣的韬晦之道，同僚的厚黑之谋，乃至后宫的争宠之技，有些同志不但兴趣浓厚，还有"术"有钻研。官场小说也不是不可读，但要看你怎么读法。比如时下风行的《二号首长》，且不说这部并没有多少文学价值的"官场小说"属什么旋律，便说我们有些同志人手一部，研读有三，读出的又是什么呢？无非是官场的深水诡异，仕途的精心权谋，上下的投身依附，直到做官的举手投足、说话的弦里弦外、行止的那一套圆熟滑头。这样的"官场小说"，真是我们的"教科书"吗？这样的"师傅"，真的能"领进门"么？恐怕要打一个问号。

按照俞正声同志的说法，学习不但是一种"爱好"、一种"习惯"，而且是一种"品格"。作为一种"品格"，"多读点书"应是顺应先进生产力发展要求的先锋队与时俱进的"天赋"，而"多读点好书"则又是代表先进文化前进方向的共产党人的标志性素质。

（2012.5）

马步芳真成了"圣人"

写下这个题目,并不是"为古人担忧",甚至也不是辩论一个旧时人物的臧否,而是说一下我们今天怎样"还原历史"——

近读新民晚报的"夜光杯",有游客远去西北某市——那是昔日"西北王"风行之处,也是当年"马家军"驻扎之地。闹市中间,赫然"马步芳公馆",成为游人如织的热门,细一看公馆的介绍,尽行褒扬马步芳"利国益民"的"善举",如派兵抗日,如兴办教育,如禁止毒品,如绿化环境,竟"一点缺点也没有",于是游客惊叹"马步芳简直成了圣人"!

马步芳的"四大善举"似乎并非空穴来风、一点影踪也没有,但马步芳这个人,却真是有过天大的劣迹和血债的——一是荒淫无度、史所罕见。"除生我、我生者无不奸",是他的狂暴,也是他的淫行。二是凶残无良,将弹尽援绝的西路军活埋,一次就达6 000人,还用军毯包裹红军战士的尸体飞运南京领赏。马步芳劣迹斑斑、血债累累,怎么一字不提了,只讲他的"圣人善举",而再也听不到良家妇女的呻吟和红军战士的控诉了呢——这就叫"还原历史"?

"历史"是要"还原"的。还原历史,就要"两面讲"。过去我们曾有过某些片面性,讲历史反角,头脚脓疮,十恶不赦,一点"善事"也没做过,一点长处也不存在。这种"一点论"当然不好,所以对于反面人物,也应当讲他们在特定的历史条件下也可能做过的哪怕一点"善举",这样的"两面讲",历史才真实,人物才完整。但现在的问题是,在纠正过去的"一点论"之时,又出来了新的"一面讲",只讲反角的"人性",只讲他们的"善","利国益民"夸大其词,劣迹血债一字不提,"一无是处"变成了"一无错处",似乎这才是"新发现"、"新视野"乃至"新观念",这就又走向另一个极端。

历史是复杂的，反角也是多面的。面对多样的史实，我们一是讲辩证法，一分为二、两面讲，不能只讲任何"一点"；二是要讲重点论，讲矛盾的主要方面决定事物的性质，"两点论"不是"对半开"，不能一味调和折中，尤其要讲历史人物的"大节"和"基本判断"。比如做了12年"新疆王"的盛世才，就是个复杂人物，既高喊过"反帝、亲苏、民族平等、清廉、和平、建设"的治疆方略，也确实驱赶过英日的势力，但这个十分投机的人物，最终走上了反苏反共、投靠蒋介石独裁政府的不归路，为了表示心迹，甚至于1943年9月27日亲手下令杀害了共产党人毛泽民和陈潭秋。像盛世才这样的人，怎么能只讲他的"善举"，而再也不讲他的"血债"，更不能因为"复杂多变"，而如坠迷雾，完全看不清他的一生"大节"和"主干"。

将马步芳、盛世才们捧到天上，除了一些故作惊人之"士"而外，还有不少，是这些人物曾经活动过甚至是出生地的人们。比如让秦桧"站起来"的那个博物馆，准备大大扩修蔡京墓的那个地方，就是所谓"江东父老"。有些"家乡"或"故地"，据说一进了那个地界，就再也看不得你说反角们的半个"不"字啦。这里固然有后代宗亲的"正名"之求，也有一些"当地"甚至不惜将反面人物也当作"旅游品牌"来开发的算盘计较。但这样的"算盘"，虽然其心可以理解，但此风却不可长——我们"还原历史"也好，"吃"历史也罢，总也不能在极端上跳来跳去吧？比如那个"马步芳公馆"，不是不可以开放于闹市、招引于远近，但面对远客后代，总该"两面讲"，尤其是讲点"基本面"，把一部历史说说清楚吧。

(2012.6)

当"女娲"也有了"遗骨"

这几天的网上网下,称得上"最沸扬"的,是女娲"遗骨"的现世。斥其荒诞有之,欣喜于咱们炎黄子孙找到了自己的"亲妈"也有之,还有论曰"毕竟让国人心里有了一点依托"的——23名"专家"云集山西人祖山后取得"共识",在那个娲皇宫女娲塑像下找到的那块"皇帝遗骨",就是传说中史前"三皇时代"的"娲皇"遗骨。这个结论,怕你不信,还用碳14同位素扫了一下呢!

女娲也有"遗骨"?这个"女娲",本是神话中的祖先,人首蛇身而外,一是以黄土造人,所以被传为孕育中华民族的祖宗,二是熔彩石以补天,斩龟足以撑天,十分的了得。这神话的人物,今天也被"坐实",甚至找到了"遗骨",于是传说中的先祖,又"确定"为现实生活中的"生母",似乎不能不让子孙后代"欣喜"。

其实关于女娲的"坐实",远非自今天始,也决不仅山西一地。前几年曾有友人出游东北某地,那里的官员,就说它即女娲"补天之地",当年支撑老天的四根柱子如何倾倒,俺们的女娲又如何炼出五色之土在此处补天,不但告诉来客,女娲补天时掉在河里的两块七彩石,现在已经找到,便是冶炼红铜(即五色土)的那一千五百口坩埚,也在俺们山上,可以带你们去看一看……而我三月前游赴巴蜀的康定雅安,导游也是言之凿凿,说那补天之处,决非他方,就在咱们这里啊——现在好了,不是七彩石也不是炼土的锅了,而是一举发现了女娲的真身遗骨,燃烽火的"女娲之争",总应该尘埃落定,总应该鹿死其手了吧——只可惜了河北的涉县、河南的固始、陕西的临潼等等,到处都建了"娲皇庙",山西的洪洞,还造起了"女娲陵"呢,现在人祖山"发现"了

"遗骨",他们怎么办?

女娲的争夺,不止于今天的人祖山,而神话人物的"坐实",更不始于今日之女娲,君不见"孙悟空故里",已经在山西的娄烦"确定",一个从石头缝里蹦出来的孙行者,究竟是哪里"人"的问题,不是也已"解决"?连"孙悟空哥哥"的墓,都已经找到了呢!君不闻王母娘娘的真身已经敲定,嫦娥的"奔月之处"已经"没有争议",《射雕英雄传》里那部《九阴真经》已经"出土",连牛郎织女的"发生地"都已有11个省卷入争端了么?最"坐实"的,还要数"观世音故里"的"争论"——千百年以降,"送子观音"只是一个美丽的传说,但近年以来,这个虚无缥缈的菩萨,不但有了父母姐妹,而且有了出生之地!怀于谁腹、生于何地,一个因为虚无而神圣的观世音菩萨,为了她的"落实",引出的烽烟居然燃及了从天府之国到中原腹地的半个中国,难怪有人笑称,当神话成了考古的"导向",传说变为历史的"指南"时,例如盘古开天的斧头、轩辕黄帝腰间佩的圣剑这样的东西,恐怕也会很快"坐实"很快"找到"了吧。

话又说回来,此次女娲"遗骨"的"发现",并不只是一种荒诞。参与其事的,不是有"旅游开发公司"么?而人祖山一旦被确定为"娲皇之地",不是即将建设祭祖广场、朝圣天阶等等,并修复人祖庙和伏羲庙,"作为旅游项目"么?连山上的石窝、棋盘、小柱洞,都要成为女娲、伏羲兄妹俩"观天测斗、创造八卦、制定历法"的所在呢——所以读者诸君,也不必只将此事当作笑谈来看呵。

(2012.6)

从"标题党"到"酷评家"

"标题党"的风行,在于网络,也在于纸媒,已经引起国民的厌倦——据中国青年报近日对 31 个省市区 11 394 名读者的调查,78.4% 的人们认为,"当前媒体中有耸人听闻式标题的新闻普遍存在"。

"标题党"不是什么新品种,只不过于今尤烈、一时流行而已——"标题党"以点蔽面、将个别之例放大为普遍现象,以求得"振聋发聩"的卖座,比如赫然大标题"内地人流手术者半数为未成年",其实只是一家医院在一段时间内的统计,结果"放大"成普天之下,莫非如此,成了一个"全国性"的"事实"。"标题党"起意突兀、故作荒诞,例如大标黑字,说《江苏睢宁为猪建"别墅",称猪心情好肉质才好》,其实所谓"别墅",不过是循环生态的猪圈而已,结果平常一事,竟激起舆论哗然,也"收到了媒体的预期效应"。"标题党"故玩"概念",善贴"标签",例如《两名中国留学生在洛杉矶被枪杀死于宝马车内》,因为一个"宝马"的"符号",居然也引出人言汹汹、万千猜测。"标题党"甚至无中生有、空穴来风……

说"标题党"耸人听闻,算是说对了它的心态和"追求"。在"标题党"看来,生活还过于平淡、不够激烈,事实还过于骨感、不够惊悚,对比也欠缺反差、不够突兀,而新闻本身,更过于"平铺直叙",远远不够"跌宕起伏"。于是"事不够、标题凑",于是甩开膀子来"做标题"——谁让这个"速读时代",相当多的人们"看书看皮、读报读题",没有多少时间来看你的"新闻"本身,更没有多少兴趣来探究真相、辨析真伪呢?

其实真要"耸人听闻",单靠"标题党"是不够的,于是便有了"酷评家"——评家蜂起,风至云涌,本似言路大开的好气象,然而"评"之一

"酷",过犹不及,恐怕就会走向另一个极端——比如"酷评家"与"标题党"的联手,凡有耸人标题一出,即有"酷评"随之呼应、高举高打,放话之狠、言词之烈、其势之猛,几令人瞠目。就如《为猪建"别墅"》,这边标题甫出,那边"酷评"便四起,说现在很多人还没有房子可以安居,为什么"猪"倒先有了"别墅"?还有质问是猪"心情好"还是"领导政绩好"的,断定这是一个"政绩工程",是当地领导为了"要乌纱"而故意作秀!本来作为比喻的"别墅",经"酷评家"闭眼一咬牙,竟成了一个"政治问题"。

"酷评家"一日数文、广为投贴,虽然多产,却只见一个不变的"套路"。比如一个新人出来,先说他"×二代",再来宣称他的"背景"和"猫腻";又比如一事当先,先说你"作秀",再断定你为了"一顶官帽";再比如一策出台,先说你"政绩工程",再反问"其中难道没有好处可以捞么"?这一点"公民意识"自然十分可爱,但即使是一种本来颇有道理的思维方式,如果变成一个"凡是"的定势,一种简单化的"形而上学",一句莫不如是、概莫能外的"言必称",那也不免令人叹息——实事求是的"分析好",才是思想的精辟与厚道,而平等平实的"平心而论",才是批评的成熟和水平哦。

"酷评家"一见"标题",立马就要放言,而且还要"足尺放三",哪里会去核实一下事实的真伪——且不说那些所谓的"事实"正中他的下怀,正合他预设的"逻辑"呢!所以诸多的"酷评",多会发生事实失真的问题,有如在建于沙滩的房子上再来叠床架铺,借以评论的素材本身就要打问号,基之无存,还谈什么评论的公正性和说理性?然而往往有这样的"酷评家",即便事实已经澄清、谣言已经破灭,他却仍不认错,甚至一点尴尬也没有,说这件事是没有,但这样的事,在别处、在"生活"中难道没有吗?甚至还有为自己或他人的"信谣"甚至"造谣"而辩解的,说为什么"人们"这么容易相信谣言,难道不是因为谣言也有"社会存在的根据"么?所以他永远立于"不败之地",哪里会去接受一点"乌龙"的教训呢,更不会给自己身上那一点"国民性"以些许"酷评"了。

(2012.6)

"习惯了，改也难"？

神九尚在太空遨翔，刘洋已在地上热到火烫——刘洋一路读过的学校，从小学到中学，个个都成了飞天的母校，据说刘洋少年时的第一张报名单、中学里的第一份作业，都已找到。这也罢了，到了端午的前两天，连航天女英雄的第一声啼哭，第一次"开眼看世界"，也已经"落实"——"34 年前的 1978 年 10 月 6 日，刘洋在我校二附院（今郑州大学第二附属医院）顺利降生"，一条"喜讯"又在官网和报刊上不胫而走。

刘洋近 30 年没回去过的那个小村庄，当然更是热火朝天。媒体云集深挖细找，让刘洋的家人、亲戚、同学、朋友都上了镜头，72 岁的"五爷爷"，一遍遍地"回忆"英雄的"往事"——但他只见过 30 年前仅仅 4 岁的刘洋啊！五爷爷们只好躲进山里，但还是躲不过，据说又被拽回来"接待记者"、述说点滴。那些原本根本不知道"本村出了个刘洋"的乡亲，那些仅仅在刘洋"旧居"前那棵老槐树或是大榕树下下过一盘棋或纳过一次凉的老人，一个个都成了"第一手的采访对象"，不得不面对"寻根究底"的追问。没有挖出"第一手"的媒体，另辟蹊径，竟然钻到了山沟沟里，找到了刘洋爷爷的墓，又把那墓上的碑文一个字一个字抄录下来，登在第二天的头版，也算是搞了一个"独家新闻"……现在"故里"已经"掘地三尺"，于是又移师郑州，居然还找到了英雄的"诞生地"，将要公布"女神"出生的斤两，这不禁令人兴奋，当然也令人叹息。

这自然可以理解，也应予体谅。"天神"对接万众关注，媒体热情无可厚非。的确，这么大一件举国欢呼的喜事，媒体怎能缺位、怎能失语，谁不希望有一点"独家新闻"——当然也有人嘀咕，说上天的三位英雄，景海鹏也好，刘旺也罢，两位须眉，怎么没见有此"热炒"，有的媒体，只做刘洋的文章。这其实也不奇怪，谁叫她独一位巾帼呢？叫做人之常情、"人皆有之"吧，就不去说它了——但有一条"新闻"，却令人恍然大悟，那便是长枪短炮日夜蹲守在郑州市刘洋父母居住地的一位媒体人士，竟毫无倦容地告诉人们，要的就是当年紧紧尾随戴安娜王妃一步也不放松的"帕帕拉西"的那种"职业精神"！

原来如此，原来一则航天新闻，在于某些同仁，是按照"八卦"的模式来做的。这些年来，"追星"有了定势，"爆料"也成了不二的法门。明星一出，不但要说其花前月下，曝其三角之私，而且要追他或她的"曾经沧海"，挖其出道之前从幼到大的"点滴往事"。这也罢了，问题在于一旦"掘地三尺"成了常事，深挖细查成了惯伎，直至"帕帕拉西"形成了"职业精神"，那就岂但是娱乐新闻、明星轶事，便是科学家的专访、文学家的"传奇"以至政治家的新闻，都要镶出"花边"来，连饱含着高新科技含量、承载着亿万国人祝愿的航天新闻，也不由自主地去套用这类"模式"、发扬这种"精神"，硬是要把它做成类"八卦"？这就叫"习惯了，改也难"？所以我说，我们的用心是好的，热情也真可嘉，只是那一点老"习惯"怎么就是不可移易，那一套老"套路"，就更是很难创新和变革呢？从"刘洋热"的不少"热炒"中，人们看到了某些"娱乐化"的影子。

这几天已经有有识之士呼吁，给刘洋留一点空间吧，甚至还有恳请还刘洋"隐私"的。这种声音，在"刘洋热"里当然十分微小，谁也不会去听。然而也是按照"习惯"和"模式"，叫做"其兴也勃，其亡也忽"，"八卦"式的穷追猛打，往往不能持久，当"点滴"挖掘已尽，"轶事"曝晒得差不多时，"围观"一通之后，刘洋们也许很快就会让人淡忘，谁还知道她说过的那句名言，"我感到幸福——被人信任的幸福，被祖国需要的幸福"呢？谁还会铭记英雄的价值观呢——这一点"习惯"，更值得我们叹息和反思呵。

至于神九还在天上，就有那样的人，用龌龊的语言"调侃"英雄，这只属于他个人的恶习，与我们的行业无干，更与我们的民族无干。

（2012.6）

"样子"问题

共产党人有没有"样子"？有的。写下这个题目，是想起了地下斗争时期谍海风云之中一位传奇共产党人的"样子"——

共产党人冀朝鼎，一生战斗在党的隐蔽战线。这位在美国生活了20年的哥伦比亚大学博士，既当过孔祥熙的秘书，又做过"外汇管理委员会"的主任。重庆时期，冀朝鼎的秘密工作直接受周恩来领导，单线联系，绝对保密。据冀朝鼎后来回忆，那时重庆官场的风气已经相当腐败，以他的"高官"身份如果洁身自好、一尘不染，就会引起怀疑，"一看就是个共产党"。但他又不能真的腐化，为此特地请示了组织，组织决定还是不要贪污受贿——哪怕是假装的。冀朝鼎当然不能嫖妓、养外室、包二奶，只好想出一个办法，"捧女戏子"——当时重庆有一位当红的京戏坤伶，冀朝鼎每天包几排最好的位子，张扬地到处送票，圈里人都知道他在捧"×老板"，这样就不显得异类，"有点像国民党的官"了——其实冀朝鼎与那女戏子一点瓜葛也没有。

这段往事说明，共产党人真的是有"样子"的，真的是有"像不像"的——不贪污受贿、不腐化堕落，在污浊的空气中"一看就是个共产党"；哪怕工作需要，哪怕隐蔽战线多么复杂，"假装"也不能同流合污，否则就真的"像国民党的官"了——冀朝鼎是处在白色环境下，"样子"的反差还不能特别大。其实那时在延安，共产党人的"样子"就更鲜明了，毛泽东给抗大讲课，膝盖上两个大补丁，这是史所存照的。而瑞金时期，堂堂朱军长的"婚宴"，也就是一盆烤红薯。他们"一看就是个共产党"，这"样子"是不会模糊更不会有误解的。这"样子"，与南京重庆的排场形成鲜明的对比，也有历史学家断言，这就是"得天下"的奥秘所在。

"得天下"之后，共产党人的"样子"有没有变呢？一是"没变"，许多共产党人还是保持着艰苦奋斗的好传统、好"样子"，所以还是"像"的；二是有所变化，环境不同了，时代变迁了，共产党人的"样子"也在与时俱进，即使是西装革履了，执政为民和爱民如父之心，也还是赤诚如初——但毋庸讳言，也有少数"共产党人"变得不"像"了，甚至"一看就不是共产党"了。比如原沈阳市长慕绥新接见香港的客商，不但身上的衣着、腕上的金表，"少说也值百万"，便是言谈举止，也已经是忘乎所以的"老板"派头。难怪港商回去之后，说他"哪里还有共产党的样子"，这样的官，不出事才怪呢！其实这位"慕老板"的作派和行头，是早有境外记者看在眼里，并且说他一点也"不像共产党"的……

环境不同了，时代变迁了，我们的"样子"，确实不再需要"两块大补丁"和"一盆烤红薯"了，但决不意味着共产党人可以"不像"了——比如与民同甘苦，仍然应是共产党人的"样子"，又比如"急难险重"共产党人要在第一线，也应是我们的"样子"。即便是在对外开放，市场经济的复杂环境下，共产党人仍然要保持"样子"，仍然要让人们"一看就是个共产党"——我们所处的"环境"，难道还会比重庆当时的风气更污浊，我们面临的"挑战"，难道还会比冀朝鼎面前的诱惑更难以抗拒？

共产党人的"样子"，不管在什么环境之下，都是"真像"，不是装出来的，也不是作秀，那是发自内心、流淌于血液、铸进了人格的。当然也有极少数官员"做样子"，或伪装清廉，床底下乃至冰箱里却藏着千万贿金，或高喊廉政，暗中却开起了"官帽公司"，将权力当作私产来经营来赢利。但伪装不能持久，假"样子"终要拆穿，终究共产党人的"样子"，不只是一个"像不像"的问题呵！

说来说去，今天我们的同志尤其是领导干部，能不能让人们"一看就是个共产党"呢？这个"样子"问题是值得我们想一想的。

(2012.6)

从"张治中公馆"想到"梁启超故居"

"张治中公馆正被擅自出售"——这还了得！张治中是什么人？这样一位民国大佬，怎么能"卖掉"他的故居？"张治中公馆"是什么地方？这样一段"承载过主人公重要活动"的历史遗迹，怎么能一夜之间就商业化了？于是舆论哗然，于是群情激愤。

这是有道理的。我们的历史保护，确实有点问题；我们的名人故居，确实受到某些"商业化"的冲击。然而这次激起公愤的那幢房子，真是"张治中故居"么？张治中在这里住过一夜吗——据新华社报道，南京市文物局出来说话，表示该处建筑曾为张治中先生后人名下的一处房产，但张治中先生并未在此居住过，文物部门也从未将此建筑称为"张治中公馆"……

这是怎么回事？我们所看到的新闻，不是口口声声说它"承载着张治中的重要活动"么？我们所被夺目的标题，不是大字重磅一概称之为"张治中公馆"么——看来只有两种可能，一是我们的同仁，既没有去征询过文物部门，也没有去查核一下，只是上了几年前做广告的那两家中介公司的当；二是也有这样的高手，明知所谓"张治中公馆"只是中介公司叫卖时的噱头，但仍然如获至宝，做在标题上，写在时评中——这也可以理解，这幢房子，如果按它原称，叫做"沈举人巷26、28号建筑"，那有什么刺激性，又怎么能激起"公愤"呢？所以一个"张治中公馆"，正好契合标题的"冲击力"和"突兀性"，所以好不容易这样一个"概念"或"符号"，怎么舍得去"让伪"去"扬弃"呢？

其实例如"张治中公馆"这样的"概念"，决不止于南京新街口一处——两年之前，风传"梁启超故居要拆"，甚至还有这样的标题，说是"饮冰室濒临危亡"的，也是舆论哗然，也是群情激愤，似乎一位维新派领袖的"重要活动遗迹"，就要推倒了。其实京城的那个会馆，梁启超只小住过几天，他的"故居"，好好地在天津民族路44号保护着呢！至于那闻名遐迩的"饮冰室"，更是远在津门河北路46号，经过历代的修复，至今还以完好的建筑风貌向后人述说那一段历史的风云。但是同样可以理解，不说"故居"，甚至不提"饮冰室"，新闻靠什么刺激人心，标题又靠什么夺取眼球呢？

话又说回来，南京的那幢房子，包括北京的那个会馆，因为是历史建筑，所以能不能"卖"该不该"拆"，是可以平心而论也可以脸红耳赤的，总之应当实事求是地讨论和批评。同样的，新闻要激起公议，尤其是标题要赢得眼球，这本来也是不错的。只是我们的"可议性"，不要每每建筑在并不存在的"匪夷所思"之上，我们的赫然标题，也不要老是依靠生造的"概念"和"符号"。比如说，把一个医院的一段时间内的统计，放大成"内地人流手术未成年人占一半"；又比如说，将平常的绿色循环猪圈，做成"给猪们造'别墅'"，又在这样的"符号"下叠床架铺、宣以狠评——这样的"标题党"与"酷评家"的屡屡联手，人们就会有些厌倦了。

至于所谓"张治中公馆变成待售豪宅"，南京市文物局经找到产权人核实，产权人表示目前并无出售意向。根据《文物法》，像沈举人巷26、28号这样的非国有文物保护单位转让，应报文物部门备案。目前文物部门没有接到产权人出售的备案申请。这也不妨听一听——非国有文保单位可不可以"转让"，是一个问题，而现在是不是真的又要"卖"了，这又是一个问题。

(2012.6)

不妨也给点掌声

风靡过中国的凤姐,现在跑到了美国——没有"配上奥巴马",也没有出入"华尔街",凤姐"竟然"当了一名修甲工,专门"给老外洗脚"。于是咱们的舆论就哗然啦,冷嘲热讽有之,叹息不已也有之,《凤姐沦为洗脚妹》,赫然大标题做到了版面上。

其实"洗脚妹"怎么了?人人生而平等,职业更无贵贱之分。然而多少年来,中国人一边说"三百六十行,行行出状元",要芸芸众生安于其职,另一边呢?却在内心深处,把职业分为高下有别的三六九等。所以凤姐一旦做了"修甲工",一旦"给老外洗脚",我们的心里就不平常了,所以要叫做"沦为"。这一个"沦"字,其实油然了我们的"荣辱观"。

当然这个"沦"字,并不是今天才用在一个凤姐身上——当年卢新华远涉重洋,到拉斯维加斯发牌,我们不是一片痛心么?卢新华什么人?放着"伤痕文学"的领军人不做,竟然"沦为"赌场发牌?其实"发牌"怎么了?它不但帮助卢新华在最初的年代站住脚,也没有妨碍他对"金元帝国"尤其是"财富如水"的切身体验和亲眼洞察啊!可是为了卢新华的曾经"发牌",长歌当哭有之,为之扼腕更有之……

话又说回来,"洗脚"与"发牌"的确有点不同——在国人的眼里,不但是"濯足",便是"洗脚妹"这个职业,竟然是有着几分暧昧的。在咱们这儿,"足浴"是什么?"洗脚城"又是什么场所?自然是颇有争议,而且会引起国人无限遐想的呀!于是凤姐在彼岸的当"洗脚妹",便引出了家乡父老的更为不屑,这也是件阴错阳差的事了。

照我的看法,凤姐今天的当了"洗脚妹",俯下身给人"修甲",恐怕不是什么"沦为",恰恰是一种"回归"——凤姐风靡一时,是因为她的"狂"。凤姐口出狂言"以我的智商和能力,往前推三百年,往后推三百年,总共六百年之内不会有第二个人超过我";凤姐言语轻狂,"要说我写诗的风格嘛,比较像顾城;写文章嘛,人家都说我像鲁迅";凤姐大言不惭,说起嫁人,"只有奥巴马才配得上我"!现在好了,凤姐去洗脚城里低头修甲,从天上回到平地,从狂想归于现实,用自己的双手打理自己的生活,会开始体验到人生的艰辛与谋生的不易,这无论如何是一种"进步"而绝非一次"沦落"。对于凤姐的"回归",对于她的尘埃落地,人们也许可以稍稍放心,也许应当给她一点掌声。

(2012.7)

从《轩辕剑》想到《大鸿米店》

一部叫做《轩辕剑》的电视剧，这几天终于"如期"开播了——为什么称它"终于"，又说它是"如期"？究竟发生了什么扑朔迷离，遇上了什么峰回路转，使一部原本平常的电视剧变得如此夺人眼目、受人关注？

原来《轩辕剑》尚未开播，关于"禁播令"的传言已经铺天盖地。网上传出，广电总局给了三个字，不准播；媒体又来"正式确认"。言之凿凿，借用的是政府部门的"勒令"，煞有介事，说它"过于神话玄幻"……结果怎么样呢？此剧"如期开播"，并无叫停一事，沸沸扬扬的《轩辕剑》似乎可以尘埃落定，我们的舆论场不过又多了一个"乌龙"而已。

然而关于这个"乌龙"的尘埃，又似乎并未落定。也是舆论之间，评说这不像是网络之上、网民里头传出来的"自发性谣言"，倒像是一场精心布下的棋局、一起构思巧妙的"反炒作"。有人出谋划策，有人充当炮手，有人乐观其谣，也有人坐享其成——不管怎么说，"消息"一出两小时内，"轩辕剑"三个字顷刻登上微博搜索的"十大"榜，竟是一个事实。一部原来并不石破天惊的电视剧，险些变得尽人皆知，而一家电视台"重夺收视率"的雄心壮志，也变得有了一线希望的曙光。

《轩辕剑》的"禁播令"风波，是不是一个"局"，我们不知道，也期待它水落石出，然而似曾相识的"反炒作"，却不是什么新招式——这不免使人想起数年前的《大鸿米店》风波来——当时那一部电影也是尚未问世，即已声名显赫。什么名气这样响呢？原来是传说中的"性欲、暴力、乱伦、通奸"。也说是"三级"，也说是"禁映"。其实《大鸿米店》是一部披露人性之恶的影片，有一点男女私情，并无关什么"伦常"；有一点打斗镜头，并不是什么"血肉横飞"。问题在于，一部并不"黄色"的片子，为什么要自贬成"乱伦"，一部并不"血腥"的电影，为什么要自吹成"暴力"呢？这就是为了哗众取宠，不惜"自残"了。可见自吹者的"反炒"，是出于对市场的判断，似乎没有色情就没有票房，没有暴力就无以吸引观众，甚至没有"禁播令"就激不起人们的好奇和逆反，所以以"自杀"来"自救"，以"反炒作"来自我推销——不知道此次《轩辕剑》风波的再起，是某些人看了《大鸿米店》的如法炮制呢，还是没有看过这部电影的无师自通？

《轩辕剑》风波在于网络、在于媒体的一时铺天盖地，是因为"禁播"二字的刺激性。于是网友义愤填膺、拍砖炮轰，于是"酷评家"照例高举高打、宣以狠评。又是"制度"问题，又是"公权力"如何这般。然而"尘埃落定"之时，才知道又是一个"乌龙"，又是一个"局"，又是上了渔翁们的当——当我们万分不平之间、义正辞严之际，他们正举起酒杯弹冠相庆、坐收渔利呢！

（2012.7）

也说几句"校长玩牌"

"校长玩牌"的风波,业已沸扬了一周——因为浙大校长杨卫,在一个"论坛"上用笔记本玩牌,于是照片由微博传遍网络,第一小时就被转发 13 000 次,"教育不行,玩牌在行"的标题夺人眼目,至于"中国的大学已到了绝境"的时评,更是其势凶猛。

又是一条"校长新闻",又是一次舆论狂欢。然而从这张照片和这番激烈中,我们不妨也可以稍事冷静,想一想这样几个问题——

"玩牌在行",真的就是"教育不行"?——这当然是"标题党"的又一个"好标题",起意突兀,反差强烈,足以吸引眼球。我们的"教育"固有很多问题,有的"不行",原因还很深层。先来论断"大学办不好",再把这个命题归咎为由"校长玩牌"推断的校长"素质差",这种"一言以蔽之"和无限放大,恐怕既不在理上也不符事实。就拿这位杨校长来说,据浙大的师生说,似乎属于那种"拿整个的心来办整个的大学"一类的校长,不但颇有一点"独立之精神、自由之思想",而且"很低调、很普通","平时在浙大风味馆吃饭,一个普通的学生就会撞见杨校长"。当然也有网友说一个大学校长居然还会"玩牌",可见"他也是个人,真有几分可爱呢"!不管怎么说,由"玩牌"而断言"素质低下",由校长"素质低下"而断言浙大"办不好",进而断言"中国大学"已经到了什么地步的评家,不知道去浙大看过一眼,或听浙大师生说过一点浙大没有呀!

"玩牌"真的就是"会风恶劣"吗?会风确是一个大问题,但是从深层来说,会风问题主要恐怕不是指下面坐着的与会者必须正襟危坐、认真听讲,更应当是指这个会议本身是否"以人为本",是否解决问题。现在一些会议过多过滥过长，报告枯燥无味，演讲令人生厌，这样的"会风"并不在少数。对于那些令听者苦不堪言的会议包括"论坛"，也有两种说法，一是认为听者即便如坐针毡，也应坚持下去，以表示"对他人的尊重"；还有一种，就是毛泽东同志曾主张的，讲课不愿听，可以打瞌睡。其实现在不少会议，岂但是"打瞌睡"而已？左顾右盼有之，度时如年有之，收发短信也有之，进进出出更有之，有的地方，拿这些听者拍下来曝光甚至处分，其实与其"严处"，还不如反思一下你那个会议，真的很有趣、不无聊，让人"入耳入脑入心"吗？以这个"会风说"来看，当然不是要就此判定这次论坛的质量，而是希望大家在拍听众的砖、批评听众的"素质"的时候，也对我们的会议本身多一点反思吧。

当然现在还有不少网友，提出了一个"事实"问题，即杨校长"玩牌"，究竟是在什么时候，是演讲进行时，还是在会议休息中？这是讨论问题的基本前提，因为其中一张照片的画面里头，杨校长"玩牌"之时，会场前方，屏幕之下，正有西装革履的其他与会者三三两两地聚在一起合影，似乎并无人在演讲。

这个炎热之夏，"校长"似乎成了热门。校长跪母，叫做"作秀"，校长写歌，更是"不道"，现在又有了"校长玩牌"的照片以及时评的围剿。"校长新闻"是可以做的，谁叫大学校长是个公众人物又有那么高的地位呢？所以应当予以舆论监督，如有不义，更应曝光。但如只是为了"校长"尤其是—"大学校长"的"刺激性"，把它仅仅当作一种"宣泄"乃至"过瘾"的对象，那就不免会走上另一种极端了。

（2012.7）

怎样的"招幌"

关于"招幌"的热议,这一段沸沸扬扬——比如城市的口号。"我靠重庆",引出沸反盈天;而"一个叫春的城市",更是事隔年余,又被"人肉"了起来。舆论义正辞严,网民义愤填膺。但也有当地的旅游局长,振振有词,百般委屈,说"我靠"也好,"春的城市"也罢,在汉语中都有正解,谁叫你往歪里想呢?不管怎么样,一个名不见经传的小城,一个偏于一隅的地方,是终于名扬天下、尽人皆知啦——这就是"招幌"的作用。

说到"招幌",近年以来,吆喝最响亮的,是咱们的"景区",叫做"出概念""做符号",也叫做"打××游"。前两年有某景点的"鬼子进村","旅游项目"之中,竟有扛三八大盖的鬼子,挎二十响的汉奸,还有鼠窜"花姑娘";有某景区的"土匪抢亲",抢来出嫁的女子,还要"献给土匪头目"。"鬼子游"和"土匪游"打完了,最近的时候,又来打"处女游"——某景区打出告示,只要年满22周岁,又敢于自称处女的旅客,统统可以免票。至于某主题公园规定,在炎热之夏的七八两月,凡穿38厘米之内短裙的成年女性,均可享受半价票,而且在那公园的门口,还真有工作人员拿着皮尺煞有介事地在量着短裙的尺寸,对这样的"招幌",就更已是群起而斥之了。

网友诸君,对于这样的"招幌",多讥之为"低能"的——旅游要招徕天下客,景区造好了也要有知名度,所以要打几张"牌",本也无可厚非。但现在打出的这几手牌,用低俗来叫卖,以炒作来吸引眼球,不免过于下三滥啦。其实也是,那个打"土匪牌"的景区,不就是因为一筹莫展、无人知晓,结果情急之下,想起了俺们这地方清末民初不是土匪窝么?所以万般无奈、突发奇想,竟然拿"匪文化"来作招牌。至于"处女免票"的招式,本来就是抄来的,东施效颦、依样葫芦。在这之前，早已有一家房地产公司，因为新开发景区无人问津，所以便来招聘采茶女，要求都是"处女"——其实"每年采茶季节，人手大大不够，只要能上山的，老头老太都要出来采茶，人手奇缺，还挑什么处女"？不过是一招为了"尽人皆知"的噱头罢了，而现在，又被毫无创意的另一家同行抄了去。

但是也有智者却言，这样的"招幌"似乎颇有一点"高明"——你看它能知道一招既出，天下必然汹汹，舆论一定会强烈批斥，为什么还要"冒天下之大不韪"呢？"高明"或许就在这里，看中的，就是这种"恶名传千里"的"效应"。那个打"土匪游"的地方，对来势凶猛的舆论批评，不是自称"早料"吗？但它心里"平静"得很，还恨不得"暴风雨"来得更猛烈些呢！而那个"超短裙免半票"的公园，也不是自今日才始，而是已历五年，年年众口批评，而"知道的人"却越来越多，竟大有了一点游人如织的味道呢！那些不但不怕恶名，反以恶俗来求闻达的主儿，恐怕还要谢谢舆论的痛斥：一边是义正辞严、义愤填膺，一边却在安享"盛名"、准备点钞票呢！

难怪恶俗的招幌此伏彼起，难怪逆反的孤行那么"坚定"，这里头的一副"好牌"和背后的奇特心理，却是我们应当关注和洞察的——其实这一种并不奇特的"效应"，又何止区区一个"招幌"呢？

(2012.7)

独辟的"蹊径"?

鲁迅的文章,大概已有万千,所以"鲁研"的"突破",似乎已很不容易。"老石头"也骂过了,"偏执狂"也封过了,结果怎么样呢?于是只好另辟蹊径、突发奇兵,来"研究"鲁迅家的一本菜谱,从青菜豆腐、绍兴梅干菜里,不但可以见到鲁迅的"节俭"和生活的"清淡",更足以"分析先生从生理到心理的变化",也算是一篇博士论文的题目啦。当然类似的"蹊径",还有专门研究鲁迅与许广平究于何日"开始",又在哪一天"在一起"的,至于鲁迅日记中一个"濯"字,更已经有了雄文夺目……

其实这样的"考据"、这一类的"独辟",在于"学术研究"之中,又何止一个"鲁研"——关于李白的生卒,他一生的游历,因为吵得一塌糊涂,争得硝烟四起,所以早已不是新鲜的"成果",于是另抄近路,从他的诗句,推算他的酒量;从他的歌吟,断言他的风流。不久之前,还有学者一举考出李白是个"私营矿主"!李白靠什么周游天下、吟诗作章,这样的潇洒?因为他"颇有产业",所以"腰缠万贯"!难道你没读过李白写南陵的名句——"铜井炎炉高九天,赫如铸鼎荆山前"?这两句诗,写的不正是冶炼的盛况?而这南陵一处,恰是"我国最早使用硫化矿冶铜的地区"呵!于是一言以蔽之,不由你不相信,李白就是一个"十分富有"的"私营企业家",大概属于我们今天形成和发展着的那个"新的社会阶层"吧!至于李白船到南北泛舟之时所吟的华丽诗句,原来不少都是"在这运矿产品的船上所作",那就更是崭新的"学术成果"、石破天惊的"独到见解"啦。

关于"孔夫子是个美男子"以及他的身高究竟合今161.7厘米还是221.76厘米等等,同样已不"独到",所以"孔研"之间、学术之界,又有人走出一条小路，又是一举考出了"孔子的太太是谁"——说是这个女人，《论语》未涉一字，历代孔学，也无人研究过她，甚至司马迁公也无一字说到这女人的"下场"。这样的"缺门"，这样的"学术空白"，当然引出了"学者"的兴奋，于是从三国王肃的一句话里，"考"出孔夫子的老婆为"亓官氏"，又"考"出这亓官氏认为孔夫子迟早能"出人头地"，但终于因为孔子的"走投无路"，而致使她"信念毁灭"，离开了孔子……否则，怎么会在关于孔老夫子的书典中，从无一字说到这个女人呢？这样的"新成果"，当然已经足够诞生一群博士乃至博导了。

从白居易《长恨歌》里一句话，可以"考"出杨玉环"体重69公斤"外加"身高1米64"；从曹雪芹的"真事隐"中，可以断言贾府丫环们用什么法儿"避孕"。而从空穴来风的"史料"中，又可以窥见徐霞客如何"风流"，关于他"狎宿"过"至少××个美眉"的流言，更已经飞短流长……

"学术"是要"创新"的，"从众"自然不好。大家早已走过的路，当然可以不走，可以抄近路、寻小路，可以独辟蹊径，更可以走终南捷径。然而如果旁门左道，结果钻进了牛角尖，这样的"大胆"与"小心"，就不免令人叹息，也发人笑话了。

(2012.7)

大卫身上的"马赛克"

大卫身上,区区一片"马赛克",这几日引出网上网下议论纷纷——一家电视台午播新闻,那新闻中有大卫·阿波罗的著名雕像,因为那名作本是裸体,所以在大卫身上,打上了"马赛克"。

关于这片"马赛克",舆论之间,也有赞同的。说那是"为下一代考虑",现在不是正值暑期吗,莘莘学子多"宅"在家中,这裸的东西,让他们看到毕竟不好。

但也有反对的声音,有识之士,娓娓道来,说大卫的作者,就是米开朗基罗,他生活在意大利社会动荡的年代,颠沛流离使他对那个时代产生怀疑。痛苦失望的大师,在艺术创作中倾注思想也寻找理想,创造了一系列如巨人般体格雄伟、坚强勇猛的英雄形象。大卫是米开朗基罗创作思想的最杰出代表,也是一个时代雕塑作品的最高境界,大卫可不是什么"脱星",也不是什么艳照呵,他的每一寸形象,代表的都是一种解放思想的向上理念,一种艺术上的至美。如果大卫也要打上"马赛克",那么维纳斯要不要穿上衣衫?那么文艺复兴前后一大批挣脱封建锁链、呼唤人性解放的雕塑和油画名作怎么办——那可多是通过人体之美来表达人道主义和人性之美的经典啊!

其实网友诸君,对于这片"马赛克"的反弹,更在于我们的生活中,在给大卫打上"马赛克"的同时,真正似乎应当打上"马赛克"的,却光天化日、一览无余——且不说我们的某些车展,早已成了"肉展",裸露至极、尺寸之大,不也是现场摩肩接踵加上荧屏反复播放吗,也不见一片"马赛克"啊!便是那个叫"露"的明星,人如其名,状如其名,每露必裸,逢场必脱,这一点"清纯",不是越炒越红、越演越烈么?虽则舆论也是批评,然而一些媒体,却是边嗔边捧，连一张"侧影"都不肯放弃，你见过这位"露"星的身上有过哪怕一片"马赛克"吗——难怪网友的两相对比，要发出叹息了。

据说给大卫打"马赛克"，是"为下一代考虑"。这当然是一片好心，然而却令人想起了一件也是"下一代"的往事——数年之前，某市举办《毕加索画展》，参观者不可说不多，看懂者却不可谓不少。最令人"触目惊心"的，是门口一本留言簿，上面赫然一行大字——"毕加索是个流氓"。而那稚嫩的笔迹，便是一位中小学生的"留言"。毕加索当然不是流氓，这位上世纪的伟大画家，无论是早期近似表现派的主题，还是后来注目于简化形象的"原始艺术"，他的画作始终严肃地关怀着人类的命运和下层人民的生活。说"毕加索是个流氓"，无非是他表现了裸体，而且大量通过变形的裸体去表现科学的真实和深刻的主题吧！但是我们的"下一代"不知道，一看到人体就想到"流氓"，这样的遗憾，究竟是因为我们没有给毕加索打上"马赛克"呢，还是恰恰因为我们给大卫们打多了那片"马赛克"，恐怕是可以讨论的。

那家电视台给大卫打上的"马赛克"，由于网民的反弹，三个小时之后就拿掉了，恢复了大卫的全貌——但这起"马赛克"风波，留给我们的议论和深思，却似乎没有结束……

(2012.7)

"老生常谈"还是"警钟长鸣"

我们身处市场经济的环境之中,潮涨潮落,五光十色,使我们的反腐倡廉领域,往往有一些"老生常谈",却又是变化多端的新问题、新倾向——我们的领导干部,怎么与企业家打交道,就是其中一个。

我们说,领导干部要善于同企业家打交道,甚至交朋友。道理很简单,企业是市场经济的基本细胞,是经济发展的活力所在。尤其是在当前经济下行压力继续加大的严峻形势下,企业还负有稳就业、稳社会的责任呢!因此,对于企业的领头人、"老板",我们要关注他们的困难,优化他们的环境,关心他们的忧乐,不但不要"怕"与他们交往,而且还要多与他们交尽可能知根知底知心的朋友。

但我们这里讲的,是"善于"——善于与企业家交朋友。"善于",一是要帮企业,帮到点子上,帮在燃眉时,帮准企业家的忧难;二是要"君子之交淡如水",不要有个人利益的往来,更不要有权力的交换,千万不能吃人家的、用人家的、拿人家的。如果那样的话,"朋友"就会变质,"帮扶"就会变性,权力更要变色。这种"交朋友",就不是"善于",而是蜕变为一种"恶"了。

在我们的视野里,这种"恶交"不幸也可以看到——比如有的同志,尽管不收"老板"的钱,却屡屡享受人家安排的豪华旅游,名山大川而外,还有漂洋过海的,一应开销、巨额游资,当然由企业一账包销;再比如有的同志,好打高尔夫,于是定期定点,隔三差五要去"赴请",白云青草,多少个洞,流连不已,乐不思蜀,也一概由企业"埋单"。当然还有借"帮扶"的企业为自己的亲属谋利益,甚至向被服务和被管理的对象"借"钱、"借"车、"借"物的,那"对象"里,自然少不了"感谢"他甚至"敬畏"他的企业和企业家了……

"善于"同企业家交朋友,就要记住一句老话,"常在河边走,就是不湿鞋"。第一,我们不能因为"怕"而不在"河边走",不能因为担心"情况复杂"而远离市场经济,远离企业;第二,也是更重要的,要做到"不湿鞋",就要明白权力在同市场打交道时,它是有规则、有底线,也有禁区的。这个规则,就是官商不能混合;这条底线,就是官员不能为个人谋取哪怕一点私利;而这个禁区,就是我们是"清水衙门",我们同企业家打交道是"淡水之交",绝不能"吃、拿、卡、要",甚至也不要去"吃请"、"玩请"——有的领导同志建议,与企业家吃饭,如果必要,你埋单不就行了吗?不要让"老板"请客;也有的领导同志呼吁,我们的干部,尤其是在职在位的同志,能不能不要去玩像高尔夫那样的高消费?群众有反映,就会有不满,便是那几个"老板",给你埋了单,他心里又真爽吗?

怎样与企业和企业家打交道、交朋友的问题,不是个小问题。这在今天的情况下,一方面是朋友要交,另一方面是界限要有。往往是是非交织、犬牙交错,有些同志把握不好,不能自处,更谈何慎独自律?这也算是个常见多发的问题,所以有一点"警钟长鸣",警诫的并不是一席"老生常谈"!

(2012.7)

"心路的剖析"与"文化的再现"

"七七"业已过去,"九三"也将到来。历时八年的抗战,早已过了一个甲子。战争的创伤据说已经疗愈,而历史的话题却总是沉没了又泛起。说是理性的"新发现"也好,老调子的重弹也罢,总之一个抗日战争,注定要成为往复震荡的"永恒主题"——而说它"永恒",久久不息,此伏彼起,又何止在于几个那时的人物而已。

比如一个汪精卫,总是说他附逆投敌——当然近年以来,也已经有将"汪兆铭题"的大字,做成金字招牌挂在楼厦的门楣上的,但"汉奸"的定论,毕竟不那么好"正名"。于是便有高人出来"分析",说事情并非这样简单,而应当从"心理学"的深度,析其性格,剖汪精卫的"心路"——这当然颇有道理,也很有"新意"。凡人与事,分析到了"心理",那学问,就几乎要做到了极致。然而分析来分析去,这"心路"又是怎样的一种曲径呢?曰其具有"自毁"性格,就是"我不下地狱,谁下地狱"吧!所以不惜独力扛上"汉奸"罪名,执意要"闯虎穴"。汪之少年,不是行刺过清摄政王么?所以这种"甘为釜山柴薪,燃烧牺牲,造就革命胜利的焰光"的"心理特质",竟然"应该说是一脉相承"——"心路"之尽头,是汪精卫的"自我牺牲决心",其中基本一条,是他何等关心日占区人民的疾苦,认为沦陷区的民众没有一个与日本人"协调沟通"的"中国人政府"怎么行,所以他来"担当"。你看拿一个汪精卫,真"分析"出了一点"牺牲精神",叫做"勉从虎穴暂趋身,说破英雄惊煞人",几乎可以还他"清白"了。

其实关于此类"自毁心理"乃至"牺牲精神"的"分析",并不只是孤掌一鸣,也不仅于一个汪精卫的"新发现"——数年之前,大概就是抗战胜利60周年的时辰吧,也有"学者"高士,出来"分析"周作人的"心路"的——不是赞他的"五四巨匠",也并非说他的小品如何的"精致细腻、凌空蹈逸",而是说他的附逆,岂但是为了"保护北大校产",根本就是"为沦陷区的中国人民服务"——你看一个敌占的华北,八年不开教育,"那将是什么样的损失"?所以也是"我不下地狱,谁下地狱",决然当上了敌占区教育总署的督办!至于周作人身负"潜伏"重任,至于他的伪职是地下组织帮他搞来的,此类奇谈,更是不绝于耳……也是"心路分析",分析出来的也是"更勇敢"的"自我牺牲"。可见宏词高论,如出一辙,似乎也不是什么"新发现"了——近日之间,又看到雄文数则,说连周佛海的附逆也是"卧底",是不是也算"地下工作者",是不是也要进行一番依样画葫芦的"心路剖析",可以拭目以待。

当然不是所有的反角都可以"分析"出他的"复杂心理"的。比如胡兰成,这个日伪的"中央宣传部常务副部长"和"法制局长",因为日方与陈璧君的"双重青睐"而荣任伪《中华日报》总主笔的汉奸,"正名"还真不容易,"心理分析"似也难有多大"新发现",于是便来另抄捷径。对于胡兰成的"重新审视",当然是"爱屋及乌",为了炒别人,所以必须"洗白"胡兰成,这是众所周知的奥秘。胡兰成是个不易翻案的汉奸,所以不便"正面来",于是迂回曲折,讲他的"有文化",讲他那时"令人神往"的生活方式,总可以吧!先来炒他的"情种",如何地当年风流,又怎样地"爱得死去",接着炒他的"才子",一部"今生今世",炒得热火朝天,一门"胡学",居然要成为显学,当然还有说他乃"国士","心中无我、志在天下的志士"的。现在"情"也炒过了,"书"也炒过了,于是一间同居过几年的"故居",也差一点要捧为"标志性的文化景点"乃至"新的文化地标",至于胡兰成的"活法"及他的"情史",似乎更要推为今人追羡的"文化"啦。

两年前的抗战胜利纪念时,已经有人竟然将鲁迅称为"汉奸的哥哥",同胡兰成的太太这个"汉奸的老婆"相提并论,后来大有将汪精卫这个人物与写了《多余的话》而慷慨赴义的秋白烈士放在一起的。现在又将纪念抗战胜利了,"心路"的"分析"与"文化"的"再现",又会有什么风云卷拂,又会有什么"新发现"呢?倒是可以耐心看一看的。

(2012.7)

意味深长说"细节"

奥运会已进入第五天。五天来,赛场内外的一些"细节",细细品一下,却不免令人多少有些震撼——

易思玲射落奥运第一金,固然值得雀跃。所以易思玲一下场,我们的教练和工作人员,便狂欢地与她拥抱,久久不能放开。其实那一刻,喻丹也走了过去,并且等候在近侧,似乎也想与之拥抱一下,然而"有关人士"却久久不放开易思玲……

当然不理会喻丹的,还有我们的媒体。易思玲下来后,立即被七八十名记者围个水泄不通,谁也没有想到一旁的喻丹,谁也没空去问她一句话——其实易、喻二人,本来就是女子气步枪夺冠的"双保险"。而就是在几分钟前,在决赛十枪中,易思玲不尽如人意的那几枪时,我们央视的现场解说,还曾把满腔的希望寄托在喻丹身上呢!现在好了,易思玲拿下了金牌,于是便忘记了喻丹,连一个拥抱也"没空"给她,更不要说也给她一个"水泄不通"了——难道这就是我们的国人?

小将周俊,三举都失败了,这当然令人叹息,也引发了对"背后"的深层讨论。但她毕竟只是个 17 岁的女孩啊,要她在三举皆败后,再来承担天大的责任,她稚弱的肩膀,如何担当得起。然而就在那一天,有的媒体做出的大标题可谓字字见血,正如网友所说,这不仅是"金牌至上",而且连"丝毫的人文关怀"也没有了——如果周俊举了起来,更甚至周俊拿了块金牌,那么"17 岁女孩创造最神奇一幕"的大标题,就要夺目惊心了?

这样的"细节",当然不只自今日始,在我们这儿,曾经发生过这样一幕——一位奥运选手上场夺"金",远在千里之外他的家乡,一间县宾馆的会议室里，几十名记者和体育官员，围着从山村专门接来的他年迈的父母，欢声笑语，孝敬有加，准备欢呼那登顶的一刻。谁料赛场风云，瞬间变幻，我们的英雄最终连奖牌都没有得到，于是刹那之间，所有的人都走光了，只留下空空的会议室和年已古稀的两位老人，甚至没人记得再将老人送回山村……这一幕固然已是"曾经"，但是我们在金牌面前的那一点"国民习性"，到底改变了没有呢？

奥林匹克精神，恐怕不止于顾拜旦的"更高、更快、更强"，而深刻之处，还在于它的以"人"为中心，它的人性和人道主义，对于人的张扬和尊重，正是从"人"这个"核心价值"出发，我们说不要把"牌"看成唯一，更不能"至上"。这个话说说不难，但是知易而行难，真要丢掉"金牌至上"还真不容易——男举56公斤级决赛，吴景彪"只"拿了块银牌，这位亚军竟痛哭流涕，说对不起祖国，对不起所有的人……吴景彪的"失声"也是他的"内心之悔"，一位年轻的运动员，他的压力实在太大了呀，他肩上要承担的"责任"也实在是太严重了呀——而这"内心"的"压力"，究竟来自哪里，他肩负的天大的"责任"，又是从何而来呢？这恐怕就不是一个奥运会的"细节"问题，对于我们的国人来说，甚至恐怕不是一个"怎样看奥运"的细枝末节呵。

（2012.7）

也说"最好的回答"

七天来,《义勇军进行曲》多次高奏奥运赛场。而这五星红旗每一次冉冉升起的背后,多有着不平静的历程。这不绝于耳的"不平静",却使我们从中国运动员的摘金夺银之外,醒悟到一些深深的哲理。

孙杨来到伦敦的时候,某邦媒体,已经炒得沸反盈天,断言他"白来",高呼他"必输",似乎那一枚自由泳金牌,早已稳在自家囊中。至于那位即将同他决雌雄的对手,更是放言孙杨参加伦敦奥运会只是个"错误",不过是来"反衬我的速度"而已。

对于这样的"不平静"甚至是一片鼓噪,孙杨没说一句话,中国游泳队也没费一点口舌——男子400米自由泳决赛,孙杨一展实力,把那位对手甩在了身后。拿到金牌后的孙杨,只说了一句话:这是最好的回答!这淡淡的一语,是内心的自信,是力量的自强,更是深深的哲理。

同样的哲理,还在于叶诗文的"风波"——16岁的中国女孩,不但拿下了400米混合泳的金牌,最后一程的成绩还破了男子纪录。于是飞短流长就起来了,一家素来还算严肃的西方老报纸,忘记了它的创办者定下的职业杠杆——"评论不受限制,但事实是神圣的",什么"令人不安",什么"见不得人的背后","兴奋剂"三个字终于脱口而出,形成了一点小小的喧闹。

"事实"毕竟是"神圣"的,叶诗文有没有服用兴奋剂?没有,奥组委兴奋剂委员会是经过严格检测的,叶诗文一点猫腻也没有。夺得第二枚200米混合泳金牌前后,又检了一次,还是清白如故。谣言止于真相,奥委会官员奉劝"这个故事该结束了",有良知的《每日邮报》和BBC也说这种对叶诗文的侮辱,"是典型的酸葡萄心理"。而在事实面前,那家老报纸也转过身来,自省

"这是一个愤世嫉俗的时代,之所以被质疑,只因你足够优秀",该报网站98%的网友认为"应该向叶道歉"……假的瞒不过,真的假不了。而我们的叶诗文,则是用自身的过硬给了那一片鼓噪以"最好的回答",她也只说了一句话——"我不靠兴奋剂,靠的是努力和勤奋"。

现在我们更可以醒悟到,在这个多元开放的时代,什么"鼓噪"都会有,什么话也要听,"不平静"总是常态,而没有人说三道四倒是不正常了。对于这一切,"最好的回答",恐怕不是针锋相对,甚至不是付诸过多的口舌。"最好的回答",还是小平同志的那句话——"把我们自己的事情办好"。以自身的实力,以一己的清白,总之,以"胜过雄辩"的事实,才能澄清是是非非,才能平静飞短流长——这个道理,在此次奥运赛场上再次得到证明,而它的深远,又不止一个竞技体育的赛场。

当然也有因为"自己的事情"没办好,结果理所当然引来一片"嘘声"的——女羽赛场,本来排名第一的中国姑娘,因为要避开下一轮的队友,所以"消极比赛",引起在场 6 500 名观众"一片嘘声",也被取消了比赛资格。在奥运赛场上,在这个开放的信息时代,其实没有什么"自己的事情"可以瞒住亿万双"别人的眼睛"。你内心动摇了奥林匹克精神,没有了公平竞争的准则,你的球就会"不是下网就是出界",心理变异,动作变形,人们一眼就可以看出来。女羽赛场上的这一片嘘声和全球媒体的责备,再次说明要取得公论,关键还是自身要清白、要自爱呵。

(2012.8)

欢迎刘翔平静回家

就在今天上午,远涉重洋的刘翔,要踏上祖国的大地。上海是刘翔的家乡,作为"江东父老"的我们,该怎样迎接刘翔的归来?我们的心态,恐怕用得上"平静"二字。

"平静",当然不是过热。刘翔回家之后,无论是住在家里,还是回到训练基地,我们似乎都不必过多地打扰他,更不必再事"追踪"甚至"围观"吧!不必再再地追问那"第一个栏",也不必揪住"2016年"不放。总之刘翔手术方罢,身心还需要静息,他也需要独思一些问题,我们就"放过"他吧,让他安静一下。

"平静",当然也不是过冷、过于冷漠。这里说的"冷",也包括有些冷言冷语,实在大可不必。如果以飞短流长来对待一位曾为国家争得大荣誉、为民众赢来大快乐的功勋健儿,甚至以"谋略"来判定一个阳光大男孩,也许都是不应当、不够健康,也没有根据的。

"平静"更是一种"回归"。回归什么呢?首先是我们要回归体育精神的本原。体育其实也可以称作"人育",应当以人为本,把人放在第一位,人性、人的命运、人的健康和人的尊严,这些应当是当代奥林匹克精神与时俱进的内核,我们尤其应当关注它。现在不少人关注刘翔"能不能再跑",他的一句"栏还在那里,我还会回来",引发了无数猜想,而医生那一言"还可跑2016年奥运会",又激起一些公众的希望。其实这个问题,我们不但"完全尊重刘翔本人的选择",也不应当忘记一位负责任的上海体育官员在刘翔手术室门口说的那句话——"我们的体育观念正在改变,正在关注运动员的全面发展!"人的全面发展,正是体育运动的全部目的——有一句名言叫做"将军决战岂止在战场"。我们也可以说,"健儿驰骋岂止在跑道"。刘翔如果选择跑,并且真可以跑,我们祝福他;刘翔如果告别110米栏,我们也祝福他在人生的跑道上另辟蹊径,甚至取得别样成功。正如有的网友所言,刘翔能不能再跑,真的那么重要吗?

"平静"二字,自然还蕴含着让刘翔平静地回归于"田园"、归于普通人的生活的意思。正如翔妈在开赛前所说,现在刘翔是国家的儿子,奥运会后才还给我。我看我们还是"平静"地把刘翔还给他的爸妈吧,让他也享受一个常人的快乐——翔爸翔妈还念着他的结婚成家呢,诸多网友这几年不是一直对刘翔的"终身大事"抱有关注和期待吗?那些"传言"里头,其实也有着大家的一份好心。刘翔走下跑道,就是一个常人,我们让刘翔回到一个平静的"正常",让翔爸翔妈也有一份普通人的天伦之乐吧!

伦敦的110米栏,刘翔没跨过去。但这个心理、心态的"栏",我们要跨过去——如何对待刘翔的回家,对于我们,对于我们心中的体育精神和国民心态,其实也是一种考试、一种"回归"呵。

(2012.8)

过度的"消费"

刘洋的母亲,这几天被一家电视台捧上荧屏,当了"当代孟母"的候选人。这件事引出的舆论风潮,似乎又兴起了哗然的一波——有识之士,论说"孟母"的教子之道,难道真是今天教育的典范么?反问刘洋的成长道路,她的今日成才,难道是靠了一个"孟母"么?但也有明眼人曰,这又是借名人而打牌,又是借刘洋之母来提升收视率,总之是对刘洋的一种"过度消费"。

其实这种"过度消费",非自今日始。除了这几天上了荧屏的刘洋妈妈外,不早有一个"七爷爷"么——刘洋还在天上的时候,她30年没回去过的那个小山村,不是已经长枪短炮云集了吗?一个八竿子才打得着的"七爷爷",不是被围追堵截,反复地被要求谈谈刘洋6岁那年他看见过的那一眼,"七爷爷"只好逃之夭夭,躲进山里,但哪里逃得脱,还是被拽了回来,接受采访。至于曾经在刘洋"旧居"前那一棵大槐树下乘过凉唠过嗑的"七奶奶"们,以及在另一棵老榕树下下过一盘棋的"七爷爷"们,不是一个个被追问、被"消费"过吗?刘洋的父母亲戚,她的朋友同窗,她的老师邻居,几乎被翻了个遍,刘洋戴过的红领巾以至她交过的作业,也已经尽行曝光。所以网友早就反问:真有必要如此过度消费刘洋吗?

对于新中国第一个上了天的女航天员,我们可以关注,也可以"追"一下,然而过度了,终究适得其反,更何况这"过度"里头,并不仅止于一分"热情",更有着例如地方得失、商业收益、收视率发行量这类的利益盘算,这种过度的"消费",就有点拿刘洋当"菜"来吃的味道啦。

其实这几天,被"过度消费"的不止一个刘洋——穷追一个航天员,这倒也罢了,更令人吃惊的,是一个杀人的悍匪,居然也成了"消费"的对象。周克华的母亲,已经被敲开了门,而周克华的女友,那个年仅20岁的宜宾女孩,更成了"八卦"的主角。她的各类照片,已经被"人肉"无遗,关于她的各种传言,已经铺天盖地,便是该女友的父母,一双"从不知道有周克华这个人"的夫妻,不也已经成了并非"独家"的"新闻源"吗?周克华的残暴和凶悍,反而被放在一边,而他的"花边"倒成了津津乐道的话题。

  我们一些业内的同行以及众多的"一族",这次是不是要以"娱乐"的惯例和"追星"的老办法来对待十条人命的杀人案犯呢?是不是要把一个悍匪也当成"消费品"来"过度"一下呢?

(2012.8)

奇怪的"人性论"

残忍、凶悍且狡猾的周克华被击毙,大多数的人在"松一口气"的同时,一致认为周的下场是咎由自取、罪有应得。然而风来风往之中,竟也有些许声音,在一个十条人命的悍匪面前,打出所谓"人性论"的旗子,将周克华描绘成一个"有爱心"的人,进而将他的罪行说成是"愤世嫉俗"所致,似乎也要"人文关怀",更似乎也要"社会反思"。这就值得惊异。

所谓"人性"。少数报刊和网络言论,这几天在"还原"周克华。说他少年有侠义梦想,成年后"讲义气"。且不说这些所谓亲友邻居的"口述"有几分真实,也不说这种"好人说"的目的,无非是为了将周的倒行归咎于"社会"。就说这个"人性",本来就有两重性,更有"基本面"。周克华历时八年,滥杀无辜,而且手段十分残忍。哪里有一点"人性"?也许他童年曾天真,也许他少年曾有梦,但是成年的周克华,早已丧失最后一点"人性",早已没有了做人的气味和底线。现在来"挖掘"凶残"背后的人性",也要把他还原成一个"有血有肉"甚至"有情有义"的"人",恰是十分地违背"人性"的。

所谓"报复"。也有少数的言论,反复强调周克华曾遭遇过的"不公",似乎周的犯罪,是对所谓"社会不公"的"报复"。也且不说周克华是否真的遇到过"不公",他的所谓"委屈"是否真有道理,在我们的社会中,如果因为个人遇到不公平,就可以转化为反社会、甚至反人类的残忍,这是什么逻辑?事实上,周克华残杀的十人,全是无冤无仇、素不相识的路人,真如有的网友所说,"全然看不到报复他人和社会的动机",更如网上所言,"一个人连别人生存的权利都不放在眼里,他还有什么资格谈'公平'、怨'不公'?"现在有一种"定势",往往将犯罪追溯到"不公",似乎一讲"报复",就有理了、甚至可以"谅解"了，这是一种违背法制也有悖理性的思维陷阱，我们不应当跟着走。

周克华死了，明明是我们的便衣民警"四枪毙命"，可是有的报网，在真相大白之后，仍然大题置顶，硬说他是"自杀"的，而除了这个标题外，看他的内容，却只有"被毙"的确凿内容，而没有"自杀"的可信根据。这是为什么呢？难道还要把这个周克华，塑造成一条"汉子"、一个"英雄"？这就只有他们自己知道了。

(2012.8)

又闻"故里"成"烂尾"

山西的娄烦,本来名不见经传,但是这两年之间,忽然变得声噪一时——两年前的这时辰,娄烦高调宣布他就是"孙大圣故里",同时拍板斥巨资建造"大圣故里风景区";而两年后的今天呢?6 000万的投资,只剩下一幢四层高的"接待中心",决定"修复"的水帘洞、猴王庙乃至"悟空出世石"等等,一个也没看见,开发商却已撤走,"风景区"空留下一堆烂尾——这堆"烂尾",这几天引出舆论一片哗然,最甚的嘲讽,莫过于指斥其中的"愚昧"。

其实这个"孙大圣故里",对于娄烦来说,是来之不易的,更是他千辛万苦"抢"来的——争夺"孙大圣故里",早已烽烟四起,就是在离娄烦千把公里的连云港,不就有个花果山么?但是两年之前,娄烦却拿出了"确凿证据",一是说历史上的此地,以养好马著称,"娄烦骏马甲天下",是上了史书的呀!隋唐之间,这里是皇上的"御马监",而孙悟空不是当过"弼马温"吗?所以"正相吻合",就是俺们这地方!二是娄烦百姓,时至今日,姓孙的甚多,"他们都是孙悟空的后代"……于是新闻发布会,于是到报纸上登版面,甚至还请来"研究20余年"的学者,给予"学理论证"。而最夺目处,还在于众多的"大圣后人"还在口水之仗,娄烦已经行动起来,招商引资投入巨款,似乎立马就要把南天门、御马监、玉皇庙、蟠桃园直至白骨精洞、芭蕉洞、女儿国、狮头国等等"故迹",统统"修复"出来。

"故里"之争,早已烽火九州。先是抢"正面人物",帝王将相、文圣诗宗,已经一抢而空,于是只好抢"反角",指鹿为马的赵高、长跪岳庙的秦桧,直到贿选"猪仔"的曹锟,居然也争得不可开交。"确有其人"的争完了,又来争虚无缥缈,从神话里的伏羲、女娲、夸父,到小说中的西门庆。于是石头缝里蹦出来的孙大圣，也有了真身，也有了兄姊，更有了"出生地"和"故里"——尽管因为是神话人物，连娄烦也承认"没有什么文物存世"，但《西游记》里说过的那一套园呀、洞呀，都是可以作为"遗址"来"修复"的呀，至于吴承恩所拟作为孙悟空出生地的"东胜神洲傲来国花果山水帘洞"，难道不能一一考证、"落实"为娄烦的地名么？娄烦民间，还传说一个叫做"孙大庆"的人呢，他就是孙大圣的"原型"啊！

娄烦打造"孙大圣故里"，两年而"烂尾"，可谓"其兴也勃、其亡也忽"。所谓"上马快"，是说他凭着一个虚无的传说、一套只有自己才相信的"论证"，就拍脑袋做决策，动辄上亿的工程，就这样把钱砸了下去——当然也有人说，娄烦不"快"不行，慢吞地"交换、比较、反复"，好不容易"抢"来的"故里"，岂不又旁落他人，所以要大干快上才行，才能造成"既成事实"。事实上，"孙大圣故里"的速败，还在于它的旅游局长这几天才醒悟过来的"周边没有其他景点"，根本"形不成旅游环境"。这样一个云里雾里的"传说"，一个几百里也不成气候的"景区"，两年前却被当地官员称为"历史赐予娄烦的非常珍贵的文化资源"，"前景十分可观，可以成为全国精品景点"，可见研判之荒诞、决策之荒唐，所以网友说有一点"愚昧"，我看是不错的。

"孙大圣故里"成了烂尾，再一次引起了对"故里之争"的热烈批评，这里的道理已经不必重复了，因为类似的"烂尾"，早已不仅娄烦一地——就在离"孙大圣故里"不远的"梁祝故里"，不是也仅仅空余了一块"观景石"，放眼望去，一片荒芜么？

（2012.8）

"奶奶"的用场

奥运会是降下了帷幕,然而排名第一的中国羽毛球女将于洋、王晓理因为"让球"而被逐出赛场这件事,却使人难以忘记——因其失当,所以媒体批评,属于理所当然。

然而批评声中,也有这么一家媒体,不远路遥,竟然去敲开了王晓理年迈的奶奶的家门,无非是叫她谈谈对孙女此次酿成大错的"看法"吧,自然也免不了要谈这女孩的"自幼如此"。于是远在伦敦的王晓理拍案而起了——我的错你们可以批评,但这与奶奶有何干?外婆刚刚过世,家中只剩一个古稀的奶奶,你们也不放过!

其实王晓理不知道,媒体"不放过"的"古稀",岂止一个她的"奶奶"——刘洋上天的那些天,她那近30年未回去过的小山村,不也云集过长枪短炮,不是也"不放过"那个与刘洋八竿子才打得着的"七爷爷"么——七爷爷只在刘洋4岁之时见过她一面,但媒体并未饶了他,不断地要他"追忆当年",弄得七爷爷只好躲进山里逃之夭夭,但又如何逃得了呢?还是被拽回村里,"接受记者的采访"。

当然那个村里,被围追堵截的,也不止一个"七爷爷",那些在"刘洋旧居"门前一棵老槐树下乘过凉拉过嗑的"奶奶"们,尤其是在另一棵大榕树下下过一盘棋的"七爷爷"们,不是一个个地被"不放过"吗?

当然也有终于"放过"的。这回不是"奶奶"了,但同样是一双"古稀老人"——前届奥运会,一名选手堪可摘金夺银,于是在他的家乡,这健儿远在山里的父母被一路接到县城。宾馆的会议室里,欢声笑语,孝敬有加,官员们簇拥着老人,摄像机早已把灯光打开,为的是欢呼"这一刻",也为的是届时要老人谈谈冠军的"自幼如此"。然而赛场风云，瞬息万变，我们的子弟，终于没能冲金获银，连块铜牌也没拿到。于是一片沉寂之后，原先围聚的人们，顷刻作了鸟兽散，居然没有一个人，想起要把两位"古稀老人"再送回百里外的山村——谁叫他派不上了用场呢……

还是回到"奶奶"的话题。我们的"奶奶"们，含辛茹苦往往一辈子，但到了"年逾古稀"，却还是要派用场的。国人的国骂，固然常常要牵涉到别人的"奶奶"，叫做脱口而出，到了花团锦簇呢，更不会"放过"我们的"奶奶"——如果没有"看着长大"的"奶奶"们的回忆，怎知道英雄们"自古出少年"，如果没有"七爷爷"当年的那一眼，怎挖得出刘洋们"从小就有范"？现在于洋、王晓理在伦敦有了错，于是"奶奶"又要发挥她的"作用"了——你们把新闻做足了，把"内幕"挖尽了，再也没有了"花絮"没有了"空间"，我不独出奇兵，不去找她的"奶奶"，又怎么曝得出新的"独家"呢？所以"奶奶"的场用，如此隽永，所以"奶奶"的问题，这样地不成"问题"。

（2012.8）

真理岂能"走过一步"

十天来的"奥运热",既是媒体建功之时,也是对我们的一次"大考"。有两句话似乎应当铭记,一句是要防止"心血来潮的时候,忘乎所以",另一句是要当心"一个潮流来时,许多人跟着跑"。总之,面对热火朝天,面临纷纭复杂,我们媒体同仁,还是要讲一点辩证法。

比如中国女羽两位姑娘的"让球门",因为有悖公平竞争的奥林匹克准则,所以一时之间,成为舆论哗然、媒体痛斥的热门。这是理所当然之事,但我们也要"两面看",看到这"不义"背后的另一面,这就是国际羽联现行的赛制,本来就有投机取巧的负面"导向"。在这个制度下,"趋利避害"出来了,"田忌赛马"也出来了。"制度不好可以使好人走向反面",所以我们在批评于、王两位甚至她们的决策者的同时,也要讲一点辩证眼光。

又比如叶诗文的两度夺冠,引起彼方某些媒体、某些人士的无端质疑,这当然没有道理,心理也不健康。于是我们个别媒体,就说要网民以网上投票、投帖抗议来"回击挑衅"。我看这种"过度",似也不必。"木秀于林、风必摧之",枪打出头鸟,似乎是人之常有的弱点,连英国的《每日邮报》都说这是一种"酸葡萄心理",大可看透就是。至于是不是整个"西方的挑衅",也要一分为二,固然有变异的"冷战"思维作祟,但主持公道的国际奥委会、奥组委和兴奋剂委员会,仗义执言的BBC、《每日邮报》以及认为"应向叶道歉"的98%的网民,他们可多是高鼻子的洋人呵!可见持公论的人们还会是多数,我们也不要一锅煮。

讲一点辩证法,不但要"两面讲",还要注意不要走向另一个极端——比如对于"金牌至上"成为一种"主义"的批评,那是完全应当的。但如果"真理走过一步",变为对金牌的完全否定、一概排斥,甚至把拿金夺银贬作一种"罪过",似乎"更快、更高、更强"不是奥运精神,而反之才是"正确奥运观",这就让人惊诧了。

事实上,奥运会是竞技体育的最高形态和较量平台,正如网友所说,"想必没有哪个国家派运动员来伦敦是为了喝下午茶"吧,"为的就是拿冠军、争金牌,奋力拼搏、为国争光,这不仅是竞技体育的特征,也是其魅力所在。"其实,争金夺银既不是体育运动的全部,但也是它不可或缺的一环。所以我们对于中国健儿的"勇夺",包括对于外国运动员的登峰,都应当报以热烈的掌声,我们也没有理由贬损运动员为金牌付出的汗水和牺牲,也没有理由否定国家为备战奥运所作出的各种努力。总之,不宜从"唯金牌论"走向"非金牌论",从而在两个极端上跳来跳去。

不能走向另一个极端,当然还包括不宜往复振荡——比如文首所说"让球门",我们是主张看到背后的制度原因,而不要把所有的矛头只指向两位小将。但也不能反过来。又说这种"让球"是"对规则的合理运用",甚至是"为国争光的策略",似乎十分天经地义,一点问题也没有。这就不对了,风来风往又走向了另一端——规则有漏洞,但我们还有底线,这就是奥林匹克精神,就是体育道德呵!所以世界上的事,过犹不及,一过头,"真理走过一步",就会变成"谬误"啊。

(2012.8)

"侧滑"与"拉扯"

"说话"问题,在于某些官员,似乎不成问题。有人说,"官话"是一种文化,"官话"是一种圆熟,似也不无道理,有些"官话",更是一个挡箭牌、一堵挡风墙,当然有的时候,奇特的"官话"还可以成为老百姓的笑柄。

哈尔滨的阳明桥倒了,媒体网络,市井坊间,都称之为"垮塌"。可是哈尔滨的"有关方面","找不到建设单位"于先,强调它只是另一座桥的"匝桥"之后,实在无法"应对"了,于是拿出了最后的"说法"——这不是"垮塌",而是"侧滑"!

这当然很"严谨",也很专业,似乎可以"大事化小"了。然而一座哪怕是"匝桥",它于光天化日之间,就这样"侧滑"到了地面河道,这不叫"垮塌"?这不是半斤对八两么?可是"官话"里头,偏要强调"侧滑"二字,不知是要尽显他的学问呢,还是要减轻他的责任?

"侧滑"二字,总算有一点技术含量,但后来的"拉扯"二字,就只有一个"夺理"了——从合肥飞广州的南航客机之上,因为区区一件行李的放置,一位"方部长"动了手,于是乘务长的微博飞传,引出万千批评,舆论哗然,莫不谴责这位部长居然"殴打"一个乘务员小女子!然而过了两天,这位部长所属的那个区,"经调查"之后出来说话,说方部长并未打人,只是发生了"拉扯"……

方部长没有"打"?那么现场照片中空姐肩上的红肿、臂上的淤血以及被扯破的裙子,是哪里来的呢?方部长没有"打"?那么空姐为什么要报警?飞机降落后为什么要同方部长一齐"去机场派出所"?方部长及其夫人,又为什么要"一再道歉"——按照中国话的意思,"拉扯"本是互相的"动手",难道是弱小的空姐与彪形的方部长互相出手，"扯"成了一团，需要各打五十大板才解得开？

"垮塌"与"侧滑"的相异，"殴打"变"拉扯"的微妙，可见某些"官话"之成熟、之高明、之不同凡响。其实这样的"侧滑"，在我们生活中早已屡闻不鲜——损失惨重，叫做"付了学费"，坐失良机，美曰"欲擒故纵"，溃退叫做转进，下滑叫做负增，扯皮叫做把关，拖拉叫做慎重，推诿叫做不越位，停滞叫做稳定。无怪乎老百姓听了"侧滑"与"拉扯"的"提法"，无不称之为"炉火纯青"，只是叹息我们的某些官员，怎么到了互联网和微博的时代，还只会这样"说话"呢？更何论什么"群众语言"了。

其实云遮雾罩的"官话"里头，也有坦荡直白的——那便是方部长"拉扯"或"殴打"了南航的空姐后，他的官太太高吼的那句话——"不就是一个乘务员吗？我认识你们老总"！由我听来，这才是"真话"，真正的所谓"官话"，他们内心的傲慢和张狂，以及某些官员出手之粗、出言之戾所依仗的那一张"底牌"呵！

(2012.9)

"娱乐"岂能"至死"

周克华的被毙，业已近月，然而始料未及的是，周克华的"阴魂"却未散去——近日之间，有网友亲睹，周克华被毙之处，竟有了几分热闹，前往围观者众且不说，更有倒地模仿"周克华死相"的"达人"，还有现场的"义务解说员"……

于是网络报章，就有了严正的批评，就有了如此黑白不分，如何对得起周克华枪下那十条冤魂，请问这样无聊无知，又怎样面对众多死者的家属遗孤？也有断言这是对"黑"的羡慕对"暴"的颂扬的，当然更有一针砭之，说在我们某些社会成员中，娱乐已经成风，娱乐已经"至死"。

这话是有道理的——把一个暴徒的毙命之地当作"一道风景"来赏游，把他的死当作"达人"的平台来重演，你说他有意"招魂"、刻意"颂扬"，恐怕倒也不是，只是把惨案当成游戏、将杀人视作娱乐的那一点"娱乐主义"，倒真是颇有一点病入膏肓了——其实一个周克华杀人案，这样的刀光血影，从一开始就被一些人当作"娱乐"来玩。周克华流窜之时，因为他的杀人如麻，不是被戏称为"爆头哥"么？哪里有一点义愤、一点憎恨？周克华被击毙之初，最发人兴趣的居然是他20岁的女友，无数美女照占据了报纸网络的"可贵版面"，无数的"人肉"与"探秘"，要深挖这"一段情"，尤其是她如何"观摩作案"，真是把一起杀人案当成了一大"娱乐新闻"。至于周克华被毙后那个死者不是他的传言，说它是一种什么"质疑"，其实不过是一段荒诞剧的想象和一个不经的戏说而已。

面对一起十条人命的杀人案，居然把它当成狂欢的盛宴，我们有些人恐怕已经成了"死"也要"娱乐"的"游众"——因为要"娱乐"，所以不择题材、不分是非、不论黑白，蜂拥而去，围哄不已。从"鬼子进村"，到"土匪下山"一一成了"旅游线路"，从戴笠强占良妇的香窟，到汉奸们的声色之处，又一一成了"开放景点"，而今天的周克华死地以及他的死相，又变成了"一道风景"，你说他有什么醉翁之意，倒也不尽然，只是一个"娱乐到死"，就什么也不顾啦——这几天的网上，还爆出一袋牛肉干的招幌，说它的"精美包装"上，赫然印出"据著名历史小说《红岩》第137页记载，1948年春甫志高曾买×××牛肉与新婚妻告别"，你说他为叛徒翻案，为反角招魂，倒也不是，他只是为了推销区区一袋牛肉干，而不择手段罢了。如果说借用的也是一点历史的"娱乐"，那么这种"娱乐化"就令人叹息了。

(2012.9)

又是这张"美女牌"？

半月之前，我们的舆论，刚刚"炮轰"过"模特与牛"的奇事。这几天的我们，却又听到了"美女与蟹"的新闻——所不同的是，前者是赤裸裸的广告，而后者，则似乎有了一点"砸场子"的味道——在长沙一家新开张的螃蟹店门前，8名金发女郎，半裸其身，玉体横卧，高喊"抵制阳澄湖大闸蟹进入湖南"，甚至呼吁三湘百姓，中秋时节，"多关注家国情，少一些吃请送"……

关于美女的"抵制"，网上是既有斥责，也有规劝的，说其"非理性表达"，论其"不够严肃"也"不够正式"。总之是批评这8位美女"采取了不正确的方式"。然而这个板子似乎是打错了。正如有的网友指出，今年商家的"蟹斗"，已不再停留在"标语式"、"口号式"以及传统的广告营销上，其策略正在从语言、视觉艺术向更前卫、更直接、更刺激的"行为艺术"转变，这种"反策划营销"，反而更容易夺人眼球，达到事半功倍的效果——可见毛病不是出在美女身上，她们只是高明的策划者手中的一张"牌"；可见这个高喊抵制的"抗议"，其实只是又一种促销的"艺术"。

可惜这"艺术"，打的又是那张"美女"甚至是"裸女"牌——一张"美女牌"，近年以来，已经几乎打滥。车展变了"肉展"，已成"常态"，舆论之间，痛责再三，而策划者们，看中的正是人们"边骂边追"的奇效和暧昧。其实岂但是车展，便是某地的书展，不也让身着三点的"美女作家"，横卧于泳池，展示其风光，引得上百书友，爱屋及乌，去买她的什么"小说"么？

当然在我们的生活里，一张"美女牌"，是远不止区区几个车展、几档"走秀"的——车水马龙之间，某地招美女交警上街化解；盗贼风行之际，某地派漂亮美眉骑着白马到处去巡逻；矛盾尖锐之时，某地又急募"笑容灿烂"的美女加入城管，以便"喜颜悦色"之下使人如沐春风，叫做"一笑倾城"，这都也罢了，总是有着一片好心、几分效果呢！然而有的地方为了"近悦远来"，组织起"女子招商队"，一色的靓盘小姐，一色的巾帼温柔，将要走南闯北，叱咤风云，为本地的繁荣建功立业，这就令人惊诧了。对于这个"女子招商队"，舆论之间，怀疑重重，无非是说招商一事，专业性很强，"一色的靓盘小姐"，是否谙熟经济，是否通晓财务，她们的纤纤玉肩，是否担当得起如此重任，等等。其实这一类的担心，似乎不免冬烘，靓盘的小姐，或也有她独特的"魅力"，须眉们搞不定的，她也许能让人心旌动摇。总之，这是某些地方，万般无奈之下，终于醒悟过来的道理，也是搓手无计之时，终于想出来的一条"上策"、一张终于打出来的"王牌"吧。

中国的美女，历来是有大用场的，所以一张"美女牌"，并不自今日始。国破家亡的时候，可以派一个西施虎穴卧底，终于夺回了江山；奸相乱朝的时候，又可以派一个貂蝉去"连环"，也收到了诛杀乱贼的奇效。至于男子不便从戎，于是派一个美女替代从军，既要她织布连衣，又要她执矛戍边，就更是千古的佳话了。当然中国的美眉，除了堪以"挑大梁"，还有个"代受过"的功能——江山的变色，班固推给赵飞燕；陈朝的灭亡，魏征归于张丽华；至于商纣的下场，更要算在妲己账上了。一顶"红颜祸水"的帽子，几千年戴在美眉的头上，多少回"君王城上竖降旗"的责任，可以一股脑儿推向一个深宫之"妾"，这当然是这张"牌"的另一个用场了，可以不必去说它。

只是今天大闸蟹商战激烈，刀光剑影之下，我们又推出"8名裸女"去作"行为营销"，正好比车市低迷，便派出美女去"横陈"、去袒露；牛奶不好卖，便让美女与奶牛"在一起"——美女当然可以是一张"牌"，然而我们手中，莫非只有这一张"牌"？除了一张"美女牌"，衮衮诸公，就如此计穷，就别无他法，以至公众之间，一见这张"老牌"，便已厌倦，早已没有了新鲜感。

（2012.9）

也谈苏步青的"不谈"

《新民晚报》的头版,是天天有一则言论的。9月22日,也即苏步青教授诞辰110周年的前夜,它的言论叫做《苏步青的"不谈"》,说苏老见识广,文字佳,但除了专业与教育,写得很少,说得也很少。他认为一个人学问再好,但终有局限,所以在专业之外,他少谈甚至不谈,不因一己盛名误导公众……

苏步青的"不谈",是因为"不敢妄言",因为"不懂",所以"不谈"。苏步青不是大学问家么,不是在数学领域有着超凡的造诣么?正因为学有专攻,研究进入了深层,他才知道学问之无限、学术之艰深;正因为历经风雨卷拂,"见识广",才知道世事之复杂、分工之细致、领域之专门。一个人学问再大,总有局限,总是在自己专攻的特长里,还会有更多"不懂"的东西,所以"少谈"甚至"不谈"。因为"有知",所以"有畏",因为有学问,所以知"不谈"。

但是如果放在今天,苏教授恐怕就要"落伍"——比如说有记者问苏老,某国家重大工程重大意义何在,苏老"不谈",说"这个我不懂",今天看来,就似乎有些"迂"了——咱们今天一些"名人",还有因为"不懂"所以"不谈"的吗?巨达宏观经济的政策调控,微至文艺院团的体制转型,大从人类的粮食危机,小到某地的地震原因,远起高峡平湖的地质构造,近及城市排水的系统设计,党政军民学、工农商学兵,只要一设议题,"名人"无不精通,只要一起风波,"名人"莫不放言。"名人"们在自己完全"不懂"的领域内横冲直撞、信马由缰,倒也罢了,但又如网友所指,一些在学院里学问做得最蹩脚以及在讲台上几乎要被学生轰下来的"教授"、"讲师",纷纷成了荧屏的明星和网上的"领袖",在那里手捧万宝全书,作指点江山状,身后则簇拥着百千拥叵，这是怎么回事？这真的叫做"内涵越浅、外延越大"，真格是"无知才能无畏"？

其实"名人"们也有一肚子的苦恼。"名人"们之所以有"名"，本来是因为文字之激烈、放言之凶悍，加上涉猎之"广博"。而一旦成为"领袖"，坐到了火上，"名人"们也就异化、对象化了——粉丝们把他捧起来，他就要看粉丝们的脸色说话。一登上"领袖"宝座，他的抨击发飙，一要"全"，无所不知，什么事都要懂，什么"事件"都要发言，你说这个我"不懂"，那怎么行，还能保持你的粉丝量么？二是"急"，一起风浪，立马就要表态，一有"大事"，当即就要放言，你说我回去读几本书、研究一下再来谈，那又怎么行，还不被"市场"所淘汰、为粉丝们所抛弃。

三是最重要的，就是要"狠"，声高言重，火爆凶猛，用最极致的词汇，说最"过瘾"的话语，而且有如市面上的行情，叫做"刚性需求"，语调还不能"软"下来，声频也不能"低"下来，否则同样会被冷落——当然这个"狠"，也成全了不少"名人"，因为只要"狠"，只要骂得凶，只要尖锐、泼辣甚至极端，至于有没有道理，有没有学问，有没有事实根据与专业背景，似乎无人关心这一条。于是"不懂"照样可以"谈"，无知照样可以"骂"，这大概就是有些"名人"的"现代登龙术"了——只要粉丝"保有量"，更何顾"误导公众"？他也是没有办法——但有一点是可以肯定的，那便是恰如鲁迅先生所说，"名人被尊崇所诱惑，渐以为一切无不胜人，无所不谈"了呀！

话又说回来，天下有道而庶人相议。一个可以七嘴八舌、说三道四的社会，一个谁都可以"谈"、什么话也可以说的时代，本来是一种来之不易的进步，我们应当珍惜她。而这"珍惜"二字里头，就包括着我们可以"谈"，也应当"谈"，但我们的"谈"，是否可以有点水平、有点专业，是否可以多有一些"术有专攻"的学问，多有一些事实根据与科学背景呢——包括"不懂"的东西尽可能谨言"少谈"，像苏步青所主张、所力行的那样？

（2012.9）

怎样的"公共事件"?

沸沸扬扬的一周又要过去了。盘点这一周的"新闻",频出的"热点"里头,"最劲爆的一单",不是已经夺奖的莫言,也不是四个儿子的千里寻母,却是两个小明星的离婚!

"热点"始由"曝料"引爆,言之凿凿董洁有了新欢,于是网友齐心协力再加把劲,翻出陈年之帖,剑指口碑人品上佳的某影帝。当晚董洁方面突出奇招,长达两页的强烈声明,一赞董洁好女人,二骂潘粤明"嗜赌成性",结果战火再升级,潘粤明两发声明,绝地反击,直称董洁已构成诽谤罪。报刊荧屏,连篇累牍,惊呼"娱乐圈最后一朵圣洁之花"业已离婚,网络之上,百万帖子,无不叹息这对夫妻半年前的"恩爱"之秀,粉丝立马分成两边,隔空对骂,名人似也不甘寂寞,发表各种宏论……说它"集体狂欢"也好,说其"疾风暴雨"也罢,一对明星的离异,就这样酿成了特大的"公共事件"。

也有有识之士看不下去,说离婚本是私事,有什么"公共性",需要这样"全民动员";分手更是"杯水风波",家长里短而已,"关你屁事",有什么必要狂风大作?但也有这样的看法——明星的离合,如不放大成"公众化",国人茶余饭后,拿什么"嚼舌头"?这样的"琐屑",如果不上头条,娱乐新闻岂不要喝西北风,网络的点击率岂不要直线下降?所以明星的拍拖也好,角儿的分合也罢,从"同台传情"到"海南探班",从"闪烁其词"到"坦言相承",莫不要成为"公共事件",现在又有一对明星离婚,而且夹带着分家时的"对掐",如果不让它成为"热点新闻",不是十分地可惜十分地"失职"么——这是我们的国人,又一种的"舌尖上的中国",我们要看懂它。

当然莫言的业已获奖，虽屈居次席也仍然是热点——这倒是一个真正的"公共事件"，然而这一周来又是怎样地"公共"了呢——早没有了一根红高粱的高密，要种"万亩高粱"了；闲置了20年的莫言旧居（也有叫"故居"的），将要大兴土木，这也罢了，谁叫莫言出在高密呢？然而高密之外，九州之内，又有多少国人热心于分析莫言的750万奖金怎么花，未来的版税有多少，更早有报刊算出了莫言今年的"2亿进账"。莫言的手稿，拍价翻了数番，莫言的域名，已被到处抢注，一个叫做"莫言醉"的酒商标，被踏破了门槛，连"莫言穿的那款衬衫西装"，也已成店铺的招幌，至于莫言的要进教科书，至于莫言"今年必定上春晚"的断言，就已经算是"雅事"了……

莫言当然是"公共性"的，高密方面劝说莫言父亲管大爷同意修旧居时，业已说了"儿子已经不是你的儿子，屋子也不是你的屋子了"这样的语重心长，说明了这是一个典型的"公共事件"——问题在于我们又是如何分享它的"公共性"呢？网友有言，曰这叫做"吃定莫言"，莫言不是不可以"吃"，但如果将一个文学事件，仅仅当作"商机"来"吃"，甚至将一个莫言的获奖，只是异化成对于旅游，对于买卖，乃至对于酿酒、食肆、服装业等等的"推动"，而仍然没有多少人真正认真地去读一下莫言的中篇和长篇，更缺少对于中国文学的深思、反思和静思，这样的"公众化"，或许就真的变味了。

明星的离婚，不是公共事件，也要炒成"公共事件"；作家的获奖，本是公共事件，却异变成全民的"吃定"。总之，没有的，造，也要造出来，而有了的，变，也要变个味——我们如何"消费"公共性，国人如何对待"公共事件"，恐怕值得我们从文化心理乃至"国民习性"的深处有所反思。

(2012.10)

从"虐童照"的疯传说到另一种"暴虐"

"虐童案"风波骤起,舆论间愤怒填膺。就在人们口诛笔伐之时,一组"虐童照"也在网上疯传。施虐教师凶神恶煞,被虐孩童痛苦万状,网友纷纷转发,一时沸沸扬扬。

据说疯传"虐童照",既有借此对施虐者的义愤抒发,也有觉得照片那样暴力、那么凶狠,很有一点"刺激性"的。但是不管出于哪种"好心"还是"好奇心",赴温岭采访"虐童案"的记者,已经亲眼看到被虐孩子的战颤——他们看到自己的照片到处流传,"已出现自卑",甚至有了"较严重的心理阴影"……

这大概就是我们常说的"二次伤害"。虽然"过度传播"者始料不及,然而这"另一种次生灾"却不只是此番"虐童"才有——就以几年前的汶川地震为例,人们不会忘记,失去双亲爱女仍一心救人的女警察蒋敏,迎接她的,却是"你现在难道不想你的父母和孩子吗"的一再提问;人们也不会忘记,因救学生而献身的谭老师,他远在北大的女儿,本已沉浸大悲,却不料被远道北追的记者反复拷问"爸爸多么爱你"以及"失去父亲的感想"。"可乐男孩"不得不一遍遍复述他"80小时埋在废墟中"的梦魇,尤其是在"脚下搁着冷冰尸体"的死亡线上的分分秒秒,而"敬礼娃娃"照片的刊播,则不断聚焦他那截去的左臂。据那时的报道,受灾最重的北川中学活下来的学生于是出现了各种阴影甚至症状,不但害怕镜头和闪光灯,更害怕关于"那一瞬间"的不断追问,但还是有人写出了"那一瞬间,我看到了什么"的长诗,让刚刚从废墟和瓦砾堆中逃出来的孩子们"放声朗诵"——那一刻孩子们再度惊恐的眼睛,竟与今天流传的照片中被虐孩童的眼神一模一样。

我们不要因为好心，或无意，再给孩子们又一次暴虐。已经发生过荧屏有奖竞猜"因灾丧生的人数"以及电台大呼特大交通事故中汽车在悬崖上命悬一线"多么惊险多么刺激"的事儿了，已经有了将名人在车祸中的遇难处当做景点来开发以及将深度忧郁症者走上不归路的"最后一小时"制成视频广为播放的"创意"了，人们不愿意再看到任何一种"二次伤害"——受虐的孩子，身心已经遭到残暴，不要让他们再成为"热门照片"的主角，不要再在万人相传的报网上再现他们的惊恐与痛苦，不要让他们的心灵再受到又一次虐待！在巨大义愤的冲动和强烈好奇心的交织面前，我们仍不要轻忘这三个字眼——人、人性和人道主义……

（2012.10）

"莫言热"中一点忧

莫言的获奖，国人的"狂喜"，那是自不待言。虽然许多人对莫言的了解，仅限于一部改拍的《红高粱》，而对于他真正的代表作，从《丰乳肥臀》到《檀香刑》再到近年的《蛙》，多数人闻所未闻，但我们仍然要为之雀跃，虽然我们的多数媒体，头一回听说高密这个地方，但并不妨碍成群人急步流星赶向那个"东北乡"——一个诺奖，对于咱们的文化产业究竟有多少"推动"还远不清晰，但相关的股票不是已经走出了一波涨停的"莫言行情"么？这是无可非议，也很容易理解的——国人对于"第一次"的固有兴趣，以及被称为"诺奖情结"的那种憋得太久的复杂感情，一旦被释放出来，那样一种"狂喜"当然已经不是"第一次"了。然而这种"狂喜"之中，却也有一点"杞忧"，那就是面对这又一个"第一次"，面对莫言这又一个"第一人"，我们会不会又重演一种"模式"，又重蹈那一种套路或是"覆辙"呢？

比如说，对于莫言，会不会又来一轮"地毯轰炸"？刘洋的上天，是"第一人"吧，那是有过穷追猛打的，连28年前仅仅见过她一面的"七爷爷"们也不能幸免。孙杨的夺冠，是"第一次"吧，那也是经历了深挖细找的，连幼儿园时的小朋友也没有放过。莫言恐怕也莫能外。据说记者访员，已经云集高密，长枪短炮，业已蹲守莫舍，莫言55年的人生经历，30年的写作状况以及林林总总的获奖纪录，理所当然要披露无遗，而他的亲朋好友、同窗同事、战友文朋，直至三姑八姨、叔伯远房，会不会一一被围追堵截？莫言从小到大，读小学的第一份作业，开始文学创作的第一张稿纸，是不是会重现于众，甚至莫言出生时的第一声啼哭，是不是也会有人出来坐实？至于莫言的祖寝，是否真的就是高密无疑，他的曾居之地，难道仅仅只有"东北乡"一地，不知道会不会也会照例引出烽烟四起?

又比如说,莫言会不会又成为一个"戏台子"?文化搭台,什么唱戏,是咱们驾轻就熟的老路子。莫言的获奖,"红高粱旅游"会不会即行推出,一个新的"品牌"会不会应运而生?有人说,山东的农民早已不种红高粱,"我爷爷"和"我奶奶"的那一片高粱地,在高密早已经看不到,但相信这次不妨碍顷刻之间"红高粱"的漫山遍野。莫言的旧居,要不要重新修复?小小的"莫言文学馆",要不要大大扩建?至于莫言坐过的小酒肆,莫言喜欢的面食,以及那里的泥塑、剪纸、年画、茂腔云云,恐怕莫不能成为"促进旅游、拉动消费"的畅销呢!

再比如,莫言会不会成为一个"产业链"?我们的书店,已经将多年堆积的莫言小说,翻出来摆到了最夺目的进门处,"紧急调纸"加班加点印莫言小说的消息,也已见诸报端,据说电影《红高粱》的荧屏重播,也已经引来又一波的广告投放。这也罢了。只是"红高粱"系列酒类会不会连夜开发一朝推出,"丰乳肥臀"会不会立马成为某一种商品的牌子,莫言的大名会不会被蜂拥抢注成各种商标,这就有点令人担忧了——尤其是莫言的奖金折合人民币750万元,要买170平方米的住宅,对于这句戏言,我们的房产商,又会有何动作呢?至少有一点是可以引起商家注目的,那便是莫言十多年前创作的一部电视剧手稿,一直锁在深闺未能拍掉,这几天又从底价20万元飚升到100万元,可见莫言还真是一波"行情",还真是有着无穷的"商机"呢!

但愿以上的忧虑,只是一点杞人之忧,但愿过去每一回"第一次"面前国人的"固有反应",这一回不要如法炮制、再行重演。"莫言热"既不要成为历史上常有的"五分钟热度",更不要异化成近年来那每每要"抓住"的"难得商机",更不要因为拿了一个诺奖,于是便忘记了中国文学的处境——我们需要深思、反思、静思的东西实在太多,如果把一个莫言的获奖,仅仅当成天上的浮云,一热闹就飘过去了,或者竟然在其中习惯性地看出一点"生意经"来而已,这样一种"国民习性"才是令人忧虑的呵。

(2012.10)

怎么又是"老一套"

这也算是"莫言热"中一个小波澜——因为莫言一句戏言,说要用诺奖的750万元,在北京买一套房,于是陈光标便放言了,要将二环内"黄金地段"的一套别墅,白白地赠予莫言。

关于陈光标的"赠房",舆论之间,多是拍砖的,说这个人好凑热闹,哪里有新闻哪里就有他,说他好赶潮头、标新立异,到了失态的地步。

其实陈光标的"一套房",全然不是什么"新花头",只是依样画葫芦的"老一套"而已——这些年来,大凡夺金摘银、为国争了光的,多要送他"一套房"。既往,奥运凯旋,各地对金牌得主的奖励里头,哪一个没有当地政府或本土企业家送的"一套房"甚至几套房呢?票子、车子加房子,成为冠军们铁定不变的三大进账,连刘洋的上天,也有房企要送她"一套房",只是刘洋一笑而过罢了——所以陈光标的赠房,一点创意也没有,只是老一套的俗套而已。

其实除了"一套房"的"老一套",毫无新意的还有那一顶"硕士帽"——近日的林丹,刚刚走出婚礼,某大学就将"硕士学位证书"送到了他手中——两届奥运冠军成了国羽"学历最高"的运动员,但决不是唯一在夺金之后又加冕的冠军——高校免试录取金牌运动员,于是早有了大学的"奥运冠军班";冠军们虽然"没去学校上过几次课"(林丹"就读"的校方语),但仍然收获金光灿灿的学位。其中凤毛麟角的,如杨威,如刘国正,因为"超学时"久久不能毕业而被一大学"请退",但是转眼又在其他大学"顺利"地拿到了毕业证书——所以林丹的"硕士帽"也就没有什么稀奇,那只是票子、车子加房子之后,再加一顶"帽子"的惯例而已。仍然只是"老一套"。

当然，我们熟视的"老一套"，还是那一个众所周知的"副处级"——驰骋赛场、夺金荣归之后，似乎只给物质奖励还不够，还要发一顶乌纱帽。于是天下之大，当了"副主任"、"副局长"的冠军们，已经难以数清，李娜法网夺冠，不是也要给她一个"副处级"吗？除了当场"拒官"的李娜，以及授了"副处级"却仍然要挂印出走的黄穗外，多数的"副处级"，要么根本没去上过任，要么搁在火上烤，然而建了功就要给乌纱的"老一套"，却一仍旧贯，继续在那里"老一套"，难怪不少网友要说，"有一点创新好不好"？

有一点创新好不好？问得真好。我们的创新真的实在太少，连陈光标这个被称为最喜欢"标新立异"的人，面对莫言的获奖，作出的反应也是那"老一套"，这就不免令人遗憾，也令人失望——至于越演越烈的"莫言热"中那林林总总的"热点"，那些了无新意的习惯定势、固定反应和以往惯例的再再重演、简单反复，尤其是我们延续经年，似乎很难移易很难改变的那一套"国民习性"，就更是令人叹息了。

（2012.10）

小平同志为什么"喜欢"

这是 28 年前的一件往事——1984 年 4 月,武汉一位工人,因为亲身受到的冤屈而给小平同志写了一封信。信中不称"军委邓主席",也不称"中顾委邓主任",而是恳切地写道:"小平同志,我这样的称呼,似乎不太礼貌,若有不妥之处,请给予责备。"小平同志看了这封"称同志"的信,当即写下了一段话——"头一次看到这样的称呼,我很喜欢,酌重处理"……

重提 28 年前的这段往事,不仅是因为这封信和小平同志亲笔写下的"我很喜欢",后来在武汉展出时给人们心灵的撞击和激荡,更是因为小平同志说的"久违"了的"同志"二字,近些年来,在我们的生活中岂止是"久违"而已——在不少地方,无论是机关还是事业企业,"党内称同志"这条党规业已荡然,"同志"二字早已退出上下关系,而称"长"道"总"的风气倒已风靡,以职务相称、以官衔互道,几乎成了"同志"间的习惯甚至规则。如果说这还罢了的话,还有把领导称为"老板"的,甚至将"长"呼作"老大"了,这就不只是几分人身依附,而颇有一点江湖上"道"的味道了。

同志间不称同志,固然有某些地方、某些单位风气使然的原因,但"上有所好,下必甚焉",关键还在于某些领导同志不"喜欢"——他们对于"称官衔",觉得十分舒服,一称"同志",反而感到不受用;有的人甚至对一句"老板"感到"分外亲切",感到"十分有感觉",你称他"同志",他反要问你"意欲何为"?有的领导同志,一开始对称"长"道"总"不习惯,也曾经不"喜欢",但久而久之,在轿子上时间坐得长了,就欣然受之,偶尔称他为"同志",他还真的不习惯、"不喜欢",甚至认为你"不懂规矩"乃至"不懂道理"啊——当然这个"规矩"和"道理",在有些地方,成为官场的规则,成上下之间的守则，成为谁也不能打破、谁也不能僭越的雷池，这就不仅是"喜欢"不"喜欢"的事儿了。

其实言为心声，称呼也不只是一个叫法问题。有人查过辞典，说"同志"二字，一是说为共同理想事业而奋斗的人，二是指人们惯用的彼此间的称呼。前者体现宗旨，后者彰显平等，所以"同志"二字，其实是最高尚的称呼，也是最难得的称号，更是共产党人为人民服务的全部出发点和民主作风、平等意识的深层表达——从这个意义上来说，小平同志一闻"同志"，就说"我很喜欢"，这个"喜欢"，不只是他个人的风格和喜好，而是他对党内关系乃至党和人民关系的毕生理解。我们从小平同志"我是中国人民的儿子"的肺腑之言中，从天安门城楼上他面对"小平你好"的横幅而露出的由衷笑容中，从小平同志因为"怕"扰民、干扰地方而几十年"不敢"回家乡中，难道不能体会到小平同志对于称"同志"的"我很喜欢"的政治学来由和它的一脉相承么？

小平同志"很喜欢"称"同志"，那么亲爱的同志，我们"喜欢"吗？

(2012.10)

又闻市长"卖苹果"

三天前的那个上午,广州白云万达广场,一群来自大西北的果农忙着推销苹果,摊位之前、吆喝之中,叫卖得最响的,是他们的带队人——甘肃天水市的副市长。"市长卖苹果",不但引来广州街坊围观,也在网络报章引出了热议。

其实"市长卖苹果"并不算石破天惊的新闻,在此之前,就已有了"县长卖杏"的先例——某县杏儿上市,市道又不那么畅销,于是县委书记和县长,联袂站到省城集市之上,书记分发大杏介绍,县长招徕顾客尝鲜——"××大杏,个大味甜,快来尝呀",这吆喝,不是出自贩夫摊主,而是"县太爷"的叫卖声。

关于"市长卖苹果"这类的事,舆论之间,是众说纷纭、莫衷一是的——自有喝彩力挺的,说他们心系果农,不但"以经济建设为中心",而且为百姓生计着想,为本地发展忧心,大有一点执政为民的风格,比起那些麻木不仁的,堪称是好官了。当然也有忧心忡忡的,说是近年以来,我们总能在市场上看到市长们忙碌的身影,大蒜滞销了他们带头上街卖大蒜,白菜丰产了他们跨省卖白菜,现在苹果盛产眼看要烂在果园,他们又不远千里南下街头去吆喝。这样一种"不找市场找市长",如果流传开来、发扬下去,甚至成为帮助农民开拓市场的"惯例",会不会增强了本就不成熟的农产品市场对政府的依赖,甚至打乱了生产和流通的规律?

"市长"和"县长"们,当然应当"以经济建设为中心",但这个"经济",是要以"市场"为实质的。市场经济有规则,因此政府行为也有定则,叫做"市长"有定位,职能有限定。在这个"市场"中,"市长"是什么角色呢?

一是组织者,二是裁判员。政府是规则的制订者和监管者,是球场上的"黑衣人",而绝不应当是每每亲自下场踢球的前锋、后卫、守门员。当然我们不是一般地谈论政府与市场的"二元结构"——中国的市场经济,曾走过特殊的途径,政府的"干预"在市场起步之时,曾经成为最初的推动力,但我们的市场,已经发展到了今天,如果"市长"和"县长"们,还是将市场看成自己的婴孩,还是用襁褓里的那一套来加以"呵护"甚至"溺爱",还是拍着胸脯说一声"有事找我",这就恐怕已经太落后了,更有了一点"错位"。

其实某些"市长"和"县长"因为一片好心所以带来的"错位",不止是上街的吃喝,更有以"红头文件"的方式来煮"偏饭"的——某地西红柿卖不出去,区委区政府联合下发文件,要求各单位干部职工按人头购买100斤番茄;某古城为了扶助本县的旅游开发,也是下发"红头",要求全县干部职工去那里游玩,每人的150元费用,由各单位用"福利"支出,这也罢了;还有某地房市清淡,商品房卖不动,于是也是市政府出来"购置空房"以"消化存量"的。至于本地产的酒卖不出去,本地产的烟无法与人匹敌,结果那里的"红头文件"就规定县管企事业一律要摊买,更禁止再用外地烟酒,以扶助自己的酒企和烟厂,这样的"红头文件",就不只是一种吃喝和叫卖,那是真正"错位"了啊——当然更有深入的调查,说为什么某县的番茄多到没有销路,为什么某地的古城空到无人去游,其实正是当初的"红头文件"力促"大干快上",完全没有考虑和论证过市场的需求和容量,以至于今天受到了市场规律的报复,结果又是要靠"红头文件"来"救市"……

从"市长卖苹果"到"下错的红头文件",都有一份好心,都是忧国忧民。只是好心之下、忧患之中,我们还是要讲一点市场经济的通则,讲一点政治学的通例。把政府的角色定位和职能定限搞清楚,千万不能急了乱投医呵。

(2012.11)

反腐岂能"戏剧化"

这是近日之间,又一起"反腐"之"战果"——两年之前,某市一市民无意中捡到一张内存卡,顺手放在抽屉里,再也没去理它。近时忽要用了,打开一看,那里头竟是男女之间不堪入目的"艳照",再细一瞧,这男子似曾相识,那不是本市执法局的某官员么?于是交给纪委,于是纪委查证核实,于是揪出了一个"腐官"……网络之上,一片庆幸,网友之间,莫不欢颜。

其实这样的"战果",近年以来,可谓捷报频传。一支烟,揪出一个贪官;一个笑,查出一个墨吏;腕上一块手表,更是已有半打乌纱落地;这早已不是新闻,更有小偷闯窃,偷出万贯浮财,一场大雨,浇出巨额现金,民工拆房,拆出千万存款的,至于不知道微博的"公共性",糊里糊涂将颠鸾倒凤的床照上了网,至于一本日记的丢失,结果曝光了见不得人的腐败,就更是离奇的情节了。有网友言,"家中失窃、日记丢失、二奶翻脸",已成为"民间反腐"的"三大利器",这样一种"戏剧性",多么匪夷所思,何等跌宕起伏,难怪会成为广为流传的笑谈,引起人们莫大的兴趣,直到演变为"娱乐化"的"盛宴"狂欢。

其实这样一种"戏剧化",并不只是"民间"才有,这些年来有些地方的"反腐措施",居然也不无引人发笑的"奇招"——先是苦口婆心,为免官员们"酒杯一端、政策放宽",所以唱一首"常回家吃饭",后来又觉得"老婆基本不动"是个问题,于是又给官吏们唱"常回家睡睡",当然更有给贪官们讲"腐败使人短命、廉洁才能长寿"的"廉政人寿"的,也有给官员们算一笔账,说是一生为官,平安降落,可以入账多少,贪贿事发则是最"划不来"的,要他们以性命为重,为稳定收入而计,不要去豪夺暴敛。规劝不成之时,又来告诫,某地发明"反腐扑克",似是教贪墨们豪赌之时,不要忘了廉洁,还有"反腐日历",竟是指望他们每日早起,自动洗手,至于公务员的考试,考柳下惠的文章、孔融让梨的故事,就更是寄希望于他"坐怀不乱"那样一种好心了。当然还有设立"廉政账户",指望贪官们收进之后,悄悄地归还国家;举办"夫人学习班",请出太太们当"家庭纪委书记",这类的招数,早已是见仁见智。至于吁请科学家早日发明"腐败测谎器"和"清白CT",就不知是笑言还是真诚的热盼,总之充满"戏剧性"。

不论是"民间"的"反腐",还是某些官方的奇招,反腐恐怕不能靠"戏剧化",还是要靠"制度化"。一支烟以及一个微笑暴露一个贪官,毕竟太偶然了——当然也有网友曰,这偶然中也有必然,但这"必然",毕竟太不可靠——如果那张内存卡,没有"随手丢掉",也没有被"无意捡到",那么那位腐化的官员,今天不是还在"执法"吗?同样的,如果没有那个"娄阿鼠",如果没有那个"翻脸"的二奶,"戏剧性"荡然之下,是否还"揪"得出那几个贪官呢?反腐的招数也是如此,要靠一支歌儿、一副扑克甚至一笔盈亏账去"劝廉",恐怕也只是一点娱乐罢了,至于把自律的希望寄予"家庭纪委书记"的"枕边廉风",事实证明终于也不可靠啊。

反腐要靠制度,不能靠戏剧,更不能演成娱乐。现在的那种"戏剧化",恰恰反映了制度的问题,恰恰是一种不正常的态势。网民只能靠一支烟、一只表来"不及其余",至少说明了公众知情权的不够和监督渠道的还不畅通。我们不能对这类"盛宴"乐此不疲,我们不能忘记了一种最大的清醒——这就是既不靠"运动式",也不宜"戏剧化",而要着眼于"对权力运行的制度性制约和监督"。

(2012.11)

"鲁研"又有"新发现"?

"鲁研"之"新发现",推陈出新,若出其里。解析了鲁迅饭桌上的菜谱,透视了先生手稿中被涂掉的文字,现在又来说他的"床笫之私",计算"鲁迅一生究竟有多少女人"?这样的"研究",似乎可以"重新审视"一位文学巨匠,更似乎可以"一举推倒"鲁迅的道德形象了。

然而拜读这"鲁研"的"最新成果",却免不了哑然失笑——鲁迅有多少女人呢?除了众所周知的朱安许广平,还有多少"风流轶事"呢?一曰许羡苏,说是许广平的这位同居女友,"对鲁迅生命相当重要的部分表现过女性特有的关怀",至于什么"关怀",连"发现"者"也不知道",只知道鲁迅南下,"每到一处,有明信片告之行踪",这几张明信片,于是就成了"拥有"的证据。二曰萧红,这位鲁迅在文学上最忠诚的粉丝,被算作"女人"的根据,也只有一条,那便是"经常来看望先生",尤其是"有一个上午,她来过,下午再来",于是这个萧红,便也列入了"女人"的单子。三曰马珏,"据考证",这朵北大的校花,"与鲁迅有过一种微妙的情愫",证据何在呢?没有,只是"暗恋也未必可知"。虽然"这个问题不好回答,更不能无端猜测",但马珏终于还是计入了"拥有"。还有内山书店后面的那位"山本夫人",就更是莫名其妙了——说鲁迅曾给山本夫人去信,说过一句"上海寂寞",这就成了"心曲",而鲁迅去世时,噩耗传来,山本夫人"立刻失声",这更成了"苦恋"的铁证,这样的"推理",已可称"悬空八只脚"了。更荒唐处,是说鲁迅常去内山书店,不是买书,也不是去看内山完造,而是为了看这位夫人,并于这点,连"发现"者自己,也只好说是一种"也许",一种"推测"啦。至于把羽太信子又拿出来凑数,把八道湾那个老掉了牙早已戳穿的飞短流长又翻过来说一回,就更不是什么新花样、"新发现"了。

一边承认"鲁迅在处理个人感情上一向谨小慎微",一边又企图查找《鲁迅日记》中"断档和缺失的地方",指望它"记录过文学巨匠隐秘的不便于外露的激情"。对于这种以无中生有甚至指鹿为马的方式来"探索"的"鲁研",也有有识之士斥之为"别有用心"——"老石头"骂过了,"老顽固"骂过了,"没有长篇"也没有能够否定鲁迅,于是便来另辟蹊径,编造鲁迅的"情史",以便"一举击倒"……

但依我所见,这是错怪了热心的"发现"者的。这样的"研究",不但没有"别有用心",恰恰还是一番"好心"——一种将鲁迅"还原成人"的好心。你们不是说鲁迅"老封建"么,不乏说他"毫无情趣"么,我就来说他也有"情欲",也是"五光十色"——这在当下,倒是一种十分流行的模式,大凡说一个伟人不是神而是人,不是都要挖他的"之私"么?说他吃五谷杂粮还不够,更要"揭示"他的"七情六欲","再现"他"拥有的女人"。如果大红灯笼妻妾成群,再加上"外面彩旗飘飘",那就再好不过了,似乎就合乎"人"的标准啦。如果没有红杏出墙,如果十分"谨小慎微",那么巨匠如何走下圣坛,先生又如何"活生生地来到我们中间",又怎能"大众化"也即娱乐化呢?所以一点影影绰绰,就要捕风捉影,所以即便连影踪也没有,也要生造出来——从这个意义上看来,关于鲁迅拥有多少女人的"最新研究",或许真不是为了"贬损"而恰恰是一种"拔高",只是这种"高"度,是按照时尚的标准和流行的模式来"打造"而已,除了流俗媚众,并没有什么"创造性"可言。

"鲁迅饭"还要吃下去,"鲁研"还会不断有它的"新发现",我们可以拭目以待,也可以当作笑话来看——但不管怎么说,做出"鲁迅拥有多少女人"那样的数学题,我们的"发现"者们,应可以凭此戴上一顶"文学史博士"的毡帽,这是理当恭喜他的。

(2012.11)

看深一层读"官闻"

又是一周沸沸扬扬。回眸这一周频传的热点，既有令人痛心的"虐童"风波，也有"莫言醉"飙升千万元的笑谈，既有镇政府自酿米酒的苦涩，也有副书记晒家财晒出四万债务的惊异，但是最值得"分析好"的，却莫过于这样一则"官闻"——西部的松潘小县，偏居一隅，几十万人而已，却有了16个副县长。于是舆论哗然，斥之"超编"，责其"减副"，呼吁严格控制"冗员"。

其实这样的"奇观"，并不是本周才有的"奇闻"。一个地级市，副市长11名而外，还有副秘书长16名，再配上同级别的调研员6名；又一个地级市，在9名副市长之下，竟配了20名副秘书长；一个小县，不但有10名副县长，还设县长助理4名，至于一个县府办，仅副主任就有9名，其"领导成员"可以排到"21把手"，就更是早已见诸报端、令人瞠目了。

不但"副职过多"不是新闻，就连舆论的批评也是那几句老调，无非是两条，一是说它"人浮于事"，尸位素餐，属于"混日子"的；二是说它冗员之多，属于官场的那种"安顿"和"安慰"。因此人们寄希望于"严格限定职数"，认为果真"减员"，就可以"大大节省公费"……

这当然也有道理。"16个副县长"，当然会有"人浮于事"的"冗员"，当然会有"照顾"性质的"安排"。但依我所见，这"16个副县长"，更有可能是"十分必要"，又"十分勤政"的。不是"人浮于事"，而是真的事多，没那么多"副县长"还真的"干不了"，叫做身不由己，事不由身——在一些地方，政府决策之"事"，多如牛毛，多到三头六臂也管不过来，没有"16个副县长"还真不行！某地产的烟酒卖不出去，要由市政府来发"红头文件"；某地的萝卜堆起来了，要由县长去吆喝助销；某地连捡破烂这件事儿，都要由当地政府来"审核"、来"发牌"。可见有些衙门"权力之广、管事之多",他们又要当裁判员,又要当运动员,又要当"董事长",又要当CEO,没有"16个副县长",怎么分身得开?至于我们常见的一个项目开工落地,要在各个部门、各层主官中"跑"上一年二载,一个企业拿个照,要"求"得几十个"副职"签字、数百个图章伺候,就更和某些地方的政府"管了很多不该管、管不好、管不了的事"有着直接关系了。如果"权力过分集中",地方政府必然要做"千手观音",必然要"因事设人"、搞16个副县长、20个副秘书长,这就是造成小平同志批评的"机构臃肿、层次多,副职多"的深因,而这又"必然促成官僚主义的发展"。

所以我们看"16个副县长",不能只盯住"副职多"的表象,也不能仅限于"卡住职数"的表面,解决这个"减副"难题,也不只为了"省一点公共开支",减一点"人头费"而已。要害在于行政管理的改革和政府职能的转变。其实这件事,早在30年前,小平同志就说得十分清楚,官僚主义现象与高度集中的管理体制密切相关,"我们的各级领导机关,都管了很多不该管、管不好、管不了的事","这些事放在下面,本来可以很好办,但是统统拿到各级领导机关,就很难办",因为"谁也没有这样的神通,能够办这么繁重而生疏的事情"!小平同志认为:"这可以说是我们目前特有的官僚主义的一个总病根",而诸如"机构臃肿、层次多、副职多"的现象,都是这个"总病根"所"必然造成的"——可见"精兵"之要,在于"简政",16个副县长也好,20个副秘书长也罢,反映的都是政府职能不明、管事范围过广、权力过于集中的深层问题。所以有人笑言,最怕的不是"闲职冗员"、尸位素餐,而恰恰是"16个副县长"统统伸出手来,人人出来干预,个个那么"勤政",大家都"忙"起来,于是就会形成小平同志深痛的那种情况——"遇到责任互相推诿,遇到权利互相争夺,扯不完的皮"。因此,要"减副",根本在于改革,在于市场经济条件下政府职能的科学定位和真正转变。

而只要这种改革被延误被耽搁,例如"16个副县长"的新闻就还会生生不息、此伏彼起,所以热点还须看深层,否则只有"五分钟热度",我们不能浅尝辄止,更不宜脚痛治脚。

(2012.11)

莫言家的萝卜和降生时的"祥云"

莫言火了,没有火了中国文学,却火了"莫言醉"的酒标,火了当地早已不种了的红高粱,火了高密街上的火烧、饺子和山药,更火了莫言家的五间土房,尤其是小院中那一片葱郁的胡萝卜。

凹凸不平的小院,已被踩得光溜,而那一片胡萝卜,其实还是一圃秧苗,更已经被南来北往的游客拔了个精光。萝卜秧拔去干什么?要做成萝卜干,也要等它长成才行呀?但愣是要拔个精光,要把这萝卜秧或移栽自家或精心收藏或者就是供起来……

已经有有识之士叹息,这恐怕就是国人"一人得道,鸡犬升天"的"传统心理"在作怪了——说是汉武帝时淮南王刘安笃信道教,拜师修道,仙丹炼成,遂服下,成仙升天。就连刘家的鸡狗因为吃了锅里残剩的丹药,也升天成了仙犬仙鸡。"沾光得气"之风流传,古有"状元红",今有高考状元代言的各种产品。总之只要是"成功人士"碰过的东西,就吉利,就出彩,更不要说一个诺贝尔奖获得者"亲手种下"的那一片萝卜啦,所以他不是起哄,更不是口渴,而是一份虔诚、一种寄托。

说起这一份虔诚,就不能不说这几天高密来了群高人——那个叫做"周易研究会"的组织,浩浩荡荡地开进了莫言故里。来干什么呢?"开展莫言故居风水考察"。在考察现场的新闻发布会上,"研究会"声称,一、这是该会本年度的重大课题,二、这一重大课题是周易研究的重要素材。他们开进高密,安营扎寨,索隐钩沉,只为了一件大事,就是考证莫言先祖和故地的风水,当然在"大师们"的眼中,莫言那五间土房,自是好得不能再好的风水宝地了。

中国的古来,大凡伟人圣者,"成功人士",一是居者有风水,二是出土有神物，要不就是出生时有祥云缠绕，睡着了要有神仙托梦。朱元璋本一乞丐，但官家的历史里却说他乃"梦神授药一丸"的"天授之子"，再不就是"则见蛟龙"，李自成要坐天下，于是有了"十八子主神器"的贝壳"出土"。皇帝老儿，尤其是篡夺大统的暴发户，都要以这些玩意儿力证自己的正宗和"天意"，这也罢了，名不正则言不顺么，但是一个作家，得了一个奖儿，为什么也要靠风水一类来"力证"他的"必然性"以及无限的玄机呢？这就莫若以明，看不懂了——但有一点可以肯定，那就是"大师"们浩荡开进高密之时，舆论喧嚣之间，已经期待他们"一举考出"半世纪前莫言呱呱落地时，屋顶上那一朵祥云的飘绕……

"谁把莫言热引向了荒诞？"这是新华社昨天的发问——那么，究竟是谁呢？

(2012.11)

小平同志还有一"怕"

小平同志的"怕",《解放论坛》是写过的——以"大胆试、大胆闯"激励天下的小平同志,却"怕"回家乡,一怕扰民,"搞得兴师动众",二怕越权,担心受托"办事"。所以15岁少小离家之后,小平同志近70年没有回过广安老家。

但小平同志还有一"怕",却似乎鲜为人知——南方谈话,我们早已熟知,南巡春风,我们多年沐浴,然而1992年那个春天,南巡中的一件小事,却更值得我们回味——小平同志要乘中巴穿过深圳市区,但他却十分犹豫,再三问道:"会不会招摇过市?"工作人员保证"不会",小平同志才放心上车……

小平同志怕"招摇过市",这件事其实并不是什么"秘闻",当年的中央电视台,还播放过小平同志与工作人员这段对话的录像呢!然而为什么我们不少人忘记了呢?多数的人,是以为小事一桩、轶闻一则,没有"如雷贯耳"、放在心上,但也许还有的同志,则是不大"愿听",所以丢在脑后。

难怪近日新一届中央颁布"八项规定",对于"不封路",也有的同志有微词,比如说不封路,出了事故怎么办,不清道,遇到堵塞怎么办,等等。这些"担心"也不是没一点道理,但平心而论,在一些地方、一些同志那里,他们行必封路、出必清道,难道真的只是作为一种"保卫措施"的吗?"奉旨出朝、地动山摇"的威势,以及"车队"的前面,几乎要高举"肃静"、"回避"这两块牌子的威仪,在有的同志头脑深处,难道就没有几分过去时代"父母官"的派头留下的深深烙印么?也许他们追求的正是那种"官威浩荡",还怕什么"招摇过市";也许他们习惯的正是那种空无一人纷纷躲避的态势,哪顾忌什么小平同志的"怕"?从这一点上说,党中央的八条新规,说的不只是开会怎么开、说话怎么说，以及出去怎么行的事，而是对官僚主义乃至封建残余的尖锐抨击呵！

从小平同志怕"招摇过市"，我们想起了 18 天前中央七位常委到国家博物馆参观《复兴之路》展览的近事——据中央党史研究室主任欧阳淞说，那天他也在博物馆等待，本来从中南海到这里只要 5 分钟，但 10 分钟过去了，常委们的车还没到达，原来一路上，习近平同志等一行的车，是随着社会车辆一起走的，沿途没有清道，更没有封路，一路"静悄悄"，更无任何"招摇"……而那天，正是中央做出"八项规定"的前五天，"要求别人做到的自己先要做到，要求别人不做的自己坚决不做"，习近平同志的话和"从中央政治局做起"的率先行动相映成辉。

小平同志怕"招摇过市"，其实除了对人民的敬畏，他对"我们这个党"还有着更深沉的忧患——让我们"从我做起"，让小平同志真正放心，也让人民群众真正满意。

(2012.12)

还是要学好"两论"

"'两论'起家",是半世纪前铁人王进喜的一句名言。这句话说的是当年在大庆找到大油田的路径,却表达了中国工人阶级对"共产党的哲学"的理解。

"两论"指的是毛泽东同志在延安时期写的《矛盾论》和《实践论》。"两论"是共产党人赖以"起家"的思想武器和认识武器,是马克思主义中国化的哲学基础。

世界是物质的,物质世界是运动的,运动中的物质世界是普遍联系的,事物互相联系的方法就是对立的统一。矛盾是事物存在、发展和变化的根本动力,矛盾无处不在,矛盾着的事物互相依存、相互转化,主要矛盾的主要方面决定事物的性质……一部《矛盾论》,讲清楚了辩证法的内核。

在崭新的形势下,我们已经不讲"斗争哲学",但不可淡忘辩证法的核心规律,不可淡忘矛盾法则这个根本的法则。比如我们构建和谐社会,这本身是古人追求的大同理想,也是共产党人孜孜以求的目标。和谐是一种理想,然而达到和谐目标的过程,就是要通过解决不和谐的矛盾。回避矛盾、无视矛盾,甚至采取"鸵鸟政策",恰恰是不可能实现和谐的。中国正处在社会矛盾凸显期,我们尤其需要勇于正视矛盾,善于解决矛盾,在化解矛盾尤其是解除形成矛盾的基本原因上下大的功夫,才能走向和谐。从这个意义上来说,重读《矛盾论》、学好《矛盾论》,是那样的迫切。

《实践论》比《矛盾论》还要重要,这是毛泽东同志自己说的话。实践是认识的基础,实践出真知,实践是检验真理的唯一标准,事物的矛盾性就在于它的物质性和实践性。

重读《实践论》，包括重读作为《实践论》的重大发展的《人的正确思想是从哪里来的》，应当有着十分现实的针对性。在任何情况下，我们都不能游离实践、脱离实际。实践告诉我们，我们面对的最大实际、最大国情，是我国仍处在并将长期处在社会主义初级阶段，不能因为我们有了一些发展，就以为所处阶段变了，主要矛盾变了，最大发展中国家的国际地位变了。事实上，由于对"三个没有改变"的判断失真，近年来有些舆论，忘记了小平同志嘱咐的"基本路线要一百年不动摇"，经济建设这个中心，似乎要变成了"分配中心论"，"摸着石头过河"这个改革的唯物论、实践论，似乎也可以不要了，"韬光养晦、决不当头"这条开放的原则似乎也要改变了，等等。"一百年"还远远未到，有些说法就有了摇摆，甚至要走上民粹主义、福利主义的道路，从表面上看，是因为30年的发展使我们有些人忘乎所以，实质上还是脱离了最大的实际，超越了特定的阶段，误判了国情的变化。因为这一条，我们多么需要重读一遍《实践论》，使我们的认识回归实践的本原，又在反复实践的基础上实现新的"飞跃"。

  好好学习一遍"两论"，是要求我们看形势、想问题具有一种哲学头脑。"哲学无用论"是不对的，把哲学锁在书斋里、进而把实践中产生的活生生的哲学贬低为"庸俗辩证法"同样是不对的。面对变化着的实践和凸显期的矛盾，我们当前尤其应当学好《矛盾论》和《实践论》。

（2012.12）

小小"细节"切莫等闲看

习近平同志作为总书记首次离京考察,沿的是小平同志南巡路,说的是改革开放大决断。如果说"改革不停顿、开放不止步"是振聋发聩的大音稀声,那么"不封路、不清场"以及开会"不定基调、不交讲稿",则是润物无声的涓涓细流。小小"细节"切莫等闲看,是因为"细节"中蕴含大节,无声处可听惊雷,所以林林总总的"小故事",在民间不胫而走,成为人们的美谈,也引发"官场"的反思。

——网民陆先生在小区门口巧遇了习近平同志的车,他亲眼看到,"各路口未见警察、便衣,连交警也没有",深南大道交通如常,"这几辆车并未成队,没有开道车,中间还夹杂数辆社会车辆,中巴也没有拉窗帘,可见车内情景",只是小区保安礼貌地请陆先生的车稍作等候,让习近平同志的车先进入,陆先生才知这中巴上原来坐着总书记!

——习近平同志在途中看到一辆洒水车在公路上喷洒,便问"这是不是专门为了我?"广东的同志回答,这是正常作业,没有领导来也天天洒水,习近平同志才没有追问下去。

——在给小平同志塑像献花之后,习近平同志没有跟在场的领导同志打招呼,径直走到了围观的群众中间,"谁伸出手来,他都一一握了过去,还亲昵地抱起身边一个小孩"。

——在"渔民村",村民邓国华不知道谁会来他家,"村里也没特别交代",直到客人踏进门那一瞬间,他才认出,"原来来的是总书记"。同样的,家住北蛲镇黄龙村的困难户陈燕容也"没有得到过任何通知",习近平同志叩门而进,正在做饭的她还真"有些措手不及"呢,没想到梦想当翻译的女儿,还得到了习近平同志送的一本《英汉词典》!

……

还有很多"细节",刻在老百姓的口碑,还有很多"小事",传为市井间的美谈。人民从"细节"中形象地认识自己的党和自己的总书记,真如陈燕容以亲身经历所言,这就是两个"一样"——"总书记很朴素,像平民百姓一样;和我说话很亲切,像老熟人一样"……

从这两个"一样",我们会想起南巡的先驱者邓小平同志的那些"细节"——小平同志踏游黄山,不封山,不清场,途中遇到复旦的四个同学,还拍了一张开怀的合影;小平同志视察曲阳新村,不听汇报,不看图纸,走进了居民的卫生间,他要亲眼看一看老百姓的生存状况,这已是尽人皆知的"细节"。还有一件"小事"少为人知,那便是小平同志来上海过年,时值天寒地冻,几位工作人员因为数日吃不到绿叶菜,于是"三天不见青、肚里冒火星"。这事传到小平同志耳里,他亲自交代王瑞林同志,明天带这几位去看看菜场,看看上海的老百姓在吃什么……

从"老百姓吃什么"的拳拳之心,我们也会想到另一则"领导干部喝什么"的"小事"——在八闽大地,曾经流传过这样一个故事,时为福建省领导的习近平同志,进农户家访贫,那家农民没有茶杯,只捧上了满满一碗水。习近平同志二话没说,端起水碗一饮而尽。而同行的另一位同志,却拿出准备好的纸巾,沿着碗沿仔仔细细地擦了一遍……类似的小事,还如笔者在浙江听到的那样,身为省委书记的习近平同志去农村"问苦",农民家的小板凳,还积了土灰,有的同志随手擦凳掸灰,而习近平同志就这样坐了下去,与农民促膝而谈。"擦碗"和"坐灰凳子"的"小事",我相信它的真实,更体会它充满哲理的真谛和寄托着的老百姓的真情和期盼。

"细节"往往不是"小事",细节如果说小,它也包含着大道理、深道理。"细节"更不仅是美谈,它对于目下的某些"官风",对于某些"官员"的作派,又有着多么强烈的批评性和多么现实的针对性。难怪人们津津乐道,难怪老百姓觉得一股新风扑面而来——这是多么久违的风气啊!

谁说这只是小小"细节"呢?

(2012.12)

还是要"整顿文风"

中宣部近日再次要求"改文风",把它作为"宣传贯彻十八大精神、落实中央政治局八项规定"的"重要任务",不但富有新意,而且真有深意。

文风问题,不是怎样写文章的问题。党的历史上第一次提出"改文风",是什么时候?恰恰是在延安整风中。1942年2月1日,毛泽东同志首提"反对党八股以整顿文风",是将文风问题同学风、党风问题这"三风"放在一起谈的,是将它作为反对当时"最为危险"的教条主义的一个主要内容来谈的,是把它作为马克思主义中国化、大众化的一个基本要求的。《整顿党的作风》讲过后不到一个月,毛泽东同志又专门讲了《反对党八股》,列举了坏文风的"八大罪状",称为"一股逆风、一股歪风"。这两篇演讲,生动鲜活,要言不烦,直指要害,本身就是好文风的典范,我们应当重读再三。

文风体现党风。十八大后,中国政坛吹拂执政为民的清新之风,人民对此深有信心,更有期盼。在这崭新的转折面前,如果我们的文风仍然不改,就会落伍,就会不和谐,就会"不合格"。

文风不好,看似是语言枯燥、篇幅冗长等等,说到底是不"以人为本",就是毛泽东同志说的"下决心不要群众看"。做报告、作演讲、写文章,都是以"人"为对象的,而人们都有自己的七情六感,读者都有各自的阅读爱好,"又长又臭的懒婆娘的裹脚布",谁也不喜欢,谁也会生厌、会抵触,不能"入耳",更何论"入脑入心"?又如毛泽东同志所说的,"空话连篇、言之无物"也好,"无的放矢、不看对象"也罢,最终都是"装腔作势、借以吓人"——不把"人"当人,所以不去适应公众的接受心理,不去把握群众的生活语言,也不去研究不同对象的差异需求,因此,是否"以人为本",是否尊重人、理解人、为了人，是改文风的根本。

语言枯燥而不鲜活，是坏文风的一个表象。这里固然有脱离群众、缺少生活的原因，其实也来自一个误区——有的同志以为，理论是要准确的，政策是要精确的，所以不宜生动，更不能鲜活，于是只能一字不易照搬文件，只能一堆概念堆砌名词和术语，弄得谁也听不懂，谁也不愿看。其实"深入"才能"浅出"，机械呆板，本身就是没读懂理论的精髓、没弄通政策的实践性精义，因为自己也不懂，既不能融会贯通，更无法"打碎糅合"，叫做囫囵吞枣，所以只好照本宣科，所以只能生搬硬套，所以"不敢越雷池一步"予以生活化，更何论用群众的语言使之"大众化"。

篇幅冗长而不简洁。有的同志以为，长篇大论才显得有学问、有水平，才显出"精英色彩"；还有的同志以为，长才"全面"，短就会顾此失彼挂一漏万，有片面性。其实"山不在高，有仙则灵"，理论不在于洋洋大观，水平更不在于"车轱辘话"绕个没完。毛泽东同志那著名的《窑洞对》，仅仅几百个字，却说清楚了走出历史周期律，"这条新路，就是民主"，70年过去了，到今天习近平总书记还告诉我们，这段对话至今对中国共产党都是很好的鞭策和警示。小平同志的南方谈话，也只有几千字而已，20多年来，每一个字都闪耀光芒，每一句话都仍然振聋发聩——"话不多，句句管用"，正是邓小平理论的鲜明特色。至于有的同志报告冗长、文章如"裹脚布"，那恰恰是水平不高的表现。为什么呢？因为世界虽是复杂多面的，但主要矛盾就是那么几对，决定事物性质、走向的，也就是几个"牛鼻子"，看似面面俱到，以至动辄万言，正是说明我们还不得要领，没看清实质，没看准重点，没抓住要害，更没把握住辩证法的核心规则，所以胡子眉毛一把抓，所以只好"开中药铺"。

（2012.12）

"反面文章正面做"？

光山 22 名小学生被砍伤一事，历经数日，并未偃息。人们固然为刀下惊恐的莘莘学子伤心，更为事件出来后的一些怪现象而不解，比如说，光山当局是否在"第一时间"欲包纸中之火，又比如说，事出后教育局办公室的工作人员是否真在玩电游，再比如说，当记者追问凶手是否精神有病时，有的官员是否真说过"这有啥意义"，等等。

但有两件事，却是确凿无疑的，因此也更值得深思——

一是恶性事发之后，当地的《信阳日报》在头版赫然刊出《光山：努力办好人民满意的教育》，把光山的"教育"捧到了天上，引出舆论一片哗然。二是在光山，当地工作人员正在加紧赶稿，因为"在事件中涌现了一批开车自愿救送学生的英雄"，要大力宣传，又引起人们的深深叹息。

关于那个高举高打的"表扬稿"，《信阳日报》又于当天致歉，说是"对公众舆论形成误导"，又说是"工作责任心不强"。其实这两顶帽子，是错怪了《信阳日报》的，也许正是因为要"引导舆论"，它才刊出这样的"正面宣传"，指向性十分确定，针对性多么强烈。当然，这样一种"舆论引导"，这样一种"反应定势"，并不是《信阳日报》的独创，在"负面事件"爆发的当口，在批评非议形成焦点的"逆流"面前，我们不是常常会有这样的"头版新闻"来"回应"吗？至于恶性案件当前，不去披露真相，也不总结教训，先来宣传这里头的"英雄事迹"，就更是一种老套路了——英雄稿件不是不可以"赶写"，但如果以此来遮盖负面、掩人耳目，这样一种"反面文章正面做"的驾轻就熟，其实也只能"误导舆论"。

这两件事值得我们反思，公共事件出来了，我们该怎样"应对"，是个真问题。《信阳日报》的"致歉"说自己"新闻职业素养差",其实"素养"问题,并不只限于"新闻"一界。负面新闻乃至恶性事件的频发,是个客观存在,而我们又是在一个多元、多样、多渠道传播的走势下"回应"公众的关切和社会的热议。人人手里有一个显微镜,个个手里有一个"麦克风",一切都要经过舆论的洗礼,一切都要经受群众的检验,真相已经不能掩盖,"反面文章"更已不能"正面做",任何对事实的遮蔽都会大白于天下,任何脱离法律违背人心的"引导"都会激起更大的"舆论"。如果我们仍然意识不到这个变化,仍然只习惯于"反面文章正面做"这样一种"套路",我们的"素养"就真的显得落伍了。

对于光山在恶性事件爆发后的"应对",不必只揪住光山不放,因为"刻舟求剑"、仍然奉行老一套的,并不止一个光山,光山也是"习惯了、改也难",一仍旧章而已。公共事件还不会少,舆论引导也仍然十分必要,问题在于我们要认清天下态势,知道今日复何日,懂得与时俱进、应势适变,从而更新我们的群众观点和引导意识,决不要以不变应万变,更不要抱着过时了的老习惯不放。

(2012.12)

一条新闻的后面

"八条规定"出来之后,短短一月,不但"文风"有所革新,就是"会风"也在改,比如说,大桥造好了,也不剪彩,静悄悄地通了车;又比如说,一个重要的会议,只开了 55 分钟;甚至还说,由于会议改了自助餐,所以连周边的宾馆饭店,生意也清淡了不少——这样的新闻,当然令人有了一丝欣喜。

但也有欣喜之下,仍有些许不解的——比如年底之时,报纸有一条新闻,说会务礼品均价下降了两成。什么原因呢?因为量有减少。其中一个"新气象",是"会务礼品算着订"了,"过去 80 人的会议会订上 120 份礼品",现在呢?"数量精准了许多,最后多余还会退货",不但"人均预算下降了",就是"预定数量也精打细算了"……

这当然是好现象啰,可以算作走出了"第一步"吧——但这"一步"又实在是太过"蜗步龟行"啦。你看,精打细算了,每人只有一份了,再不"虚报冒领"了,然而人们却从中看出,"会议"原来还在发"礼品","每人"还是有"一份",还是要大包小袋扛回家去!

不知从何时起,开会要发礼品,成为莫不如此的惯例甚至规则,而且这规则还碰不得、不可移易,就是现在要改会风,也只能是算得"精明"点,但仍然要确保"每人一份",似乎不这样"发",会就开不好,大家就不高兴——这条新闻从深处说明一个道理,我们面对的风气,是多年的积习,仅仅靠改一点细枝末节,做一点表面的文章,恐怕是不够,也无济于事的,所以我们的"欣喜",一时还不能过度。

这其实也是当前改会风、文风中的一个倾向性问题——我们在任何时候,都要注意可能出现的倾向,比如说,八条新规刚出,有人说它"新风紧吹",这是对的，但诚如刘云山同志警告的那样，不要仅仅成为"一阵风"。这是深有其意的，类似的详规，过去也不是完全没有过，改了一阵，后来怎么样呢？历史的经验值得注意，千万不要"风头"一过，就故态复萌，又回到老路、老例上去。注意倾向，当然还要注意一个倾向掩盖另一个倾向，比如文首那个开了55分钟的重要会议，也有网友担心，这么"重要"的议题，"55分钟"真能解决问题吗？可不要为"短"而短呵。我看这个会恐怕是真办了事了，但网友的担忧也不无道理——有事则长，无话则短，会议最终还是要"解决问题"，并不仅在于长短，尤其不要去搞另一种形式主义——这个道理，并不只限于会议的长度。总之，对于八条规定，我们要把握它的精髓，懂得它的实质。

说到精髓和实质，我们改会风、改文风等等，面对的是多年的惯例和定则，这种惯常和定势，其实是一种"文化积淀"，是一种"习惯势力"，深植于某些地方的"官风"和"政风"之中，时已久矣，积习也甚深。所以我们切不可以为一阵风就可以吹掉，几个月就可以改变，还是要以务实的精神和"长期作战"的韧劲，才能从"实质"上来一次改革。

（2012.12）

"日陪8浴"的背后

"日陪8浴",不是天方夜谭,也不是幽默笑话,而是一位基层官员的无奈——在一个以温泉著称的县城,这里的副县长对记者说,年底了,很多部门要过来参观考察、检查验收。有一天,他接待了十来批客人,多要体验一下温泉,于是他一天陪洗了8次,整个人都快泡虚脱了——最后一次他都没有更换衣服,直接就在洗澡池里等客人的到来……

"日陪8浴",这几天披露在新华网,激起了舆论的一片激愤,都说如此奇观,足以"打破我们的麻木"——其实这样的"奇观",并非只温泉里才有,只是我们真有点"麻木"罢了。就在这个县不远的另一个县,也是一位副县长,因为要陪来客吃饭,实在排不过来,只好陪吃早餐,结果一天之内,光早餐就陪吃了4回;还有一个县的县长,陪吃陪喝赶场子,一个晚上,竟陪了8回酒,都是"重要来宾",都是不能怠慢的主啊。可见"日陪8浴"的奇观,也算不得石破天惊了。

舆论之间,批评"日陪8浴",大多做在"接待"二字上。这当然是有道理的。"接待"之所以成了大问号,首先是因为某些地方,风气出了问题。上下之间、左右之间,数不清的"参观考察、检查验收",除了文山会海、繁文缛节而外,往往还要"吃好、喝好、玩好",酒席的档次、下榻的星级、观光的线路以及"一条龙"的"质量",在一些"团"眼里,甚至超过了"检查"的内容,而成了真正的"态度问题"。于是基层官员,虽苦不堪言,但又哪敢怠慢,"接待"工作,在一些地方,变成了"头等大事",君不闻"接待"之下,有的县委书记"哪有时间下农村、抓工作",君又不见有的贫困县年底结账,一笔"酒肉账"竟然高居赤字之首?所以"接待问题",确也折射出奢靡之风,在于某些官场,已经到了确实不能"麻木"的地步。

然而这种风气的背后成因,究竟是什么呢?也许这是更不能"麻木"的。那位"日陪8浴"的副县长的一句真话,值得我们由表及里——"来的都是上级领导,不陪不行,接待拉近感情"。原来如此!也有的舆论,将"日陪8浴"的动机,归结于要"进步"——因为乌纱帽握在"上级领导"手里嘛!但其实也不尽然,大多的"过度接待",并非为了一己的升迁,而是为了一地的"发展",为了本地的项目、资金、政策、批文这类东西,甚至为了民生工程的上马,也要笑脸豪饮、陪出"态度"来。于是"接待就是生产力"的格言不胫而走,与"跑部才能钱进"的名句比翼双飞,而在这背后,我们难道不应当反思小平同志早已批评的"权力过于集中"的体制问题吗?如果我们不把注意力放在体制的改革上,看不到"日陪8浴"背后的体制因素,仅靠"控制公务接待"的呼吁以及对于风气的批评,也许很难收到效果,"副县长"还得无奈地去"日陪8浴","县委书记"们还只能夜复一夜去赶8个酒场……

当然说到"改革",也不必事事坐等"顶层",有的事可以先"摸"起来。就说这个"接待"问题,天府之国有个著名的白庙乡,年年"接待",吃客盈门,几乎要倾家荡产。两年前这个乡采取了一个"小措施",凡来吃喝者,吃过之后,一概公布于众,还上了网。于是这个乡的"客人",顿时减少了八成,于是"都不再去吃"。一个乡的"小改革",解决了大问题,值得我们想一想——当然这个乡,会不会从此"断六亲",从一个"无奈"又将陷入另一个更大的"无奈",就不知道啦——如果真是这样,它不是更要求我们要有"体制眼光"和"改革思维"吗?

(2012.12)

"记者"问题

"八条新规"甫出，中央领导率先，于是各地纷纷行动，百官莫不仿效。某地一位书记，微服出去私访，没有车队，打的是"的"，没有扈从，只有他一人，也没有召集会议，只是同夜排档的老板随便吃了一顿普通的饭。于是书记打"的"的真新闻，第一时间见了当地的报纸，书记与民同饭的动人照片，更是上了当天的夜荧屏。

于是芸芸众生，大多赞扬，但是也有人疑问，既然是悄然一人的私访，怎么会在"第一时间"见报？既然是默默地打了一回"的"，又怎么会有这样清晰的照片？原来书记确是没有了前呼后拥，却没有忘记叫"记者"随从，原来这样一番"作风之旅"，是注定要"见报"上电视的！

这样一来，就引出人们的叹息了，叹息的并不只是这一次的"秀"，而是因为这样的"秀"实在是太过平常了——就说这个"记者"问题，也并非今天才有。某地领导，慰问贫苦村民，明明到了民舍，紧紧地握住了穷人的手，但那一个信封就是不肯拿出来。等什么呢？原来因为"随行"的记者没到，闪光灯还亮不起来，所以要等，等到镜头之下才能给。还有一地，洪水肆虐，县长小舟独自探险，结果牺牲了。但一同牺牲的并非一人，而是两人，还有一位是电视台的摄影记者。这一叶小舟，只能上两人，县长斥退了随从，阻止了秘书，危难之中却没有忘记让摄像机上船。这两个真实的故事，足以说明"记者"的重要性和普遍性，即便是到了"转作风、改政风"之时，还没有忘掉"记者"。

这叫做"习惯了，改也难"。出行的前呼后拥，车队的封路清道，报告的冗长官话，会议的文山会海，等等，对于我们来说，是一种"文化积淀"，是一种

"惯例定势",是一本"祖宗家法",时已久矣,积累甚深,积重难返,不是"一阵风"可以吹掉的。即便下决心要"改",但在内心深处,在行止惯常中,还是会一仍旧章,照老习惯办事,沿袭那一套老例,或只是"老谱翻新"而已。比如文首那位书记,我看首先是要肯定他的,毕竟是不坐官车而与民同"的"了,毕竟是身到夜市与民同食了,毕竟是在"改作风"了。只是力行之时,仍没有忘记叫"记者"随行,仍没有忘记"报纸有图,电视有影",似乎戛从均可不要,但一个"记者",那是万万"改"不得的,这条割不掉的"尾巴",既令人不免叹息,也使人可以体谅。

其实习近平同志南访广东,中巴是夹在社会车辆当中静悄悄地"潜行"的,连窗帘都没拉。这个情景,央视没有播过,新华社也没有发过照片,但网上竟有几张近景——这组近景,是一位行人拍客用手机偶尔拍下的,然后传到网上,于是不胫而走。我看这就比"随行记者"的"官照"好——领导的好作风,不是不可以宣传,但最好是让老百姓用他们的眼睛来看到,这样才真实,这样才能真正刻在人民的口碑上!

(2012.12)

魏忠贤为何入不了"名人堂"

魏忠贤为什么不能入"名人堂",说的是近时河北沧州的一条新闻。这条新闻看似顺章成理,却颇有一点"反潮流"的意味——沧州搞了个名人植物园,其中有一个"沧州名人展示区",列入了百名沧州历史名人,但是明代宦官魏忠贤、清代太监李莲英等,"虽为众人熟知",符合"名人"的条件,却不能进入这个"名人堂"。

魏忠贤倒是个地道的"沧州人",这个明末的"司礼秉笔太监",生于河北省的肃宁县。魏忠贤专断国政之时,拉开了中国历史上最昏暗的宦官专权黑幕,厂卫之毒流布天下,官员士子惨死狱中。这个修了生祠的"九千岁",直到崇祯上台打击阉党,才被治"十大罪",法办逮捕、自缢而亡。

至于李莲英,当然也是正宗的"沧州人"。河北省河间府大城县李家村出生的李公公,从梳头太监做到慈禧最宠爱的贴身太监,在清宫长达52年,成为权势最大、敛财最多的大宦官,也成为晚清史的一大反角。

魏忠贤也好,李莲英也罢,他们都是"沧州人",更都是尽人皆知的名人,似乎完全有条件登堂入室。仅仅因为魏、李二人,属于"反角",所以不让他们入"名人堂",有人觉得"可惜",甚至有人表示"不解",当然更多的人,认为沧州此举,对于当下的某种"流行",是一次"有力的回击"。

这是什么道理呢?为什么两个"反角"的"被排除",会令人惋惜令人费解呢?这恰恰就因为目下的"流行"——名人之风风靡一时,争抢早已硝烟四起。先是抢"正面人物",开疆立国的帝王将相,名篇传世的文圣诗宗,到了后来,"好人"抢完了,便来抢"反角",只要是"名人",管他是变节卖国的秦桧,还是一介淫棍的西门庆,一概抢在篮里,叫做臭名不也是昭著,坏事更可以"传千里"。在这股潮流里头,最积极的也许莫过于"家乡"的江东子弟、后代传人,因为宗谱之上,可惜没有什么英雄良相,于是即便先人劣迹斑斑,也供起来香烟缭绕,这里既有同姓后代的"感情"包括对于"先前阔"的追忆,更有借恶"名"照样也可以招徕远客的算盘。于是一代奸相蔡京的墓,就要在家乡大兴土木、"大大扩修"了,于是先做了叛徒又当了特务的张国焘,"故居"也要在"故里"大肆开放了,于是连马步芳那样的恶魔,在他的"家乡",不是也被捧到了天上吗?这样看起来,沧州的"名人堂",不让既是同乡、又是"名人"的魏忠贤、李莲英进去,真是有了一点"可惜"啦。

当然也有人提议,魏、李之流,还是应当"入堂"的,不过应辟"另室",以教育后人。这个建议可以商量,但"反角"应不应当"入室",却是个问题。依我所见,"反角"之既然有"名",也算个"名人"吧,似乎可以宣扬,例如汉奸住过的"公寓",又例如特务头子包过二奶的"香巢",不是不可以"开放",但他们"登堂"之时,应当把历史的真实说说清楚,应当把大节是非讲讲明白,以免我们的子孙后代"莫若以明",以免南来北往的今人如坠云雾。

(2012.12)

还是要讲"摸着石头过河"

习近平同志再论"摸着石头过河",不仅是对这一两年一些模糊观念的澄清,更是讲清了在当前深化改革开放中我们亟须坚持的"方法论"也即实践论和唯物论。

在改革开放实践中,第一次提出"摸"论的,是陈云同志。1980年12月16日,在中央工作会议开幕时,陈云同志就说,改革最重要的,还是要从试点着手,随时总结经验,也就是"摸着石头过河"。数天之后,在闭幕会上,小平同志表示完全同意陈云同志的意见,"这是我们今后长期的指导方针"。

"摸"论甫一提出,就有人不同意,认为改革开放是一条涉及广泛领域的"大河",靠"摸着石头过河"不行。针对这种议论,小平同志说话了,不少同志"不懂哲学,很需要从思想方法、工作方法上提高一步";陈云同志则说,有人在报上批评"摸着石头过河"这句话,但没有讲出道理来。"九溪十八涧",总是摸着石头过河!"摸着石头过河"这句话我没有放弃。

30多年过去了,批评"摸"论,仍然"没有讲出道理来",小平同志早就指出的"方法论"问题乃至哲学问题,还是那样具有现实针对性,而陈云同志的不"放弃",则依然应当是我们的坚持。

"摸"论是改革的实践论。"总是先有事实,再有概念",总是先有实践,再有作为认识的"设计",这条唯物论的反映论,在深化改革中尤其不能轻忘。改革开放一路走来,实践早已证明,没有试验,就没有政策;没有"一点"的突破,就没有全局的告捷;没有个性,也就没有共性。尤其重要的是,没有在实践中的"摸",任何层面的改革设计都不会是"人脑固有"或"天上掉下来"的,这正如小平同志在前一轮改革关键之时所批评的,"一开始就自以为是，认为百分之百正确，没那么回事！我就从来没有那么认为。每年领导层都要总结经验，对的就坚持，不对的就赶快改"。

"摸"论是改革的唯物论。人民创造历史，群众是改革的主体。改革开放的所有经验，都是人民群众首创的，都是人民群众闯出来试出来的，"遍地英雄下夕烟"，所以才那样生机勃勃，群众不先把试验搞起来，基层不先把局部的突破搞出来，怎么全面地出经验，又怎样去"摸"规律，所以深化改革开放，仍然千万不能忘记"坚持尊重人民的首创精神"。

有一种说法，以为"摸"论是"走到哪儿算哪儿"，似乎是一种实用主义或机会主义的策略。其实"摸"论是有明确方向的，这就是习近平同志强调的，"在方向问题上，必须头脑清醒"；"摸"论核心在于"摸"规律，并不是细枝末节、更不是表面现象；"摸"论和加强顶层设计是辩证统一的，前者是后者的基础，而后者则是前者的重要前提。

还有一种说法，认为小河小沟可以摸，长江大河怎么摸？以为"摸"论仅能处理简单直观问题，改革开放初期可以用，攻坚总成阶段不适用。这种说法，在小平和陈云同志初提"摸着石头过河"时就有过，也就是当初陈云同志说"没有讲出道理来"的那种论调。其实"石头"有大有小，我们"摸"的并非只是鹅卵碎石。有智者云，改革开放30多年，我们"摸"到的三块最大的"石头"，就是邓小平理论、"三个代表"重要思想和科学发展观，可见积小石成大石，就是全局性、战略性、宏观性和规律性的。"摸"的每一大步，都和顶层设计紧紧结合，在改革进入深水区，进入"长江大河"时尤其是这样。

(2013.1)

切勿只刮"一阵风"

"八条规定"出台一月，政坛劲吹新风，百官莫不仿效。新气象适应时代要求，顺应人民意愿，给我们以莫大信心，更有莫大期待。

人们期待不要仅仅成为"一阵风"。这并不是一种多余的担忧。"历史的经验值得注意"，我们有过不少好的"开头"，往往"其兴也勃，其亡也忽"，"风头"上大家雷厉风行，过去了一仍旧章，又回到习惯的老路上去，许多事情"各领风骚没几天"，便偃旗息鼓、水落潮退，于是一切如故。就说改会风、改文风的规则，过去也不是未曾有过，甚至更为严厉、更为详细，改了一阵，结果怎么样呢？我们不能健忘。出行前呼后拥，报告冗长老套，加上文山会海，都是时已久矣、积累甚深的老毛病，在某些地方、某些官员身上，可谓病入膏肓。我们现在改作风，面对的是"可怕"的"习惯势力"，是多年的"文化积淀"，是惯常和定势的"祖宗家法"，并不是"一阵风"可以吹掉，几个月就可以移易的。因此要有"锲而不舍、久久为功"的持之以恒，有"长期作战"的韧劲毅力，决不能虎头蛇尾热一阵，决不能风来风往，像天上的白云一样一吹就散。

风来风往，也要防止另一种倾向，那便是刮"过头风"。比如说，要讲短话，有的地方便规定，领导讲话一律不得超过10分钟，汇报材料一律不得超过3页纸；又比如说，要开短会，于是规定再大的事情、再复杂的问题，会议也不得开到1小时。这当然是雷厉风行了，但忘了"有事则长、无话则短"的辩证法，也忘记了会议质量毕竟不在于长短，而在于"解决问题"。最近有的地方，规定官员下乡一律自带干粮，引出了网上纷纭，有说"自带干粮去办公"的"苏区干部好作风"回来了，也有说时代发生了很大变化，"不扰民"并不在于连基层的简餐也不能吃一口,更何况还有个"同吃、同住、同劳动"呢!可见"八条新规"有其精髓和实质,还是要理解好、把握好真义,可见群众心中还是有"一杆秤",也不必做过头。"矫枉过正"可以有一点,但凡事过了头,就变成"风",就不长久,这教训也要记取——千万不要又循另一个"老习惯",搞另一种形式主义呵。

不搞另一种形式主义,包括要谨防"作秀"的老习惯。改作风,要有实事求是之心,而决不能有哗众取宠之"秀"。有的同志,轻车简从了,甚至一人挎个包包下了乡,更与老百姓同吃了一顿农家饭。这本是好事,但"第一时间"就见了报,还配了清晰的照片,于是它便大打了"折扣",还引起了人们的疑问。类似这样的事,过去也不是没有,翻山越岭去远乡,结果一路跟着摄像机,访贫问苦送温暖,可惜记者不到不开始。如果到了"改作风",还是热衷于"报纸有闻、电视有影",就真令人叹息。改作风本意是求真务实,如果带有表演或比赛的味道,心理一变异,动作也会变形,在今天"众目睽睽"之下,公众都会看得清楚,所以"改作风"尤其不能"作秀"。

多年来,我们很少讲哲学,也忽视方法论,结果不少好事或"风头"一过,便消于无形,或好走极端,走进了"另一间屋子",或当成戏来演,并不讲究实效。这次改作风,是对我们的又一次考试,看看我们以怎样的"作风"来改作风,是否可以交出一份全新的答卷。

(2013.1)

图书在版编目（CIP）数据

走出一个宪法误区/凌河著.-上海：上海文艺出版社.2013.5
ISBN 978-7-5321-4892-9
Ⅰ.①走… Ⅱ.①凌… Ⅲ.①杂文集-中国-当代
Ⅳ.①I267.1
中国版本图书馆CIP数据核字（2013）第082965号

责任编辑：徐如麒
封面设计：王志伟

走出一个宪法误区
凌河 著
上海文艺出版社出版、发行
地址：上海绍兴路74号
新华书店经销　上海交大印务有限公司印刷
开本700×1000　1/16　印张28.5　插页2　字数309,000
2013年5月第1版　2013年5月第1次印刷
ISBN 978-7-5321-4892-9/I・3828　　定价：39.00元

告读者　如发现本书有质量问题请与印刷厂质量科联系
T：021-54742977